21世纪外国文学
系列教材

西方文学概观

喻天舒／著

北京大学出版社
PEKING UNIVERSITY PRESS

图书在版编目(CIP)数据

西方文学概观/喻天舒著. —北京：北京大学出版社，2004.8
(21世纪外国文学系列教材)
ISBN 978-7-301-07379-7

Ⅰ. 西… Ⅱ. 喻… Ⅲ. 文学史—西方国家 Ⅳ. I109

中国版本图书馆CIP数据核字(2004)第071056号

书　　名：西方文学概观
著作责任者：喻天舒　著
责 任 编 辑：袁玉敏　张　冰
标 准 书 号：ISBN 978-7-301-07379-7
出　版　者：北京大学出版社
地　　址：北京市海淀区成府路205号　100871
网　　址：http://www.pup.cn　　新浪微博：@北京大学出版社
电　　话：邮购部 010－62752015　发行部 010－62750672
　　　　　编辑部 010－62759634
电 子 信 箱：zbing@pup.pku.edu.cn
印　刷　者：北京虎彩文化传播有限公司
发　行　者：北京大学出版社
经　销　者：新华书店
　　　　　650毫米×980毫米　16开　18.5印张　266千字
　　　　　2004年8月第1版　2022年8月第6次印刷
定　　价：58.00元

目 录

序　言

本书的基本框架，源于十余年来我在北京大学中文系、西语系、信息管理系、艺术系本科生中所授之主干基础课“欧美文学史”课的课堂讲义。为避免在已经为数不鲜的各类欧美文学史教程之上叠床架屋，我在这里对讲义的原有内容做了一定程度的调整，其结果，套用冯友兰先生的话说，是“对于我已经研究过的，就照着我所研究的结果讲，讲得比较细，所用的时间比较多。对于我没有研究过的，我就照着一般的说法讲，讲得比较粗，所用的时间比较少”①，也就是说，在确保为读者提供西方文学发展三千年的主要嬗变线索的前提下，尽可能少谈或者不谈那些人人尽知以及别人比我谈得更好的文学史内容，多谈一些自己感兴趣的话题，多融入一些自己对西方文学现象的思考。因此，与一般的欧洲文学通史著作相比，本书不仅在材料的侧重上有所不同，而且对“古典文学”、“中古文学”以及“西方文学的时空范围”这些概念也都有自己特殊的理解。这是我在言归正传之前，首先希望向读者加以说明的。

一、本书在材料侧重上的特色

拉丁语“文学”(Literatura)一词，本指“书写”、“文体”或“用文字记录下来的书写成品”。虽然它自 18 世纪中叶开始在西方代指“文

---

① 冯友兰：《〈中国哲学史〉的原委与得失》，引自黄克剑、吴小龙编《冯友兰集》，群言出版社，1995 年，第 58 页。

学生产”，但原词所强调的“作品”意义却没有丝毫削弱①。然而，“文学”事实上是个远远超出“作品”意指范围的人类实践活动，这一实践活动至少包含了“历史”、“作者”、“作品”、“结构”、“读者”五个不可相互归约的方面。类似于中国传统的“天生五材，民并用之，废一不可”②的五行模式，文学作为一个牵一发而动全身的协调体系，忽视“历史”、“作者”、“作品”、“结构”、“读者”这五个方面的任何一项，都无法相对完整地阐明文学自身的运动变化过程。易言之，正是文学系统内部“历史”、“作者”、“作品”、“结构”、“读者”五要素的交互作用，共同维持了世界上不同文化系统之文学感受、表达与交流间的动态平衡。

也就是说，无论人们今天怎样强调“文学”在现代社会科学体系中自立自足的存在地位，作为“以言乎迩，则周流秋毫而有余焉；以言乎远，则弥纶太虚而不足焉”③的激励情感而不提供任何终结意义的人类生命体验，“文学”是世界上不同民族文化的共同“情志”表征。——姜亮夫有关“文艺实质能产生形式，正如龟之有甲、鸟之有翼一般地自然。所以便是这班以思想给人的哲学家，也能有很好的文学形式。如孔丘孟轲庄周荀卿郭象朱熹王阳明诸人，没有一个不同时是文艺家”④的判断所体现的文学与哲学思想的密切关系，钱钟书有关“史家追叙真人实事，每须遥体人情，悬想事势，设身局中，潜心腔内，忖心度之，以揣以摩，庶几人情合理。盖与小说、院本之臆造人物、虚构境地，不尽同而可相通”⑤的观点所论述的文学与历史的密切关系，以及胡适在《建设的文学革命论》中对“赫胥黎(Huxley)等的科学文字”⑥的称道所表明的文学与科学的密切关系，都从不同的角度阐明，“经纬区宇，弥纶彝宪，发挥

① 具有一定权威性的《不列颠百科全书》(*Encyclopaedia Britannica Copyright 1994—1998*)“文学”条，便首先将“文学”解释为“用文字记录下来的作品总体”。

② 《国语·郑语》。

③ 葛洪：《抱朴子·内篇·道意》。

④ 姜亮夫：《文学概论讲述》，云南人民出版社，2000年，第87页。

⑤ 钱钟书：《管锥编》，中华书局，1984年，第166页。

⑥ 胡适：《胡适文存》一集，黄山书社，1996年，第52页。

事业，彪炳辞义。……《易》曰：鼓天下之动者存乎辞"[1]的"文学"，作为人类"心力"[2]能量的一种有影响力的释放，是各民族文化在宗教、哲学、伦理、政治、历史、科学等不同文化领域的众多成就的"发挥"者与"彪炳"者。

基于以上观念，本书于介绍西方作家作品之外，尤其重视评述与西方文学发展中的"历史"、"作者"、"作品"、"结构"、"读者"五要素都有密切关联的西方文化背景。在这里，我赞成《欧洲文学的背景》一书作者们的观点，"他们觉得研读文学名著本身并不能给学生带来多大的收获，除非学生事先了解这些名著诞生的文化背景。"[3]——孟子所谓"颂其诗、读其书，不知其人，可乎？是以论其世也"[4]的主张，大约正与此同。如果说自幼浸淫于西方文化的社会风尚、民俗传统当中的西方学生尚有在了解名著诞生的文化背景的前提之下研读文学名著的必要，那么，对于身处另一文化系统的中国读者而言，了解相对说来陌生了许多的西方文学的产生背景，把握西方人文特征的传承脉络，对于理解西方文学作品，其"知人论世"的意义就更为重大了。

与此相应地，本书同样格外重视的，还有西方文学传统中那些明显有别于中国文学传统的方面。尽管从相异的文化系统看待其他地域文化的文学，或明或暗的比较已经内蕴其中，但一直以来人们所惯用的源于西方的历史文化比较方法，在研究不同文化系统间的差异关系及其对应情况时，更关注的往往是不同文化系统中那些体现出某种(大多是从西方文化当中总结出的)共性规律的方面，比如在研究中国文学时注意寻找其与西方文学的演进相似的"由简至繁"的文学"进化"路线，或者相似的"现实主义"、"浪漫主义"的文学创作特色等，却较少注意不同文化系统的文学间之差异存在的意义。本书的

---

① 刘勰：《文心雕龙·原道》。

② 取《书·大禹谟》："尔尚一乃心力，其克有勋"及龚自珍《壬癸之际胎观第四》："心无力者，谓之庸人。报大仇，医大病，解大难，谋大事，学大道，皆以心之力"中之"心力"意。

③ 罗德·W·霍尔顿、文森特·F·霍普尔合著《欧洲文学的背景》前言，王光林译，重庆出版社，1991年。

④ 《孟子·万章下》。

比较方式有异于此。在我看来，对另一文化系统之文学的把握，理解其差异之处——无论是精华还是糟粕，比较起指出其共具的那些特性来，乃是更有意义的工作。何况自古及今，人们对精华和糟粕的判定常常一水四见，昨是今非，并不具有绝对的意义；而差异的存在却如日月经天、江河行地一样，是不争的事实。由此，在本书中，无论优劣，西方文化中那些明显有异于中国传统文化的方面得到了特别的指出。——虽然自中国现代文学发生以来，无论是在文学观念上还是在文学样式上，中国文学都已因对西方文学采取"就有道而正焉"的学习态度，自觉缩小了自身与西方文学间差异的距离，但文化传统所造成的区别依然存在。了解这种因种族、环境、宗教信仰、社会风尚等超越于"遵四时以叹逝，瞻万物而思纷；悲落叶于劲秋，喜柔条于芳春；心凛凛以怀霜，志眇眇而凌云"①的个人感受之上的文化历史传承所造成的文学差异，是领会另一文化系统之文学意义与价值的一大关键。由此，本书大大加强了对西方"古典文学"与"中古文学"的评介力度，原因在于，如古谚所云："差之毫厘，谬以千里"，事物最初的差异往往是最根本的。这就使得本书在基本遵循一般外国文学史详近略远的叙述策略的前提下，更突出"古典文学"在西方文学史上的开山意义，更关注"中古文学"作为两希（希腊、希伯来）文学继承者的承前启后地位。

二、本书对"古典文学"与"中古文学"概念的理解

一、关于"古典文学"

本书对"古典文学"概念的理解尚有以下两方面需要说明的内容。

第一，按《简明不列颠百科全书》的诠释，"古典文学"（classical literature）一词，除可以指代西方文学的重要源头——古希腊、罗马

① 陆机：《文赋》。

文学外，还可以指涉任何一个优秀作家辈出、杰出作品纷呈的特定时期的西方文学。因此，公元前500—前320年的古希腊文学、前70—17年的罗马黄金时代文学、17世纪后半叶的法国文学以及1660—1714年间的英国文学等等，就屡屡被西方学者冠以“古典文学”的称谓①。也就是说，如果不加特别限定，“古典文学”是一个容易引发歧义的术语。有鉴于此，本书预先声明，后文仅在特指西方古代的希腊、罗马文学这一意义上使用“古典文学”这一术语，而该词的其他意义，本书一概不取。

第二，本书以“古典文学”一词指称西方文学源头之一的古代希腊、罗马文学，而不采用其他一些中外文的西方（或欧洲）文学史教科书中所谓“古代文学”的提法，还有另外两条理由：其一，“古代文学”的提法相对含混，它侧重的仅仅是不同发展时期的西欧文学现象在时间段上的区分，无法体现古希腊、罗马文学作为西方不同民族文学的共同经典渊源的特殊文化意义；其二，“古代文学”的称谓也无法解释何以其中没有包含在时间段上与古希腊文学同样悠久、并同样构成西方文学古代渊源的希伯来（Hebrew）文学的问题。而“古典文学”的提法则既体现了古希腊、罗马文学在西方文学传统中的经典地位，又约定俗成地与古代希伯来（《圣经》）文学具有明确的区分。

至于某些西方文学史教科书中将古希腊、罗马文学称为“异教视点”（The Pagan View）②的看法，本书则无意采纳。原因在于，所谓异教（pagan）乃是相对于基督教而言——在这一意义上，不仅古希腊、罗马文学，中国传统文学又何尝不充满异教观点？其实，真正与西方的“异教视点”形成对照的，是西方的基督教观念。而后者，正是西方“中古文学”或称“中世纪文学”得以蕃生的重要文化土壤。

二、关于“中古文学”

普遍的看法认为，因为西方中世纪开始于公元5世纪罗马帝国

---

① 参见《简明不列颠百科全书》第三卷，“古典文学”条。中国大百科全书出版社，1985年。

② 如劳里·马格努斯（Laurie Magnus）所著《欧洲文学史》（*A History of European Literature*, London, Ivor Nicholson and Waston LTD. 1935）。

崩溃之时，结束于公元14、15世纪西欧文艺复兴兴起之际，所以，对西方“中古文学”(medieval literature)的介绍，便应以这九、十个世纪当中产生的文学为限。但实际上，倘若真以这样的时限来限制人们对中古文学的解说，难免会予人历史断裂之感。由于基督教在中世纪这一以“信仰的时代”而著称的历史阶段中在欧洲各蛮族王国里的迅速传播，特别是由于中世纪早期基督教僧侣对西方社会精神文化生活的实际垄断，由《旧约》(又称希伯来圣经)和《新约》组合而成的基督教《圣经》，以及在《圣经》指导下出现的各种神学著作，都曾经对中古文学的思想观念、体裁、类型、叙事方式等产生过巨大的影响。因此，对西方中古文学的理解，需要以对基督教《圣经》的形成与传布过程的初步了解为前提。基于这样的理由，本书“中古文学”一章，将越过中世纪的时间界限，而开始于对《旧约》时代希伯来民族历史文化的追溯。

三、西方文学的时空范围

西方文学的时空范围问题，实际上包含了两个方面的具体问题。一个是本书对西方文学时间范围的确定问题，一个是本书对西方文学空间范围的确定问题。

先看本书对西方文学时间范围的确定问题。这一问题又包含了两个更具体的问题，其一是西方文学从何说起即其上限如何确定的问题；其二是西方文学的讲授止于何时即其下限如何确定的问题。

首先是有关西方文学上限的问题。

可以肯定的是，对西方文学历史的讲述，不可能从天地开辟之时说起。由于人类个体生命的不可重演性，文学在人类文明之初的实际状况对今人而言，已经是永远无法真实复制的消失了的现实。在缺乏大量实证材料而只能满足于逻辑推论的前提下，学者们对文学起源的任何构想，都无法排除主观臆断的成分。本书自然不在例外。实际上，关于文学的起源，我颇赞成中国古人所普遍持有的文学观念，即沈约所谓“民尊天地之灵，含五常之德。刚柔迭用，喜愠分情。

夫志动于中，则歌咏于外，发六义所因，四始攸系。升降讴谣，纷披风什。虽虞夏以前遗文不睹，禀气怀灵，理无或异。然则歌咏所生，宜自生民始也”①的判断。即是说，相信文学的产生与人类社会的到来同步出现——“歌咏所生，宜自生民始也”。虽然关于原始人类的精神境界，包括原始人类寻找事实原因或根据的能力——理性思维能力，以及作为体现这一能力的工具的语言能力的存在的证据，事实上付诸阙如。但那些遗存至今的原始人类打造的各种类型的石器，能够精致到具有猎物屠宰、兽皮加工、木材钻孔等多种用途的区分，却分明体现出原始人类不容小觑的对事物发展的预见能力与协调能力。这在一定程度上说明，在万事开头难的人类文明草创时期，原始人的智力与创造力实际上或许并不逊色于现代人。本书据此认为，如果说人类从与动物同一的自然状态向文明状态的过渡需要一个特定标识的话，这个标识也许正是文学艺术的产生——“诗言志，歌咏言，声依咏，律和声，八音克谐，人神以和。”②

因此，关于西方文学的起源，本书也有理由将之推断为产生于人类脱离动物世界的洪荒时期。然而，由于史前的文学遗迹多已杳不可寻，不足为据，本书所称之西方文学上限，便人为地选定在大量历史事件仍然处于神话包装之中、作家与作品均带有几分虚无缥缈色彩的古希腊爱琴文明（Aegean civilizations）末期（公元前1000纪）。因为自兹以还，西方文学的眉目不仅日渐清晰起来，而且在其形态多样、神髓各别的发展变化中，万变不离其宗的脉络也始终依稀可寻。

其次是有关西方文学下限的问题。

众所周知，无论繁简，文学史的叙述都会如一条有头有尾的线段，由学者们从无限可分的历史变迁之中截取出来的文学现象组合而成。也就是说，按照一定的指导原则，找出各段历史变迁当中有联系的相关文学资料，在相对抽象的状态下分析它们各自的结构要素与导致它们出现的前因后果，这样的认识态度构成了生也有涯、学也无涯的人类理解文学史的基础。这就意味着，不光文学史的上限，文

① 《宋书·谢灵运传论》。

② 《四书五经·虞书》。

学史下限的确定，也往往带有相当大的主观性、人为性。

本书将西方文学上迄古典(古希腊、罗马)时期，中经中世纪、文艺复兴、巴罗克与新古典主义时期，下至18、19、20世纪至今的历史变迁的下限，设定在20世纪的60、70年代。毋庸讳言，这样的限定带有相当明显的武断色彩。因为选择这样的下限完全基于作者自己评价文学作品时的保守认识，即面对20世纪作品蜂出、信息如潮的"沧海横流"局面，一部作品是否在数千年的文学历程中得以占有一席之地，是否值得人们花费时间评头品足，不仅要看它是否因政治、经济或者猎奇的原因而造成一时的影响，更重要的是要视其是否经受得住至少半个世纪以上的社会的以及文学观念变迁的风吹浪打的考验，而仍自岿然屹立，真正化为文学传统当中的一笔崭新财富。虽然"焉知来者之不如今也"？"来日方长"、"方兴未艾"，但文学史是历史的一种写法，"历史家所写的，主要是'盖棺论定'的事情，还没有'盖棺'的事情留待将来的历史家。"①

作者深知，这样一种保守的选择标准，作为一家之言，对于读者理解西方文学经典，或许不无小补，但也不能排除另外一种可能，即由于作者自身才疏学浅，我在本书中设定的西方文学发展的上下限以及我对西方文学经典的选择难保不舛漏百出，徒以井蛙之见贻笑大方。设若真有这样自误误人的地方，也是情非得已，这是事先需要求得读者诸君谅解的。

最后，有关西方文学的地域范围问题，也是本书意欲说明的一个方面。

在实际的"欧美文学史"教学过程中，为使学生于有限的授课时间(一学期)内高效率地了解西方文学三千年的发展流变过程，我的课堂讲义基本上舍弃了与北大俄语系开设的"俄罗斯文学史"课程重复的部分；至于其他东欧与北欧国家的文学，由于相关的作品资料与研究资料的匮乏，也大多被我纳入舍弃之列。与此同时，因时间所限，美洲文学在授课当中真正介绍到的，也仅只有美国文学而已。十数年来，事实上多少有点名实不副的"欧美文学史"课堂教学使我相

① 黄克剑、吴小龙编:《冯友兰集》，群言出版社，1995年，第52页。

信，大部头的西方文学史著作在教学当中，不仅往往因其面面俱到、头绪纷繁而英雄无用武之地，甚至正因其面面俱到、头绪纷繁，反而会使学生眼花缭乱，应接不暇，视学习本应情趣盎然的西方文学为畏途。因此，我的课堂讲义一直围绕着主要西方国家的文学发展进行讲授。这十几年来我对讲义中的文学资料的更新，主要在对已有资料的准确性与深入性上下工夫，却丝毫没有拓展讲义所涉及的地域范围的意图。本书既然是在原有讲义的基础上完成的，其所涉及的地域范围便大略同于讲义。

这就意味着，本书在观点明确、重点突出之余，对文学史所应有的周详完备这一要求就无法顾全了。如果说，比之需要依靠集体力量进行撰述的欧美文学史的浩荡工程，本书的写作只能算作零敲碎打的一件小活计的话，这件小活计的完成或可比作一个学力有所不逮但做事还算认真的测绘人员的地图制作，虽然无力绘出详尽的欧美文学全貌的舆地图志，但通过评介西方文学当中的一系列有代表性的文学景观，给出的大约也不失为一幅简要的欧美文学风光的导游路线图。

换言之，本书将在描述西方文学史上不同历史时期的主要时代特色与文化传统的基础上，展开对西方文学名著的评介、分析，点面结合，力争在传授西方文学的基础知识、深化读者对西方文学发展脉络的理性认识的同时，尽可能传达出西方文学杰作那“能阴能阳，能柔能刚，能短能长，能圆能方，能生能死，能暑能凉，能浮能沉，能宫能商，能出能没，能玄能黄，能甘能苦，能膻能香”①的生动灵性，引导读者领会那些“不是仅只展示个体及其事务，而是展示关于整个种属和世界以及生活的知识，展示人及其存在的种种形状、矛盾、灾变，展示人这个最猜不透的谜”②的西方文学的精髓。以上，是我为本书设定的写作目标。当然，限于功力，这样的目标只能悬为本书的写作理想。

---

① 语见《列子·天瑞》。

② 施莱格尔：《古今文学史讲演集》（第十二讲），转引自刘象愚等译，拉曼·塞尔登编《文学批评理论——从柏拉图到现在》，北京大学出版社，2000年，第18页。

第一章 古典文学

西方古典文学即古希腊和古罗马文学，是西方文学三千年发展的重要渊源，——不仅后世西方文学赖以产生的社会文化风尚与思维表达方式大多滥觞于此，这座绚烂辉煌的文化宝库更是嗣后直接激发西方作家写下大量传诵千古的文学名篇的充满生命灵感的精神故园。

本章以下将按“古希腊文学”与“古罗马文学”的发生次序，展开对西方古典文学的评介。

第一节 古希腊文学

粗略分来，古希腊文学主要由两类文献构成：一类是诗体创作，包括史诗、抒情诗、戏剧（悲剧和喜剧）等；一类是散文体创作，主要有历史著作、哲学著作、修辞与演说、小说与寓言等。

虽然在一般的欧洲文学史教材中，古希腊神话往往被置于古希腊文学的首位，但实际上，早期的希腊文学当中并没有系统的希腊神话文献的存在。作为长期流传于口头的集体创作，希腊神话散见于荷马（Homer）和赫西俄德（Hesiod）的史诗作品以及此后的戏剧创作、历史、哲学著作当中，以致不同作家笔下的不同神话故事，在人物形象与情节结构上常有很大的出入甚至完全矛盾。现在人们所能见到的系统的希腊神话作品，比如据传为公元前 2 世纪的阿波罗多罗斯所汇编的《神话全书》（*The Library*），便是后人根据多种古籍整理出来的。也就是说，古希腊文学的开端，应该从开始叙述了希腊神话传说的史诗时代算起。

一、从米诺斯文明到史诗时代

地中海东部，希腊半岛与小亚细亚之间，有一片闪烁着传奇异彩的迷人海域，它就是孕育希腊早期“爱琴文明”的摇篮——爱琴海。爱琴海东北经由达达尼尔海峡、马尔马拉海和博斯普鲁斯海峡与黑海相通，南端到达克里特岛。在它 21.4 万平方公里的辽阔水域里，大小岛屿星罗棋布，曲折的海岸线生成无数的天然海湾和避风港口。正是由于爱琴海的连接作用，古代的克里特岛、爱琴海诸岛、亚洲西部和大陆希腊，在文化上具有了许多特殊的关联。

也就是说，在历史上，今日的希腊本土，实际上只占古希腊文明的一小部分。由于“在地中海沿岸及各岛屿上，绝对找不出一个地方会像恒河、印度河、底格里斯河、幼发拉底河或尼罗河等冲积河谷一样肥沃的土地，夏季干旱有时来得太早或是延续得太长，并且，在薄薄的泥土之下到处都是岩石。……因此，本地的农民在厌倦与土地相争的情况下，只好逐渐放弃农耕，转而种植橄榄和葡萄。”①而即使是这样有限的耕作，也不时受到地震与山裂的威胁。这就迫使大批古希腊人转而利用优良的港湾进行海上贸易和殖民活动，其中不少人也由此成为了地中海上的航海能手和经商行家。尽管海上有不测的风云和横行的海盗，但由航海所打开的自欧洲和非洲通向亚洲的水路，却给古希腊人带来了新的财富。因此，每当一个希腊城邦国家人口过剩的时候，古希腊人很少考虑向内陆开疆拓土，而往往由年轻一代乘槎泛海，到他乡自立门户，形成政治上、经济上完全独立于母邦的子邦。几代之后，子邦又会派生出新的子邦，由它出发又会建立另一个殖民城邦。就这样，千百年来，沿着爱琴海甚至更远一些的地中海海岸，古希腊人建立了许多殖民点：“就像一群青蛙围着一个水塘，在这个海的沿岸定居了下来。”②这里环境的大体特点，一是土地贫瘠、物产不丰，如荷马史诗所唱：“万民之王”阿伽门农来自“甚旱的

---

① 威尔·杜兰：《世界文明史·希腊的生活》上卷，幼狮文化公司译，东方出版社，1999 年，第 6 页。

② 同上书，第 5 页。

阿尔戈斯”(*Iliad*,Ⅳ);老谋深算的涅斯托耳来自“多沙的派罗斯”(*Odyssey*,Ⅲ);足智多谋的奥德修斯,来自“多山多石”的伊塔卡(*Odyssey*,Ⅸ);二是城邦林立,人群好争。不同的小民族在这片嗜血的土地上攻伐征战,此盛彼衰,“处处都是强权者得势,人们毁灭他们邻近的城市”①,不同文化间的交流与交融,大多发生于暴力冲突乃至征服与奴役之后。

而在古希腊多民族文化相互融合的进程中,文明的第一道曙光来自“浮在青黑色的汪洋之间,美丽而富有,浪花是它的镶边;那里有数不尽的人和一百座城市”②的克里特岛。作为希腊最大的岛屿,克里特曾受到历代希腊诗人的钟爱。在保存至今的希腊神话中,许多动人的故事都和这片土地密切相关:这里是众神之王宙斯幼年时,为躲避乃父吞吃而隐藏的地方;这里是美丽的腓尼基公主欧罗巴,被化作金牛的宙斯诱拐而来,生育后代的地方;这里是欧罗巴之子米诺斯建立王朝、进行贤明统治的地方;这里是能工巧匠代达鲁斯建造起神奇迷宫的地方;这里是雅典英雄忒修斯在米诺斯之女阿里阿德涅的帮助下,战胜食人怪牛米诺陶里斯的地方;……随着游荡在古代希腊世界各城邦的行吟诗人的足迹,发生在克里特岛上的神话故事被一代代地记诵下来。

神话的背后,是否掩藏着某些真实的历史事件呢?

从西方古典文学的记载中可以看出,大部分古希腊人都将神话视为发生在远古的真实事件。只是自从西方古典世界消亡之后,希腊神话才完全被人们当作了千古奇谈。直到19世纪德国考古学家谢里曼——一个对希腊神话的真实性有着执著信念的人出现,才又一次用挖掘出来的考古资料,证明了希腊神话的可信性。

与中国史学界曾经很有权威的古史辩派之力图将笔之于书的中国传统信史重新还原为神话传说的努力方向相反,在西方文化史研究中,因为考古学先驱谢里曼、伊文思以及他们的继承者们的努力,大量的希腊神话传说如今已被还原为信史。这样,古希腊文明早期

① 斯威布编《希腊的神话和传说》,楚图南译,人民文学出版社,1984年,第21页。
② 约安尼斯·塞奥法诺普洛斯:《希腊文化》,华人华商文化交流中心,2002年。

的爱琴文明的起源，就被推到了公元前三千年的米诺斯时期（Minoan period，公元前 3000—前 1000），而希腊神话传说中由众神之王宙斯与腓尼基公主欧罗巴所生之子米诺斯统治的希腊克里特岛，便成为这一早期爱琴文明的发祥地。

考古学家将克里特岛的米诺斯文明分为早（公元前 3400—前 2300）、中（公元前 2300—前 1800）、晚（公元前 1800—前 1400）三期，其中晚期的米诺斯文明不仅留下了许多绘画、雕塑和金属制品，还有线形文字和规模宏大的迷宫样复杂的建筑物遗址。虽然上古克里特岛的居民不是古希腊人（关于他们究竟是来自西亚的腓尼基还是北非的埃及，学者们迄无一致意见），但克里特人所创造的充满奇情异境的优美神话，却为后来的希腊民族所继承，并在日后的希腊文学与西方文学中占有引人注目的席位。

据考古学家推论，晚期的米诺斯文明毁于外族的军事征服。征服者是希腊人的祖先之一，在荷马史诗中备受赞颂的来自多瑙河沿岸的一支游牧民族——阿凯亚人（Achaean）[①]。自公元前两千纪始，南下的阿凯亚人部落便蜂拥进入了希腊本土，逐渐占据了当地佩拉斯吉人（Pelasgi）的土地，并成为这一地区的统治者。到公元前 15 世纪左右，他们的势力扩张到了克里特岛，并最终摧毁了那里的文明。这样，到特洛伊战争（Trojan War）时代，美丽富饶的克里特岛便成为操着不同语言的阿凯亚人、埃忒欧克里特人（Eteocretans）、多利安人（Dorians）和佩拉斯吉人等混杂居住的地方[②]。

阿凯亚人一手焚毁了米诺斯文明，另一手又从这一文明的余烬中接过其薪火，经过几个世纪的传承发展，创造出自己文明的繁荣昌盛。由于阿凯亚人文明最发达的地区不在被其征服的克里特岛上，而在希腊本土，在伯罗奔尼撒半岛上的阿尔戈斯地区——那里的梯伦、派罗斯、尤其是荷马笔下的特洛伊战争中的希腊联军首领阿伽门农统治的迈锡尼，成为了阿凯亚人文明的中心，因此，这一文明便以

---

① 参见兹拉特科夫斯卡娅：《欧洲文化的起源》，陈筠、沈澂译，三联书店，1987 年，第 112 页。

② 引文出自 *The Odyssey* by Homer, translated by Samuel Butler, Book 19。

迈锡尼(Mycenae)的名字而著称。

迈锡尼文明期间的大事记，自然首推经荷马史诗而传唱至今的特洛伊战争。按史诗的说法，特洛伊战争的远因，是他们所奉奥林匹斯诸神中三个最有势力的女神——天后赫拉、智慧女神雅典娜与爱神阿弗洛狄忒之间的金苹果之争①；近因则起于得到爱神帮助的特洛伊王子帕里斯在作客阿凯亚人的城邦斯巴达期间，拐走了当时整个希腊世界中最美的女人、斯巴达王后海伦以及大批王室财富的不义之举。斯巴达国王墨涅拉俄斯和他的哥哥、强大的迈锡尼国王阿伽门农，对特洛伊人的劣行愤怒异常，他们决定共同召集诸路希腊英雄，装备船只，出兵惩罚羞辱了墨涅拉俄斯和希腊人的特洛伊人。就这样，由迈锡尼国王阿伽门农统帅的威力强大的阿凯亚军队千艘齐发，兵临特洛伊城下。

但在事实上，特洛伊战争的起因却不像荷马史诗所称道的那么冠冕堂皇。公元前 15 到前 12 世纪，随着军事实力的不断增强，阿凯亚人为攫取更多的经济利益，曾多次强行侵入小亚细亚西南部沿岸，并在那里建立了迈锡尼文明的居民点。定居这里的大多数移民除从事合法的海运外，还进行非法的海盗劫掠活动。与此同时，追随阿凯亚人进入希腊和小亚细亚半岛并与阿凯亚人的迈锡尼文明发生融合的，还有其他许多欧洲部落，比如卡里亚人(Caria)、爱奥尼亚人(Ionian 或译伊奥利亚人)、爱奥尼斯人(Aeolis)等。殖民扩张和贸易争

---

① 按照古希腊的神话传说，在著名英雄珀琉斯(特洛伊战争中的希腊名将阿基里斯之父)和女神忒提斯的欢乐而豪华的婚礼宴会上，除了"不和"女神厄利斯，住在北希腊奥林匹斯高山上的所有男女神明都受到邀请乘兴而来。为了引起诸神的不和以报复人、神对她的漠视，厄利斯偷偷溜进婚礼宴会之中，并在诸神宴饮的餐桌上抛下一只金苹果，上面写着："给最美丽者!"这果然立即引起天神宙斯的妻子赫拉和他的两个难缠的女儿——智慧女神雅典娜、爱神阿佛洛狄忒三个女神的抢夺金苹果的争执。难断家务事的宙斯决定由特洛伊国王普里安的儿子、美男子帕里斯来解决女神们的争执。为尽量促使帕里斯做出有利自己的判决，女神们争相贿赂于他，赫拉许诺要把全部亚细亚的统治权给他；雅典娜答应要把勇士的荣誉给他；而阿佛洛狄忒则表示要把斯巴达国王墨涅拉俄斯的妻子、凡间最美的女人海伦给他。为得到世界上最美丽的女人，特洛伊王子帕里斯把金苹果判给了爱神，以求镶助，这自然引起了另外两个女神对特洛伊的仇恨，并由此埋下了特洛伊战争的祸根。

夺,使以阿凯亚人为首的欧洲部落在小亚细亚半岛西南部的扩张事业,屡屡面临着在他们与半岛西北部的城邦特洛伊及其盟国之间爆发军事冲突乃至战争的危险。而特洛伊的令人垂涎的优越地理位置,又无可避免地加大了这种战争的威胁。考古资料显示,特洛伊的繁盛都城伊利姆,正坐落在达达尼尔海峡附近,控制着由地中海进入黑海的交通要道,具有重要的战略意义。因此这里自古便成为兵家必争之地。也就是说,伊利姆的有利地势强烈吸引着阿凯亚人,夺取达达尼尔海峡的控制权,这大约才是特洛伊战争的真正起因。

在阿凯亚人的多次对外战争之中,荷马史诗所记录的发生于公元前 12 世纪初期的阿凯亚人与特洛伊人之间的特洛伊战争,肯定是前者经过艰苦鏖战而取得最终胜利的一役。荷马史诗将这场战争描绘成一次阵容庞大的军事远征,不仅有许多阿凯亚人的国家参与了这次行动,还有许多能征惯战的英雄在这场战争中脱颖而出。最后,在战争胜利的狂喜中,阿凯亚人杀掉了特洛伊人的全部成年男子,掠走了幸存的妇孺,并将特洛伊都城伊利姆付之一炬。

但是,让凯旋而归的阿凯亚人万万想不到的是,螳螂捕蝉,黄雀在后。就在阿凯亚人的社会力量因为特洛伊战争的消耗而疲惫,再也无力进行像特洛伊战争那样大规模的军事征讨之时,来自奥林匹斯山之北的另一支更其野蛮的军事力量,却迅速逼近了希腊本土的迈锡尼、梯伦、派罗斯等阿凯亚人的城邦。入侵者是古代希腊部落中的另一个重要民族多利安人。数十年来,他们持续不断地从北方的马其顿等地向南方的伯罗奔尼撒半岛用兵,对这里的阿凯亚人的统治造成了极大的威胁。同样是在公元前 12 世纪,尽管阿凯亚各地居民奋起拒敌,他们加固城墙、征集军队、举行求神祭祀,但已经民生凋敝的迈锡尼文明社会,最终却再也无力抵敌多利安人的入侵。迈锡尼、梯伦和派罗斯以及其他迈锡尼文化中心相继陷落,大量的阿凯亚人被屠杀,幸存者也沦为多利安人的奴隶。随着多利安人对迈锡尼文明的摧毁,希腊本土的文化进入衰落时期,希腊文化的中心此后则东移到小亚细亚的欧洲移民部落中去——那里不仅是希腊史诗的诞生地,也是希腊宗教和哲学的起源地。

值得一提的是,在希腊本土南部的阿提卡半岛上,由阿凯亚人和爱奥尼亚人汇合而成的种族定居在雅典城内及其周边地区。在多利安人入侵的时候，雅典这个捕鱼和海运的小城还极不发达，没有引起侵略者的注意。多利安人不会想到，就是这个不起眼的小地方，在几百年之后，随着它对周边的爱琴海群岛和小亚细亚所进行的经济和殖民扩张，逐渐兴旺发达起来，终于成为以斯巴达为首的多利安人的劲敌。也就是说，在日后的雅典与斯巴达城邦间的斗争中，除政治原因外，民族矛盾也是其中的重要原因。

希腊本土的迈锡尼文明衰落以后，迈锡尼文明的移民区——小亚细亚的爱奥尼亚地区一时成为希腊文化的中心。也就是在这个时期，希腊文学中最古老的史诗传统逐渐形成。出于对祖先曾经建立的辉煌业绩的缅怀，这一地区的史诗创作自公元前 9 世纪开始，日渐繁荣起来。

在众多歌颂往昔荣耀的民族史诗当中，最早的两部史诗作品相传是由一个名为荷马①的盲诗人所作的《伊利亚特》和《奥德赛》。前者以阿凯亚人的名将阿基里斯的愤怒为契机，绘声绘色地表现了特洛伊人与阿凯亚人 10 年血战中最激烈的 51 天决战的场面，气势恢弘、语言生动、形象鲜活；后者则集中叙述了阿凯亚人中最足智多谋的将领奥德修斯在战争胜利后的 10 年海上漂泊经历及其最终返乡与妻儿相认的团圆结局。而与《伊利亚特》当中穿插的大量神祇活动相比，《奥德赛》通过对主人公在险象丛生的返乡旅程中设法战胜各种磨难的曲折过程的精心描写，更多地歌颂了人类自身的求知欲望与聪明才智。

据说由生活于公元前 8—前 7 世纪的赫西俄德(Hesiod)所创作

---

① 尽管荷马其人在古代希腊世界闻名遐迩，但他究竟生于何地(古代七个希腊城邦自认为是荷马的故乡)？生于何时？却至今没有确切结论。大部分现代西方古典文学研究者认为，荷马生活于公元前 9 到前 8 世纪，荷马史诗继承了前几个世纪口头流传下来的特洛伊战争故事。史诗主要讲述的是发生于青铜时代的公元前 12 世纪的一场战争，只是其中有些场合描绘了比那个时代早得多的物品，还有些场合涉及大大晚于前 12 世纪的希腊铁器时代的社会情形。由于人们对西方公元前 12—前 9 世纪的社会生活所知甚少，大部分知识均来自于荷马史诗所作的反映，因此特洛伊战争之后这几百年的历史阶段又被称为荷马时代。

的《神谱》和《工作与时日》，是另外两篇流传至今的重要古希腊史诗作品。前者从神的诞生直写到奥林匹斯神系统治地位的确立，表现了作者将不同来源的神话传说整理成完整系统的企图；后者则以讽喻的口吻描绘了那个时代的希腊社会生活，展现了古代希腊人民的社会风尚、文化观念和宗教信仰。

除赫西俄德外，直到公元前6世纪，还有其他一些类似或者模仿荷马史诗的作品问世，讲述希腊神明和英雄的故事，可惜如今已经失传了。

古希腊史诗的意义，不仅在于它们为后世西方文学发展在题材与形式上所提供的诸多借鉴，更重要的在于作为早期希腊文化的百科全书与宗教经典，它们在融会多民族、多中心的西亚、北非文明①而使之希腊化的过程中，在对自然现象的解释尤其是在对统治、战争等社会问题的关注上，展示出希腊信仰与民风的生动面目，并以强烈的争斗意识深刻影响了"以横厉无前为上德"②的西方文化传统的形成。

荷马史诗《伊利亚特》正是以颂扬争斗为开场的：

> 高唱吧！女神！歌唱那带给阿凯亚人无尽痛苦的佩琉斯之子阿基里斯的暴怒！③

---

① 希腊人信奉的爱神阿弗洛狄忒和酒神狄俄尼索斯来自亚洲西部地区；希腊秘教（包括俄耳普斯崇拜——Orphic Religion，据信为传说中依靠自己的音乐天才使妻子死而复生的俄耳普斯所传授的教义，相信因果报应与灵魂转世；厄留西斯秘仪——Eleusinian Mysteries，流行于希腊厄留西斯地区的对谷神德墨忒尔和她女儿冥后珀耳塞福涅的崇拜活动以及对死而复生的酒神狄俄尼索斯的祭祀仪式），也带有明显的北非、西亚宗教中关于动植物孕育、成长、死亡、再生的繁殖崇拜的特色；而据公元前5世纪的古希腊历史学家、西方"历史之父"希罗多德的看法："可以说，几乎所有神的名字都是从埃及传入希腊的。我的研究证明，它们完全是起源于异邦人那里的，而我个人的意见则是，较大的一部分则是起源于埃及的"（王以铸译，希罗多德：《历史》第133页，商务印书馆，1997年）。这在一定程度上解释了早期希腊宗教神话凌乱散漫、矛盾多歧的特点。

② 陈独秀：《敬告青年》，见《青年杂志》1915年9月15日第1卷第1号。

③ "Sing, O goddess, the anger of Achilles son of Peleus, that brought countless ills upon the Achaeans."——本书所有《伊利亚特》的引文均译自复旦大学出版社电子版的《英文世界名著1000部》之 *The Iliad* by Homer, translated by Samuel Butler。

在《伊利亚特》中，为了报复个人所受的委屈，高傲的阿凯亚人的英雄阿基里斯不仅在两军对垒之际拒绝参战，而且祈求天神向自己的军队降灾：

> 让阿凯亚人被困于战船之中，横尸于大海之滨。①

这样一个意气用事的角色成为民族史诗歌颂的英雄，想来会令中国古人百思不得其解。原因其实却非常简单：对争斗意识强烈的古希腊人而言，"勇敢"就是"德行"（来源于古希腊语②的拉丁语"德行"virtus 一词，本义为"勇敢"），阿基里斯受到史诗作者的"纵情歌颂"，正因为他是阿凯亚人中最勇敢善战的一位。

其实，在尚武好战上面，希腊神祇比之他们的崇拜者丝毫也不逊色。对于史诗时代的希腊人说来，居住于云雾缭绕、景色壮美的奥林匹斯山上的希腊神祇远不是道德标兵，除了永生这点与人类不同外，他们有着和人类一样冲动的喜怒哀乐爱恶欲，只是其激烈程度，大大超过凡夫俗子罢了。荷马史诗对此曾有相当生动的描述。简而言之，一方面，与终日生活在战争的阴霾和死亡的恐惧中的人类的可悲命运相比照，奥林匹斯圣山上的希腊神祇们似乎过着醇酒美人、纵情享乐、幸福无虑的优游生活，一如荷马史诗《伊利亚特》所描写的：

> 火神从调钵中斟出甜美的琼浆玉液，从左到右为诸神上酒。蒙福的众神看着他在天宫中奔走忙碌，在欢笑声中向他喝彩。
>
> 众神就这样从早到晚欢宴，人人都吃得心满意足。太阳神弹拨起七弦琴，文艺女神们以美妙的歌喉相唱相和。

但另一方面，也是荷马史诗着墨更多的方面，是虚荣、任性、好嫉

---

① "Let the Achaeans be hemmed in at the sterns of their ships, and perish on the sea-shore."

② 威尔·杜兰：《世界文明史·希腊的生活》上卷，第 385 页。

妒并且报复心强的神祇之间的怨谤、争斗——夫妻相瞒、父子相争、手足相煎；是受彼此不睦的神祇操纵的凡人之间的屠戮残杀。希腊神祇们不光在天界争权夺利、争风吃醋，甚至还会跑到凡间来捉对厮杀，大打出手。《伊利亚特》同样写到，在特洛伊人与阿凯亚人激战正酣、血流漂杵之际，按捺不住的奥林匹斯圣山上的希腊神祇们也即刻分为敌对的两派，天后赫拉、智慧女神雅典娜、海神波塞冬、信使神赫尔墨斯和火神赫淮斯托斯赶到阿凯亚人的船上助战，日神阿波罗、月神阿尔忒弥斯和他们的母亲勒托以及爱神阿弗洛狄忒、战神阿瑞斯、河神克珊图斯，则前往特洛伊人那里加盟，一时间：

> 神明们的混战引得山呼海啸。带箭的阿波罗对抗海神；智慧女神迎击战神；远射神阿波罗之妹，身背金箭的月神与天后对阵；勒托的对手是精力充沛、带给人红运的信使神；而具有强大旋涡的河神克珊图斯，则与火神打得难解难分。
>
> ……

令人感兴趣的是，像《伊利亚特》一样，在古希腊的其他史诗作品中，不仅因神祇的个人好恶所引发的人类之间的争吵、甚至械斗屡见不鲜，神祇之间的善恶不分的仇杀，也往往残酷得令人齿寒。比如，依据赫西俄德的《神谱》，和希伯来人的创世观一样，古希腊人也认为宇宙起源于黑暗和混沌。在这之后出现了大地该亚，以及该亚所生的天空乌拉诺斯。著名的泰坦诸神的诞生，便是大地与天空两神“乱伦”结合的产物。令人奇怪的是，史诗时代的希腊人相信，作为天父的乌拉诺斯，竟莫名其妙地憎恨自己的亲生子女，对他们无一例外地加以虐待和迫害；而惧怕父亲的子女们，也格外地厌恶自己的生身父亲。在母亲的鼓动下，乌拉诺斯的小儿子克罗诺斯利用夜色中父母交媾之机对乌拉诺斯进行偷袭，毫不留情地用镰刀阉割了自己的父亲。克罗诺斯因此取代了父亲在宇宙间的统治地位，坐上了神界至尊的交椅。然而，尽管克罗诺斯对儿女的惧怕与憎恶比乃父有过之而无不及，对怀孕待产的妻子，他时刻“提高警惕，注意观察，把自己的孩子吞到肚里"[①],却仍无法摆脱宿命中的厄运——被他的效尤者小儿子宙斯推翻的结局。正是以宙斯为首的新一代天神,形成了古希腊人所信奉的奥林匹斯神系[②]。但是,虽然与此前的神系比较,奥林匹斯神系显示出更为明确的等级秩序,但却并不意味着发生于希腊神祇内部的父子相残的命运就此终结。按照希腊宗教的说法,宙斯尽管是个把奥林匹斯山上全部神祇的力量加在一起也无法与之对抗的厉害角色,但对他而言,无论采取怎样的防范措施[③],一个比他力量更强大的子女的出生,也将永远是对他的统治的不虞的威胁。

虽然希腊宗教从神话产生到戏剧兴盛,在细节与阐释上持续不断地发生着演变,但自从荷马和赫西俄德的史诗如希腊历史学家希罗多德所言,"把诸神的家世教给希腊人,把它们的一些名字、尊荣和技艺教给所有的人并且说出了它们的外形"[④]以后,由希腊史诗所塑造的希腊神祇任性好斗的行为禀赋看来却没有多大改变[⑤]。这一方

---

① 赫西俄德:《神谱》,张竹明、蒋平译,商务印书馆,1997年,第40页。

② 在宙斯成为"诸神和众人之父"的奥林匹斯神系中,大大小小的神祇数不胜数,其中最为重要的是十二主神。这里面除了前面提到过的天父宙斯、宙斯的姐姐兼正妻天后赫拉、宙斯的另一个姐姐兼妻子谷神得墨忒尔,宙斯的女儿爱神阿弗洛狄忒(从荷马说)和智慧女神雅典娜外,还有宙斯的兄弟海神波塞冬、冥神哈得斯,宙斯的姐妹灶神赫斯提亚(后被酒神狄俄尼索斯取代)以及宙斯的其他子女太阳神阿波罗、月神阿尔忒弥斯、火神赫淮斯托斯、神使赫尔墨斯。虽然希罗多德的《历史》介绍说,"十二神"的提法首先出现在埃及人的宗教信仰当中,后来才被希腊人借用过去(希罗多德:《历史》第111页),但作为古希腊人大多数宗教礼仪基础的奥林匹斯神系的这十二位主神,却是古希腊人在他们所接受的宗教资源中自己选取的。因为接受了崇拜十二主神的奥林匹斯信仰,对古希腊人说来,"十二"这个数字具有了神圣的意义,不管是在法庭诉讼还是在日常生活中,古希腊人常常"凭十二起誓"。

③ 宙斯曾为此吞噬了雅典娜的母亲;还中断了同将生一个比父亲强大的孩子的海中女神、阿基里斯之母忒提斯的偷情计划。

④ 希罗多德:《历史》上册,王以铸译,商务印书馆,1997年,第135页。

⑤ 以致自公元前6世纪起,首先由史诗作品介绍给世人的善恶不分的希腊神祇,不断遭到古希腊哲人的质疑。柏拉图更曾经十分严厉地主张:"我们不能准许诗人说,受惩罚的人们是悲苦的,而造成他们的悲苦的是神。"(柏拉图:《文艺对话集》,朱光潜译,人民文学出版社,1983年,第27—28页)"我们不能让诗人使我们的年轻人相信,神可以造祸害,英雄并不比普通人好。"(《文艺对话集》,第45页)

面体现了史诗时代纷争不断的古希腊民风[1]对史诗创作的影响；另一方面也说明了古希腊史诗时代的作品对此后的古希腊宗教与社会风尚所发挥的既深且广的同化力量。正是希腊史诗时代的作品，向人们透露了西方远古的一个充满冒险精神的英雄时代的信息，而受到史诗歌颂的众多出身高贵、四海漂泊、勇于战斗的希腊英雄——伊阿宋、阿伽门农、阿基里斯、奥德修斯这些可能实有其人的历史人物，到公元前5世纪的希腊历史上的黄金时代，都已大名鼎鼎，他们建功立业的生涯和壮举也成为后世诗歌、戏剧等不同类型文学作品的共同素材。

二、抒情诗的产生

正像荷马史诗所表现的，到荷马时代晚期，君主政体已经在希腊文明中出现。在这种政治体制下，社会财富日益集中在少数人手中，而多数希腊人则成为需要租佃土地的穷人、债务人甚至奴隶。荷马史诗《伊利亚特》第二卷中，普通士兵特尔西忒斯责骂贪得无厌的国王阿伽门农的那一番名言，就有力地说明了这一贫富分化的社会状况：

> 阿伽门农，你现在还有什么不满意？还缺少什么东西？
> 你的篷帐已装满青铜器，你的篷帐已充斥
> 女人和战利品，这些都是我们阿凯亚人
> 占领一个卫城时，首先挑选出来给你的。
> 你是否还缺少黄金；需要那驯马的特洛伊人
> 从伊利姆拿出来献给你，作为他们儿子的赎金，
> 这些俘虏本是我或者别的阿凯亚人抓获的。

---

① 如赫西俄德所慨叹的："我但愿不是生活在属于第五代种族的人类中间，但愿或者在这之前已经死去，或者在这之后才降生。因为现在的确是一个黑铁种族：……父亲和子女，子女和父亲关系不能融洽，主客之间不能相待以礼，朋友之间、兄弟之间也不能如以前那样亲密友善。子女不尊敬瞬即年迈的父母，且常常恶语伤之，这些罪恶遍身的人根本不知道畏惧神灵。这些人不报答年迈父母的养育之恩，他信奉力量就是正义。"（赫西俄德《工作与时日·神谱》，第7页）

公元前9—前7世纪，是希腊历史上君主政体占主导地位的列王时代。在这一时代中，不论斯巴达还是雅典，得到贵族支持的世袭王族统治着希腊的各个城邦。但到公元前7世纪，由于各种社会矛盾加剧，也由于贵族与国王间的争权夺利，王权受到了极大的削弱甚至被废除，而希腊文明中一个更有创意的时代随后到来。

公元前7世纪初至前6世纪末5世纪初的二百年，经常被历史学家们称作古希腊的僭主时代。包括雅典在内的许多希腊本土与爱琴海岛屿及小亚细亚的殖民地城邦，在这一历史时期都出现过僭主统治。

僭主"Tyrant"一词虽在现代西方语言中含贬义，往往被中文译作"暴君"，但在古希腊，僭主一词起初却无暴君一词所含的贬义，它有时甚至与"国王"交互使用，作为古希腊诗人或其他希腊国民对执掌城邦权力者的称谓。只不过与"国王"相比，"僭主"一词往往是指那些未经合法程序而取得城邦权力的人。

由于僭主对城邦的统治权不是经由法定继承而获得，故个人的才干胆识与民众的爱戴拥护，便常常成为僭主取得政权的必要前提。事实上，许多城邦的僭主，特别是雅典的那些僭主，都是些出类拔萃的领袖人物，比如梭伦、庇西特拉图等。难怪在其《政治学》一书中，亚里士多德甚至把僭主描绘成代表多数穷人利益而向富人讨还公道的英勇斗士①。为了得到人心，僭主们往往改革法律、扶植工商业的发展、鼓励殖民地的开拓、兴建公共设施、兴办教育，并以官方财力支持诗歌、音乐、绘画、雕塑、建筑等活动的开展。比如，正是在僭主庇西特拉图的支持下，对酒神狄俄尼索斯的崇拜仪式和希腊悲剧合唱歌队的竞赛，才得以在公元前6世纪被引入雅典，促成了希腊悲剧至公元前5世纪在雅典的高度发展。此外，庇西特拉图还出资举办荷马史诗朗诵会，以重新唤起人们对荷马的兴趣，并使荷马史诗得以编订成现在的形式。到公元前6世纪末僭主克利斯悌尼统治雅典的时候，出身贵族的克利斯悌尼顺应平民的要求，铲除了贵族的世袭特权，把过去以家族、氏族、宗族为基础的政治组织，改为以地域为基础

① 参见亚里士多德：《政治学》卷五1305a—1315b，吴寿彭译，商务印书馆，1997年。

的组织，公民按所属地区登记户口和进行政治选举，并相对平等地享有其在政府中的席位。由此，克利斯悌尼使雅典迈入了民主政治的大门。简言之，正是在僭主时代，不少古希腊城邦的法律得到改良，土地获得重新分配，多数人的生活条件得到改善，社会秩序得以保持稳定。作为君主制向民主制的过渡，僭主时代是古希腊历史上极具建设性的时代。

与此同时，僭主时代又是一个充满纷争和血腥的动荡时代。就是在这一时代中，不同的希腊城邦之间，甚至同一城邦的不同阶级之间，都在为自身的政治、经济利益而争得你死我活，干戈四起。这一派“乱哄哄，你方唱罢我登场”的弱肉强食局面，不仅导致希腊世界内部“先前强大的城邦，现在它们有许多都已变得默默无闻了；而在我的时代雄强的城邦，在往昔却又是弱小的”[①]的结果出现，而且又引起希腊世界外部的波斯帝国对这片具有相当大的政治经济价值的领土的觊觎。

公元前6世纪，由于波斯帝国在东方的崛起，希腊文明的中心再次发生从爱琴海东部的小亚细亚地区向希腊本土回移的过渡过程。至此，产生于希腊小亚细亚殖民城邦的史诗创作进入衰落期，而在以希腊小亚细亚殖民城邦为中心的史诗传统与以雅典为中心的希腊戏剧传统之间，有一个兴盛于僭主时代的抒情诗的广泛传播时期。

早期的希腊抒情诗到今天多数已是断简残篇，但仍可以看出这些当年用来歌唱的诗篇有不同的格律和多种多样的内容。有的诗篇歌颂战争，有的诗篇抒发个人的政治抱负，还有的诗篇表达个人的哀怨情感或者对敌手进行讽刺。抒情诗的作者多是有文化修养的氏族贵族，他们往往因反对本地的僭主统治而不得不时常流亡在外，过着动荡不宁的生活。他们的诗歌，写爱情、写饮酒、写战斗、写对生活苦难的诅咒、写对美丽家乡的思念，大多情真意切、朴素自然。女诗人萨福（Sappho）是其中最著名的人物，她的诗作文笔优美，多为以弦琴伴唱的抒发爱恨情怀的独唱“琴歌”作品。但和其他著名的希腊抒情诗人一样，萨福的作品基本上也已失传，如今只有从他人的引文中

---

① 希罗多德：《历史》上册，第3页。

找到的两首长诗的片断保留下来，迄未发现新的完整篇章。

萨福以后，古希腊抒情诗歌的中心从东方转到了希腊本土。在多利安人的统治地区，庄重华美的合唱歌辞和颂神诗篇得到了鼓励和发展。最重要的合唱歌辞作者是诗人品达罗斯(Pindar)，他的诗多数为歌颂战争或体育竞技的胜利者的凝练郑重之作，很少抒发个人感情。

古希腊抒情诗歌从抒发个人感情的诗作发展到合唱歌辞，为脱胎于迎神赛会歌队乐舞的古希腊戏剧的出现打下了基础。但是，所费不赀的希腊戏剧之所以能在雅典取得辉煌的成就，其更直接的推动力来自希波战争(Greco-Persian Wars)的胜利。

三、黄金时代的到来

公元前6—前5世纪爆发于希腊、波斯之间的希波战争，主要起因于波斯帝国的军事扩张。公元前6世纪中叶，就在希腊诸城邦忙于城邦之间以及城邦内部不同阶级之间的各种纷争之时，波斯帝国在小亚细亚的希腊城邦之东兴起。到公元前514年，波斯帝国不仅征服了亚洲的巴比伦和非洲的埃及，而且控制了小亚细亚半岛上的希腊殖民地城邦，并迫使欧洲的马其顿国王称臣，在南色雷斯设置了波斯行省。公元前499—前493年，得到希腊本土城邦军事支援的小亚细亚半岛上的希腊诸城邦起兵反抗波斯侵略，却遭到波斯帝国的残酷镇压。波斯国王大流士遂遣使到自由的希腊本土城邦索取“土和水”，明确表达了其妄图称霸整个地中海的野心。

国力鼎盛的波斯帝国威胁在即的侵略，使得向来不睦的希腊诸城邦为保家卫国而紧密地联合起来。由于雅典、斯巴达等30个希腊城邦的协同作战，实力看似难与波斯匹敌的希腊军队先后取得了(公元前490年)马拉松平原、(公元前479年)萨拉米斯海湾等著名战役的胜利，造成了波斯入侵者的惨重伤亡。到公元前5世纪中叶，乘胜追击的希腊军队不仅把波斯人赶出了欧洲，还解放了处于波斯统治下的小亚细亚的希腊诸邦。公元前448年希波双方签订和约，和约规定波斯承认欧洲和亚洲希腊各城邦的自由，波斯舰队不得进入爱琴海。这样，断断续续地进行了近百年之久(公元前546—前448)的希波战争,最后以希腊方面的胜利而告终。

希波战争的胜利,使在这场战争中逐渐取得交战双方中希腊一方领导地位的雅典城邦,坐上了希腊世界的霸权交椅。以雅典海军为主力赢得萨拉米斯海战胜利之后,雅典城邦在希腊世界中的地位得到了极大的提高,公民的民族自豪感也空前高涨。公元前477年,包括雅典在内的许多散布在亚洲和欧洲本土的希腊城邦联合组织了提洛同盟(Delian League)。同盟约定成员国捐献共同基金给提洛岛上的太阳神阿波罗的神庙,以备必要时武装军队,抵御波斯人的再次入侵。由于雅典对提洛同盟应做的奉献为提供海军船舰而非金钱,这就使它得以凭借其强大的海上实力,在短时期内有效地控制住了其他盟邦,以致从同盟中各平等邦国里的普通一员,一跃而转变为同盟的主宰,从而使提洛同盟演变为唯雅典城邦马首是瞻的雅典帝国。到著名政治家伯里克利统治时期(约公元前467—429年),雅典城邦进入了它历史上国力雄厚、经济发达、文化兴旺的黄金时代。

伯里克利时期的雅典虽然名义上实行的是狭隘(在数十万雅典居民中只有不足四万人享有公民权利)而充分(全体公民均可直接、平等地参与立法与公众事务管理)的民主政治,但实际上是由连续近30年当选为城邦最高统帅的伯里克利施行"第一公民"的政治、军事统治。对外,伯里克利推行殖民扩张的侵略政策,以安全为名,强行将提洛岛上的盟邦金库挪到雅典城内,并每年向提洛同盟的成员索取贡赋——在伯里克利执政时期,雅典的岁入约为400泰伦(talent),而盟邦附庸的贡赋即已达到600泰伦。同时,雅典帝国不仅远征其他领土以利殖民,而且毫不留情地镇压盟邦的反叛。伯里克利甚至出兵至黑海地区巡弋,以保证雅典人对外商路的畅通。对内,为树立雅典城邦的光辉形象,同时也为雅典公民制造就业机会,伯里克利利用国内商人(多为无公民权的外国人)的捐税和盟邦的贡赋大兴土木,重建雅典卫城,修建8英里的"长墙",斥巨资赞助所费不赀的宗教庆典及其他文化艺术活动。为争取民心,伯里克利甚至别出心裁地发放相当于普通雅典人半日劳动所得的陪审员津贴与看戏津贴。正是在伯里克利这位能干的雅典政治与军事领袖的领导下,黄金时代的雅典人使古希腊文学艺术的发展,攀上了一座前所未有的高峰。而古希腊戏剧艺术的成熟，正是这座高峰的一个显著标杆。

古希腊戏剧分悲剧和喜剧两类，两者最初均源于祭祀酒神的民间乐舞，是古希腊宗教仪式的组成部分。由于雅典僭主庇西特拉图的扶持，公元前534年左右，悲剧[1]首先成为雅典春季迎神赛会中的竞赛项目。到伯里克利时代，古希腊悲剧诗人中最出类拔萃的三位大家——埃斯库罗斯、索福克勒斯和欧里庇得斯，先后角逐于古希腊悲剧的竞技舞台上。他们的创作不仅在当时哀感顽艳，流传下来的剧本对后世的文学形态和观念也产生了举足轻重的影响。古希腊喜剧参加雅典迎神赛会的竞赛则是公元前487年的事，比悲剧参加竞赛晚了半个多世纪的时间。到伯里克利时代，雅典喜剧的创作也已十分兴旺。虽然当时活跃在喜剧舞台上的诗人们没有完整的剧本保留下来，但他们的创作却对稍后出现的古希腊杰出喜剧诗人阿里斯托芬的喜剧艺术，起到了积极的启发和鞭策作用。

古希腊三大悲剧诗人中的第一位，是雅典西北盛行谷神和酒神祭仪的厄留西斯地区的世袭贵族埃斯库罗斯(Aeschylus，公元前525/524—前456/455年)。壮年时，埃斯库罗斯曾奋勇参加雅典军队抗击波斯入侵的多次战役，在战斗中的顽强表现还受到过雅典政府的特别表彰。希波战争的胜利，使埃斯库罗斯对雅典的民主政体充满信心。正是在这一信心的鼓舞下，埃斯库罗斯写下了一系列朝气蓬勃的诗剧。

埃斯库罗斯创作之初，希腊悲剧的形式还较为简单粗糙。他锐意改革，压缩了庞大的歌队，创造出演员[2]之间的对话，发明了表现英雄形象的面具和服装。因此，尽管他并非悲剧创作的第一人，却被

---

① 悲剧(tragedy)源自古希腊酒神祭仪当中礼赞酒神的酒神颂(酒神颂 dithyrambs，词义为“经过两重门”，指酒神的死而复生——参见凯瑟琳·勒维：《古希腊喜剧艺术》，傅正明译，北京大学出版社，1988年，第15页)和献祭酒神(祭品为山羊 tragos)的歌舞山羊之歌(Trgoidia)。最初的主题是悲悼酒神狄俄尼索斯在尘世的受难、死亡并赞美他的再生。

② 演员 hypocrites 一词的希腊文原意是“答话人”。公元前534年泰斯庇斯首次在山羊歌队的演出中采用演员，将酒神祭典的乐舞转化为悲剧。埃斯库罗斯增加了第二个演员，使悲剧人物之间的对话成为可能。

雅典人尊为“悲剧之父”。

埃斯库罗斯自25岁那年(公元前499年)完成第一部悲剧的写作起,一生共写有悲剧90部(一说70部),13次获奖。但只有7部作品流传下来,它们分别是《被缚的普罗米修斯》、《波斯人》、《乞援人》、《埃特那的妇女》、《吕枯尔戈斯》三部曲、《七将攻忒拜》和《俄瑞斯特斯》三部曲。其中,带有酒神祭典崇高风格的《被缚的普罗米修斯》,是埃斯库罗斯作品中影响深远的一部。

《被缚的普罗米修斯》是《普罗米修斯》三部曲中仅存的一部,写的是“神明,全人类的托福”①普罗米修斯,因为为人类盗取天火而受到神界至尊宙斯残酷惩罚的不幸遭遇。该剧先以暴烈的迫害行动开场:普罗米修斯被押送到地老天荒的世界边缘,无情的钢钉楔入他的胸膛,青铜的手铐脚镣箍紧他的四肢,“受绑绝壁之上,吊在半空之间”,一任天风狂吹、太阳灼射;继以电闪雷鸣、山崩地陷中普罗米修斯坠入地下深渊,面临由暴君宙斯所安排的更其深重的苦难而结束。

与他的后继者相比,埃斯库罗斯的《被缚的普罗米修斯》不仅情节单纯,而且人物性格也固定不变。但埃斯库罗斯显然具备不依赖情节和人物性格变化,而仅仅凭借气氛的烘托、渲染,便能获得震撼人心的艺术效果的卓越天才。《被缚的普罗米修斯》处理的是一个震天撼地的巨大题材,“需要有‘浩瀚’的和‘有翅膀’的丰富想像力”②。正是在这出悲剧中,诗人凭借壮观的布景、豪华的道具、夸张的想像、奇特的比喻,再现了天塌地陷的洪荒景象,谱写出气势磅礴的抒情诗句,塑造起一个顶天立地、桀骜不驯的叛逆者形象,表达了诗人对独裁政体的深恶痛绝和对人类面对一切不可逾越的障碍时所具有的不断搏斗的巨大力量的信心。

在《被缚的普罗米修斯》一剧里,为了强调普罗米修斯为拯救被宙斯剥夺了生存权利的人类挺身而出的牺牲精神,埃斯库罗斯匠心独运,先后将普罗米修斯与怯懦的火神、胆小的海神、仗势欺人的信

---

① 本书《被缚的普罗米修斯》原文均引自陈中梅译《埃斯库罗斯悲剧集》,辽宁教育出版社,1999年。

② 默雷:《古希腊文学史》,孙席珍译,上海译文出版社,1988年,第232页。

使神加以对比，突出了他的悲剧主人公在受难当中“虽九死其犹未悔”、“威武不能屈”的高贵秉性。而由这部作品所引发的人们对行义者招致不幸，作恶者反享尊荣的世代的思考，代表了公元前5世纪出现于古希腊的智者们对传统信仰的怀疑与反叛精神。

> 让电火的分叉卷须射到我身上吧，
> 让雷霆和狂风的震动扰乱天空吧；
> 让飓风吹得大地根基动摇吧，
> 吹得海上的波浪向上猛冲，紊乱了天上星辰的轨道吧，
> 让宙斯用严厉的定数的旋风把我的身体吹起来，
> 使我落进幽暗的塔尔塔罗斯吧，
> 总之，他弄不死我。

埃斯库罗斯的《被缚的普罗米修斯》中所回荡的这种激越、昂扬的英雄主义情调，不仅在当时受到人们的激赏（索福克勒斯即称他早期作品的风格是对埃斯库罗斯的模仿），而且对后世的西方文学同样发生了十分深刻的影响：“当弥尔顿为撒旦编造一套滔滔不绝的话时，或许曾时常想起埃斯库罗斯的泰坦（指普罗米修斯——引者）。歌德非常喜欢这一个剧本，并假借桀骜青年之口替普罗米修斯说话；拜伦几乎将其作为自己一切的楷模；永远与命运搏斗的雪莱，在其《普罗米修斯的被释》的诗中，使这故事——叛徒永不屈服——复活。”①直到20世纪，人们在法国诗人和戏剧家克洛代尔及美国戏剧天才奥尼尔的创作中，仍能见出埃斯库罗斯庄严、崇高、雄浑有力的戏剧风格的影响。埃斯库罗斯与他所塑造的普罗米修斯形象一样，千古不朽。

由埃斯库罗斯所确立的希腊悲剧的重要主题——主人公面对盲目甚至邪恶的命运的顽强抗争，在索福克勒斯的悲剧创作中得到了出色的继承。

索福克勒斯（Sophocles，公元前496—前406年）出生于雅典近

---

① 威尔·杜兰：《世界文明史·希腊的生活》上卷，第497页。

郊克罗纳斯的一个制剑匠家庭，一生经历了雅典历史上最兴旺的太平盛世。由于两宗不受战争影响的经济收入——制造武器与上演悲剧，索福克勒斯一家得以在希波战争和伯罗奔尼撒战争(Peloponnesian War)的烽火令几乎所有雅典人陷于贫困之际，仍能过着舒适富裕的生活。索福克勒斯自幼多才多艺、机智风趣，从少年时代起在城邦中就颇为引人注目，16 岁时还获得了颂神歌队领唱者的殊荣。自此以后，索福克勒斯的生涯伴随着一系列成功的记录：公元前 468 年，年仅 28 岁的索福克勒斯在悲剧竞赛中击败当时的戏剧界泰斗埃斯库罗斯获得悲剧头奖；公元前 442 年，索福克勒斯出任雅典帝国的财政首长，管理约 300 个雅典盟邦的贡赋；公元前 440 年，索福克勒斯当选为雅典城邦负责行政和军事要务的十将军之一，成为伯里克利的同僚；公元前 421 年左右，虔诚敬神的索福克勒斯又被推举为雅典宗教社团的祭司；直到公元前 406 年索福克勒斯去世，雅典人仍冒着围困他们的斯巴达人攻城的危险，出城为他举行了盛大的葬礼。似乎很难设想，为什么恰恰是这样一个成就卓著、养尊处优的幸运人物，其悲剧却永远弥漫着一种惶惑不解和事与愿违的沉重氛围？

事实上，正是成功的经历所带来的广泛的社会交往与政治活动，赋予了索福克勒斯一双普通悲剧诗人所不具备的清醒的眼光，使他能透过盛极一时的雅典帝国的繁荣表象，看到城邦日甚一日的社会危机，体验到战争与动荡在自由民阶层中所引起的对雅典民主制的幻灭情绪。

索福克勒斯创作的悲剧据说有 123 部(一说 130 部)之多，但留存下来的只有 7 部，即《埃阿斯》、《安提戈涅》、《俄狄浦斯王》、《特拉基斯少女》、《厄勒克特拉》、《菲罗克忒忒斯》以及《俄狄浦斯在克罗纳斯》。索福克勒斯改变了悲剧的三部曲形式，代之以三部独立的戏剧。增加了第三个有台词的演员，缩小了合唱歌队的作用，扩大了悲剧的戏剧效果。这些改进都得到了后人的肯定。在索福克勒斯传世的 7 部悲剧中，危机、受难、死亡，构成了它们共同的主题。其中，《俄狄浦斯王》是诗人作品里声名卓著的一部。

《俄狄浦斯王》叙述的是一个古代希腊家喻户晓的神话故事：由于忒拜老王拉伊俄斯以往的罪愆，神谕警示他和王后伊奥卡斯忒，他们所生的儿子将要杀父娶母。夫妻俩为了不使神谕实现，将刚刚降世的儿子双脚缚住，命宫廷牧人带往山中遗弃。牧人于心不忍，便将婴儿交付与另一城邦科林斯的牧人，嘱其将孩子远远带离。科林斯的牧人将孩子带回王宫，把孩子作为礼物献给了无子的科林斯国王夫妇。婴儿被当作科林斯王子抚养长大，并因其曾经双脚肿胀而得名俄狄浦斯①。俄狄浦斯成年后也从神谕中获知，他将杀死生父并与生母结婚。他以为科林斯国王夫妇就是自己的生身父母，为逃避邪恶的命运安排，他逃离科林斯，向忒拜奔来。在途中他遇见一位老人，那个老人因无理争路而被他杀死，他不知道老人正是自己的亲生父亲。接近忒拜时他遇见了狮身鸟翼的怪物斯芬克斯，怪物向俄狄浦斯提出了一条著名的谜语："早晨有四只脚，中午有两只脚，晚上有三只脚，脚越多时能力越小的动物是什么？"在俄狄浦斯之前，已有不少无辜的路人因不能正确回答这一问题而为怪物所杀。惊恐万状的忒拜人急于除掉这个怪物，在得知无后的老王的死讯后，相约发誓推举任何一个知道怪物所出谜语谜底的人作为他们的新国王。因为怪物曾许下诺言，若有人给出正确答案，它就自杀。俄狄浦斯说出了"人"这个斯芬克斯之谜的谜底，斯芬克斯也非常守信地跳崖自杀了。欣喜若狂的忒拜人将俄狄浦斯视为救世主，拥戴这个陌生人作了他们的新王。遵守当地的习俗，俄狄浦斯与王后也就是自己的生身之母结婚，并在婚后育有两对儿女。至此，杀父娶母的神谕全部应验，而当事人却长期对自己的凄惨命运浑浑噩噩、茫然不知。索福克勒斯的悲剧《俄狄浦斯王》，就开始于贤明公正的忒拜国王俄狄浦斯的不幸婚姻发生十余年后。

悲剧一开场，展示给人们的就是忒拜城遭受瘟疫的苍凉景象："城里正弥漫着香烟，到处是求生的歌声和苦痛的呻吟"②，包括男女老幼各色人等的一大群乞援人聚坐在忒拜王宫前，手拿月桂橄榄枝，向神祈禳。"因为这城邦，……正在血红的波浪里颠簸着，抬不起头

---

① 俄狄浦斯即"双脚肿胀的人"之意。

② 本书《俄狄浦斯王》引文均出自罗念生译《索福克勒斯悲剧二种》，人民文学出版社，1979年。

来:田里的麦穗枯萎了,牧场上的牛瘟死了,妇人流产了;最可恨的带火的瘟神降临到这城邦,使卡德摩斯的家园变为一片荒凉,幽暗的冥土里倒充满了悲叹和哭声”。强大的忒拜转眼间陷入死亡的笼罩之中。因此,忒拜人请求他们的国王——“弄死那个出谜语的、长弯爪的女妖,挺身而出当我邦抵御死亡的堡垒”的“天灾和人生祸患的救星”、“全能的主上”、“最高贵的人”俄狄浦斯,查出瘟疫的根源,挽救城邦。心急如焚的俄狄浦斯在安抚民众的同时又派人去神庙求取消除瘟疫的神谕,得到了查出并清除杀死老王的凶手并驱除之的回答。依照神谕,俄狄浦斯排除阻挠,不惜“身败名裂”,坚持不懈地彻查城邦遭难的原因,到头来却悲痛地发现自己正是那个给城邦带来灾难的罪魁祸首。真相大白后,俄狄浦斯的身份发生了逆转,从“享受着最高的荣誉”的国王,变成“最不幸的人”、“天神所弃绝的人”、“最坏的人”,“一种为大地、圣雨和阳光所厌恶的污染”,遭到命运的残酷惩罚——王后自尽,俄狄浦斯则刺瞎自己的双眼,自我放逐。

在《俄狄浦斯王》中,主人公的受难,与其说是由于自身的过失所致,毋宁说是出于他一向忧国忧民、无私无畏的侠义心肠——他正是因此除掉为患忒拜的斯芬克斯,成为忒拜的国王的。然而,恰恰是这样一个爱民如子的善良国王,这个被认为是破解了“人”之谜的智慧者,“在凶恶的灾祸中,在苦难中遭遇着人生变迁”的身世却惨不忍睹,他越是为城邦着想,越是要追究杀害老王的罪行,也就越是把自己和家人的命运推向绝境。与埃斯库罗斯一样,索福克勒斯的悲剧同样表现了命运的不可抗拒的邪恶力量。如果连俄狄浦斯这样公正无私、智勇双全的国王都会被自己的城邦遗弃,谁还配有更好的命运呢:“凡人的子孙啊,我把你们的命运当作一场空!谁的幸福不是表面现象,一会儿就消失了?不幸福的俄狄浦斯,你的命运,你的命运警告我不要说凡人是幸福的。”索福克勒斯对俄狄浦斯悲剧命运的描写,从一个侧面反映了诗人自己面对多灾多难时局的悲愤情绪。

古往今来,索福克勒斯的悲剧艺术备受称赞,从古希腊的亚里士多德到古罗马的维吉尔,从法国的拉辛到德国的歌德,索福克勒斯悲剧艺术的典范性受到了后人的高度评价。作为一出感人至深的悲剧,索福克勒斯的《俄狄浦斯王》在布局、语言、形象诸方面,全面体现了诗人杰出的戏剧天才。

从布局上看，索福克勒斯的“悲剧结构复杂，严密而又和谐，情节越来越紧张，剧中没有闲笔，没有断线的地方。”[①]尽管《俄狄浦斯王》的剧情较之《被缚的普罗米修斯》复杂了许多，索福克勒斯却能够挥洒自如地将之表现的简练紧凑：悲剧一开场就进入沉重、哀伤的紧张状态，而一句衔一句的充满暗示性与双关语的人物对话、一环扣一环的紧锣密鼓的细节发展，都逐步加强了悲剧开场之时已经十分令人揪心的悲惨氛围。每一段对话都由前一段对话引出，每一个行动都赖前一个行动推动，每一桩事件都顺前一桩事件进展，所有的剧情环节都起到了帮助观众更好地理解人物、发挥悲剧的最佳艺术效果的作用。

从语言上看，索福克勒斯的文字风格肃穆有力、富于联想。尤其是他善于利用希腊语的语态特点，精心选择那些一旦从主动态变到被动态，其意义必然发生向相反方向逆转的词汇，比如“发现者”与“被发现的对象”、“调查者”与“被调查的对象”、“猎手”与“猎获物”等，最大限度地调动了观众的参与意识，增强了悲剧的动人力量。

从形象塑造上看，索福克勒斯更是个神志清明的艺术大师，即使是次要人物，他也能三言两语就使之栩栩如生，如先知特瑞西阿斯的易怒、国舅克瑞翁的谨慎，王后伊奥卡斯忒的贤淑，都是寥寥数笔而个性鲜明。特别是率先猜到了事实真相的王后自杀前那黯然神伤、悄然退场的一幕，更是于无声处，表现了她的自尊与善良。而诗人倾全力刻画的主人公俄狄浦斯，最感人地显示出了人类在受难中所能具有的高贵气质。在这出由俄狄浦斯扮演了国王—替罪羊双重角色的悲剧中，正是俄狄浦斯不屈不挠、勇往直前、敢作敢当的英雄品格，支配了整个事件的悲剧性发展。在索福克勒斯笔下，除了俄狄浦斯为消除城邦灾难而揭发罪犯的固执劲头，除了俄狄浦斯力图弄清真相、履行自己神圣职责的真诚愿望外，没有任何人、任何因素强迫他对事实真相追究个水落石出。相反，无论是先知、王后，还是忒拜的牧人，都曾为保护他而试图阻止他的彻查。俄狄浦斯不是那种半途

① 罗念生译《索福克勒斯悲剧二种》“序”。

而废、满足于权宜之计的懦弱之徒,他为救城邦而力排众议,一直走到了诸神为他安排的苦难命运的尽头。他越是真心实意想要消灭城邦的灾祸,就越是临近自身毁灭的深渊。正是在这一濒临毁灭的进程中,索福克勒斯塑造出俄狄浦斯勇于面对现实承担罪责的大丈夫形象。尤其难能可贵的是,不同于埃斯库罗斯笔下那无所顾忌的坚毅神明普罗米修斯,在索福克勒斯笔下,俄狄浦斯身上的硬汉气质,反而衬托出他内心充满人情味的一面。他对家庭有深切的感情,他对苦难也有痛切的感受。当他嘱托妻舅克瑞翁埋葬死去的妻子、照应幼小的女儿时,深情的场面格外哀婉动人;当他悲叹"黑暗之云啊,你真可怕,你来势凶猛,无法抵抗,是太顺的风把你吹来的。哎呀,哎呀!这些刺伤了我,这些灾难的回忆刺伤了我"时,人们仿佛听到了他的衷心泣血。索福克勒斯一方面以有力的笔触,将俄狄浦斯塑造成一尊无私无畏、智勇双全的理想国王形象,另一方面又以细腻的文思,挖掘出有血有肉的悲剧主人公的情感深度。丰满而个性鲜明的悲剧人物塑造,使索福克勒斯在古代就赢得了"描写人物的巨匠"的美称。

悲剧经过埃斯库罗斯的改进,到索福克勒斯的手里时已经相当成熟,无论是情节结构还是人物形象刻画,似乎都到达了某种无法超越的极致。一如《古希腊文学史》一书的作者所言:"索福克勒斯的《俄狄浦斯王》理应获得亚里士多德给予它的地位。毫无疑问,这是一部最高超的希腊悲剧的典范作品。"①这种情形一方面为后人的悲剧创作提供了出色的样本,一方面又给后人的突破带来了极大的难度。

欧里庇得斯(Euripides,前 484—前 406 年)是古希腊三大悲剧诗人中的最后一位,他被称为"剧场里的智者",在悲剧作品中加入了许多冗长的哲理说教,表达所处时代盛行的智者学派对传统价值观念的怀疑,因此戏剧结构远不及索福克勒斯精练。欧里庇得斯的剧作对前人的突破,主要体现在人物心理刻画的深度上,尤其是那些因为受到侮辱与损害而近乎变态的妇女的复杂心理,在欧里庇得斯笔

① 默雷:《古希腊文学史》,第 268 页。

下得到了入木三分的揭示。

欧里庇得斯写有 80(一说 92)部剧本,但只获奖 4(一说 5)次。虽然在古希腊三大悲剧诗人中,欧里庇得斯是生前得奖最少的一位,他流传下来的作品却最多(18 部),死后的声名也最大。古罗马的诗人已经开始模仿欧里庇得斯的作品,后世的西方作家,如但丁、高乃依、拉辛、弥尔顿、歌德、拜伦、雪莱等人,都曾赞誉或者改写过欧里庇得斯的剧作。他的名剧《美狄亚》虽然在公元前 431 年首演时失败,仅得到三等奖①,却是此后公认的欧里庇得斯最优秀的作品。

和他的前辈一样,欧里庇得斯的《美狄亚》选取的题材也是古希腊人耳熟能详的神话传说,但他却运用相同的题材塑造了一个与传说中杀人不眨眼的疯狂魔女不同的令人同情的女主人公形象。

美狄亚是一个东方国家的公主,为了帮助希腊英雄伊阿宋取得金羊毛,她叛离了自己的祖国。来到希腊后,她与伊阿宋成婚,并生下了两个可爱的儿子。因为设计杀死了篡夺伊阿宋王位的叔父,她和伊阿宋不见容于后者的祖国,一家四口只得寄寓在另一个希腊城邦科任托斯度日。时间不长,贪图权势的伊阿宋移情别恋,美狄亚母子遭到了遗弃。欧里庇得斯的悲剧《美狄亚》的叙述,就从这里开始:伊阿宋停妻再娶,美狄亚伤心已极。本来,“信誓旦旦、不思其反”的丈夫突然之间的翻脸无情,已令美狄亚绝望到了极点,而担心女儿与伊阿宋的婚事因为美狄亚的存在而节外生枝的科任托斯国王,不顾美狄亚的苦苦哀求,执意要将美狄亚驱逐出境的举动,更使美狄亚的心境雪上加霜。强烈的仇恨促使美狄亚采取了残酷的报复行动:她先是假意与伊阿宋和好,让毫无戒心的新娘穿上她送去的染有剧毒的漂亮新装,使新娘和救女心切的科任托斯国王中毒而死,接着又为让伊阿宋绝嗣而狠下心来杀死了自己的两个可爱儿子。在伊阿宋的叫骂声中,美狄亚乘龙车逃往雅典。

欧里庇得斯没有简单地把美狄亚描写成一个丧心病狂的复仇者,而是追魂摄魄地写出了集弃妇的怨恨与母亲的慈爱于一身的美狄亚向无辜的儿子行凶前的内心痛楚和矛盾。她想以杀子来向忘恩

① 古希腊悲剧竞赛每次有三个诗人参赛,故三等奖意味着是比赛的最后一名。

负义的丈夫进行报复、却又迟迟难以向自己的爱子下手时那段充满哀痛的独白，她最终决定杀死孩子以免"他们死在更残忍的手中"时对自己作为女人的不幸命运的哀叹，都显示出欧里庇得斯作为一个擅长心理分析的艺术大师的卓越才能。对亚里士多德所给予的"最富悲剧意识的诗人"①的赞誉，欧里庇得斯是当之无愧的。

欧里庇得斯在世时，曾受到阿里斯托芬和其他喜剧诗人的攻击。这固然是因为喜剧诗人们不满于欧里庇得斯作品中所含的现实社会生活的哲理内容，更重要的是因为公元前 5 世纪中期的希腊喜剧享有充分的批评自由。

随着希腊历史的演进，希腊喜剧经历了旧喜剧（前 487—前 404 年）、中期喜剧（前 404—前 322 年）和新喜剧（前 322—前 120 年）三个阶段。其中旧喜剧虽然结构松散，但思想却极为活跃。举凡政治、社会、道德、宗教、哲学诸方面，都被纳入到它的讽刺和批评范围。喜剧诗人们往往可以借助剧中人物或者合唱歌队队长之口，陈述自己的政治见解和社会道德观念，甚至可以借喜剧来向敌手发泄一己私愤或向观众表达不满。

旧喜剧记录在案的诗人虽有多个，但有完整作品传世的却只有阿里斯托芬（Aristophanes 前 450—前 380）一人，这大约也是阿里斯托芬被称为希腊"喜剧之父"的原因。阿里斯托芬共有 11 部喜剧作品被保存下来，其中都有政治戏谑的成分。在他的作品中，无论是当时的政治家克勒翁，还是哲学家苏格拉底，抑或悲剧诗人欧里庇得斯，都曾受到无情的攻击或嘲弄。而在《骑士》与《阿卡奈人》两剧中，他甚至嘲笑雅典的民主制度和当权的雅典民主派的战争政策。

当然，这样的作品很难见容于因为战争的需要而逐渐加强了文化控制的雅典当局。随着伯罗奔尼撒战争的爆发，雅典的民主制遭到削弱，含有政治讽刺色彩的喜剧作品的演出受到限制。到公元前 4 世纪初，以阿里斯托芬为代表的旧喜剧开始为表现非政治化的现实社会生活的中期喜剧所代替，到公元前 320 年左右，中期喜剧又为以米南德的作品为代表的表现世态炎凉的新喜剧所取代。成就辉煌

---

① 亚里士多德：《诗学》，陈中梅译，商务印书馆，1999 年，第 98 页。

的古希腊戏剧自此进入了其历史发展的尾声。

四、古希腊文明世界的衰落

古希腊戏剧诗人的作品，往往富含先见之明：当欧里庇得斯在其悲剧《特洛伊妇女》中警告热衷侵略的雅典人："你们这凡间的人真是愚蠢，你们毁了别人的都城，神的庙宇和死者安眠的坟墓，你们种下了荒凉，日后收获的也就是毁灭啊"时，当阿里斯托芬在其喜剧《蛙》中提前判处好战的雅典政治煽动家克勒俄丰死刑[①]时，他们似乎都已预见到了日后雅典城邦的式微。

事实上，早在伯里克利时代，雅典帝国称霸希腊世界的企图，就一再受到以斯巴达为首的主要由多利安人城邦组成的伯罗奔尼撒同盟在政治、经济、军事诸方面的阻挠，而雅典也采用诸如对伯罗奔尼撒同盟实行海上封锁，尽力蚕食伯罗奔尼撒同盟在意大利的市场，对斯巴达的仆从国发动零星战争，削弱斯巴达对其盟国的控制权等手段予以回敬。到公元前 431 年，一场不可避免的殊死搏斗终于在以雅典为首的提洛同盟和以斯巴达为首的伯罗奔尼撒同盟之间爆发了。从公元前 431 年到公元前 404 年，整个希腊世界几乎都被卷入到这场残酷无益、两败俱伤的伯罗奔尼撒战争当中。

战争开始不久，雅典就遭受了一场瘟疫，伯里克利本人也在这场吞噬了许多人生命的大瘟疫中送了命。雅典失去了优秀的领导，城邦政策受到那些具有煽动力的好战的政客们的左右。战争一年接一年地拖下去，非决定性的战役一场连着一场，战争的双方都付出了人员伤亡惨重、村舍被毁、田园荒芜的巨大代价。公元前 405 年，精疲力竭、人力与自然资源消耗殆尽的雅典，在一次艰苦的海战中被斯巴达人击溃，战舰被毁、战士被杀。随后，同盟国也开始反叛，最终，向来自傲的雅典人不得不目睹令人羞辱的一幕：斯巴达海军不费吹灰之力就进抵雅典港，占领了整个城市，摧毁了堡垒要塞，成为雅典城邦的征服者。

伯罗奔尼撒战争不仅仅是战败的雅典城邦的痛史，它也是整个

① 克勒俄丰其人果然于一年后雅典战败前被雅典人以逃避兵役的罪名处死。

希腊文明走向衰亡的标志。斯巴达对雅典的征服,换来的不是希腊世界的统一,而是进一步的混乱和分裂。虽然一个多世纪以前所取得的希波战争的胜利已令力量分散的希腊城邦看到了整个希腊世界团结一致的巨大优势,但长期各自为政、以邻为壑的分裂传统,却使各城邦宁愿冒着被外敌各个击破的危险,也不愿放弃自身的独立自主地位而取得他们实际需要的政治统一,以致最终成为别人刀俎上的鱼肉。在接下来的60多年时间里,各希腊城邦当中的不同势力仍在为政治权势与经济利益干戈相向,完全没有意识到近在咫尺的亡国灭种的威胁。

就在希腊各城邦继续忙于自杀式的纷争、混战之际,一个新兴民族在希腊北部的马其顿崛起。随着公元前338年主战的雅典武装被马其顿军队轻而易举地击溃,整个希腊世界迅速落入了马其顿人的掌控之中。

尽管因为雄才大略的马其顿国王亚历山大(Alexander the Great,前356—前323年)早死,他创下的帝国随之四分五裂,致使马其顿人对希腊的统治仅仅维持了半个世纪的时间,但对衰落的希腊文明世界而言,接下来发生的事件——年轻气盛的罗马在西方的日渐强大,却对希腊城邦的败亡命运产生了毁灭性的影响。事实上,在公元前270—前146年这120多年的时期内,能征惯战的罗马军队曾多次打败马其顿人,渐次吞没了马其顿与希腊的大片领土。最终在公元前146年,曾经孕育希腊文明的整个爱琴海地区被并入到罗马的版图之中。

血雨腥风的伯罗奔尼撒战争开始引起古希腊人对社会道德问题、对国家正义问题以及对诸神善恶问题的极大关注,公元前5世纪的智者学派的言论和戏剧诗人们的作品已经表现出世人对传统价值观念的质疑,对诸神信仰的动摇。而随着伯罗奔尼撒战争的苦难进程,一批杰出的历史学家、哲学家、演说家等,也在所处时代的刺激下,发表了各具特色的或充满哲理、或富于雄辩、或感情丰沛的散文作品。其中,修昔底德(Thucydides,前424年担任雅典将军职务)的《伯罗奔尼撒战争史》一书,就是这一时期比较出色的历史学与文学著作。

据说公元前7世纪古希腊的散文记录之风就已兴起，但完整流传下来的最早的散文作品，却是公元前5世纪的历史学家、被称为“历史之父”的希罗多德(Herodotus)的长篇著作《历史》。《历史》以讲述希波战争为主，同时还穿插了大量的关于希腊、西亚和北非的风土人情、神话传说、奇闻轶事的记述。这样的历史著作结构虽比较松散，读来却饶有情趣。对希罗多德这种虚实参半的历史著作写作方式和作者对以波斯为代表的东方文化的欣赏态度，修昔底德多有批评。与希罗多德松散枝蔓的写作方法不同，修昔底德的《伯罗奔尼撒战争史》紧紧围绕伯罗奔尼撒战争的历史进程进行叙述，以对具体历史事件来龙去脉的报道和对重要历史人物讲话的记录，来说明战争进展状况与战争双方主要当事人的思想活动，努力探讨诸如战争起因、战争进行当中敌我力量消长根源等表面现象背后的政治、经济、文化因素。因此，修昔底德的力求客观的历史记述，不论是他对伯罗奔尼撒战争开始之前，雅典特使在斯巴达为其帝国血洗邻国辩护，以阻止斯巴达人向雅典宣战的利诱与威胁并重的讲演的报道——正是在这次讲演中，雅典特使堂而皇之地提出：“弱者应该屈服于强者，这是一个普遍的法则……只要有凭武力攫取的机会，他决不容正义的呼声阻碍其企图”①、还是他对雅典盟邦科西拉所发生的内乱与屠杀的报道：“虽然被杀死的人全被控以试图推翻民主政体的罪名，其中的一些人却是死于私仇，或者是欠款未还的债务人借机杀死了债主。死亡以各种形式肆虐。暴行正如这种情况下常有的那样，无所不至其极”②，都真实地显明了这场由贪欲和野心所引起的充满罪恶和灾难的伯罗奔尼撒战争的不义性质。《伯罗奔尼撒战争史》虽然只记述到公元前411年，没有述及雅典的惨败结局，但它仍然为后世提供了“信奉力量就是正义”的古希腊文明必然败亡的重要原因。此外，修昔底德的这部著作语言朴素，文风严谨，也为后人治史提供了

---

① 本书所有《伯罗奔尼撒战争史》的引文均译自复旦大学出版社电子版的《英文世界名著1000部》之 *History of the Peloponnesian War* by Thucydides, translated by Richard Crawley。

② 引文出自 *History of the Peloponnesian War The Third Book*, Chapter IX.

有益的借鉴。

公元前5世纪末雅典在伯罗奔尼撒战争中的失败，既带来了社会政治生活的动荡，也进一步活跃了人们的文化思想。接下来的公元前4世纪，是古希腊哲学著作的丰收时期。著名雅典哲学家苏格拉底被害于公元前399年，他生前常以问答方式授徒，吸引了一批有才学的青年。虽然他本人并不从事哲学著述，却促成了哲学对话这种散文形式的诞生。苏格拉底的学生中有多人采用对话形式进行哲学撰著，其中文学性最强的是柏拉图的40篇充满戏剧场面的哲学对话。

柏拉图（Plato，约公元前428—前348）的哲学对话多处谈到了作者的文艺见解，由于作者本人的诗人气质和诗歌创作体验，他对文艺虽多有贬低，其诗学主张中的"镜子说"与"灵感说"，却闪烁出创造性的真知灼见。

首先，按照柏拉图的《理想国》中所用的那个出了名的比喻，文学艺术家的活动好比一个人借助于一面镜子的旋转所做的那样："你就能足够快速地制作出太阳、天地、你自己以及别的动物、用具、植物"①，而这种再简单不过的对外界事物表象的模仿，决定了"始自荷马的所有诗人都仅仅是模仿者，他们复制美德或其他相类的东西，却完全触不到真实"的状况，柏拉图甚至轻蔑地提到文艺作为效仿术，"乃是低贱父母所生的低贱孩子"，既没有思想力的深邃，也没有想像力的雄奇，更没有创造力的神妙。——这是问题的一方面。

问题的另一方面是，作为创作了一系列诗意盎然的精彩对话场面的诗人型学者，柏拉图对文学创作"寂然凝虑，思接千载；悄焉动容，视通万里；吟咏之间，吐纳珠玉之声；眉睫之前，卷舒风云之色"②的神思特点具有独到的体会。在对话录的《伊安篇》中，他说："凡是高明的诗人，无论在史诗或抒情诗方面，都不是凭技巧来做成他们的优美的诗歌，而是因为他们得到灵感，有神力凭附着。……因为诗人是一种轻飘的长着羽翼的神明的东西，不得到灵感，不失去平常理智

① 本段引文均出自 *The Republic* by Plato，translated by Benjamin Jowett，book X。

② 刘勰：《文心雕龙》。

而陷入迷狂，就没有能力创造，就不能做诗或代神说话”①，这样，诗人作为可以“飞到诗神的园里，从流蜜的泉源吸取精英，来酿成他们的诗歌”②的神性人物，又被柏拉图赋予了人、神之间的媒介或神的代言人的崇高地位。

柏拉图无意建立学术体系，他的随兴之所至的原创性表述也未受其弟子确立起来的“被视为永恒性的法庭，任何一个有理性的人都决不会怀疑它判定说法正确性的最初和最终权威”③的逻辑规则的限制，因此，在贬抑诗人低贱的模仿能力与推崇诗人神性的创作迷狂时，他都以对古代希腊文化产生深远影响的史诗作者荷马为例，并未作丝毫努力以掩藏自己对文学（诗歌）的又赞又诋、又爱又恨的矛盾态度。他的学生亚里士多德的著作却大别于此。

亚里士多德（Aristotle，公元前 384—前 322 年）是柏拉图开业授徒 40 余年所教出的最为出色的弟子。作为古希腊文化的集大成者，亚里士多德的学术贡献是多方面的。他的《诗学》发展了柏拉图的“镜子说”，以人类“摹仿的本能”来解释诗歌产生的原因，并以此为出发点探讨诗歌的创作规律。出于对艺术作为“一种制造物品的理性才能”④的认识，亚里士多德在《诗学》当中的讨论主要是总结诗歌“制作”⑤的经验和方法，一如《诗学》开门见山所言：“关于诗艺本身和诗的类型，每种类型的潜力，应如何组织情节才能写出优秀的诗作，诗的组成部分的数量和性质，这些，以及属于同一范畴的其他问

①② 柏拉图：《文艺对话集》，朱光潜译，人民文学出版社，1983 年，第 8—9 页。

③ 海德格尔：《形而上学导论》，熊伟、王庆节译，商务印书馆，1996 年，第 26 页。

④ 引文出自 *The Nicomachean Ethics* by Aristotle, translated by W. D. Ross, book VI, 4。

⑤ 若将亚里士多德《诗学》（*Aristotelous peri Poietikes*）中的（拉丁化的）关键词 Poietikes 直译过来，实为“制作技艺”的意思。Poietikes（制作艺术）等于 poietike tekhne。其中的 poietike 派生自动词 poiein，乃“制作”之意，因此，诗人是 poietes（制作者），一首诗是 poiema（制成品）。从词源上来看，古希腊人不把做诗看做是严格意义上的创作或创造，而是把它当作一个制作或生产过程。诗人做诗，就像鞋匠做鞋一样，二者都凭靠自己的技艺，生产或制作社会需要的东西。tekhne 则是人工生产所凭靠的“技艺”。在希腊文的 tekhne 中，矿工的技术、石匠的工艺、雕塑家、建筑师的艺术是囫囵不分的。——参见亚里士多德：《诗学》第一章注释 1—2，陈中梅译，商务印书馆。

题,都是我们要在此探讨的”①。《诗学》通过对诗歌语言媒介、悲剧的情节意义、角色的类型身份、戏剧的净涤作用的深入分析,回应了柏拉图在《理想国》中对诗歌提出的挑战,说明诗歌不仅是令人愉快的,而且还由于通过对事物形式的模仿揭示了事物的本质,从而对人们的全部生活有益。如果说,作为西方文论史上第一部有系统的专著,亚里士多德的《诗学》力求从个别诗歌(悲剧)现象中导出普遍形式、建立永恒的文学标准和一劳永逸的写作规则的企图,尚称体现了一种有创意的思想的话,那么,他对柏拉图关于诗人“并非凭技艺的规矩,是依诗神的驱遣”②的创作灵感的洞见的漠视,却不能不说是一个极大的理论遗憾。因此,虽然从建立了一个自圆其说的理论体系来看,亚里士多德的著作优于柏拉图,但柏拉图作品中丰富的想像、饱满的情感和灵动活泼的文字,却是讲求条分缕析的亚里士多德的枯涩文风所无法比拟的。

在古希腊世界的文明从全盛走向衰落的过程中,一种因政治演说与法庭辩论的需要而产生的散文体裁——演说辞,成为新兴的文学样式。优秀的演说辞往往文情并茂,极具雄辩的说服力量。著名的演说家如伊索克拉底(Isocrates)、狄摩西尼(Demosthenes)的作品,不仅影响了当时希腊社会的政治生活,而且也为后世的散文创作树立了楷模。

自从希腊世界陷入马其顿的控制之下以后,希腊文学的创造力渐趋枯竭。与此同时,马其顿军队对波斯、印度等地的东侵,又使整个地中海东部和西亚、中亚的许多地方都处在希腊文化的影响之下,希腊语成为这一片广大地域的通用语,希腊文学的成果得到了进一步的扩散。就在这随后被人们称为希腊化的时代里,一批学者开始了对于灿烂的古希腊文学成就加以收集、保存、整理、汇编、诠释的艰苦工作,他们的辛勤劳动使得包括罗马在内的后世西方文学对古希腊文学丰硕成果的继承成为可能。

---

① 亚里士多德:《诗学》,第 27 页。

② 柏拉图:《文艺对话集》,第 8 页。

第二节　古罗马文学

古罗马文学主要指自罗马立国至公元 5 世纪西罗马帝国覆灭之前的拉丁文学创作。依据不同时期出现的不同文学状况，这千有余年的文学演进可大致分为早期（公元前 3 世纪中叶以前）、共和国繁荣时期（公元前 3 世纪中叶—公元前 1 世纪中叶）、奥古斯都时期（公元前 1 世纪中叶—公元 14 年）、帝国前期（公元 1—2 世纪）和帝国后期（公元 3—5 世纪）五个发展阶段。相比于古希腊文学，以武功见称于世的古罗马人的文学创作不免“略输文采”、“稍逊风骚”，故其五个不同发展阶段的共同特色，是在乐于广泛模仿和吸收其他民族已经取得的文化成就上。

一、从立国之初到共和国繁荣时期

罗马文明的发祥地，在地中海中部的一个靴形半岛——著名的意大利半岛上。考古资料显示，早在公元前两千纪，意大利半岛或称亚平宁半岛（由境内纵贯南北的亚平宁山脉而得名）就已有青铜文化的人类居住，至公元前一千纪，这里又进入了铁器时代。自此而后，学者们通常从文化上，将亚平宁半岛分为三个主要部分：北部肥沃的波河平原，称内高卢或山南高卢，这里的居民是曾经与罗马人长期为敌的高卢人（Gaul），他们在公元前 5 世纪末由阿尔卑斯山以北进入到波河流域；南部包括与意大利半岛仅有一狭窄海峡之隔的素有欧洲“谷仓”之称的西西里岛，历史上称这里为“大希腊”地区。因为自公元前 8 世纪起，希腊人向南意大利和西西里岛进行了大规模的殖民活动，在这一地区建立了叙拉古、丘米等许多希腊人的著名城邦城市；中部意大利有宜于农耕和畜牧业发展的拉丁平原，拉丁族的一支罗马人，就是从这里发展壮大起来的。四季如春的气候与火山灰覆盖下的沃土虽然为这里的农业发展提供了良好的契机，但想要保住这片肥沃的土地，对罗马人而言，却殊非易事。除了火山与地震的天灾之外，还有必须不断与周遭民族殊死争战的人祸。因为生活于这一地区的，除拉丁人外，还有萨宾人、萨莫奈人、埃特鲁斯坎人(Etruscan)等。而在这片土地上最先强大起来的民族，是来自小亚细亚的非印欧语民族埃特鲁斯坎人。在后者文明的极盛期（公元前6世纪），它不仅控制了整个拉丁平原，而且曾经是罗马的征服者。传说中的罗马王政时代，前后共有七王，其中的第五王和第七王都是埃特鲁斯坎人，第六王则是埃特鲁斯坎人的女婿。虽然罗马人在王政时代的传说中出于民族自尊，极力掩盖埃特鲁斯坎人统治罗马的事实，将埃特鲁斯坎人在罗马的践位登基，描述为臣民共庆的喜事，但今天仍有不少学者相信，罗马城的真正建立，是在埃特鲁斯坎人统治罗马的时期，即公元前6世纪。尽管同南意大利的希腊殖民城邦之间的战争（公元前5世纪），导致埃特鲁斯坎文明的衰落以及埃特鲁斯坎人终为罗马人所灭的结局，但埃特鲁斯坎文明对罗马文明的意义却不容小觑，它不仅对罗马早期的工农业生产技术发展、城市建筑与建设形式、国家管理体制等方面具有深刻影响，它同时还充当了向罗马人传播希腊文明的桥梁。比较典型的例子是，罗马人所用的拉丁字母派生自埃特鲁斯坎文字体系，而埃特鲁斯坎人的文字体系，又可溯源于早期的希腊字母。

依照传说，罗马王政时代的最后一王，埃特鲁斯坎人“高傲者”塔克文，横征暴敛、厉行苛政，遭到罗马人的驱逐。自此，罗马王政时代结束，这大约是在公元前509年。此后，罗马进入了共和国的历史时期。

罗马共和国建立之初，仅仅是拉丁平原上台伯河畔的一个无名小邦，它的发展不仅受到由各个拉丁族城邦组成的拉丁同盟的牵制，还不断受到周边其他民族部落（萨宾人、萨莫奈人等）的侵扰；埃特鲁斯坎人虽然已被驱逐到北方，但仍然是罗马人的劲敌；南意大利的希腊殖民城邦，也阻碍着罗马人在意大利的扩张。在几百年的时间里，从一个地处一隅的蕞尔小邦，发展为一个称霸欧亚非的大国，罗马共和国的扩张显示出一个步履维艰、稳扎稳打、锲而不舍的进程。在这一进程之初，罗马共和国首先面临的问题，是如何妥善解决城邦内部贵族与平民之间的矛盾问题。在以征战谋生存的立国之路上，罗马平民在战争中举足轻重的地位，使他们在政治、法律诸领域与贵族之间的斗争不断取得重大的胜利，并最终因公元前326年废除债务奴隶制的波提阿利法案的通过，彻底摆脱了沦为债务奴隶的威胁。这样，平民争取到了应有的权利，而罗马贵族也因与平民上层组成新的显贵阶层——元老阶级而未曾失势，罗马共和国的社会关系由此得到较为妥善的调整，民兵制度得到巩固。罗马人从此上下一心，同仇敌忾，走上了依靠军事征服以奴役外族奴隶的扩张道路。

罗马人的对外扩张，大体上可以分为两个阶段。第一个阶段，是对意大利半岛的武力征服。通过持续了近一个世纪的维爱战争（公元前477—前396年）和长达半个世纪之久的萨莫奈战争（公元前343—前290年）以及伤亡惨重的皮洛士战争（公元前280—前275年），在付出极大代价之后，罗马人控制了除高卢人所在的波河流域之外的意大利全境。第二个阶段，是对整个地中海地区的武力征服。通过三次残酷的布匿战争（公元前264—前146年）和三次血腥的马其顿战争（公元前215—前168年），在一个世纪的时间内，罗马人在亚洲、非洲、欧洲，又大范围地扩充了九个行省的版图。在罗马征服者的淫威下，西至大西洋、东到幼发拉底河、北起莱茵河、南迄非洲沙漠的广大地区的许多民族，都不得不对罗马人俯首称臣。踌躇满志的罗马人，至此成为整个地中海地区的统治者。

然而，伴随着罗马共和国军事扩张的，不仅有外部的刀光剑影，也有内部的血雨腥风。罗马共和国在军事上的一系列胜利，不仅没有消弭，反而加重了自身的政治、经济危机。长期以来，尽管在一致对外问题上，罗马人可谓戮力同心，但在对外战果的分配问题上，不同阶层的罗马人的利益却发生了不可调和的冲突。长期的对外征服固然给罗马带来了无数的财富、奴隶和土地，但同时也使罗马的经济彻底失去了平衡。从各行省掠夺来的赃物流进了罗马上层富有贵族手中，一大批罗马平民却因此而更加穷困潦倒。因为他们的劳动既无力同国内的奴隶劳动相竞争，他们的产品又无力同军队从国外掠夺来的进口商品相抗衡。因此，不同社会阶层间的积怨在罗马日甚一日地加深。实际上，罗马共和国表面的繁荣根本无法掩盖由来已久的社会危机，不论是保民官格拉古兄弟失败了的政治改革，还是执政官马略成功了的变公民兵制为募兵制的“将可私兵”的军事改革，也不论是反抗压迫的奴隶起义，还是争取公民权利的意大利同盟战争，都是积怨极深的各种社会矛盾在罗马共和国境内不断激化的结果。这样一来，一方面，由改革、起义、战争等流血事件所造成的仇恨和不睦，若干世纪以来一直削弱着共和国的政体基础；另一方面，一系列野心勃勃、志在问鼎的个人与集团间的争权夺利也加速了罗马共和国倾覆的步伐。到共和国末期（公元前1世纪中叶），当权者尔虞我诈、拥兵自重；国境内硝烟四起、内战频仍，这一切终于彻底摧毁了罗马共和国的政体形式。经过前（凯撒、庞培、克拉苏）、后（屋大维、安东尼、雷必达）三头同盟的过渡政体，相传数世纪之久的罗马共和国体制终为帝制所代替。

从古罗马立国之初到公元前3世纪中叶的罗马文学，没有留下直接的文字材料。人们只能从共和国繁荣时期的罗马作家的转述和称引中，了解到在征战过程当中不断吸收周边民族文化的罗马人，这时已经有了自己诗歌、戏剧和散文创作的萌芽。由于罗马文学诞生初期，邻近的希腊文学早已高度成熟，因此，吸收和效仿希腊文学的优秀成果，成为以后几个世纪罗马文学创作的普遍风尚。

早在罗马征服希腊之前，希腊文明已经经由意大利南部的希腊殖民地和埃特鲁斯坎人的传播而影响到罗马文明的建设，而公元前2世纪中叶，希腊亡于罗马，又大大加快了罗马文化吸收希腊文化的速度。尽管罗马元老院的守旧势力视奢华的、高扬个人主义精神的希腊文明为洪水猛兽，大声疾呼地予以抵制，最终却无法阻挡罗马文明希腊化的进程。急于将自己的文化维系于希腊文化之上的古罗马人，一方面为贵族子弟们请来了希腊教师和诗人，一方面又将有前途的年轻人送到雅典去深造。一时间，古希腊的诗歌、宗教、哲学、绘画以及雕塑，成为罗马人精神生活的理想范式。到公元前1世纪，罗马人已经清楚地认识到："自希腊流入我们城市的不是一条小溪，而是文化与学问的一条巨川"，"被征服的希腊，俘虏了她野蛮的征服者。"[①]希腊高度发达的文明已经从精神领域里彻底改造了罗马文

① 这两段引文分别是著名罗马政治家西塞罗（Cicero，106－43BC）与著名罗马诗人贺拉斯（Horace，65－8BC）的名言，参见威尔·杜兰：《世界文明史·凯撒与基督》上卷，第132页。

化。从这时起直至基督教在西方世界兴起之前，罗马的精神文化与宗教生活，便成为大希腊文化的一部分。具体到文学上，随着罗马对希腊的征服，罗马人一方面全盘接受了古希腊人的神与(半神的)英雄崇拜的多神教信仰，为这些神与英雄中的大部分换上了拉丁文的名字，以庆典祭祀、以诗歌赞唱；一方面，又在翻译和借鉴希腊史诗、抒情诗、悲剧、喜剧、散文作品的前提下，根据本民族的传统特点和现实需要，创作出具有罗马民族特色的诗歌、戏剧和散文作品。

共和国繁荣时期的古罗马史诗主要有奈维乌斯的《布匿战纪》和恩尼乌斯的《编年纪》，它们取材于罗马的历史传说和重大历史事件，模仿古希腊史诗的表达方式，歌颂罗马的伟大，宣扬罗马的尚武精神。

罗马共和国的繁荣时期，也是古罗马戏剧文学的繁荣时期。同古希腊戏剧一样，古罗马戏剧也分悲剧和喜剧两类。悲剧又分为罗马历史剧和希腊神话剧两种，前者同罗马史诗一样，颂扬罗马的光荣和民族英雄的伟大；后者则取材于希腊神话，大多数改编自希腊悲剧作家的作品。与悲剧相比，公元前3—前2世纪中叶的罗马喜剧则更多地受到了罗马民众的欢迎。其中，有完整作品传世的喜剧作家是普劳图斯(Plautus)和泰伦提乌斯(Terence)。前者的主要作品有《孪生兄弟》、《一坛金子》、《吹牛的军人》、《驴子的喜剧》等，语言生动、风格粗犷、滑稽风趣的情节为罗马平民所喜闻乐见；后者的作品则更明显地表现出希腊新喜剧诗人米南德的直接影响。泰伦提乌斯虽然是获释奴隶，身份比普劳图斯低，但他却因受到作为罗马显贵的主人的赏识而得以厕身罗马社会的上层。比起普劳图斯的通俗、夸张，泰伦提乌斯的作品如《婆母》、《两兄弟》等，虽然生动不足，但语言更纯净、情节更自然、结构更严谨、风格更文雅。

公元前1世纪是罗马历史上有名的风云际会时代，社会的动乱与枭雄的代出，促进了这一时期罗马散文、哲理诗的发展。声名远播的罗马政治家西塞罗(Cicero)的散文，将拉丁语庄严、考究的文辞特点发挥到了极致。他的演说辞，如《反对卡提林纳》(4篇)、《腓力皮克》(14篇)等，酣畅淋漓，有雷霆万钧之势、排山倒海之力。西塞罗的散文作品不仅有气势雄伟、文辞富丽的演说辞，还有胸襟开阔、亲切平和的书简，如《致亲友书》。在后世的学者看来，西塞罗“成功地集聚了希腊前辈大师的优点，在他身上有德谟斯提尼（即狄摩西尼——引者）的力量、柏拉图的丰富和伊索克拉底的完美”①，“狄摩西尼的风格大抵是在粗豪的崇高，西塞罗则瀑流急湍。……凭借他的勇猛、他的急进、他的力量和惊心动魄的辞令，把一切燃烧起来，散之四方，可以比拟疾雷闪电，……野火燎原”②。西塞罗的散文正是在严谨、流畅、雄浑的笔力上，为后世西方各民族优秀散文作品的出现提供了样板。与西塞罗同期而风格迥异的另一位散文大家凯撒(Caesar)，也是罗马共和国末期叱咤风云的一位政治人物。凯撒的《内战记》和《高卢战记》两部著作文风朴素、笔力遒劲，充分显示出拉丁语坚实、平易、精练的一面。同样为后世的散文创作树立了简明扼要、真率优美的典范。

卢克莱修(Lucretius)是罗马共和国末期最伟大的诗人，他的鸿篇巨制的哲理诗《物性论》，计有6卷数十万言，用瑰丽的诗句祖述希腊先哲的唯物论思想，意境高远、气势磅礴、音律铿锵，连自视甚高的西塞罗都不得不由衷地服膺他才识的高超和技艺的超群③。和卢克莱修一样因对共和国末年的内乱和社会政治斗争感到厌倦而转向诗歌创作的，还有卢克莱修的朋友卡图鲁斯，后者是罗马抒情诗的高手。卡图鲁斯的爱情诗辞藻华丽、感情真挚，其警句式的表达方式在当时的抒情诗坛上独步一时。

二、奥古斯都时代

从有名无实的共和政府到帝王统治的转变，是由屋大维(Augustus，公元前63—公元14年)一手完成的。作为罗马帝国的开创者，屋大维先后获得终身保民官、大元帅(拉丁语 imperator 这一对“在军队中暂时负担总司令职务的人的称号”④，正是在屋大维之后，

---

① 昆体良：《修辞学教程》第10卷，第1章。

② 朗吉努斯：《论崇高》第12章，转引自《缪灵珠美学译文集》一卷，中国人民大学出版社，1987年，第96页。

③ Letters of Cicero To His Brother Quintus，引自北京大学出版社发行的《英文名著3000》电子版。

④ 阿庇安：《罗马史》上卷，谢德风译，商务印书馆，1985年，第13页。

具有了专制君主"皇帝"的意义)、"奥古斯都"(这是一个此前惟有神明才有的名号,意为至尊至圣)、大教长、"祖国之父"等职衔和称号。惟其如此,屋大维尽管没有公开称帝,但在他统治期间的以奥古斯都时代(Augustan Age)著称的岁月(公元前 30— 公元 14 年)里,无论是罗马的元老院还是公民大会,都已成为他手中驯服的政治工具,以致他虽然表面上仍以共和制为门面,事实上却正是一个集政治、军事、宗教大权于一身的专制君主。

为了巩固帝制,屋大维在罗马的对内对外政策上进行了一系列调整。对外,特别是自公元 9 年罗马统帅瓦伦斯所率领的罗马军团全军覆没于莱茵河以东的条陶堡森林之后,屋大维基本停止了罗马共和国一向采用的征服奴役异族的战争政策,转而把精力放到了巩固过去岁月已取得的战果,进一步维护罗马已有的统治地位和提高罗马的声望上。对内,作为一个精明强干、足智多谋的政治家,屋大维在整饬社会风纪、发展社会生产以加强政权控制、保障社会稳定之余,还注意延揽八方俊杰之士,歌颂罗马民族的丰功伟绩与天赋使命;同时又在首都与各行省大兴土木,构筑各种宏伟壮丽的公共建筑,确立罗马在人们心目中的神圣、尊贵的庄严形象。这些措施颇见成效,到屋大维死时,罗马帝国因为政权稳定、经济兴旺,已经毫无阻碍地走上了专制政体的不归路。

奥古斯都时代被誉为罗马文学史上的"黄金时代",许多伟大的罗马诗人如维吉尔、贺拉斯、奥维德等,群集一时,都在这个内战结束、罗马重现和平与繁荣的时代里贡献出自己的精心之作。

维吉尔(Virgil,公元前 70—前 19 年)被古罗马人视为罗马民族最伟大的诗人。他出生于意大利北部曼图阿附近的农村地区,自幼培养起对意大利农人和意大利田园风光的热爱。好学敏思的维吉尔虽是当世少有的饱学之士,对政治却全无兴趣,喜欢过隐逸的生活。而他传世的最早作品,写于公元前 42—前 37 年的《牧歌》10 章,就既有对牧人失去可爱家园的叹惋,又有对太平盛世中宁静美好的田园生活的憧憬。其中,诗人在充满牧歌情调的第 4 章中,还对人类黄金时代的到来做出了大胆的预言。诗中唱到:

伟大的世纪运行又要重新开始，
处女星已经回来，又回到沙屯的统治，
从高高的天上新一代已经降临
在他生时，黑铁时代就已经终停，
在整个世界又出现了黄金的新人。①

这短短几行诗句，道出的不仅仅是饱经战争忧患的意大利人民渴望结束内战的心声，还有西方基督教文化形成以后一直关注的对于一个救世主降临的世代的期盼。因此，它的精神能够超越于所处时代的限制，受到后世无数西方人的喜爱。《牧歌》10章是使维吉尔一举成名的诗作，这组诗不仅轰动了罗马诗坛，而且引起了屋大维本人的注意。维吉尔很快被吸收到屋大维的富有亲信、埃特鲁斯坎人麦凯纳斯的文学集团中，并成为这个集团的中坚人物。公元前29年，配合初定天下的屋大维振兴农业、休养生息的经济政策，维吉尔发表了创作于公元前37—前30年间的另一组杰出诗作《农事诗》4卷。这组诗讴歌意大利的田园风光、颂扬农人的勤劳质朴、介绍农业生产的相关知识，散发着浓郁的泥土芳香。对于屋大维而言，这样的农事诗与他务本兴邦的农业政策不谋而合，是对他治国之道的最好的响应和宣传。维吉尔不仅在迫切要求历经长期内战的意大利迅速恢复农业生产的问题上与屋大维英雄之所见略同，在重视自己民族的传统宗教信仰与道德荣誉观念，坚信罗马人负有征服世界、传播罗马文明与法治的问题上，维吉尔与屋大维也是心意相通，这就使得维吉尔的创作，特别是他意在进一步唤起罗马人的民族自豪感的史诗创作《埃涅阿斯纪》(一译《伊尼德》)，染上了一层御用文学特有的政治宣传色彩。——但这并不妨碍《埃涅阿斯纪》作为优秀文人史诗所具有的开创意义和动人心弦的艺术魅力。

《埃涅阿斯纪》是一部歌颂传说中的罗马民族创立者埃涅阿斯的丰功伟绩的民族史诗。埃涅阿斯是爱神维纳斯与特洛伊老王普里阿摩斯的弟弟安基塞斯结合所生的英勇王子，在荷马史诗中，他曾在特

① 维吉尔：《牧歌》，杨宪益译，人民文学出版社，1957年，第16页。

洛伊战争中为保卫自己的家园浴血奋战。《埃涅阿斯纪》12卷的记述，主要从特洛伊城破之时主人公在母亲的保护下携老父和幼子尤里斯及一批随从仓皇出逃后的经历写起。前6卷模仿荷马史诗中的《奥德修记》，讲述埃涅阿斯从特洛伊逃难，历经7年海上漂泊，抵达北非的迦太基，得到迦太基女王狄多的盛情款待和以心相许，埃涅阿斯却为自己所肩负的到意大利兴邦立国的神圣使命弃狄多而去的一段事迹。在前6卷中，羞愤自焚的狄多是个挥之不去的动人形象，她生前的美丽多情和她死后的哀伤幽怨，千年而下，感动了无数的读者。维吉尔一方面通过狄多与埃涅阿斯之间这一埋下日后布匿战争隐患的爱情悲剧，间接歌颂了屋大维的伟大——屋大维不为埃及女王克吕奥帕特拉所动的行为，岂不正与罗马的开国元勋埃涅阿斯抵制狄多的诱惑一样？一方面又通过埃涅阿斯拜访冥府的见闻，歌颂了罗马开疆拓土的光荣历程和奥古斯都时代的辉煌景象，传达出罗马人的带有几分狂妄的企图征服整个世界的志向和野心：

> 让别人更好地浇铸奔流的金属，
> 把青铜像塑造得栩栩如生；
> 或者雕刻出活灵活现的大理石面庞。
> 让别人在法庭上更加能言善辩，
> 或者更精确地测绘出诸天的运行，
> 了解星辰何时沉降，何时高升。
> 而你，罗马人，凭借你独一无二的威严统治，
> 治理人类，使整个世界臣服。
> 以你自己崇高的和平与战争方式处置一切，
> 驯服桀骜不驯之辈，解放镣铐缠身的奴隶，
> 这就是荣耀你的帝国艺术。①

《埃涅阿斯纪》的后6卷主要模仿荷马史诗《伊利亚特》，述说埃

① 引文译自复旦大学出版社电子版的《英文世界名著1000部》之 The Aeneid by Virgil, book VI.

涅阿斯到达意大利的拉丁姆地区，为建立罗马的开国基业而和当地部族血战三年并取得最终胜利的英雄业绩。像《伊利亚特》一样，《埃涅阿斯纪》后6卷也叙述了一场扰乱了神界和人间秩序的轰轰烈烈的战争进程，场面同样宏大，主题同样鲜明。对奥古斯都时代的罗马人而言，埃涅阿斯的胜利，不仅是再造了一个行将灭亡的城邦，而且是罗马人统御天下的第一步。

《埃涅阿斯纪》是维吉尔耗费11年心血写成的杰作。在这部作品中，为激发罗马人热爱祖国、崇拜先烈的民族情感，维吉尔不仅以博大精深的学识和飞扬雄健的诗才，塑造了一个与荷马史诗中出现的任性、自私的希腊将领不同的敬虔、庄重、有勇有谋、克己奉公的罗马领袖形象；而且通过申明屋大维的义父凯撒所出身的尤里亚家族与埃涅阿斯之子尤里斯的血统联系，为屋大维的独裁统治提供神统上的依据，起到了屋大维所希望的向人民灌输拥护帝制和崇拜权威的政治思想的作用。这大概也是屋大维下令保存这部维吉尔因不及修改而在遗嘱中要求焚毁的作品的根本原因。

与维吉尔同时代的大诗人还有贺拉斯（Horace）和奥维德（Ovid）。前者的《歌集》清淡老成、隽永超逸，为许多继承自希腊文化的老生常谈的人生哲理染上了诗意；而其讨论诗歌创作的名篇《诗艺》，以诗论诗，虽然其文学观点缺少古希腊文论的创意，但它从诗人自己的创作经验出发探讨诗歌的典型化意义，强调诗歌寓教于乐的功能，语言亲切、比喻生动，促成了后世新古典主义文论观点的确立。后者的诗作如《爱情诗》、《爱的艺术》等，受古希腊文学的影响很大，相对于提倡质朴、坚毅、虔诚等古罗马传统美德的奥古斯都时代是个叛逆之音。诗人不顾屋大维整饬社会风纪的要求，在诗作中对爱情出之以狂放、游戏的态度，戏弄婚姻家庭生活，这是他晚年被流放到黑海之滨的主要原因。奥维德最著名的作品是《变形记》，这部诗集以引人入胜的笔力记载了数百个美丽动人的变形故事，通过加工、改造古希腊的神话传说丰富了古罗马文学的库藏。它既是古罗马文学中最受欢迎的作品之一，又为后人的文学创作提供了绝妙的素材。

三、帝国时代

由于屋大维建议其继承者满足于保守住罗马已有领土的遗嘱得到接续下来的数任罗马皇帝自觉不自觉地遵守，内战结束后的罗马对周边民族的侵略战争，暂时得以在大范围内停止下来。公元1—2世纪，罗马帝国境内的广大地区法纪严明、道路畅通，出现了长期安定的局面，被人们称为“罗马和平”(Roman Peace)。这样的和平景象有利于规模广泛的海陆贸易的开展，为帝国前期的经济繁荣提供了良好的社会环境。

帝国前期的文学虽有“白银时代”之称，但在精神境界的豪迈开阔、笔力的雄浑深厚方面，与前一时代的差距却不可以道里计。在这当中，尤以诗歌创作为逊色，史诗方面，维吉尔的《埃涅阿斯纪》树立的是一个几乎无法超越的体裁典范，无论是斯塔狄乌斯的《底比哀特》，还是弗拉库斯的《阿尔戈英雄颂》，都缺乏维吉尔的宏伟气魄和真诚情感；抒情诗、叙事诗等又因为不得不逢迎宫廷趣味而乏善可陈。相比之下，散文方面倒不乏名家高手。小普林尼书简的精密优雅、塞内加哲理散文的宁静淡泊、昆体良修辞学著作的广见博识、塔西佗和普鲁塔克史传的简练流畅、卢奇安杂文的机智辛辣，都为后世散文的发展提供了示范。

帝国前期最有新意的文学现象是小说的出现，阿普列尤斯(Apuleius)的《金驴记》是这一新体裁的代表。他以主人公人驴交变的遭遇为纽带，广泛描写了罗马外省的社会经济生活。这部小说既是东西方文化交融的产物，又是对帝国前期商业文化高涨的反映。

然而，日中则移、月盈则亏，到公元3世纪，罗马帝国开始显现衰败之象。从这时起，内有帝位更迭频繁所引起的政治动荡和农业、手工业生产衰退所引起的经济萎缩，外有西部边境的蛮族部落对帝国的侵扰与东部边境的萨珊波斯王国对帝国的攻击。与此同时，历任为士兵所拥立的罗马皇帝却往往缺乏政治家的深谋远虑，他们对内既无力改变社会经济结构的不平衡，对外又无法抵挡外敌对罗马帝国的侵犯。公元284年，疲于应付的罗马皇帝将帝国分成东西两部，由两个皇帝各自为政。虽然到公元4世纪早期君士坦丁大帝(Constantine The Great)统治时期，帝国一度合二为一(公元 313 年)，但君士坦丁却于此后撤离罗马，到东部的拜占廷另立都城(公元 330 年)，这就为以后东西罗马帝国的正式分裂(公元 395 年)定下了基调。

同样是在君士坦丁统治期间，由于看到公元 3 世纪以来基督教势力在罗马帝国范围内蒸蒸日上的局面，君士坦丁这位曾经沿袭父辈太阳神信仰的君主，改变了历来罗马皇帝对待基督教的反对态度，变迫害为扶持。继公元 313 年颁布米兰赦令，承认基督教的合法地位后，君士坦丁又给予基督教会许多只有国家教会才能享有的好处，比如向神职人员发放津贴、免除神职人员的某些公民义务、兴建教堂、定星期日为圣日等。可以说，为挽救处于风雨飘摇之中的罗马帝国，君士坦丁对基督教会极尽拉拢收买之能事。然而，大树将颠，一绳难维，基督教在公元 4 世纪被定为国教，“过去罗马军队以老鹰为徽号，现在，十字架取代了老鹰”[①]，这样的变革既未能使罗马军队在与外敌的交战中继续“靠这记号，就必得胜”[②]，更未能挽救西罗马帝国覆灭的颓运。

虽然从法律上讲，由于东罗马帝国的存在，“罗马帝国”的寿命一直延续到公元 1453 年其被土耳其人推翻之前。但对西方文学而言，公元 476 年西罗马帝国覆灭，西方历史由古代罗马人的社会进入中世纪日耳曼人(Germanic people)的社会，却是一个具有决定性的历史事件。

当然，西罗马帝国的覆灭并不是一朝一夕的事情，而是数世纪以来一系列范围广泛的复杂历史事件共同作用的结果。其中，“匈奴西进”与“日耳曼民族大迁徙”，是最为重要的两项事件。

中国古代文献中关于匈奴的记载很多，他们是我国北方最大的

---

① 祁伯尔：《历史的轨迹——二千年教会史》，李林静芝译，校园书房出版社，1997 年，第 32 页。

② 据传说，在一次战役开始前，君士坦丁看见西沉的日头之上有一十字架，写着光耀的希腊文 Hoc Signo Vinces，意思是“靠这记号，就必得胜”。因此，在以弱胜强赢得该役后，君士坦丁接受了基督教的十字架信仰。参见祁伯尔：《历史的轨迹——二千年教会史》，第 28 页。

游牧民族。楚汉相争之际，匈奴势力坐大，严重威胁中国北部边境的安全。汉武帝时(公元前140—前87年)，国势强盛，开始对匈奴的侵扰实行反击。在汉与匈奴的多次战争中屡遭败绩的匈奴，于公元前1世纪分裂为南北两部，南匈奴降汉，北匈奴迁往西域。公元1世纪，因北匈奴“数寇抄边郡，焚烧城邑，杀略甚众，河西城门昼闭”①，东汉王朝再次出击，深入其腹地，斩杀千人，全胜而返。由此，“北虏衰耗，党众离畔，南部攻其前，丁零寇其后，鲜卑击其左，西域侵其右，不复自立，乃远引而去”②，处境困难的北匈奴于公元91年离开漠北，向西方迁徙。经过几个世纪的艰苦跋涉，于350年左右来到东欧的顿河流域。

公元4世纪中叶，欧洲史书中开始出现有关“匈人”(Huns)，即北匈奴的后代的记载，到公元5世纪，匈奴人已被罗马人惊呼为“上帝之鞭”(拉丁语：Flagelium Dei)。“匈奴西进”，是促成“日耳曼民族大迁徙”的重要原因。对欧洲人而言，这些从东方袭来的匈奴人，个个凶猛强悍、骁勇善战，来时排山倒海，去时十室九空。正是这些“面目可憎，秉性凶悍”③的“匈人”骑兵的进攻，迫使被罗马人视为“蛮族”的日耳曼部族先后溃走至罗马帝国境内。

4世纪末，各个日耳曼部族沿罗马帝国边境全线出击，大批大批地涌入帝国境内，并在那里永久定居。到5世纪中期，在日耳曼各部族中，西哥特人(Visigoths)统治了罗马的西班牙，汪达尔人(Vandals)统治了罗马的非洲北部，勃艮第人(Burgundians)和法兰克人(Franks)统治了罗马的高卢地区，东哥特人(Ostrogoths)则统治了意大利。公元476年，已经分崩离析、名存实亡的西罗马帝国，不得不承受严酷的最后一击：日耳曼雇佣兵首领奥多亚塞(Odoacer)废黜了西罗马帝国的挂名傀儡小皇帝罗慕路斯·奥古斯都(Romulus Augustus)，西罗马帝国从此不复存在。

公元3世纪以后，罗马帝国的文学正与其国势一样，走上了衰微之路。4世纪后期基督教成为国教，宗教文学逐渐排挤了世俗文学

---

①② 《后汉书·南匈奴传》。

③ 祁伯尔：《历史的轨迹——二千年教会史》，第58页。

的正统地位。公元 4—5 世纪，在人才辈出的基督教作家当中，曾经担任罗马帝国北非行省希波地区主教的奥古斯丁（Augustine of Hippo）的著作，具有一定的代表性。奥古斯丁生活在罗马帝国后期古典文化日渐为基督教文化所替代的社会转型时期，尽管作为修辞学教师，奥古斯丁受过良好的古典文化教育，熟读拉丁文学的经典作品，在拉丁语写作方面驾轻就熟，但他的《忏悔录》等著作中的思想观念，却不再属于古典时代。奥古斯丁于公元 387 年接受基督教，他的《忏悔录》虽然记述了自己的成长经历，袒露了自己的复杂心曲，开西方后世自传体文学的先河，但他关注更多的，还是原罪与神恩、善与恶的根源等基督教神学问题。正是奥古斯丁著作中与古典文化截然不同的思想和语言表述方式，使他的作品成为古典文学向中世纪文学过渡的显著标志之一。

第二章　中古文学

西方中古文学亦称中世纪文学。

“中世纪”(medium aevum)一词是由15世纪后期的意大利人文主义者首创,随后得到欧洲各国学者广泛采用的。这个词起初含贬义,指的是西欧历史上从公元5世纪罗马文明瓦解,到意大利人文主义者自身正在参与其间的文艺复兴运动之间的那殊乏光彩的十个世纪。现在,在一般的史学著作中,中世纪的意义大致相当于文明社会的封建制时代。在欧洲,它的时间上迄公元476年西罗马帝国灭亡,下至17世纪中叶英国资产阶级革命爆发。倘作进一步的区分,欧洲历史上的中世纪通常又被人们分为三个阶段:公元5至11世纪是它的初期,即封建社会的形成期;公元12至15世纪是它的中期,也是封建社会的全盛期;公元15至17世纪中叶是封建社会的衰落期,同时也是资本主义社会发展的初期,中世纪至此进入尾声。在西方文学史中,中世纪文学一般只涉及前两个时期的文学创作,不包括中世纪末期的文学。因为自14、15世纪(在意大利则为13世纪后期)开始,欧洲近代文学的因素已经出现在文艺复兴运动当中,这一运动所取得的辉煌文学成就,使它足以与西方古典文学、中古文学鼎足而立。

如前所述,由匈奴西进和处于原始氏族解体阶段的日耳曼民族大迁徙所造成的罗马帝国北部和东部边境的沉重压力,到公元5世纪时引发罗马帝国防御系统的全线崩溃,日耳曼人如潮水般涌入罗马境内,蹂躏乡村、屠戮人民,并抢劫和捣毁了西方古代文化的集中地——罗马的各主要城市。在帝国的废墟上,相继出现了一系列由没有文字、轻视文化的各日耳曼蛮族所建立的国家。其中,长期留存下来的是法兰克人和盎格鲁-撒克逊人的王国。这样,有文化的基督教僧侣就成为中世纪早期硕果仅存的知识阶级，而以这种状况为起点的中世纪文化就不能不带有鲜明的基督教色彩。惟其如此，人们对中世纪文学的理解，也应以对基督教的由来及其对中世纪文化的意义的大致了解为前提。

第一节　基督教对中古文学的意义

一、基督教的兴起

公元1世纪，基督教兴起于巴勒斯坦的犹太人（Jew）居住地区。究其实质，它是该教创始人耶稣对原有的犹太教进行“宗教改革”而产生的划时代成果。它直接继承了犹太教的一神思想，同时又摈弃了后者褊狭的民族主义观念，使犹太教的这一分支逐步由“国族（national）教会”发展为“普世（ecumenical）教会”。

犹太人是古代希伯来人的后裔。他们的祖先曾是中东沙漠的游牧民族，“本身是牧羊的人，以养牲畜为生”（创，46:31—32）[①]。游牧生活十分艰辛，整日所对，是吼声单调、凄厉而雄壮的疾风沙暴与目无所障、人迹罕至的荒丘沙原，以及有限的、随时可能消失的绿洲及神秘莫测的海市蜃楼，这里，“烈日当空，则脑髓如焚，明月悠悠，则心花怒放；星光灿烂，则心胸坦荡，狂飙袭来，则所挡立摧”[②]，这样的自然景象，提供了宗教情感产生的肃穆氛围：“游牧民们住在帐篷里，为了给羊群寻找食物和水，他们在这变幻无常的沙漠中东迁西移，自然在改变，生活也就不安定，因此较之黄河流域的居民，这里的居民对土地和永久便没有感情和依赖。也许正是在这种无常的环境中，人们渴望得到某种东西能够给予他们安全感和永久感。于是他们望着西奈山，正如古希腊人望着奥林匹斯山一样，因为它的挺拔，它的庄严的轮廓和它的永恒存在。山上一定住着一位或几位神明，他们高

① 本书多处引用的《圣经》中文译本，是通行的和合本《圣经》，按惯例，我将引文出处以简写形式放在文后。

② 纳忠：《阿拉伯—伊斯兰文化史》下卷，商务印书馆，1999年，第296页。

于人类,当孤寂的沙漠居民感到需要一位或几位万能的神明与之为伴时,这位或这几位神明便能满足他们的需要。"①再者,与古代农业社会的耕作需要多人协作不同,畜牧业一般是家庭性、个体性的。在"逐水草而居"的放牧生活中,为获得更为丰饶的牧场(有时甚至仅仅为了生存),同族和不同族的游牧民之间,经常展开你死我活的争夺,这是古代游牧民族往往骁勇善战的重要原因。

对希伯来人而言,正由于沙漠绿洲过于稀少,当他们迁入迦南地时,才分外喜悦地将这片并不富饶的土地称为"流奶与蜜之地"(出,3:17)。虽然迦南被历史学家称为"肥沃的新月",但这个"名称容易使人误解。因为这里到处是沙丘和岩石,只是其间点缀着一些绿洲"②。然而,为能生活在迦南这样一片并不那么美好的土地上,希伯来人也不得不与其他多个民族血战竞争,因为"住那地的民强壮,城邑也坚固、宽大,并且我们在那里看见了亚纳族的人。亚玛力人住在南地,赫人、耶布斯人、亚摩利人住在山地,迦南人住在海边,并约旦河旁"(民,13:25)。希伯来人有关佑护他们这些选民的至高无上、无坚不摧、弥远弗届、亘古长存的上帝的一神教观念,正是从这种没有生活安定感的社会环境当中产生出来的。

从《圣经·旧约》(犹太教《圣经》)中不难看到,希伯来人的上帝至少具有内外两重功能:对内,他是严父,以十戒为核心的一系列道德诫命,旨在增强希伯来民族的凝聚力与皈依感,促使他们齐心协力,共求发展:"我们不都是出自一位圣父吗?我们不都是同一个上帝所造的吗?"(玛,2:10)"你们不要妒忌怨恨本国的子民,要爱邻如己"(利,19:18),"神在他的圣所作孤儿的父,作寡妇的伸冤者"(诗,68:5);对外,希伯来人的上帝是个杀气腾腾的战神形象:"耶和华是忌邪施报的神,耶和华施报大有忿怒,向他的敌人施报,向他的仇敌怀怒"(鸿,1:2),"因为耶和华向万国发忿怒,向他们的全军发烈怒。将他们灭尽,交出他们受杀戮。被杀的必然抛弃,尸首臭气上腾,诸

① 吴德耀:《基督教与儒教的人类起源说》,引自汤一介主编《中国宗教:过去与现在》,北京大学出版社,1992年,第57页。

② 顾晓鸣:《犹太——充满悖论的文化》,浙江人民出版社,1994年,第41页。

山被他们的血融化”(赛,34:2—3)。虽然希伯来人相信,作为上帝的选民,他们可以信靠自己的上帝,在与其他民族的交战和争斗中获胜,无情的历史却给这个极度自尊的民族以极度屈辱的打击。除了大卫和所罗门王统治时期的短暂辉煌外,灾难深重的希伯来民族先后遭受到埃及、亚述、巴比伦、波斯、马其顿、罗马等许多异族的征服、奴役,落得个“在天下万国中抛来抛去”(耶,15:4)的国破家亡、流散列邦、饱经摧残的悲剧命运。在外族欺凌与同族内耗并举的打击下,希伯来人的十二支系如今大部都已作鸟兽散,仅剩以犹大为首的二支,凭靠着对上帝的坚定信念,在逆境中顽强地生存下来,这是希伯来人的后裔被称为犹太人的缘由。

到公元1世纪,罗马统治者对犹太人的欺凌与迫害更是变本加厉,在镇压公元66—70年的犹太人起义中,罗马军队不仅捣毁了耶路撒冷的犹太教圣殿,毁灭了100多万犹太人的生命,还将幸存下来的九万七千人永远逐出自己的家园,掳为奴隶。敌强我弱的严酷现实,令水深火热之中的犹太人民不再寄望于现世的抗争,而是像他们的先辈那样向上帝发出痛彻心扉的哀呼,祈求《圣经》所许诺的救世主“弥赛亚”(即希腊文的“基督”)的降临,结束犹太民族的苦难岁月。正是这样的社会背景,为奉上帝之名、以救世主基督相标榜的木匠之子耶稣及其门徒的传道活动,在犹太人中赢得了一定的群众基础。

如果说基督教里有奇迹,最大的奇迹,恐怕不是《圣经·新约》所宣称的童贞女受孕,不是耶稣治病救人、起死回生,不是五饼二鱼喂饱五千人,甚至不是死而复活,而是一个30出头的乡村木匠,在一片既不辽阔、又不繁华的土地上以“人子”的名义宣传“上帝的国近了”、人们当悔改的思想以及为此殉难在十字架上的行为,两千年来不仅引发了一场伟大的针对犹太教的宗教改革运动,而且开创了一个影响世界历史进程的全新宗教——基督教,“不但受了无数愚夫愚妇的迷信,居然还受了许多学者的信仰”①。对前面提到的几个奇迹,人们可以做出其他解释,比如以耶稣是罗马军官的私生子来否认童贞

① 胡适:《不朽——我的宗教》,张钦士选辑《国内近十年之宗教思潮》,燕京华文学校刊行,1927年,第9页。

女受孕，以耶稣会气功来否认他治病救命的神迹，以耶稣的道德感化力量来解释五饼二鱼令五千人吃饱的传说，以门徒们的传道需要来说明耶稣死而复活事件的虚构性，但这后一个奇迹，即基督教的兴起，却有西方两千年的文明史作证，任谁也否定不了。

基督教在罗马帝国时代的兴起，在一定意义上可以说是适逢其时。首先，在罗马帝国的广大领土上，"罗马和平"为基督教的"使徒们"得以沿着罗马帝国为军事目的所建的条条道路，畅通无阻地传播基督教的"福音"预备了上佳的有形环境；其次，希腊语成为罗马境内的"世界语"，也为基督教的"使徒们"与异教徒沟通、向异教徒传教，提供了语言文化环境；最后，希腊哲学对世界本原的究极追问，已经引起人们对诸神存在的怀疑，希腊罗马的传统宗教信仰渐渐被人们以神话传说视之，这样的知识环境，也为基督教的传教活动做好了铺路工作。但尽管如此，基督教的传播却远非一帆风顺，教徒们是在罗马统治者的蔑视与迫害之下，前赴后继地沿着殉难者的足迹，使基督教步履维艰地发展壮大起来的。

公元3世纪以后，罗马帝国日渐处于风雨飘摇之中，对于社会各阶层空虚、苦闷的人民而言，基督教《圣经》所宣扬的共处于"上帝之爱"内的基督徒间的宽恕、平等、互助的精神，基督教殉道者富贵不能淫、威武不能屈的忠贞品格等，具有绝大的吸引力。到公元4世纪，基督教不仅因米兰敕令而成为合法存在，并进而更被尊奉为罗马国教。也就是说，罗马人虽然征服了犹太人，但滥觞于犹太教的基督教，却最终彻底征服了罗马人。

随着基督教在罗马人治下的希腊—拉丁语世界的流行，随着希腊—罗马社会中有哲学素养的人士对基督教的倾心，"随着皈依基督教的过程在社会范围内逐渐向上层扩展，基督教关于实体的观点就逐渐地、无意识地、不知不觉地愈来愈希腊化，愈来愈专门哲学化。"①而早期基督徒对死而复活的救世主耶稣基督的朴素信仰，经过与希腊哲学中柏拉图的至善理念、亚里士多德的"第一推动者"、犹

---

① 阿诺德·汤因比：《一个历史学家的宗教观》，晏可佳等译，四川人民出版社，1998年，第137页。

太神学家斐洛的"上帝的初生子"及"逻各斯"、新柏拉图主义者普罗提诺的"太一"等观念的结合，产生了颇带玄奥色彩的包括圣父、圣子、圣灵三个位格(Personae)在内的、三位一体(Trinity)的上帝信仰的成果。换言之，发源于犹太教的基督教，适时适地地与古典的希腊罗马文化相结合，在继承希腊罗马文明的理性主义传统与古代希伯来文明的信仰主义传统的基础上，以理性的语言与宗教移情动人的独特方式的结合，"告诉人们宇宙的来源和始基，它确保人们在人生的沉泛变迁之中得到保护和最终幸福，它依靠以它的权威的全部力量为基础的箴言来引导人们的思想和行动"①，在幅员辽阔的罗马帝国之中，赢得了越来越多的信众。

二、基督教文化对中古文学发展的影响

虽然基督教成为罗马国教这一事件，未能阻挡住日耳曼蛮族对罗马帝国的冲击，未能挽回西罗马帝国覆灭的命运，但就在南下和西进的蛮族征服欧洲的同时，基督教再一次从精神上征服了蛮族。从公元 500 年到 1500 年，基督教先后传播给日耳曼、凯尔特(Celts)、斯拉夫(Slavs)等印欧语民族，在整个欧洲，建设起中世纪的基督教文化。

西方中世纪早期是名副其实的乱世，各蛮族封建主热衷杀伐、四处劫掠、残酷屠戮，幸存的城乡居民或者被折磨致残，或者被掳卖为奴，终日生活于恐惧惊惶之中。正是在这样一个弱者固然难以生存、强者也可能早早在战争中丧命的充满黑暗和混乱的世界上，基督教的"永世不变"的"上帝的荣耀"，为乱世当中的人类心灵提供了避难之所，而基督教所允诺的另一个温馨和平、恶势力不再肆虐的彼岸世界——在那里，人世中的每一份痛苦与不幸都将得到补偿——也为乱世当中的黯淡人生点燃了希望之火。因此，在西方中古的数百上千年中，基督教作为慰藉人类灵魂的安抚剂，被欧洲不同民族的人民共同视为救世的良方。

---

① 弗洛伊德：《精神分析引论新教程》XXXV。转引自杨慧林等编《圣经新语》，中国卓越出版公司，1989 年，第 470 页。

对文学发展而言，中世纪早期的基督教在向没有书面文献、没有城市生活的蛮族征服者传教、并使欧洲各民族渐次融合于基督教世界的过程中，也为西欧社会的文学发展提供了多元统一的精神文化基础。这主要表现在：

第一，中古基督教文化包含着其对希腊罗马成熟而博大精深的古典文化的继承。当日耳曼蛮族对罗马帝国的入侵如海潮汹涌而至，狂涛恶浪冲垮了这一文明的堤岸时，已经成为罗马国教的基督教好似大洪水中的避难方舟，保留下古典文明的部分火种。在这方面，6世纪的基督教僧侣卡西奥多鲁斯(Cassiodorus)的工作就是一个突出的例证。为保存古典文化的精华，罗马贵族出身的卡西奥多鲁斯于540年建立了一座基督教寺院，热心收集古籍手稿，并加以誊写抄录。这一做法随即受到其他基督教寺院和修道院的效法。这就意味着，西方中世纪早期具有高度文化修养的基督教僧侣为希腊罗马的古典文化在基督教的寺院和修道院中找到了庇护之所。反过来，在一代代基督教僧侣的努力下，基督教寺院的缮写室和修道院的学校、图书馆，也因为保存了希腊罗马的古典文献与中古学者的多种著述，而成为中世纪西欧的高等思想文化中心。由此出发，在整个中世纪，以传教为目的，以古典文化的“七艺”(文法、修辞、逻辑、算术、几何、天文、音乐)为基本内容，基督教会或者自己、或者协助世俗统治者逐步开办了规模不同的文化学校，并在此基础上发展出中世纪的大学。

一般说来，一个比较完备的中世纪大学往往分有神学、法学、医学和人文四科，其中以神学为最高，人文为基础。大学生学完文法、修辞、逻辑，考试及格后，获学士学位；再学算术、几何、天文、音乐，学完“七艺”，考试合格者，获硕士学位；如在此基础上选修神学、法学、医学中的任一科，毕业时可同时获得博士学位与教授资格。大学的学习方法是听课和辩论并举，学完一个阶段，要进行论文答辩，通过后才可授予相应的学位。这种较为严谨和开明的学术空气，不仅为大力吸收古典文化的中世纪经院哲学对基督教神学所做的理论化、思辨化、系统化工作，做出了必要的铺垫，而且在若干世纪的时间内逐渐提高了西欧人的文化素质，为文学艺术从民间创作向高水平的文人创作(如但丁的《神曲》)的发展及文艺复兴时期文化巨人的出现,做了许多世纪的力量积蓄工作。而致力于使希腊罗马文化甚至阿拉伯文化服务于中世纪的西欧社会的经院哲学,对逻辑分析的偏好与对相互诘难和公开辩论的热衷,也不仅提高了当时学者的才智敏捷性和思想准确性,而且还启发了近代西方文化的怀疑、批判精神。

第二,中古基督教文化包含着其对希伯来—基督教的充满深刻内省精神的宗教文化的继承。这尤其体现在基督教文化对《圣经·旧约》(犹太教《圣经》的希腊文译本)与希腊文的《圣经·新约》文本的接纳、(拉丁文)翻译和尊崇上。事实上,基督教的新旧约《圣经》除包含希伯来—犹太人的家族谱系、律法条文、历史记事、王室法令、先知预言、智慧格言、祈祷辞、书信等珍贵资料外,还包括了所谓的纯文学作品,如诗歌(诗篇、雅歌)、短篇故事(约瑟和他兄弟的故事)、小说(路得记)、戏剧(约伯记)、小品文(耶稣登山宝训)、人物传记(使徒行传)等内容。也就是说,《圣经》虽然是基督教的神圣宗教经典,但其文本大半却可视为或优美、或热烈、或恢弘、或深刻的文学篇章,一如14世纪意大利著名人文学者、《十日谈》的作者薄伽丘谈到的:"《圣经》称上帝时而为狮,时而为羊,时而为虫,时而为龙,时而为石,还有我为求简而不提的许多比喻,试问这不是诗的虚构是甚么呢?福音书中救世主的话如果不是含有言外之意的布道词,又是甚么呢?用熟悉的名词来说,这就是我们所谓寓言。由此可见,不但诗是神学,而且神学也就是诗。"①而与其他文学作品相比,《圣经》也自有其独具的文学魅力。

首先,作为集宗教、哲理与文学创作于一体的文本,《圣经》所描绘的宗教意境十分宏壮:

> 诸天述说神的荣耀,穹苍传扬他的手段。这日到那日发出言语。这夜到那夜传出知识。无言无语,也无声音可听。他的量带通遍天下,他的言语传到地极。(诗,19:1—4)

---

① 引自《缪灵珠美学译文集》第一卷,中国人民大学出版社,1987年,第332—333页。

> 你(耶和华)的年数世世无穷。你起初立了地的根基。天也是你手所造的。天地都要灭没,你却要长存。天地都要如外衣渐渐旧了。你要将天地如里衣更换,天地就改变了。惟有你永不改变。你的年数,没有穷尽。(诗,102:24—27)

虽然这些赞美上帝的诗作没有直接描摹那个不可思议的上帝形象——实际上,对任何宗教诗人而言,那都是无法摹写的形象——但"诸天"和"苍穹"何其广袤,却只能充满敬仰地传扬上帝的荣耀,天地的岁月何其久远,上帝却"换天地如换衣服",由此,上帝"无始无终、万古常新"的恢宏气象,在《圣经》诗篇的这些"不写之写"中,就往往如泰山压顶般逼到读者眼前,令人无法不感觉个体存在的渺小与某种无限和永恒存在的玄妙。这样,宗教诗人借对上帝的颂赞,富于诗性地表达了作者对人在信仰之中所达到的肉体与灵魂、有限与无限、变化与永恒的和谐统一的理解。

其次,《圣经》文本还大量采用象征、隐喻、拟人、夸张、反讽等文学创作手法,制造难以言说、亦真亦幻的超现实境界,以表现作者灵魂深处的内省、忏悔和不同寻常的幻想、异象;表现作者对苦难人生所感受到的超负荷的心灵痛苦和由信仰的慰藉所带来的身心振颤的至福欢乐,因此,无论就思想内涵的深度还是就表现手法的多样而言,基督教经籍《圣经》文本,都为后世的西方文学创作提供了极有价值的借鉴。

第三,中古基督教文化包含着其对日耳曼蛮族生机盎然的土著文化的继承。中世纪早期的英雄史诗,基本上是日耳曼民族大迁徙及以前时代的产物。史诗讲述的人物事迹,如斩妖除魔、力战火龙的北欧英雄贝奥武甫的故事,所记的历史事件早于公元6世纪,反映的是后来定居不列颠的一支日耳曼人——盎格鲁-撒克逊人在欧洲大陆时的生活。据说,公元8世纪,英格兰已经出现了以古英语写成的民族英雄史诗《贝奥武甫》,但现有的惟一手抄本却属于公元10世纪,共3182行,是由两位基督教僧侣抄写成册的。另一部日耳曼人的著名史诗《希尔德布兰特之歌》(仅存残篇68行)的手抄本也属于

9—10世纪,叙述的是民族大迁移时代末期随东哥特王出征匈奴的日耳曼武士希尔德布兰特30年后返回故乡,在边境上被儿子当作“异族人”进行挑战,认出了儿子的希尔德布兰特为了维护日耳曼武士的荣誉,也只好被迫应战的故事。同《贝奥武甫》一样,有关希尔德布兰特的英雄传说,也主要反映了尚未封建化的日耳曼氏族部落的社会生活,体现了那个时代人们的英雄观念和对自然、人生的认识。而用方言记录下这些珍贵史诗资料的,同样是基督教的僧侣。此外,特别值得一书的还有12—13世纪在冰岛传教的基督教僧侣们,他们在当地创立了乡土史料编纂学和考古学的学校,收集整理当时还未接受基督教的北方日耳曼人关于部落英雄、关于诸神、关于魔法的神话、诗歌和传说故事,为后人保存了基督教化之前的日耳曼文化的丰富传统资料。实际上,反映日耳曼氏族社会末期生活的文学以冰岛为最丰富。冰岛诗歌的绝大部分(30首)收在诗集“埃达”里边,分神话诗、教谕诗和英雄史诗三类;散文作品“萨迦”包括历史、英雄传说和王朝史话等,被记录下来的作品也为数不少,记录的时间多为12—13世纪,个别的晚到14世纪。今天人们对异教时期日耳曼社会生活和文化状况的了解,在很大程度上归功于记录下这些珍贵的日耳曼口头诗歌和散文作品的冰岛基督教僧侣所创建的学校的存在。

综上所述,中古基督教文化实际上包含着其对来源于不同社会背景的三种文化体系的继承:第一是希腊罗马成熟而博大精深的古典文化,第二是希伯来—基督教的充满深刻内省精神的宗教文化,第三是日耳曼蛮族的生机盎然的土著文化。而在公元5世纪到15世纪这1000年的文学发展中,来自三股不同文化背景的文学潮流——古典文学、宗教文学、土著文学之间,不断发生着相激相荡、相融相汇的历史进程,共同丰富着中古文学的多元传统。到文艺复兴时期,三者间的力量消长,第一次打破了宗教文学占主流的中世纪文学态势,出现了以古典文学复兴为显著标识的世俗文学取得支配地位的崭新局面。

必须指出,文艺复兴以后的西方人文学者指中世纪为黑暗时期,虽有以偏概全的不足,但也并非无的放矢。基督教自成为国教之后,由被迫害者迅速转变为迫害者。从罗马帝国后期开始,它就采取了焚毁异教的图书馆、关闭异教的学园等对异教文化加以敌视和压制的野蛮政策。历史进入中世纪以后,基督教僧侣对服从教会神权统治,服从封建等级秩序的"美德"的宣扬,也包含着排斥异己、制造宗教仇恨的疯狂蒙昧的说教。这些说教体现在中世纪的各类文学创作当中,同样存在着束缚人们头脑、窒息人们思想的严重问题。这是我们在阅读中世纪的文学作品时所不能不予以鉴别的。

第二节　中古英雄史诗

西欧中古文学大体可分为宗教文学与世俗文学两类。宗教文学的主要目的在普及宗教教义、表达信徒的宗教体悟,种类包括圣经故事,圣徒传、祈祷文、赞美诗、圣者言行录、梦幻故事、奇迹故事、宗教剧等,再加上译成拉丁文的《圣经》和中古基督教学者的大量宗教哲学著述,与中古宗教文学有关联的作品不仅数量庞大、体裁多样,而且往往主题鲜明、感情充沛。正是大量富于表现力的中古宗教文学作品的存在,使基督教文化的思想观念成为中古文学的主流意识,连各类世俗文学作品,也都因此打上了基督教文化的深刻烙印。然而,由于相应中文资料的匮乏,中古宗教文学并不构成本章评介西方中古文学的重点。

本章以下两节重点介绍中古的世俗文学,它又可以粗略地分为英雄史诗、骑士文学和城市文学三类。其中英雄史诗是本节要讲的主要内容。

中古欧洲英雄史诗的发展大致经历了两个阶段:第一个阶段的作品,是本章上节提到的《贝奥武甫》、《希尔德布兰特之歌》以及冰岛的"埃达"和"萨迦"中的一部分史诗作品。这类中古史诗和古希腊的荷马史诗有许多相似之处,即同是氏族社会末期的产物,歌颂的也同是氏族部落的贵族英雄,内容同样多以神话或历史事件为依据,从多方面反映了氏族社会的生活,如部族之间的血仇关系,财富所带来的诅咒和灾难的厄运等;同荷马史诗相类,北欧神祇在西方中古早期的英雄史诗中也扮演了重要的角色，魔怪、法术等因素也参与造就了英雄的悲剧性格。与此同时，这类基本上反映处在氏族社会末期的蛮族部落生活的作品，大约由于基督教僧侣记录的关系，在一定程度上还无法避免地反映出基督教思想的影响，如把氏族社会的命运观同上帝的概念混同起来，把害人的妖魔称为该隐的种族等。这类史诗的结构一般比较集中精练，多用头韵体写成，使用特殊的形象比喻（同义语），如《贝奥武甫》称大海为“鲸鱼之语”、兵士为“拿盾牌的人”、酋长为“宝物的守护者”等，这些都是北欧史诗共有的特点。

第二个阶段的英雄史诗，如《罗兰之歌》、《熙德之歌》和《尼伯龙根（人）之歌》等，是欧洲各民族高度封建化以后的产物，大约产生并流传于 11 至 13 世纪。这时的日耳曼部落已先后从各自的分散状态走上了高度封建化的统一国家的道路，史诗中的英雄荣誉观念已不再局限于狭小范围的部落英雄的复仇主义，在英雄身上封主、封臣的封建关系已体现得十分明显，英雄们的团结御侮行为，也开始具有了国家利益的内容；尤其重要的是，在基督教观念的影响下，英雄们的爱国行为往往表现为反对异教徒的斗争。因此，在这一阶段的史诗里，早期史诗当中的多神教的神话因素已明显减少。

第二个阶段的英雄史诗中最重要的作品之一是法国的《罗兰之歌》。它在 11 世纪以咏唱方式在民间流传，现在已知最早的本子是 19 世纪发现的 12 世纪手抄本。最后一行诗提到杜罗勒都斯这个名字，或许是这个本子的抄写人，也可能是在民间创作的《罗兰之歌》基础上进行加工的诗人。

《罗兰之歌》所依据的史实，是一生铁马金戈并在 8 世纪的西欧建立起庞大帝国的法兰克国王查理大帝的一次远征失利。在这次远征中，查理大帝的大军围困信奉伊斯兰教的阿拉伯人占领的西班牙城市萨拉戈萨，却两个月久攻不下。适值后方的撒克逊人叛乱，无奈的查理只得撤围回师。不料途经比利牛斯山区时，遭到了与查理的军队同样信奉基督教的加斯克涅人的袭击，辎重被掠，几名重臣，包括布列塔尼边区的总督罗兰伯爵，均死于是役。然而，到英雄史诗《罗兰之歌》中，史实受到了民间诗人的大力修正。在这部上千行的英雄史诗里，作为法兰克国王查理大帝十二重臣之一的主人公罗兰，成为高龄200岁的查理大帝的侄子；查理大帝对西班牙阿拉伯人的远征，变为维护基督教的“圣战”；加斯克涅人对查理军队的袭击，改为信奉伊斯兰教的萨拉戈萨骑兵的进攻；而法国军队所受到的重创，也归因于法兰克人自己的内奸加纳隆的叛卖。在史诗中，本已准备投降查理的萨拉戈萨人，由于接受加纳隆的献计，反以诈降骗得法兰克人的班师回国之举，借此机会，萨拉戈萨骑兵袭击查理大帝的后卫部队得手。罗兰是法兰克后卫部队的主将，他和他的两万精兵英勇战斗，在击毙了无数敌人后，全部壮烈牺牲。最后，查理大帝为受到重创的法兰克殿军报仇，不仅消灭了所有的异教敌人，还将叛徒加纳隆及其家眷全部处死。与此前的中世纪英雄史诗相比，《罗兰之歌》的主题不再仅仅局限于个人恩怨和家族夙仇，而是集中描写一场忠君护教的民族战争。在史诗中，主人公罗兰被塑造为一个义薄云天、气壮山河的斗士，作为一名为祖国、为信仰而血战到死的骑士，作品既把他写成一位武功盖世的民族英雄，又把他歌颂为一位忠心不二的基督教殉道圣者。总之，出于强烈的民族意识和宗教热忱，这部史诗的民间作者们不惜改变历史的本来面目，以胜利的结局来鼓舞国人对正在兴起的西欧基督教国家事业的献身热情。

和《罗兰之歌》类似的“武功歌”是西班牙的英雄史诗《熙德之歌》。后者是首3700行的长诗，歌颂的是11世纪西班牙反抗外族（阿拉伯人，即史诗中所称的摩尔人）侵略的民族英雄罗德里戈·迪亚斯·德比瓦尔的事迹。“熙德”是古阿拉伯语对男子的尊称，意为“主子”，它表达了阿拉伯人对英勇善战的敌手罗德里戈·迪亚斯·德比瓦尔的敬佩。历史上的罗德里戈·迪亚斯·德比瓦尔不仅是卡斯蒂利亚国王阿丰索六世的一个有勇有谋的宠臣，作为次一级的封建主，他还有自己的一批忠实追随者来为他而战，使他的实际地位更接近于一个雇佣军首领。熙德一生最显赫的战绩是在1094年攻下了阿拉伯人占领的城市瓦伦西亚，这在与摩尔人的争战中屡遭败绩的西班牙基督教王国那里是个振奋人心的胜利。虽然瓦伦西亚很快即被阿拉伯人夺回，并在此后的数百年的时间里继续归阿拉伯人统治，但熙德的胜利却给西班牙人民树立了抵抗侵略的榜样，鼓舞了他们战胜敌人的信心。因此，尽管历史上的罗德里戈·迪亚斯·德比瓦尔是个二三其德的人物,为了自身的利益他也曾多次在阿拉伯人的军队中服役,为阿拉伯国家的君主征战,史诗《熙德之歌》的作者对此却不予计较,反而倾全力把主人公塑造为一个无限忠于自己的基督教国家的君主、并为自己所信奉的基督教事业与异教徒进行殊死战斗的、忍辱负重、奋不顾身的民族英雄形象。全诗分为三章,第一章写卡斯蒂利亚国王阿丰索六世听信谗言,放逐熙德。熙德却不忘君恩,在与摩尔人作战、百战百胜的情况下,仍把向摩尔人讨索的贡赋,以及夺获的摩尔人的城池、财货、俘虏等,献给自己的国王,并强迫摩尔人国王臣服于阿丰索六世。第二章写西班牙国王阿丰索六世给熙德的两个女儿说亲,熙德虽然对亲事不满,却根据封建义务勉强答应下来。第三章写熙德的两个女婿对妻子施暴,熙德在国王的允许下和两个女婿比武,战胜了他们。这样,他不仅为女儿们所受到的羞辱进行了报复,而且还由国王主持为女儿们缔结了更好的婚约。《熙德之歌》塑造了一个在当时的现实生活当中并不存在的理想的西班牙民族英雄形象:他信仰坚定、意志坚强、行为真率、作风稳重,作为封臣绝对地服从封主,封建国家观念极强。与《罗兰之歌》一样,《熙德之歌》的主要魅力也来自于它所刻画的一系列具有民族气节和爱国思想的理想的基督教斗士形象。

与《罗兰之歌》和《熙德之歌》基本上同期流传的德国英雄史诗《尼伯龙根(人)之歌》共9516行,分为上下两部。上部《西格夫里特之死》与冰岛散文叙事文学“萨迦”中对后世西方文学影响较大的《佛尔松萨迦》同其来源,讲述主人公尼德兰王子、勇士西格夫里特杀龙取宝、成家立业以至于最终被害身死的传奇经历;下部为《克里姆希尔特的复仇》,它一方面取材于5世纪日耳曼人中的勃艮第族为匈奴所灭的史实,另一方面将其与日耳曼人的古代英雄传说相结合。在史诗下部中,西格夫里特的妻子、勃艮第国王的妹妹克里姆希尔特为了向杀死丈夫的哥哥复仇,并得到丈夫曾经拥有的尼伯龙根族的宝物,在寡居13年之后,同意嫁给势力强大的匈奴王埃采尔。又一个13年过后,她借故约请哥哥及其随从武士来匈奴相聚,为怂恿匈奴人在随后召开的骑士竞技大会上对前来做客的勃艮第人大开杀戒,她不惜以自己的亲生儿子作为牺牲品挑起事端。同时,为得到象征拥有尼伯龙根族宝物的戒指，克里姆希尔特还亲手斩杀了自己的哥哥和他的亲信、勃艮第人中的勇士哈根。由于克里姆希尔特的复仇手段过于残暴，为她的部下希尔德布兰特所不能容忍，于是克里姆希尔特最后又被希尔德布兰特所杀，而尼伯龙根族的宝物也早已在事前被哈根沉入了莱茵河底。与《罗兰之歌》和《熙德之歌》相比，《尼伯龙根(人)之歌》的蛮族土著文学特点更其突出，对基督教信仰的强调也相对薄弱，但作为12—13世纪成书的作品，史诗的作者还是给古代英雄的生活环境披上了封建社会骑士阶层战斗和交际生活的外衣，宣扬了忠于君主的封建等级观念。

第三节　骑士文学与城市文学

从《罗兰之歌》、《熙德之歌》和《尼伯龙根(人)之歌》等几部中古第二阶段的英雄史诗对某些忠君护教的封建骑士的颂扬中，人们已经可以看到12、13世纪西欧骑士生活的部分风貌，而兴起并繁荣于同一时期的骑士文学，则更集中地代表了骑士阶层的生活理想。

以出身而言，西欧最早的骑士来自中小地主和富裕农民，他们替大封建主打仗，从后者那里获得土地和其他报酬。由于1095—1291年间西欧国家发动了规模庞大、旷日持久的以骑士为主体的十字军东侵，西欧骑士的地位在12世纪以后，得到了空前的提高。

历史上，在以教皇为首的西方罗马教会的号召和组织下，自11世纪到13世纪，西方基督教国家反对东方穆斯林国家、力争控制耶路撒冷和其他西亚地区的大规模的十字军东侵，前后共进行过八次，这近200年的军事远征，对西欧社会的政治、经济和文化事业的发展产生了意义重大的影响。

首先，十字军东侵适应了西欧社会封建经济复兴的需要。11世纪晚期是西欧封建制度的形成时期，城市贸易的缓慢增长与社会财富的逐渐累积，刺激了人们享受现世的世俗需求，市民和农民都在寻找新的生财之道，同时，在长子继承制下被剥夺了门第和财产继承权的次子以下的贵族诸子也都乐于外出冒险，博取功名利禄，这些不安于现状的社会因素,对西欧社会的稳定发展构成了潜在的威胁。因此,当基督教会号召人们进行“圣战”、参加东侵者可完全免罪时,正好得以将西欧社会的相当一部分不安定因素引向东方,并借宗教战争的神圣名义夺取东方的令人垂涎三尺的财富。而在事实上,200年的十字军东侵确实激发了人们冒险寻宝的欲望,送掉了不少好战的平民和蛮横的贵族的性命,大大减少了西欧社会统一王权形成过程中的阻力。

其次,十字军东侵把西方基督教世界的年轻民族带回到地中海东部地区的古老文化中心,促进了东西贸易的开展,通过香料、丝绸和其他奢侈品的西渐,通过阿拉伯诗歌、音乐以及舒适淫逸生活方式的传播,使地中海东部的文明有力地渗透到正在建设之中的西欧封建社会里面,既为西欧的知识界输入了新鲜的古典文化和东方文化资源,又为满足在东西贸易中迅速壮大起来的西欧商人和其他市民阶层的精神生活提供了大量的世俗文学艺术的样板。

最后,十字军东侵培植了一个新型的骑士阶层,促成了骑士文学的繁荣。就参加“圣战”的西欧封建社会的骑士而言,他们抱着既往的天国信念前去东方,却在东方文化的影响下,带着崭新的尘世需求回返西方。在与伊斯兰教文化的频繁接触中,曾经激发十字军运动的天国幸福的彼岸性以及现世的苦行主义观念成为过去,一种赤裸裸的现世主义与享乐主义的新型骑士理想逐渐兴起。由这种新型的骑士理想出发去理解生活,相比于虚无缥缈的天堂欢乐和地狱苦难,现世的爱情、财富、荣誉、自由、幸福等等实际事物,成为人生在世追求的真实目的。歌颂骑士爱情生活和冒险生涯的骑士文学,就直接体现了这种新型的骑士理想。在骑士文学中,作家最感兴趣的,是缔造一个以浪漫的爱情生活为核心的社会模式,因此,在骑士文学中,与当时仍然作为中世纪主要特点的西欧封建社会的残暴粗野现实形成尖锐对照的是,从事优雅的文化娱乐、懂得精巧的社交礼节并有一颗对贵妇人的真挚不渝的爱心的骑士,受到了人们的普遍敬重。为了缓和骑士理想与基督教教义之间的冲突,骑士文学往往设法调和骑士对上帝和君主应尽的职责与自身的现世欲求之间的矛盾,使骑士的作为能无愧于其忠君、护教、行侠、尚武的各项信条;更妙的是,骑士文学还常常采用将对上帝的敬爱与对异性的情爱水乳交融地结合起来表现的方式，使尘世之爱上升到上天之爱的崇高地位，以“曲线救国”的手法，来达到歌颂尘世之爱的目的。正像深受骑士文学影响的13世纪意大利诗人、“温柔的新体”诗派的创始人圭尼泽利的诗歌《爱情总寄托在高贵的心中》所体现的那样：

> 正如太阳使宝石放射灿烂的光辉，
> 女子使男子高尚的心灵产生爱情。
> 倘若有朝一日上帝质问我的灵魂：
> 你怎竟敢，竟敢将世俗女子同我相比？
> 将爱情同我相比？
> 尊贵的主——我将回答——
> 她像天使一样，我怎能不爱她？
> 这绝不是罪过。

这种由骑士文学所创造的爱情观念深深影响了以后的西方诗人创作，在但丁的《神曲》、彼特拉克的《歌集》、乔叟的《坎特伯雷故事》中，人们都能看到这种爱情观念的表述。

法国是十字军东侵的最早的和主要的参加者，它的南部城市又因靠近被阿拉伯人占领的西班牙而较早地发展了与东方的贸易，这样的文化环境，促成了骑士文学在法国的兴起。骑士文学分骑士抒情诗和骑士叙事诗(传奇)两类，其中，骑士抒情诗的中心是法国南部的普罗旺斯。自9世纪法兰克王国瓦解以后，普罗旺斯地区政治独立、商业发达，贵族宫廷文化也日趋繁荣。这里产生的骑士抒情诗一般咏唱骑士对贵妇人的爱慕和崇拜，以“破晓歌”(alba)最为著名。13世纪初叶，法国北方贵族在教皇的策动下镇压了南方的宗教“异端”运动，南方的一些贵族宫廷，如土鲁斯伯爵的宫廷等，也由于容纳“异端”而遭到覆灭，在这些宫廷中居留的许多普罗旺斯行吟诗人(troubadour)逃至国外，尤其是意大利的西西里岛，把抒情诗传统由那里带到了整个意大利，直接推动了意大利文艺复兴时期抒情诗歌的发展。

骑士传奇的中心是法国北方，主题大都是通过描写骑士为了爱情、荣誉和宗教等原因所进行的冒险游侠历程，表现主人公行侠仗义的尚武精神。骑士传奇不同于英雄史诗的主要特点在于，它们基本上出自传奇诗人的虚构，没有相应的历史事件作为根据。它们有的直接取材于中世纪的民间传说，有的则在情节上模仿古希腊罗马的作品，而在精神上却体现了中世纪骑士生活的社会理想。流传至今的骑士传奇一般被分为三个系统，其一是古代系统，包括《亚历山大传奇》、《特洛伊传奇》等作品，是模仿古希腊罗马文学作品写成的虚构故事，以古希腊罗马的英雄事迹体现中古骑士的爱情观点和荣誉观点；其二是不列颠系统，主要围绕古代凯尔特王亚瑟的传说发展起来，写亚瑟王和他的圆桌骑士的故事。不列颠系统的故事还包括12世纪产生的著名传奇诗篇《特利斯坦和伊瑟》，作品把男女间的爱情描写成坚强的骑士也无法抗拒的神秘力量，故事情节感人，风格热烈哀婉，在西欧各国得到了长久的流传；其三是拜占廷系统，作品多依据东罗马帝国拜占廷流传的古希腊晚期的传说故事而写成，其中最有名气的传奇作品是出现于13世纪的《奥迦生和尼哥雷特》。骑士传奇既描绘人物的外形，又能通过生动活泼的对话反映人物的内心活动，在生活细节方面也有较为细致的交代，可以说初步具备了后世长篇小说的规模。

十字军东侵给西欧各国的社会生活带来的另一项收益，是东西贸易发展中西欧市民阶层的壮大和世俗文化的繁荣。到12世纪，西欧的不少城市都打破了教会对教育的垄断地位，建立了非教会的私人学校。法国是西欧城市发达最早的国家之一，城市文学也最发达。"韵文故事"是法国城市文学中流行最广的一种文学类型，其中幽默诙谐的《农民医生》，赞扬了与中世纪的市民阶层联系紧密的农民的机智狡猾，下层妇女也在这篇中古文学作品中第一次占据了重要位置。17世纪法国喜剧诗人莫里哀正是采用这个故事情节，写成著名的喜剧作品《屈打成医》的。城市文学中的重要作品还有12、13世纪以来在西欧各国广为流传的《列那狐传奇》和《玫瑰传奇》。前者是以兽喻人的寓言故事集，由27组诗构成，主要写代表巧智的狐狸列那与代表蛮力的狼、熊等动物之间的斗争，赞扬了列那狐身上所具有的、为正在兴起的市民阶级所欣赏的机智、狡诈等品德;后者是以古罗马作家奥维德《爱的艺术》为蓝本的两万余行的长篇寓意诗作,由两部分组成,分别出自两位诗人之手。第一部分写诗人向一个以玫瑰花苞为象征的少女求爱而未得的寓言,第二部分则借诗人克服障碍、摘到玫瑰的过程,通过人物对话,广泛反映了当时的社会生活,传播了各种知识和见解。

中世纪城市文学的成就还包括城市抒情诗、各种谣曲、城市戏剧等,限于篇幅,就不一一介绍了。

第三章　文艺复兴时期的文学

“文艺复兴”一词作为一个表述西方文明崭新时代的概念，主要得之于西方19世纪后期的一批历史文化学者的见解。这些学者中最为著名的一个是瑞士的历史学家布尔克哈特。

布尔克哈特在其名著《意大利文艺复兴时期的文化》中，蒐集了关于意大利文艺复兴时期情况的丰富史料，并对这些史料进行了认真的分析研究。他的论点作为历史学中论述西方文艺复兴的正统理论，至今仍在产生巨大的影响。自《意大利文艺复兴时期的文化》一书问世后，各国学者在考察西方文艺复兴时，往往会以布尔克哈特之观点的合理与否作参照，来形成自己的新观点。仅此一项，就足以见出布尔克哈特的《意大利文艺复兴时期的文化》的分量。

今天看来，《意大利文艺复兴时期的文化》一书带有明显的历史局限，它认为“文艺复兴”作为截然不同于中世纪的历史新纪元的出现，仅仅是14—16世纪之间意大利一国的事情。布尔克哈特在书中还格外强调意大利文艺复兴时期盛行的个人主义的意义，认为是“个人的发展”使“世界的发现和人的发现”成为可能。他没有认识到，文艺复兴并不是中世纪的黑暗丛林之中突然窜出的参天大树，而是深深植根于中世纪的城市背景和知识环境中的老木所发的新枝。也就是说，文艺复兴是西方中古文化向近代文化发展的过渡时期，西方中世纪的经济和社会状况是其出现的主要历史根源。换言之，中世纪的三股并行不悖的文化传统——犹太—基督教文化、日耳曼文化与古希腊罗马的文化遗产，都为文艺复兴的出现提供了内在动因。与此同时，作为一场遍及全欧的古典文化的复兴运动与西方社会的思想解放运动，文艺复兴的地域范围也远远超出了布尔克哈特所理解的意大利，至于文艺复兴的内容，更包含着远比个人主义因素广泛得多的时代信息。

在这当中，就哲学思想方面而言，此时代替了经院派的烦琐思辨的，是对观察自然和对科学实验的注重及对世俗人文精神的提倡，而代替了传统物理学、医学、天文学等基督教神学观念支配下的人对自然的认识的，是哥白尼、哈维、伽利略等人的有关人类和自然现象的新概念；在政治方面，各国的封建割据势力此时已得到逐步削弱，相应地，欧洲的一批新兴君主政体——法国瓦卢瓦王朝的绝对君权统治与西班牙查理五世的庞大帝国，正在蒸蒸日上地兴起；在经济上，这一时期庄园制的西欧经济体制日渐瓦解，农业的商业化发展、城市的扩展和工业的繁荣，正与西方科学技术的革新以及跨越大洋的航海贸易活动相伴随；在宗教上，轰轰烈烈的宗教改革运动也改变了许多欧洲地区人民的精神面貌。此外，文艺复兴也不能"顾名思义"地只看做是希腊、罗马古典文化的"再生"，当时欧洲人接触到的其他一些高水平的文化，包括阿拉伯文化、印度文化和中国文化等，都对西方文艺复兴的出现起到了直接间接的推动作用。

即以中国为例：在其所著《新工具》一书中，16世纪的英国学者、被视为现代科学鼻祖的培根曾经提到"起源暧昧不彰"的三大发明，印刷、火药和磁石（指南针），并称"这三种发明已经在世界范围内把事物的全部面貌和情况都改变了；第一种是在学术方面，第二种是在战事方面，第三种是在航行方面；并由此又引起难以数计的变化来；竟至任何帝国、任何教派、任何星辰对人类事务的力量和影响都仿佛无过于这些机械性的发现了。"①众所周知，这三种"把事物的全部面貌和情况都改变了"的发明均源于中国。具体到这些发明对西方文艺复兴时期文化活动的影响，首先，如果只有马可·波罗的中国游记激发哥伦布航海到东方的壮志，而没有传到西方并经过改进的中国罗盘所提供的技术支持，哥伦布发现美洲大陆的壮举的实现是根本无法想像的；其次，中国的火药制造术经过阿拉伯人传到西方，也引起了西方社会军事上的革命，这是使欧洲君主得以消灭深沟固垒的封建割据势力，完成民族国家统一大业的必要前提；最后，中国的造

① 培根：《新工具》第1卷，第129节，许宝骙译，商务印书馆，1997年，第102页。

纸术和印刷术①传到西方,引起欧洲社会教育和文化宣传上的革命,使《圣经》等书籍可以大量地向普通民众开放,打破了西欧特权阶层的文化垄断,这也是文艺复兴时期的宗教改革运动得到广泛响应的重要原因。总之,文艺复兴是世界范围内的多种因素对欧洲文化发生综合作用的产物,它标志着西欧世俗文化时代的到来。

第一节 意大利文艺复兴时期的文学

一、概述

文艺复兴运动发源于意大利,逐渐向北传播,终至席卷全欧。文艺复兴运动在欧洲虽然极盛于16、17世纪之交,但在13、14世纪的意大利即已产生了它著名的先驱人物——但丁、彼特拉克和薄伽丘三人,他们既是意大利民族文学的奠基者,又是整个欧洲文艺复兴运动的带头人。

作为欧洲文艺复兴运动的策源地,意大利有其得天独厚的条件。第一,意大利是古罗马文明的直接继承者,拉丁语的罗马文化与意大利的民族语言文化具有深厚的血缘关系。自中世纪后期世俗性的学校在意大利建立以后,维吉尔、西塞罗、贺拉斯等许多拉丁诗人和作家的作品,就一直是意大利人文教养中的主要部分,但丁在其名著《神曲》中奉维吉尔为自己的精神导师,彼特拉克尽力搜集罗马的古籍抄本,研读罗马著名作家的著作,并称西塞罗和维吉尔是古典学问的"两只眼睛",这些事实都说明意大利人对古罗马文化的熟悉与热爱程度;到15、16世纪,在罗马废墟中发掘出来的古代雕刻杰作,更

① 尽管西方人一再强调"印刷术的伟大发明家"、15世纪的德国贵族世家后代古登堡对印刷术的"再发明"权,却无法掩盖这样的事实,即一个世纪之后的英国博学之士培根仍认为该项发明的起源暧昧不明,而三个世纪之后的法国文化名人伏尔泰则明确地在其《风俗志》中声称:"印刷术是由他们(中国人)于同一时代发明的。大家知道,这种印刷术是在木版上雕版印刷的,正如古登堡首次在美因茨所做的那样。"参见[法]安田朴:《中国文化西传欧洲史》"绪论",商务印书馆,2000年。

为意大利人的文学艺术创作提供了有目共睹的传统典范。第二，意大利是古代“大希腊”的一部分，希腊文化的影响一直绵延不绝，再加上1453年东罗马帝国亡于土耳其，大批拜占廷的希腊古典文化研究者携带书籍，逃至离他们家园最近的意大利避难，并以讲授古典为业，这也促进了意大利早已进行的希腊古典文化研究。彼特拉克的好友、作家薄伽丘就是第一个通晓希腊文的意大利人文学者。人们对古希腊罗马文化的发现和研究，无疑为这个时期的诗人、作家和艺术家的创作提供了思想上的营养，也为欧洲文化在文艺复兴时期达到希腊以后的第二个高峰奠定了基础。第三，由于教皇与神圣罗马帝国皇帝之间的政治斗争，使得意大利既不受神圣罗马帝国皇帝的完全控制，又无力以自身的力量形成一个统一的民族国家，这就造成文艺复兴当时意大利城邦（城市共和国）林立、互争雄长的特殊局面。与此同时，由于与东方的地缘联系，意大利的若干城邦把持着地中海以及其他海上交通和贸易的通道，工商业发展迅速，在13、14世纪成为当时欧洲最富庶、最发达的地区，资本主义性质的工商业和金融业都占欧洲第一位。世俗经济的繁荣，在一定程度上促进了世俗文化的兴旺。比如，自1434年迄1537年长期统治意大利佛罗伦萨的富商梅迪契家族（在文艺复兴期间，这个家族不仅出现了世袭的公爵，而且先后有叔侄两人出任罗马教皇），在其鼎盛时期开办了研究古典文化的柏拉图学园，建立了收藏有大量手稿古籍的图书馆，同时还大力资助了当地的其他人文主义文学艺术活动。正是这样的社会条件，使古典文化的思想风格十分顺利地主导了中世纪晚期迄文艺复兴时期的意大利文化。

具体到文学创作，意大利最早的文人诗歌，是13世纪前半叶西西里诗派的抒情诗作。西西里诗派受到了当时的德意志兼西西里国王的腓特烈二世宫廷的支持，在法国普罗旺斯骑士文学传统和阿拉伯诗歌传统的影响下，这一诗派开创了意大利诗歌的两种主要形式，即十四行诗与短歌体，其中的十四行诗及其变体不仅是意大利文艺复兴时期的主要诗歌形式，而且也是此后欧洲各国诗歌创作的重要形式。在腓特烈二世被罗马教皇加冕为神圣罗马帝国皇帝后，西西里诗派的创作又影响到归于腓特烈二世统治的意大利其他地区，最突出的，便是经济发达、文化活跃、政治斗争激烈的意大利托斯卡纳地区。在但丁之前，以托斯卡纳地区的"托斯卡纳诗派"和"温柔的新体"诗派为标志的意大利诗歌繁荣，在抒发城市公民对世俗生活的兴趣、追求社会平等的思想内容及继承普罗旺斯诗歌和"西西里诗派"的艺术传统形式诸方面，都达到了中世纪诗歌的高峰。

意大利文艺复兴运动的第一个先驱人物，是生活于13—14世纪之间的但丁·阿利吉耶里。有关这位诗人的生平与创作，将是本节第二部分重点评介的内容。

但丁身后，另一位文艺复兴运动的先驱人物是14世纪的意大利桂冠诗人彼特拉克(Petrarch)。他和但丁一样，要在现世的学术和事业上博得不朽的荣誉，他的名言："我不想变成上帝……属于人的那份光荣对于我就足够了。这是我所祈求的一切。我自己是凡人，我只要求凡人的幸福"，被法国史学家勒南称为"第一个近代人"的心声。彼特拉克是意大利作家中用人文主义观点研究古典文化的最早代表，他对古典文化的爱好与宣传，对意大利和欧洲文艺复兴时期的时尚产生了很大的影响。彼特拉克是近代爱情诗的始祖，他最优秀的作品是用意大利托斯卡纳方言(即日后的意大利文的主体)写就的抒情诗集《歌集》，其中歌咏他对女友劳拉的爱情的十四行诗占了大部分篇幅，他对十四行诗在艺术上的锻炼，确立了这一诗体在欧洲诗歌中的重要地位。

14世纪意大利的另一位著名人文学者薄伽丘(Boccaccio)，同但丁、彼特拉克并称文艺复兴初期"三杰"。受彼特拉克影响，薄伽丘收集古籍，对古典文学进行深入研讨，并在佛罗伦萨倡导成立了研究古典文化的社团。他的代表作《十日谈》是一部抒发文艺复兴初期自由思想的杰作，这部优秀的短篇小说集根据东西方的大量民间传说，改编成一百个妙趣横生的通俗故事，摹写世态、反映人情、讽刺教会、嘲弄僧侣，抨击封建特权、批判禁欲主义。当然，在赞美人的聪明才智，歌颂人对爱情、幸福的追求的同时，作品也宣扬了一种放纵情欲、损人利己的市民阶层的不良观念。《十日谈》问世后在整个西欧造成了重大影响，不仅模仿之作蜂起，而且该作在刻画心理、塑造性格、安排故事、运用语言等方面的独到成就，也奠定了意大利民族散文的基础，开创了欧洲近代短篇小说这一全新的艺术形式。

但丁、彼特拉克和薄伽丘等人在研究古典文化方面的成就，推动了人文主义在整个意大利的传播。从14世纪下半叶到15世纪中叶，意大利出现了研究古典文化的热潮，人文主义在文学、诗学、史学、科学等领域都占据了主导地位，其学术与创作上的成就，也引起了一些城邦君主的注意。一时间，招揽诗人、艺术家、学者以丰富自己的宫廷生活，成为不少意大利城邦君主的新时尚。佛罗伦萨的无冕之王洛伦佐·德·梅迪契就不仅以艺术庇护者的姿态出现，斥资奖励古典文化事业的发展，而且本人也是小有名气的诗人，围绕他的宫廷，曾经形成意大利的一个著名人文主义文化中心。

16世纪的主要意大利作家是阿里奥斯托(Ariosto)、马基雅维利(Machiavelli)和塔索(Tasso)。阿里奥斯托早年写过诗剧、喜剧，他最著名的作品是骑士传奇《疯狂的罗兰》，这部长篇叙事诗借助中古骑士冒险故事，反映16世纪的意大利现实生活，抒发人文主义思想，抨击外族侵略者和封建君主，为欧洲叙事诗的进一步发展开拓了道路。马基雅维利的才能和贡献是多方面的：他的《君主论》第一次完整地提出了资产阶级的国家政治学说；《佛罗伦萨史》明快生动、线索清晰，代表了文艺复兴史学的高峰；喜剧杰作《曼陀罗花》在幽默夸张、噱头百出的情节发展中贯穿着鲜明的人文主义观点，对后来的意大利喜剧发展起了奠基作用。塔索的创作具有文艺复兴运动走向衰微的时代特征。15世纪末期，法国和西班牙先后入侵意大利，进入16世纪以后，意大利继续陷于内讧和战争之中，许多城邦的君主实行封建割据，而土耳其的崛起又中断了意大利同东方国家和地区的贸易，意大利的工商业发展遭到严重打击，经济上重新向封闭的农业文明倒退。与此同时，天主教会实行力度极大的反宗教改革运动，加紧镇压宗教文化领域当中的自由思想，继承人文主义传统的思想家康帕内拉、布鲁诺等人，遭到了宗教裁判所的迫害和残杀。塔索的叙事长诗《被解放的耶路撒冷》产生在这样的时代环境之中，就既表现了基督教信仰的力量，又闪烁着文艺复兴时期自由思想的最后光芒，是反映人文主义思想危机的伟大作品。

意大利文艺复兴时期的另一项重要成果，是文艺理论研究的活跃。最初的人文主义者如但丁、彼特拉克、薄伽丘等,都在基督教信仰的旗帜下肯定诗歌的价值,探讨诗歌创作的特点、规律。随后,达·芬奇、阿尔贝蒂、明图尔诺、瓜里尼、卡斯特尔维特罗等各抒己见,对亚里士多德和贺拉斯的诗学进行了富有成果的研究,就艺术创作的原则、题材、体裁、独创性、典型性等问题发表了各种有针对性的看法,提出了"三一律"等推陈出新的见解,大大推动了意大利和西欧各国文艺理论的发展。

二、但丁

1. 生平

但丁(Dante,1265—1321)是意大利最伟大的诗人、散文作家、修辞学家和政治思想家,他的创作预示和影响了整个西方文化的崭新发展方向。作为西欧文学史上最有名的天才巨匠之一,但丁知识渊博、技艺高超、视野广阔,是中世纪到近代过渡时期的一个重要历史人物,他的杰作《神曲》,也是欧洲文艺复兴时期产生的第一部具有决定性影响的重要文学作品。

但丁出生于文艺学术气氛浓厚的意大利城邦佛罗伦萨,其家族是在当地政治、经济上均颇占地位的名门贵族。但丁自幼勤思敏学,通过攻读文法修辞等学科,先后接触到大量的古典拉丁诗作、法国骑士传奇和普罗旺斯抒情诗作品,故从少年时代起就萌发出对于文学创作的强烈兴趣。他曾经师从当时最著名的佛罗伦萨学者拉蒂尼,学习拉丁文和意大利文的写作规范和技巧,同时又师从其时极负盛名的"温柔的新体"诗派领袖卡瓦尔坎蒂,学习作诗的艺术。

虽然拉蒂尼、卡瓦尔坎蒂等知名学者和诗人所提供的帮助对但丁日后在文学创作方面的成功作用很大,但对作为诗人的但丁而言,意义最为深远的一桩生活和生命经验,却源于早熟的但丁对妙龄女郎贝雅特丽齐的无望爱情。但丁对贝雅特丽齐的爱是精神上的爱,带有某种令今人难以理解的神秘色彩,她不仅是诗人创作灵感的源泉,而且被诗人圣化为真善美的象征。青春美貌的贝雅特丽齐不幸亡于1291年,这对陷于单恋的年轻诗人但丁来说,是个沉痛的精神打击。为摆脱痛苦绝望的心境,寻找新的心灵寄托,但丁开始潜心研究哲学。他广泛阅读了中世纪经院哲学家和阿拉伯哲学家的著作，并通过托马斯·阿奎那的著述进而溯及亚里士多德的《政治学》与《伦理学》。与此同时，他对维吉尔的《埃涅阿斯记》、贺拉斯的《诗艺》以及奥维德的《变形记》等拉丁文学的古典作品也做了进一步的精研。自此而后，博览群书的但丁几乎掌握了西欧中古文化各个领域的广博知识，诗歌创作的境界得到了更深更广的开拓，这为他后来的杰作《神曲》的创作提供了有利的条件。

但丁在饱读诗书之余，还通过参加行会组织，积极投身到佛罗伦萨的政治活动之中。在佛罗伦萨有名的吉伯林党和圭尔弗党的党争中，但丁站在民主派的圭尔弗党一边。圭尔弗党得势后，1295—1296年，但丁曾两度担任任期两个月的佛罗伦萨行政官。1297—1302年，圭尔弗党内部分裂，引起黑白党竞争，但丁由于倾向白党，失败后遭到放逐。在求援无效的情况下，但丁开始漫游意大利各地，寻求庇护和友谊，并以求学和诗歌创作自娱。1304—1306年，但丁写下了两本重要的学术著作，一是用拉丁文写的《论俗语》，一是用意大利文写的《飨宴》。作为近代语言学的先驱，但丁在《论俗语》中力图向当时的知识阶层阐明俗语即意大利民族语言的优越性和形成标准意大利语的意义，并努力为意大利语的应用树立规范。因此《论俗语》的问世对意大利民族语言和文学用语水平的提高具有巨大的促进意义。《飨宴》是一部具有百科全书性质的著作，作者在作品中借诠释自己的一些诗歌创作，广泛讨论了时人普遍关心的道德、爱情、哲学诸方面的问题。正是在《飨宴》中，但丁提出了全新的有关“高贵”的观念，认为高贵在于人的爱好美德的天性，而不在于家族门第出身。《飨宴》同时强调理性的意义，认为真正使人高贵并使人接近于上帝的就是理性。由于意大利政治局势的变幻，《论俗语》与《飨宴》均未按作者的原计划写完，但丁随后又用拉丁语写作了三卷本的政治论文《论世界帝国》，以阐发自己的政治理想。在《论世界帝国》第3卷中，但丁论证：由于在上帝的安排下，万物当中只有人同时具有可朽与不朽的两部分——既具有可毁灭的肉体，又具有不灭的灵魂，因此人生就有两种目的：一是享受现世生活的幸福，二是享受来世天国永恒的幸福。上天规定由两个权威分别引导人类达到这两种不同的目的——皇帝根据哲理引导人类走上现世幸福的道路，教皇则根据启示的真理，引导人类走上享受来世天国之福的道路。两种权威均直接受命于上帝，彼此独立存在。在这段论证中，最有意义的，不是但丁对来世天国永恒幸福的强调，这在中世纪早已是老生常谈，而是但丁对现世生活有其自身价值的肯定和对政教分离观点的阐扬。尽管但丁的论证方式还是经院哲学式的，但他在这里对基督教神权所提出的挑战，却体现出了作者作为文艺复兴时期人文主义先驱者的迥异于中世纪学者的精神风貌。

但丁在放逐期间，饱览了意大利的壮丽河山，接触到社会的各个阶层，丰富了自己的生活经验，他的文化视野也从弹丸之地的佛罗伦萨扩展到意大利全境，以至于整个基督教世界。正是揭露现实，唤醒人心，给意大利和整个西欧社会指出政治、道德复兴之路的历史使命感，使但丁毅然中断了《飨宴》和《论俗语》的写作，转而创作了西方文学史中的千古绝唱《神曲》。《神曲》大约于 1307 年开始动笔，从这时到 1318 年但丁完成《神曲》，意大利的政局又发生了许多变动，多次扰乱了他的创作生活。在此期间，由于他拒不接受政敌苛刻的返乡条件，尽管他极其怀念家乡，却一直无法重返佛罗伦萨。1321 年，但丁因患疟疾在意大利的拉文纳逝世。

2. 诗歌创作

但丁的第一部文学作品，是抒发诗人对贝雅特丽齐的热烈爱情的诗作《新生》。但丁在这部作品当中，将自己 1283—1291 年间写就的倾慕贝雅特丽齐的诗作以及其他相关的诗，用散文连成一体，在 1292 年发表。从《新生》中我们了解到，但丁一生只见过意中人两面，第一次是在诗人 9 岁那年，光彩照人的贝雅特丽齐恍如纯洁的小天使，使年幼的诗人久久不能忘怀；而 9 年以后的重逢，则使爱情永远扎根于但丁心间。这种单相思的刻骨铭心程度令人叹为观止，因为贝雅特丽齐的早亡不仅使诗人悲痛欲绝，而且激发了他的文学创作雄心。《新生》感情真挚、风格清新，既是除《神曲》外但丁最重要的文学作品，也代表了但丁早年所从属的“温柔的新体”诗派的最高成就。

1296年但丁发表了《佩特罗塞的诗集》。这里除继续歌颂贝雅特丽齐外，还包含了一些抒发诗人对其他女性爱情的诗篇以及不少寓意诗。但丁的寓意诗主要以歌颂哲学为主题，先把哲学描写为一个温柔的女性，她在贝雅特丽齐死后抚慰了诗人悲痛的心灵；后又把哲学描写为另一个冷若冰霜的女性，以象征艰涩的哲学命题给诗人造成的学习障碍。但丁《佩特罗塞的诗集》当中的寓意诗，开了《神曲》一诗哲理部分创作的先河。

《神曲》一诗是但丁耗费十数年的精力而写就的呕心沥血之作，分《地狱》、《净界》、《天堂》三部分。依诗中讲述，"当人生的中途"，诗人自己"迷失在一个黑暗的森林之中"。一座小山顶上的微光吸引他前去攀爬，没想到刚开始登山，就被三只令人惊骇的野兽豹、狮、狼挡住了去路，正危急间，古罗马诗人维吉尔出现，他受贝雅特丽齐的嘱托，前来搭救但丁，并引导他游历了地狱和炼狱。在这之后，令诗人渴念的情人贝雅特丽齐出现，她亲切地引导但丁游历天国，直至上帝的永恒宝座之前。

但丁以极其丰富的想像力，结构出《神曲》中地狱、净界和天堂的分布。按但丁的设想，地球的北半部为大陆地，耶路撒冷是它的顶点，漏斗形的地狱就开口在此，这是一个幽暗的所在，底在地心，紧贴漏斗内壁是一圈圈的圆环，愈向下愈小，直到地心，共有九圈，罪人灵魂按照他生前罪恶的大小定其在地狱中所处位置之深浅，越往深去，所受责罚越重；净界是免受罪罚的灵魂的居所，灵魂还需要在那里继续修炼，以除去他生前的某些恶习。但丁设想地球的南半部都是海水，净界的山就孤立在水面上，与耶路撒冷相对。净界的本部为环山的七层圈，在苍穹之下，一层层上升，直到山顶的地上乐园；天堂是但丁的天才创造，由太阳、月亮、金、木、水、火、土以及恒星天和水晶天九重构成，九重天外，是上帝与其他善良精灵的居所——无穷不动的天府。但丁的水晶天又名原动天，运动起于其上的每一分子对上帝的爱，因为每一分子都想接近上帝，带动了此天的眩目运转，而在水晶天的牵动下，其他各天又依次运动，造成整个宇宙的运动节奏。《神曲》在九层地狱、七级炼狱、十重天宇的幽邃深远、整饬庄严的意境中，熔铸了中古文化的各门学问——政治、宗教、哲学、科学、伦理、心理、诗歌、绘画、音乐、天文、地理，展示了中古欧洲社会生活的广阔场面，“我们再也找不到关于中世纪文化成就和荣耀的、比之更完善的表述了。这种文化成就上至天堂下达地狱，并且在其包罗万象的审判景象中，为中世纪人类的所有知识和智慧及所有的痛苦和进取性找到了位置。”①换言之，在《神曲》中，但丁的如椽大笔，从暗淡无光、阴风凄凄的地狱中不同性格、不同遭遇的受难灵魂，一直写到欢乐安宁、璀璨夺目的天堂中不同等级、不同面貌的“幸福者”，写到对神秘的三位一体的上帝的惊鸿一瞥，而他游历三界的一路见闻，以及与各种魂灵的对话，既有优美生动的景致描写，又有感人肺腑的真情流露。在这当中，轶事奇闻，层出不穷；哲理名言，俯拾皆是。事实上，《神曲》以象征为血脉，以浓墨重彩的激情笔触，表现了诗人经理智（维吉尔）与神智（贝雅特丽齐）的引导，由世俗趋向神圣、由卑下趋向高尚的心灵求索之旅。

《神曲》在形式方面整齐而有系统，全诗有意分为《地狱》、《净界》、《天堂》三部分，以志基督教神圣的“三位一体”；而每部的 33 篇，则暗合耶稣的阳寿 33 年。《地狱》前增一篇作为序诗，共计 100 篇；对继承了古希腊文化的西方基督教文化而言，“10”也是一个重要的数目，表示“完全”，而 100 为 10 的 10 倍，也即“完全中之完全”。此外，《神曲》三部的末尾都以“群星”一词结束，象征人类由黑暗趋向光明，由罪恶趋向至善的过程。也就是说，《神曲》的形式结构与其情节人物同样，体现了作者宏大精微的构思与丰富深刻的命意。

《神曲》的《地狱》篇历来备受人们称赞，但丁对祖国的热爱、对罪人的同情和对邪恶势力的仇恨，在这里都有鲜明的体现。但在我看来，最能显示出但丁的宏伟构思、凝练想像与纯熟艺术的章节，是《神曲》的《天堂》篇。因为对于中世纪的作者来说，天堂本是个难于着墨的部分，欧阳修曾云：“善言画者，多云鬼神易为工，以谓画以形似为难。鬼神，人不见也，然至其阴威惨淡、变化超腾而穷奇极怪，使人见

---

①　克·道森：《宗教与西方文化的兴起》，长川某译，四川人民出版社，1989 年，第 249 页。

辄惊绝，及徐而定视，则千状万态，笔简而意足，是不亦为难哉？"[①]何况对但丁而言，天堂是个令人敬畏的神圣所在，不允许任何唐突之笔的冒犯，其"变化超腾"、"千状万态"，就更难形诸笔墨。然而，与中世纪的许多梦幻文学将天堂描写为地上乐园的粗糙幼稚不同，《神曲》的天堂篇以作者对中古各科文化知识的掌握和融会贯通为前提，利用托勒密的天体系统，知难而上，描绘出一幅气势磅礴的壮观宇宙景象——九重天界，加上第十重天府，构成一个极绚烂、极喜悦的境界，与地狱的阴暗痛苦和净界的宁静安详形成了鲜明的对照。而但丁在天堂篇的结尾处对神圣"三位一体"的表述：

> 丰富的神恩呀！你使我敢于定睛在那永久的光，我已经到了我眼力的终端！在他的深处，我看见宇宙纷散的纸张，都被爱合订为一册；本质和偶有性和他们的关系都融合了，竟使我所能说的仅是一单纯的光而已。我相信这个全宇宙的结我已经看见了，因为我说到此处我心中觉得广大的欢乐呢。

则以纯净的语言道出了一个具有基督教信仰的诗人所能想像的最完美的宇宙，它"涉及赋予宇宙以生气的合乎理念的统一性和引导宇宙发展的追求目的性"[②]。但丁的"宇宙纷散的纸张，都被爱合订为一册；本质和偶有性和他们的关系都融合了，竟使我所能说的仅是一单纯的光而已"一段诗句，是西方传统思维模式中有关世界统一性观念的最富于诗意的表达。而令人眼花缭乱的整部作品，至其回味无穷的结句——"是爱也，动太阳而移群星"，则更继承了《圣经》诗篇的激情和气势，言简意赅地抒发了人类亘古以来的对某种永恒存在的不懈追求。

不难看出，《神曲》的创作曾受到基督教的《圣经》文学、维吉尔的

① 《欧阳文忠公文集》卷七十三《题薛公期画》。

② 庇护十二世(Pius Ⅻ)：《从现代自然科学来看上帝证明》，转引自刘小枫主编《20世纪西方宗教哲学文选》上卷，上海三联书店，1992年，第673页。

《埃涅阿斯纪》和中世纪的寓言诗等多方面文本创作的影响，但丁在诗作中把诗情画意的景物描写、绘声绘色的人物刻画和深秘玄奥的神学讨论结合起来，以致全诗的情节充满晦暗不明的寓意色彩。时至今日，人们对于诗中出现的“黑暗森林”、“豹”、“狮”、“狼”、“维吉尔”和“贝雅特丽齐”等形象意义的解释，在其所象征的观念上仍然引发许多争论。因而，实在说，歧义纷呈，这是所有像《神曲》一样意欲传达人类日常生活经验之外的特殊思想感情的象征作品所必然具有的特点。然而，《神曲》这部作品却在一点上相当明晰，即它的作者相信，个人和人类在新旧交替的时代里经过苦难、迷惘和错误的考验，最终可以到达真理和至善的境界。这是《神曲》所表达的一个不容易误解的中心主题。围绕这个中心主题，《神曲》广泛反映了当时的社会现实，既给中古文化以总结，又显示出热爱现世生活的人文主义光彩。

但丁本人将这部作品称为“喜剧”，因其一方面由纷乱苦恼开始而终至幸福圆满，另一方面在文体上又与高雅尊贵的传统悲剧相反，采用通俗的意大利口语写成。“神圣的喜剧”（即《神曲》）中的“神圣的”一词是后人所加，表达了后世人们对《神曲》这部关于科学与哲学的、被但丁称为“天和地都加手于其间的使我消瘦了许多年的神圣之诗”的文学巨著的崇高赞誉。

第二节　德国文艺复兴时期的文学

1494 年是欧洲文艺复兴和社会政治新阶段开始的标志。尽管对意大利而言，1494 年的法国入侵是一个不幸的历史事件，但对发生在意大利的文艺复兴运动说来却未始是件坏事，因为法国对意大利的入侵，使得意大利在文艺复兴中间产生的人文主义的文学艺术成果、政治外交经验和战争战术策略，传到了意大利以北的国家，成为欧洲各国学习的榜样，促成了文艺复兴运动在整个欧洲的开展。

意大利以北国家的带有人文主义性质的文艺复兴运动，首先兴起于人口集中的各大城市。早在 15 世纪初期，意大利的著名人文学者瓦拉就开始了用研究古典文学的批评方法来研究《圣经》以及教会史的事业，这给欧洲北方的人文主义者以极大的启发。北方的人文学者正是通过对《圣经》的注释、翻译，来提倡爱、和平与简朴等原始基督教生活准则，反对罗马教会的神权统治的。习惯上，为区别于意大利的世俗人文主义者，人们往往把欧洲北方的人文主义者称为基督教人文主义者，因为他们常常首先是著名的基督教学者。在这些人当中，荷兰的人文主义者埃拉斯穆斯(Erasmus)是个突出的代表，他是《新约全书》的希腊文本编订者，所著《愚人颂》对教会的蒙昧、顽固进行了尖锐的讽刺批判。埃拉斯穆斯的人文主义观点，对德国学者的影响很大。从15世纪下半叶到16世纪初期，人文主义思想在德国各大学学者中的传播形成了高潮。德国早期人文主义的代表人物是著名学者罗伊希林与胡滕，他们编撰的《蒙昧者书简》，反对罗马教廷的态度非常激烈。在《蒙昧者书简》中，德国的人文学者装扮成不学无术的教会人士，以经院学者或教士的身份，采用夸张而拙劣的拉丁文检举信形式，借指控人文学者的种种渎神行径，以达其讽刺罗马教廷腐败、蒙昧的目的。《蒙昧者书简》是16世纪德国文学中极有影响的作品。

人文主义思想在德国传播的直接结果是宗教改革和农民战争，马丁·路德和托马斯·闵采尔作为这两个运动的代表人物，都为德国文化的发展做出了自己的贡献。马丁·路德一扫上层德国知识分子惯用拉丁文写作的积习，用通俗的德语宣传自己的人文主义思想，向思想僵化的论敌宣战；尤其有意义的是，路德参照埃拉斯穆斯编订的《新约全书》，用德语翻译了基督教的《圣经》，这不仅打破了罗马教廷对《圣经》解释权的垄断，而且为现代德语的出现奠定了基础。路德还十分重视宗教赞美诗的写作，不仅鼓励友人创作，他本人也写有20首传诵一时的赞美诗作品，其中最著名的一首赞美诗《我主是一座坚固的堡垒》，一直到今天都堪称宗教赞美诗中的佳篇。与此同时，农民起义领袖闵采尔所撰写的战争檄文，作为德国文学史上最早的宣传文学作品，在书面德语的形成阶段，也丰富了德语文学的表现形式。

自德国农民战争遭到残酷镇压以后，生活在社会下层的德国市民阶级不再敢公开讽刺当权者，而仅仅是把小贵族、小僧侣、市民和农民当成自己的讽刺对象，德国的文艺复兴运动由此受到了极大的遏止。然而，虽说德国没有像它的西方邻国那样，在这一时期产生出伟大的文学巨人，但反映市民阶级利益的市民文学还在缓慢发展。

若干世纪以来，德国的市民们先后创造了一些适合表现自己要求的文学形式，“工匠歌曲”便是其中之一。这种从14世纪起流行的市民歌曲，形式上继承了中世纪骑士爱情诗的传统，内容上起初限于表达宗教思想，经过15世纪的改革，加进了严肃的世俗内容，以教谕口吻，歌颂日常生活中的各种现象。鞋匠出身的萨克斯是“工匠歌曲”的著名作家，除了创作工匠歌曲，他还对德国的戏剧进行了改革，完善了流行于德国民间的戒斋节戏。

民间故事书在16世纪的德国市民文学中占有重要地位，它的前身是民间笑话，故事结构松散、人物形象模糊。与笑话相比，民间故事书围绕一个人物或一件事来安排故事情节，初步具有了近代小说的结构。《梯尔·厄伦史皮格尔》、《约翰·浮士德博士的一生》和《希尔德市民故事集》是最著名的几部德国民间故事书。其中尤以《约翰·浮士德博士的一生》影响深远。据考证，德国历史上确实生活过一个(一说两个)浮士德博士，他大约死于1540年，留下一个关于他擅长巫术、炼丹术和占星术的纷乱传说。浮士德死后所获得的煊赫名声首先应归功于民间故事书《约翰·浮士德博士的一生》的无名作者，他按照德国民间传说，将浮士德写成一个把自己的灵魂出卖给魔鬼以换取知识和权力的卓越巫师或星相家。《约翰·浮士德博士的一生》不但是一部有关古代巫师或星相家的故事集锦，它还集中笔力创造出西方文学作品里最持久的一个传奇人物——浮士德博士的生动形象。此外，作品对地狱情形的富于想像力的描写，它所凸现出来的那个野蛮、痛苦、凶猛的魔鬼靡非斯特非里斯的形象，读来也都十分逼真，富于艺术感染力。《约翰·浮士德博士的一生》不仅在当时极为人们所喜爱，后来也一直在欧洲民间广泛流行，成为后代欧洲各国作家取材的重要来源。

第三节 法国文艺复兴时期的文学

虽然15、16世纪的法国仍然是一个封建生产方式占统治地位的农业国，但某些手工业部门已超出中古行会的范围，手工业工场开始出现，商业也相当活跃，法国进入了它的资本主义原始积累时期。到16世纪，法国已成为西欧最大的中央集权国家，王权地位相当巩固。在这样的大一统环境下，法国人文主义作家有两种不同倾向，一类是具有贵族倾向的诗人，他们肯定现世生活、歌颂自然和爱情、反对禁欲主义、对人民疾苦也有关注，但他们最关心的，是顺应国家统一稳定的大势，致力于民族语言规范的确立和民族诗歌体例的建设。这一类作家的代表，是法国七星诗社的抒情诗人们。他们的诗作格律工整，既承袭了中世纪宫廷诗的风格，又在文采方面有所创新。七星诗社同时提倡诗歌革新运动，主张用法兰西语，而不是拉丁语来写诗，同时认为适当吸收民间语言，可以使法语更加丰富。七星诗人之一的杜倍雷的著名论文《保卫与发扬法兰西语言》，是七星诗社的宣言，同时也是法国文学史上的第一篇文学流派宣言。

法国人文主义作家中的另一种倾向，是散文作家蒙田（Montaigne）和拉伯雷（Rabelais）等人的创作中所体现的民主色彩。蒙田在他的《随感录》中既宣扬解放人性、尊重理智的人文主义思想，又表达了他对世俗人文主义文化的怀疑主义观念。他的名言"我知道什么？"直到今天都有醒世意义。蒙田的《随感录》是一部修短不齐、笔调轻松的散文集，蒙田是这种散文体裁的创始人，他的这种散文写法，对日后的欧洲散文写作产生了一定的影响。

法国文艺复兴时期的另一位人文主义散文作家是医学博士拉伯雷，他学过法律，约于1521年接受教士职位。后又弃法从医，先后获得医学硕士和博士学位。拉伯雷自1523年起任里昂天主教医院的医师，1533年又随大主教若望·杜伯莱出使罗马，游览了文艺复兴运动的发祥地意大利，访问了许多名人和古迹。教士与医生两种职业使拉伯雷有机会接触并熟练掌握希腊语和拉丁语，为他后来研究古典文化提供了方便,也为他的文学创作创造了条件。当时拉伯雷生活的里昂商业繁盛、文化发达,胜过巴黎。拉伯雷偶然在书肆间读到一本无名氏写的民间故事书《高大硕伟的巨人卡冈都亚大事记》,大受启发,他也写成一部《巨人卡冈都亚之子,狄波莎德王,十分有名的庞大固埃的可怖而骇人听闻的事迹与勋业纪》(中译本《巨人传》的第二部分),自此一发而不可收拾,在以后的岁月中又接连写出了《巨人传》的其他四卷(包括作者死后出版的《钟鸣岛》在内)。长篇小说《巨人传》一方面使它的作者拉伯雷遐迩闻名,一方面又使拉伯雷不免受到当权的教廷人士的追究,他甚至为逃避教廷的迫害而跑到边鄙避难。《巨人传》取材于通俗的民间文学、笑剧、骑士传奇、古典作品和意大利的文学作品,它运用文艺复兴时期的法语,把粗俗的戏谑和深邃的嘲讽结合起来,在荒唐滑稽的喜剧性外表下,掩藏着作者对当时占统治地位的经院哲学思想、对当权的巴黎神学院、法院和教会的猛烈攻击与辛辣讽刺。拉伯雷通过塑造身躯高大、食量过人,但身心和智慧却获得平衡和谐发展的巨人形象,宣扬古典文化的人本主义精神,宣扬重实践的德智体全面发展的新的教育方法,宣扬新兴资产阶级的商业意识,攻击中古宗教教育机构扼杀人性的特点。《巨人传》的内容涉及当时的法律、医学、政治、宗教、哲学等知识和伦理范畴的许多方面,它以无穷无尽的滑稽对话和笑料为掩护,将小说作者的极其大胆的革新思想隐藏在即兴发挥的粗言俚语之中。尤其值得注意的是,在《巨人传》中,"饮"的意象反复出现,显示出作品与民间宴饮文化的联系。比如小说结尾处,主人公一行到达一座神瓶岛,找到了他们寻访已久的神瓶,而他们所切盼的神瓶的启示,却是一声简单不过的"饮"字。据后世的法国作家法朗士解释,神瓶给予世人的启示,是请你到智慧之泉上,畅"饮"知识、畅"饮"爱情。这一解释,可以看做是对《巨人传》全书"狂欢"精神的总结。

第四节　西班牙文艺复兴时期的文学

一、概述

15 世纪是西班牙历史的转折点。在这个世纪中,西班牙人驱逐了占领该国八百年之久的“摩尔人”,完成了光复运动。随后,西班牙的两个最大的基督教王国卡斯蒂利亚与阿拉贡的两位君主——女王伊萨贝尔和国王斐迪南联姻,逐步消灭了各种割据势力,完成了统一西班牙的大业。随着君主专制国家的形成,西班牙在对内(主要针对经营工商业的阿拉伯人和犹太人)、对外(海外殖民贸易)的经济掠夺中逐渐走向强大。它对外进行扩张,武力征服意大利和非洲北部,对内则与罗马教廷联手,开展反宗教改革运动,建立宗教裁判所,残酷迫害阿拉伯人、犹太人和其他异教徒。这段时间西班牙文化在文学上的特点,是被它征服的意大利文学的影响日渐占据主导地位,世俗的宫廷文学取代了教士们在文学领域占优势地位的局面,产生自意大利的人文主义思想开始在西班牙文学作品中扎根。另外,这时期的经济发展带动了城市的兴旺,包含大量格言和谚语在内的、生动描写了西班牙社会风俗画面的城市文学的出现,也成为日后首先在西班牙诞生的流浪汉小说的先声。

这段时期特别值得一提的作品是 15 世纪末期出版的对话体小说《塞莱斯蒂娜》,它在西班牙文学史上被认为是结束中世纪黑暗,迎接“黄金世纪”曙光的里程碑式的作品,开了西班牙民族戏剧的先河。《塞莱斯蒂娜》原名《卡里斯托与梅丽贝娅的悲喜剧》,自从以作品中的主要人物“塞莱斯蒂娜”为书名出版以来,该作一直享有盛誉。《卡里斯托与梅丽贝娅的悲喜剧》1499 年初版时无作者署名,1502 年再版时出现了作者的名字费尔南多·德·罗哈斯,据信此人为一改宗天主教的犹太律师。《塞莱斯蒂娜》不仅是西班牙文艺复兴初期最伟大和最有影响的作品,也是西班牙文学史中公认的杰作。这部书主要描写一对青年男女的恋爱悲剧。贵族青年卡里斯托爱上了门第高贵的少女梅丽贝娅，大约由于宗教信仰的不同，无法通过明媒正娶的方式一达款曲。卡里斯托以重金求助于鸨母塞莱斯蒂娜，凭借后者的能言善辩穿针引线，卡里斯托得与梅丽贝娅相爱私通。最终，塞莱斯蒂娜因为与卡里斯托的仆人分财不均被杀，卡里斯托则在一次与情人的会面中翻越花园高墙时不慎跌下殒命。梅丽贝娅痛不欲生，也堕塔殉情而死。这部作品虽然力图以纵情而不得善终的结果规劝人们克制情欲（色欲、财欲），但它通过塞莱斯蒂娜这个下层社会老年妇女之口，宣扬爱情就是生命的一切，要求个性解放，追求人生快乐，把一对贵族青年男女从封建主义的精神枷锁中解脱出来，吸引到背叛那个社会的宗教道德观念的道路上去，却与中世纪基督教的道德观念和传统信仰形成了强烈的对照。《塞莱斯蒂娜》不仅一反封建贵族文学的陈规，大量运用民间口语、谚语，描写社会底层人物，绘出封建社会底层的真实生活图画，还成功地塑造了塞莱斯蒂娜这个贫穷、贪吝、狡黠的老妇人形象，使她成为欧洲文学史上的一个著名的文学典型和西班牙语中的一个说明类型人物的专有名词。

到了16世纪中叶，西班牙成为称霸欧、美两大洲的强大王国。在王权的鼓励下，国内资本主义工商业一度得到繁荣发展，城市文学的水平有了进一步的提高。这方面的突出表现，就是新型流浪汉小说（picaresque novel）的产生。流浪汉小说中最早的一部是无名氏的《小癞子》，发表于1553年。小说主人公小癞子从小离家流浪，先后侍候过歹毒的瞎子、吝啬的教士、穷无分文的绅士、衣着褴褛的修士、经销免罪符的骗子和不顾廉耻的公差。这些人或贪婪奸诈、或虚伪无赖，使成长中的小癞子无可避免地学会了欺诈、刁钻，一心只想发迹，赚取不义之财。最终，小癞子在城里做了个叫喊消息的报子，靠着老婆与神甫私通而得过富裕的生活。作者通过小癞子的生活遭遇，揭露了封建社会中僧侣教士集团的贪婪自私、道德败坏和破落贵族绅士阶层的虚伪无聊和假充阔气，小癞子从一个贫苦儿童经过生活的教育、磨炼，最后成为一个老练、无耻的骗子手的过程，也反映了城市平民艰辛、委琐的生活方式。作者以城市平民的眼光对社会各阶层的人物加以讽刺，揭露了强盛一时的西班牙社会黑暗、罪恶和腐朽的一面，塑造了欧洲文学史上从未有过的既狡猾又幽默的流浪汉形象。其后，这类描写底层人发迹的、在人与社会间的互动过程中表现社会生活的作品盛极一时，极大地影响了以后欧洲国家的小说创作。

由于西班牙人直到15世纪方才彻底驱逐了信仰伊斯兰教的“摩尔人”，因此在随后的几个世纪里对于基督教信仰具有一种异乎寻常的狂热。在西班牙，与中古基督教文学联系密切的宗教诗歌、神秘主义诗歌、田园牧歌小说、骑士小说和历史小说一度大为流行，文艺复兴运动进展缓慢。直到16、17世纪之间，西班牙文学才进入带有鲜明人文主义色彩的“黄金世纪”，在小说和戏剧方面，人才辈出、创作繁荣，取得了很大的成就。其中尤以伟大作家米格尔·德·塞万提斯·萨维德拉的创作为突出，他的《堂吉诃德》标志着西班牙“黄金世纪”成就的顶峰。

西班牙的戏剧，从15世纪末以来，逐渐摆脱了宗教剧的影响，向艺术性更为完美的新剧种发展。其中，取材于人民现实生活的“巴索”(Pasos)，为“黄金世纪”的新戏剧的产生开了先河。在西班牙文艺复兴时期涌现出的众多戏剧家中，生活在16世纪中叶到17世纪中叶之间的西班牙戏剧家、小说家和诗人洛佩·德·维加(Vega)，不仅以诗歌和小说方面的创作成果丰富了西班牙文艺复兴时期的文学宝库，被同时代的塞万提斯誉为“天才中的凤凰”，而且是一位杰出的戏剧革新者。维加的戏剧题材广泛，涉及当时重大的社会问题，反映了16、17世纪之交西班牙的社会风貌和各阶层人物的生活，表现了西班牙社会的尖锐冲突，揭露了封建制度的黑暗，歌颂了人民的善良、坚强和不屈不挠的斗争精神。在他成功的作品里，对人物的塑造和心理活动的描写细致入微，正面人物能以其英雄气概或对爱情的忠贞深深激动观众，反面角色也往往能因其凶恶残暴而激起观众的义愤。写作于17世纪初期的《羊泉村》是维加的代表作，取材于1476年西班牙羊泉村民不堪封建领主的压迫，进行武装抗暴的史实。维加在《羊泉村》一剧中塑造了一个热情勇敢、不畏权势的农村姑娘劳伦霞的动人形象，突出描写了下层农民在反抗领主暴政的斗争中团结一致的力量。维加站在人文主义的立场上，把维护人的尊严和荣誉的观念作为重要主题写进戏剧当中，并自始至终地歌颂西班牙的统一王权，这些特色深深影响了日后的西班牙戏剧。但是，维加的据称多达1800部的戏剧创作,艺术成就却极不平衡,有的达到了戏剧艺术的高峰,有的则极为平庸,甚至粗制滥造。维加完整传世的剧作有数百部,他的优秀剧作中的高超的戏剧艺术成为后世许多西班牙戏剧家仿效的典范,而维加首创的三幕喜剧形式,摈弃刻板的古典戒律,取消悲剧喜剧的严格区分,也构成了日后许多西班牙喜剧的共同形式特点。

二、塞万提斯

1. 生平

塞万提斯(Cervantes,1547—1616)是西班牙最杰出的小说家、剧作家、诗人之一。他的名著《堂吉诃德》,被译成60多种语言,是西方近代文学中被翻译最多的作品,据说其译本种类仅次于基督教的《圣经》。塞万提斯一生68年的春秋,正处于西班牙国势盛极而衰的转折时期,从他的作品中可以见出,塞万提斯对所处时代社会生活的变迁、动荡有极其敏锐和深刻的体会和把握。塞万提斯出生于一个家境贫寒的游方外科医生家里,是家中7个孩子的老四。与他同时代的大多数西班牙知名作家不同,塞万提斯自幼缺乏受教育的机会,更与大学教育无缘。但他有强烈的求知欲,即使街上的废纸片也拾回来阅读,靠刻苦自学提高了自身的文化素质。有学者考证,塞万提斯后来曾得到马德里某学校校长的赏识,在马德里获得学业上深造的机会,但却因1569年在街上动刀伤人而不得不离开马德里潜逃罗马。多年以后,塞万提斯自述他曾在阿夸维瓦枢机主教那里供职。1570年塞浦路斯被奥斯曼帝国攻占,西班牙、罗马教廷和威尼斯共同组成反对伊斯兰的神圣同盟,并开始在基督教世界中招募新兵。塞万提斯在罗马应征入伍,翌年即参加了部队与土耳其人之间的一场使他终身引以为荣的恶战——他在此役中胸部两处中弹,左手也因伤造成终身残疾,但他也获得了英勇善战的美誉。伤愈归队时,其弟也随同入伍,两人一道参加过多次军事远征。1575年塞万提斯和弟弟获准退役,随身携带着所属舰队司令和那不勒斯总督的推荐信启程回国。返航途中遭到土耳其海盗的袭击,塞万提斯等人被掳至阿尔及利亚贩卖,开始了长达5年的奴隶生活。那两封推荐信使塞万提斯被误认为身份颇高的重要人物，换取自由的赎金远远超过了其家庭的支付能力，因此其家人起初只赎回了他的弟弟。塞万提斯在被俘期间，忠于信仰、坚强不屈，曾几次组织难友逃亡，虽然均告失败，但每次事件之后，在酷刑和死亡的威胁下，塞万提斯总是挺身而出，独自承担责任，这种英雄气概震慑了敌人，并使得他成为战俘中的领袖人物。1580年，基督教世界与伊斯兰世界达成了低价交换战俘和奴隶的协议，塞万提斯直到此时方被家人赎出，返回马德里。回国后一直不得志的塞万提斯，开始将精力转向剧本创作。据他自己后来介绍，1582—1587年间，他共创作了20—30部自认为“值得称赞的”剧本，但仅《阿尔及尔的交易》、《努曼西亚》两剧保留至今。其中创作于1584年的悲剧《努曼西亚》，是一部感人肺腑的名剧。当时正值西班牙与英国之间为争夺海外殖民贸易的控制权而剑拔弩张之际，战争一触即发的局面激发了文学家的爱国热诚。塞万提斯在《努曼西亚》一剧中，以古代西班牙努曼西亚城四千居民抵抗八万罗马侵略者的历史事件为背景，描写城破后仅存的一位努曼西亚少年，拒绝向敌军交出象征城市被征服的结局的城门钥匙，面对着罗马军队及其统帅，毅然从高塔跃下坠地而死的事迹，意在鼓舞西班牙人民共赴国难的爱国主义精神。1584年塞万提斯同一位出身名门的比他年轻18岁的小姐成婚，但在此之前他已和另一个女人生下了他惟一的女儿。1586年塞万提斯的父亲病故，沉重的家庭负担迫使他另谋生计。1587年塞万提斯在塞维利亚找到了一份供应西班牙舰队的军需工作，从此开始为征税事宜奔走于西班牙各地，其间还因征收教会谷物而被逐出教门。1588年西班牙无敌舰队败于英国之后，军队的薪俸常常拖欠，生活贫困的塞万提斯曾多次请求国王恩准去美洲任职未成，不得不常以借贷为生。更令他的生活雪上加霜的是，他曾几次因无妄之灾被投入监狱，其中一次是因好心救助宅外被杀之人而涉嫌被捕，还因女儿与女婿之间的财务问题而陷入一系列的法律纠纷。正是在这种艰苦万分的环境下，塞万提斯开始了《堂吉诃德》的紧张创作。该书于1605年1月在马德里正式出版，全名为《奇情异想的绅士堂吉诃德·德·拉·曼却》。作品问世后立即获得成功，很快成为当时欧洲最为流行的小说。在他生命的最后几年中，塞万提斯不仅创作了《堂吉诃德》第二卷，还出版了短篇小说集《训诫小说》、长诗《巴纳斯游记》、《八出喜剧和八出幕间短剧》以及传奇《贝雪莱斯和西吉斯蒙达历险记》。最后这部作品出版于作者死后，两年内曾再版8次，从这部长篇作品中可以明显看出塞万提斯晚年热衷于宗教的倾向。

2.《堂吉诃德》

塞万提斯的这部著名小说共分两卷。第一卷叙述拉·曼却地方的一个穷乡绅吉哈达，因喜读引人入胜的骑士小说，而痴迷到走火入魔的地步，竟企图仿效小说中冒险骑士的游侠生活，到世间行侠仗义。他拼凑了一幅破盔烂甲，改名为堂吉诃德，骑上一匹瘦马，物色了一个挤奶姑娘作为效劳终生的意中人，开始单枪匹马地外出闯荡世界，结果却很快铩羽而归。心有不甘的堂吉诃德随后找来他的邻居桑丘·潘沙作为侍从，自此二人结伴出行。由于堂吉诃德头脑中充满了常常只有在骑士小说中才能出现的奇幻情景，故荒唐万分地把风车当作巨人，把旅店当作城堡，把理发师的铜盒当作魔术师的头盔，把苦役犯当作受迫害的骑士，青红不分、皂白不辨地乱杀一气，直至几乎送命，才被人救护回家，但此时仍然执迷不悟。

《堂吉诃德》的第二卷叙述堂吉诃德和桑丘·潘沙的再一次出游。原来，为了医治堂吉诃德的精神病，堂吉诃德的邻居参孙·加尔拉斯果学士依照心病还需心药医的原则，故意怂恿堂吉诃德再次外出，准备自己也扮成骑士打败他，以骑士誓约迫使他放弃荒唐的念头，回家养病。不料与人交手几乎屡战屡败的堂吉诃德，却在与参孙·加尔拉斯果学士的首次决斗中取胜，堂吉诃德主从二人得以继续上路。这一卷仍然在堂吉诃德的游历中穿插了大量有趣的故事：如桑丘如何当海岛总督；堂吉诃德如何看到大板车上"死神召开的会议"；还有蒙得西诺斯地洞的奇遇，干涉驴叫的纠纷；富翁卡麻丘的婚礼，"悲凄夫人"的奇祸，等等；直到三个月后，"厉兵秣马"的加尔拉斯果学士终于打败了堂吉诃德，主人公的冒险游历生涯方告结束。根据事前约定的条件，堂吉诃德在一年之内不许摸剑，不许外出，只可在家休养。信守骑士誓约的堂吉诃德一回到家中便病倒在床，临终时才如梦初醒，痛斥骑士小说的虚妄。并嘱咐外甥女不嫁骑士，否则将得不到遗产。与第一卷相比，《堂吉诃德》第二卷的人物刻画更为深刻，对社会弊病的暴露也更为彻底。

塞万提斯写作《堂吉诃德》的初衷是“把骑士小说的那一套扫除干净”，但是，这部作品的社会意义和艺术贡献却远远超出了对骑士小说的嘲讽和抨击。它不仅是16世纪末至17世纪初西班牙封建社会状况的全面、真实的反映，而且在形式上也为欧洲小说树立了全新的样板。这部小说出现了近700个人物，从贵族、教士、地主，到市民、士兵、农夫、强盗、妓女，从贵族的城堡到外省的小客店，从农村到城镇，从平原到深山，从大路到森林，从陆地到海岛，小说描写的生活场面十分阔大，内容广泛触及了当时政治、经济、道德和风俗等方面的重大问题，展现了一幅完整的西班牙社会生活画卷，揭露了正在走向衰落的西班牙王国的各种矛盾，谴责了贵族阶级的荒淫腐朽，对人民的痛苦表示深切的同情。在创作方式上，塞万提斯善于反复运用夸张的手法以突出人物个性，大胆地把一些对立的美学因素交替使用。他即写平凡的琐事，也叙述奇情异景；即写朴实无华的日常生活，也虚构滑稽怪诞的幻想情节，这使《堂吉诃德》既有引人发笑的喜剧成分，又有发人深省的悲剧因素。尽管小说的结构还嫌拖沓，有些细节前后矛盾，然而不论是在反映现实的深度、广度上，还是在塑造人物形象的生动、饱满上，《堂吉诃德》都在此前欧洲小说的基础上做出了全新的突破。

塞万提斯的《堂吉诃德》所塑造的同名主人公，同样是世界文学宝库中的一个著名典型。他一方面纯真善良、反对压迫、锄强扶弱，立志铲除世间的恶魔，充满无私无畏的英雄气概，在骑士以外的问题上，他的议论深刻而富于哲理；另一方面，他又脱离现实，终日耽于幻想，不自量力，在有关骑士的问题上出奇地愚蠢糊涂。作者正是在与小说中的另一个重要人物桑丘·潘沙的对比中，塑造了急公好义、心地高洁的堂吉诃德的既可笑、可叹，又可悲、可敬的人物形象。在《堂吉诃德》中，塞万提斯一方面嘲笑了不切实际的骑士制度，另一方面却以丑恶的现实社会反衬出理想化的骑士精神的高贵。在堂吉诃德和桑丘·潘沙身上，塞万提斯还寄托了他清正廉明的社会理想。

塞万提斯的《堂吉诃德》是部天才创作，它把严肃与滑稽、悲剧与喜剧、庸俗与伟大、丑陋与美丽水乳交融地结合在一起，这不仅给后世欧洲著名作家的小说写作以极大的启发，而且还为绘画、音乐、歌剧、电视、电影、动画片等其他艺术种类的创作提供了宝贵的素材。

第五节 英国文艺复兴时期的文学

一、概述

英国虽然迟至16世纪下半期才迎来文艺复兴运动的高潮，但早在14世纪末叶，传播自意大利的人文主义思想，便已由乔叟(Chaucer)在他的名作《坎特伯雷故事》中淋漓尽致地表达了出来。

乔叟是英国莎士比亚时代以前最杰出的作家和最伟大的诗人，出身于伦敦的一个与王室有密切联系的富裕中产阶级家庭。虽然乔叟早年的教育状况不详，但可以肯定的是，除精通英语外，他还通晓法语、拉丁语和意大利语。他曾多次访问意大利，所写作品也深受意大利文艺复兴时期的作家但丁、彼特拉克和薄伽丘的影响。乔叟文学创作的最高成就是晚年所写的长诗《坎特伯雷故事》，虽然他未能完成原先的创作计划，但是全诗已经构成了一个有机的整体，而不像拼凑起来的残篇。这首长诗叙述30名香客骑马从伦敦前往坎特伯雷朝圣路上的轶事。作者先在总序里生动扼要地介绍了阶层、行业各不相同的众多朝圣者的性格、行事特点，然后又借他们之口讲了24个传奇、寓言、富于教谕性和喜剧性的故事，它们或真挚感人、或滑稽幽默。故事的内容与文体虽异，但却与作品中的每一讲述者的身份十分相符。连属于故事与故事之间的，是若干简洁生动的戏剧性场面。这些故事体现了乔叟的高度写作才能，他能够运用中世纪出现的各种不同文学类型，写出同样优美动人的作品来。《坎特伯雷故事》的大部分内容是关于婚姻爱情的，作者在作品中反对禁欲主义和买卖婚姻，提倡夫妇互相敬爱；《坎特伯雷故事》的另一部分，则讽刺了僧侣愚弄人民的行径，暴露了金钱的罪恶。多方面的生活经验，使乔叟熟悉英国社会不同阶层人物的语言，他的创作无论是在人物塑造上，还是在叙事技巧和语言运用上，都远远超过英国以前和同时代的作家。虽然乔叟时代的英语尚不成熟，但它在乔叟的笔下却显得独具一格、不同凡响，既通俗易懂，又不失高雅。他在许多故事中所创用的诗体，称为双韵体，也成为以后英国诗歌中最通行的一种诗体，乔叟因而被称为英国诗歌之父。

乔叟死后，整个 15 世纪的英国人文主义文学创作处于停滞状态，但英国知识界的贵族、僧侣和意大利仍有不间断的密切交往。15 世纪末，牛津大学正式开设了教授古代语言的课程，学生通过古代语言的学习，可以进一步了解古典哲学和文学状况，这为英国 16 世纪文艺复兴运动大炽，培养了一批优秀的人文主义学者。16 世纪初叶，英国出现了规模宏大的翻译活动，各路学者、作家纷纷将古代希腊、罗马和近代意、法等国的学术和文学名著译成英语，不少哲学家、教育家、政治家、历史学家、宗教人士也踊跃从事著述，用不同方式表达有关新时代的见解。其中，托马斯·莫尔(More)用拉丁文写的《乌托邦》是一部产生久远影响的名作。这部作品借一个旅行者谈海外见闻的方式，描绘了一个没有私有制和宗教压迫的、崇尚学术的理想社会，并以此对比“羊吃人”的英国现实社会，有力地遣责了大规模的圈地运动迫使英国贫苦农民流离失所的社会现状。

由于新航路的发现和海外贸易的发达，到 16 世纪，英国的国力逐渐充实起来，1588 年一举击败大陆强国西班牙的“无敌舰队”，英国国民的爱国主义、民族主义情绪空前高潮，与此相应，文化上也出现了一个活动频繁、佳作竞出的文艺复兴局面。16 世纪 50 年代之后，英国的十四行诗创作十分活跃，许多著名诗人都相继出版了自己的诗集，使歌颂爱情的十四行诗这一诗体在英国生了根。锡德尼(Sidney)不仅是英国十四行诗的重要诗人，他写于 1580 年的文学批评作品《诗辩》，在总结英国民族文学的成就、传播意大利探讨多年的关于三一律的创作理论、把批评的重点从模仿的对象转向文学作品对群众所产生的效果方面，都具有重要的意义。除十四行诗外，英国文学中的其他诗体创作，或抒情、或叙事、或讽刺、或议论，都有出色的代表作家。尤其值得一提的是斯宾塞(Spenser)，他的主要作品

《仙后》六卷，规模宏大、内容丰富，利用中古骑士传奇的体裁，以寓言为主要手法，歌颂作为英国民族象征的伊丽莎白女王，传达了正在兴起的清教主义的严峻的道德观。斯宾塞独创的“九行”(nine-line stanza or Spenser stanza)诗作，语言高雅、绘画性强、韵律优美而多变，不仅独步当时的诗坛，而且还使他成为后世讲究诗艺的作家所仰慕的“诗人的诗人”。

英国文艺复兴时期的诗歌成就，还包括无韵体诗(blank verse)在戏剧中的运用。可以说，正是这种诗和剧结合的成果，产生了英国文艺复兴时期文学创作中最值得骄傲的、成就也最高的诗剧。诗剧出现的首功，应归于16世纪最后15年中从事戏剧创作的一批大学毕业生们。这些大学才子长期接受人文主义思想教育的陶冶，文化修养高，才华横溢，朝气蓬勃，虽然每位剧作者的个性性格和风格倾向各不相同，但都继承了英国民间短剧和历史剧的传统，经过自己的精心锻炼，形成一种充满内心激情的戏剧艺术，写出了一批质量高、题材广的剧本。这些诗剧创作的先驱者们，包括约翰·黎里、格林等人的戏剧成就，为莎士比亚的天才创作开辟了道路。而大学才子剧作家中最为杰出的人物，则是年轻有为的马洛(Marlowe)。马洛出身于鞋匠家庭，天资聪颖，却英年早逝，只活了29岁。1584年毕业于剑桥大学时，年仅20岁。马洛从1587年写作诗剧《帖木儿》开始，到六年后死于一起酒店械斗事件时止，共写出了《浮士德博士》、《爱德华二世》、《马尔他岛的犹太人》等多部戏剧作品以及抒情诗《热情的牧人致情人歌》。他第一个成功地将无韵体诗变成真正灵活的戏剧媒介，用气势磅礴的诗句描写英才盖世的人物，如中亚大帝国的创立者帖木儿和具有无限求知欲的学者浮士德博士等，塑造的悲剧人物具有震撼人心的力量。马洛还创作了英国文艺复兴时期的第一个历史剧《爱德华二世》，而《马尔他岛的犹太人》把血腥的暴力场面和滑稽的喜剧色彩混合在一起，也明显影响了莎士比亚及其以后的英国剧作家的创作。在莎士比亚的创作成熟之前，马洛一度称雄英国戏剧舞台。

经过以马洛为代表的大学才子们的创作实践，诗剧的题材不断扩大，技巧不断纯熟，至莎士比亚而集大成。因莎士比亚是本节第二部分评介的重点，故此处从略。莎翁身后，诗剧的创作一度仍然繁荣，涌现出本·琼森等优秀的剧作家，不仅莎士比亚所开创的传奇剧写作后继有人，而且还出现了莎士比亚未曾尝试的社会讽刺剧、假面剧和凶杀剧。遗憾的是，追逐新奇的需要渐渐驱使作家以绝好的诗才渲染色情与恐怖，不仅内容猥琐，韵文也轻浮，显示出诗剧的败象。到 1642 年，持有严峻道德观的清教徒所控制之下的国会通过法令，封闭了英国的所有戏院。经历了 60 余年光辉历程的英国诗剧至此完结，英国文艺复兴运动也随之结束。

诗歌而外，英国文艺复兴运动中还产生了丰富多彩的散文作品，有的繁丽工整、有的明白晓畅、有的绵密雅致、有的简约隽永，显示了英语的强大表现力。这一时期对后来的英语产生重大而持久影响的散文成果，首推 1611 年由国王下令出版的英文《圣经》。它是 47 位学者集体翻译的成果，用词纯朴而富于形象，韵律也饶有声调之美。其次，培根的《论说文集》，也为后世提供了大量的如“名誉是一条河，轻飘而虚肿的东西浮在上面，丰实而坚厚的东西沉在下面”一样言近旨远的格言警句。

二、莎士比亚

1. 生平

莎士比亚(Shakespeare，1564—1616)出生于英国中部一个富裕市民家庭，少年时代可能在当地的“文法学校”学习过古代语言和文学。1582 年结婚，婚后育有二女一子。1585 年—1592 年间，生活经历不详，但后人有不少传说，最流行的一种说法是，他在 1586 年前后偷了附近贵族乡绅的鹿，畏罪逃往伦敦。最初他曾在伦敦的某剧院门前为贵族顾客看马，依靠自己的聪明才智，他逐渐由该剧院的杂役，升至演员和股东。他开始写的剧本多是改编旧剧，或者同其他剧作家合作，稍后才独立创作。他从自己做演员与观众交流的切身感受出发创作剧本，以满足舞台演出的需求为第一要务，这使他的创作与大学才子的创作之间产生了很大的距离，换句话说，莎士比亚改写或编写的剧本要比大学才子的创作更为英国百姓所喜闻乐见。1592 年伦敦文学界第一次提到他，是大学才子格林死前留下的一个攻击当时的剧院演出的小册子。那里面提到:“有一只暴发的乌鸦,用我们的羽毛美化他自己,用一具演员的外表包藏着他的‘虎毒之心’(Tiger’s heart),他自以为诌出几句韵文,就能同你们中最杰出者媲美,他是个彻头彻尾的杂役而已,却自负地认为在这个国度内只有他能‘震撼’舞台(Shake-scene)。”这段话明显针对着莎士比亚,“虎毒之心”的比喻取自莎氏的《亨利四世》,“震撼”则影射莎士比亚的姓氏。格林气急败坏的攻击,恰好说明莎士比亚当时已成为伦敦新崛起的一位受人欢迎的剧作家。约从 1594 年起,他成为宫廷大臣剧团(1603 年詹姆斯一世即位后,该剧团又改为国王供奉剧团)的重要成员,既是剧作家,又是股东。该剧团拥有当时英国的最佳演员、最佳剧场,再加上最佳的剧作家莎士比亚,使其成员在伦敦的贵族阶层中备受瞩目。

莎氏生活的英国文艺复兴时代,既是个硕果累累、蒸蒸日上的时代,又是个矛盾重重、危机四伏的时代。宗教改革固然打破了单一教会的信仰垄断,但不同宗教思想间的交锋更加激烈;王权虽然努力在贵族与资产者之间踩着平衡木,但勃兴的资本主义事业仍有力地冲击了原来的封建社会秩序,王权受到议会的挑战。这样的社会思想动荡不能不影响到当时伟大作家的创作,莎士比亚的《哈姆莱特》一剧便显示出社会思潮中一种不断增长着的不安与怀疑的情绪。从莎士比亚的剧作里可以见出,他不仅有步步进取的学习天赋,善于博采古典悲喜剧、中古宗教剧、本土戏剧和大学才子剧作的众家之长,而且有对时代脉搏和观众兴奋点的敏锐捕捉,在学习的基础上加上自己的独特创造,逐渐形成自己卓绝千古的创作风格。1593—1594 年,莎士比亚写出了两部取材于古罗马作品的风行一时的长篇叙事诗《维纳斯与阿多尼斯》和《鲁克丽丝受辱记》,在当时就出版多次,极享盛誉。此后,他的 154 首十四行诗经过小范围的传阅,也于 1609 年始付梓出版。从 1593—1613 年,莎士比亚在伦敦戏剧和文化界的名望日日升高,他和伦敦上层贵族观众的交往,也进一步丰富了他的生活阅历。在此期间,莎士比亚的主要精力放在了戏剧创作上,但同时也做一些购置房产的投资。不知什么缘故,莎士比亚从 1611 年起开始回故乡居住,逐渐淡出伦敦戏剧界的各项活动。到 1616 年,莎士比亚在家乡去世,终年 52 岁。

莎士比亚在世时，法律上还没有保护知识产权之说，莎士比亚所在的剧团为保护演出自己剧本的专利，未将他的剧本出版，他的一部分剧本曾被人在舞台下作过速记，整理后以盗版形式发行。直至莎士比亚去世七年以后的1623年，他的剧作才由其剧团的同事编成对开本的全集出版。

2. 剧作简介

由于写作时间与上演时间的不一致，莎士比亚全集的第一个对开本的剧目不是按年代排列，而是按喜剧、历史剧、悲剧这样三类编排的。此后又有学者把历史剧中有关罗马历史的剧本分出来，称为罗马剧，把后期喜剧分出来，称为浪漫剧或传奇剧。按这种分类，到19世纪，莎士比亚的创作就被大体分为四个时期，即1590—1596年的早期抒情时期，1597—1600年的历史剧和喜剧时期，1600—1607年的悲剧时期和1608—1612年的传奇剧时期。

莎士比亚一生共写有37部剧本，在历史剧、喜剧、悲剧、传奇剧各方面都有杰作问世。

首先，为适应当时英国人民对抗西班牙的海上霸权所激起的爱国主义热情，莎士比亚以霍林谢德的《英格兰与苏格兰编年史》为主要素材，创作了九部历史剧，包括了从13世纪初的约翰王到15世纪末的亨利五世之间连续三百年的英国历史，场面阔大、情节曲折，作者将英国在民族国家形成过程中的反封建、反内战的斗争写得波澜壮阔。其中尤以塑造了乐观、庸俗、幽默的人物福斯塔夫形象的《亨利四世》的成就为高，它通过生动活泼的情节，集中表达了莎士比亚在所有历史剧中所力求表达的要求在一个开明君主统治下巩固国内的和平统一的创作主旨。此外，莎士比亚还根据古罗马作家普鲁塔克的著作，编写了《裘力斯·凯撒》、《安东尼与克娄奥帕特拉》和《科利奥兰纳斯》三部罗马历史剧。

其次，莎士比亚的早期喜剧清新自然、明快多趣，有浓郁的生活气息，其中《仲夏夜之梦》、《皆大欢喜》充满浪漫诗情；《威尼斯商人》则不仅揭露了高利贷经济盘剥的残酷，而且涉及到当时在英国刚刚出现的海外贸易问题，生动的法庭抗辩则显示出作者对法律和法庭辩论的谙熟。在莎士比亚喜剧结尾，往往是善有善报、恶有恶报，几乎所有的善良人物都有幸福的结局，而作恶者则受到了应得的惩罚。

再次，莎士比亚的悲剧《罗密欧与朱丽叶》大约写于他的喜剧创作时期，这部歌颂自由恋爱的剧本充满青春的朝气。虽然剧本以一对纯真青年的情死控诉了封建门第观念的残酷，但罗密欧与朱丽叶的合葬以及两大家族世仇消弭的结局，又给观众以对未来的美好期望。1600年以后，莎士比亚的思想更趋成熟、技巧也更见老练，在他此后创作的一系列卓越的悲剧中，像《罗密欧与朱丽叶》那样充满理想主义精神的结尾消失了。莎士比亚的四大悲剧包括《哈姆莱特》、《奥瑟罗》、《李尔王》和《麦克白》，其中《哈姆莱特》是对一篇丹麦王子复仇故事的改写。而同名主人公最吸引人的悲剧性特点，在于其替父报仇过程中的迟疑不决。这是一个年轻的人文主义者(王子哈姆莱特)面对以弑君篡位的国王克劳狄斯为首的邪恶势力的无能为力造成的？还是具有恋母情结的哈姆莱特发现自己正与篡位的叔父克劳狄斯一样邪恶造成的？抑或是受到宗教信仰的限制甚至仅仅受到原创剧本的情节限制造成的？至今仍然众说纷纭。这恰恰显示了莎士比亚人物塑造的成功，“说不尽的”哈姆莱特正是这部剧作的不朽魅力之所在。《奥瑟罗》写了一个嫉妒害人的悲剧故事。威尼斯黑人大将奥瑟罗虽然武功盖世，却信从了邪恶势力的拨弄，亲手杀死了对他忠贞不渝的爱妻，以至于在无限悔恨中自杀。这部作品创造的配角伊阿古是个歹毒到令人不可思议的复杂人物，他有条不紊地实施自己的以杀人为目的的报复计划，而报复的起因则仅仅是由于升迁不顺。像伊阿古这样一种全无心肝的恶人形象在《李尔王》中再次出现，这就是李尔王的两个年长的女儿和爱德蒙。《李尔王》写一个老年国王的昏聩，他极不合情理地将国土分给两个口蜜腹剑的长女和次女，因此也受到极不合情理的对待，被两个女儿逐出宫廷，流落民间，发疯而死。《李尔王》一剧探讨了人物在疯狂与清醒之间的张力，当李尔王清醒的时候，他做出了剥夺小女儿的国土继承权的疯狂之举，而在他流落民间，于暴风雨之夜中发疯的时候，他了解了下层人民的疾苦，看到了现实社会的丑陋，反而悟到了真理。《麦克白》则深刻展示了个人野心的毁灭性力量。在充满迷信和恐怖的气氛中，作者剖析了悲剧主人公麦克白内心世界的阴暗方面，主要是野心对他的作恶行为的诱惑作用。莎士比亚在这部悲剧中，让弑君篡位的麦克白的负疚的灵魂时时处在自身天良的拷问之下，麦克白一边一错再错，一边不时地感到忏悔、苦闷，正是沉思和反省，给这个悲剧的主人公形象以更大的情感深度。

在写悲剧的同时，莎士比亚还写了三个被后人称为"阴暗喜剧"（或问题剧）的剧本，即《特洛伊罗斯与克瑞西达》、《终成眷属》和《一报还一报》，三个喜剧的共同特点是已经失去了早期喜剧的那种灿烂明朗欢快的情调，反而在戏谑中充满对社会传统价值标准如荣誉、爱情和贞操等观念的疑问与讽刺挖苦。

最后，莎士比亚晚期创作的传奇剧包括《佩里克利斯》、《冬天的故事》、《辛白林》和《暴风雨》。对莎士比亚创造的这类传奇剧的评价大体可分为两类。一类意见认为，传奇剧是莎士比亚年老神衰之作，他从悲剧对生活所作的深刻反映，退回到盲目乐观的团圆结局。另一类意见则认为传奇剧反映了莎士比亚在戏剧创作上的全新努力，此类剧本既因社会矛盾的存在而弥漫着挥之不去的悲伤情绪，又对年轻一代寄予信心，让青年人用爱心医治上一代人造成的心灵创伤，在结局中以忏悔和宽恕来达到和解的希望。同时，莎士比亚的传奇剧在具有荒诞色彩的舞台布景和超现实的人物形象刻画上都有创新。

值得一提的是，19 世纪中叶以来，有鉴于莎士比亚的戏剧所反映的宽广知识范围，——它们涉及法律、历史、地理、政治、宫廷贵族生活等许多方面，并往往对所涉及的方面具有深刻而精辟的见解；此外，作品才思泉涌、妙笔生花、语言丰富、比喻贴切，创造的喜、怒、哀、乐场面形象性强，足以令人历久难忘，绝非一般的庸才可比，——这样高深的文学成就出自一个仅上过文法学校的平民之子手里，在不少讲究科学、崇尚理性的学者看来是不可思议的，于是产生了"倒莎派"。这一派的学者认为无论就莎士比亚的出身还是就其所受的教育而言，莎士比亚都不可能写出"莎士比亚戏剧"。因而，是否有剧作家莎士比亚其人，莎士比亚是否是"莎士比亚戏剧"的作者，"莎士比亚戏剧"的署名作者是否是真正的剧作者，便都成了疑问。甚至有人宁可认为"莎士比亚戏剧"的作者是培根，或是牛津伯爵爱德华·

德·维尔，以至马洛，也不能相信从杂役做起的莎士比亚具有创作“莎士比亚戏剧”的能力。但是，莎士比亚戏剧的出版离作者去世的时日并不算远，那些剧本不仅是由莎士比亚同剧团的演员收集的，与他基本同时代的剧作家本·琼森还为莎剧的出版写了献辞，这是“倒莎派”很难驳倒的事实。在我看来，“倒莎派”的科学信仰似乎使他们完全无视了一个作者所可能具有的“固不可以巧密得，复不可以岁月到，默契神会，不知然而然……得自天机，出于灵府”（郭若虚《图画见闻志·叙论》）的文学天赋，也不理解人类所具有的向生活学习、向前人学习的巨大潜力。实际上，“倒莎派”的观点恰好从反面印证了莎士比亚对所处时代的生活感受之深，以及他的思考之勤，吸收新文化、新思想的能力之强和艺术修养之高。“莎士比亚戏剧”作为如本·琼森所言的“时代的灵魂”，深刻而生动地反映了 16 至 17 世纪的英国现实，集中地代表了整个欧洲文艺复兴时期文学的巨大成就。

第四章　17世纪文学

第一节　巴罗克风格与新古典主义思潮简介

17世纪的欧洲文化舞台揭开了西方近代史的帷幕。但正如本书前章的叙述所指出的那样，在这一世纪初叶的欧洲文坛上，文艺复兴时期的人文主义文学仍然占有相当重要的地位，莎士比亚、塞万提斯以及维加等人的精彩作品，如《哈姆莱特》、《堂吉诃德》和《羊泉村》等，也都问世于这个世纪的前期。在这些文学巨匠死后的一段时间内，也仍有一些后继者继续追随着前人开创的文学道路，以写实的文风表现作者的人本主义情怀。然而，更能代表这个世纪的意义的，是出现在欧洲文学史上的新现象，其一是巴罗克风格的形成，其二是新古典主义文学思潮的兴起。

巴罗克(baroque)一词，一般认为源出葡萄牙语barroco，为“不合常规”之意，本指各种外形有瑕疵的珍珠。17世纪末叶这一术语始用于艺术批评，泛指各种不合常规、稀奇古怪、离经叛道的文艺现象。至18世纪此词仍用作贬义，指文艺创作中那些违反自然规律和古典艺术标准的做法。这种观念一直延续到19世纪中叶。1888年，德国学者海因里希·沃尔夫林发表《文艺复兴与巴罗克》(*Renaissance und Barock*)一书，对17世纪出现的形形色色的艺术创作倾向加以系统的探索，并以巴罗克一语表述了某些文化现象在风格上的统一特性。此后，人们开始将17世纪看做西方文学艺术史上一股具有打破各种艺术界限趋势的强劲风格——巴罗克风格的盛行时期，也开始有学者深入探讨巴罗克风格在建筑、雕塑、音乐、绘画、文学等不同领域当中的各种表现形式，并进而试图揭示这种既生气勃勃又紧张严肃的复杂的巴罗克风格形成的原因。

从社会历史根源上看,17世纪罗马天主教会所开展的声势浩大的反宗教改革(Counter-Reformation),以及西方科学实验和地球探索活动的进一步开展,是影响文学和其他艺术样式之巴罗克风格形成的重要原因。

反宗教改革运动是16世纪下半叶天主教针对欧洲宗教改革运动的现状所进行的一场旨在维护天主教在欧洲的传统神权统治地位的文化运动,它一方面重新整饬教会内部的各项秩序,清除腐败分子,一方面宣布基督教新教为异端,颁布禁书名单,加强宗教裁判所和其他宗教组织的活动,甚至不惜诉诸战争,极力与新教争夺其在欧洲的统治地盘。同时,反宗教改革运动还加紧了海外传教活动(利玛窦等人正是在此形势下前来中国传教的)的进行步骤,声称在欧洲失去的,要在海外补回来。到17世纪,反宗教改革运动的势力不论是在地区方面还是在对人的思想意识的控制方面,一度都向更广更深的领域扩展,加深了人们在日常生活中对传统基督教势力的感受。与此同时,这个时代的科学探索从一个相反的方面,同样加深了人们的宗教感受。对于17世纪的西方知识分子而言,科学发展带给人们的心态是十分矛盾的:一方面,知识的增进固然给予人们人为"宇宙精华"的自信和"人定胜天"的信心;另一方面,恰恰是知识的增进,却使人们同样强烈感受到了人类自身的渺小——特别是在接受了哥白尼的地球不再是传统基督教文化意义上的宇宙中心这一论点的情况下,人的尊严和优越地位反而急剧地失落了,——正是对这种失落的不甘,使不少人再次投入到传统宗教的怀抱以求安慰。巴罗克文学中的许多代表作品,正反映了经过文艺复兴运动洗礼的欧洲文学所再次表现出的宗教狂热倾向。

巴罗克文学首先出现在16世纪末叶的意大利,又由意大利传到了西班牙和英、法、德等国。意大利巴罗克文学的代表作家是马里诺,他的诗作以轻松简练、韵律铿锵为特色。马里诺擅长把古典文学当中的词句引用在自己的作品里,以夸饰的词句散布人生悲哀的厌世主义情绪。西班牙巴罗克文学的代表作家之一是贵族出身的贡哥拉,他长期担任西班牙的宫廷神父,诗作提倡一种与晦涩思想相结合的华丽雕琢的诗歌语言。巴罗克文学在英国的代表是玄学派,在德国有格里美尔斯豪森的《痴儿西木传》,在法国又因兰蒲绮夫人沙龙的鼓吹而风行一时。在译成中文的巴罗克文学当中,17 世纪西班牙作家卡尔德隆(Calderón)的作品,可以看做是这一时期欧洲文学中的巴罗克风格的著名代表。卡尔德隆是维加之后西班牙最大的戏剧家和诗人,既是宫廷剧作家,又是宫廷神父,还得过桂冠诗人的称号。卡尔德隆的剧作有二百余种,其中《人生如梦》是他的代表作。剧本表达了作者对人生的藐视和对宗教的狂热,带有典型的巴罗克风格。

《人生如梦》一剧在暮色苍茫中拉开序幕,这里,阴冷的荒山、不毛的悬崖、灰暗的塔楼,衬托出几个受命运驱使旅途奔波的出场人物。在这个凄凉的地方,人们可以听到塔楼里的囚人所发出的沉重叹息。囚徒本是波兰的王子,因为国王和星相家认为他长大后会成为残暴不仁的君主,因此甫一落地,便被父王囚禁在塔楼里。王子成人后,国王怀疑当年的判断可能有误,决定把王子麻醉后放出塔楼一试。而从来没有受到过仁慈对待的王子,果然表现得残暴不仁,使国王不得不相信了当年的预言,再次将他麻醉后关回了塔楼。遭此一番变故的王子,竟因此而省悟到人生的一切就是一场幻梦,惟有基督教信仰是永恒真理的道理。这样,当拥戴他的群众破狱放他出来时,这位今非昔比的王子却大大褒奖了遵照国王的命令严厉看守他的狱吏,而严惩了违反国王命令解放他的战士。卡尔德隆在本剧中,一方面通过表现人物的苦难生活揭露了现世的不平,带有人文主义的色彩,另一方面又鼓吹了人生有罪的基督教教义,宣扬了对国王的忠诚,体现了西班牙巴罗克文学的鲜明特点。

巴罗克文学的影响很广,17 世纪最杰出的法、英两国的大作家,如高乃依、拉辛、弥尔顿等,其创作都带有巴罗克风格的痕迹。

在与巴罗克文学夸张、离奇、怪诞风格的斗争中,新古典主义文学思潮在王权的扶植下同样产生于 17 世纪的法国,随后又流行到整个欧洲地区。这样,在法国文化的影响下,欧洲许多国家在随后的不同时代、不同程度和不同意义上,都有过它们自己的新古典主义时期。法国新古典主义文学的理论家是布瓦洛,他的《诗艺》是相对集中地阐述新古典主义文学观点的重要著作。概括起来,法国新古典主义文学具有以下特征:第一,新古典主义的基本精神是"理性"至上,它要求作家面对变幻无常的现象时,心中要有不变的原则,并尽可能正常地、明确地表达这种万古不易的理性原则。因此,新古典主义的创作不着重抒写个人的思想情绪,而着重于写人性的一般类型。第二,新古典主义号召“摹仿自然”,但这里所说的自然不是指客观世界,而主要是指人性。新古典主义要求文学要把人性表现得既“逼真”,又“得体”。第三,新古典主义认为文学的重要任务在于道德说教,劝善惩恶。第四,新古典主义在文艺理论和创作实践上以古希腊罗马文学为典范,崇尚古典时代的知名作家,把他们的作品奉为圭臬。第五,新古典主义要求各种文学作品体裁要有严格的界限与规则,并提出如悲剧与喜剧不可混同,悲剧必须遵守“三一律”①,文风必须简洁、洗练、明朗、精确,不能烦琐、枝蔓、含糊、晦涩等要求。强调等级秩序的新古典主义文学,适应了法国当时中央集权的君主专制政体的需要,因此也受到这一专制政体的保护和鼓励。法王路易十四就曾用优厚的年俸供奉当时的著名新古典主义作家,对待他们像对待贵族世家一样优礼备至。

虽然法国新古典主义文学的读者和观众限于以国王和封建贵族为代表的“朝廷”和以资产阶级上层为代表的“城市”,而据统计,在17 世纪的法国“太阳王”路易十四统治时期,以上两方面的人士,总共不过 3000 余人,也就是说,17 世纪法国新古典主义文学的读者与观众的范围非常狭窄,但是,它对法国文学的影响却不可低估。作为法国文学史上的正宗,直到今天,新古典主义文学这一曾经对欧洲各国文学,特别是对戏剧创作发展具有重大影响的文学思潮及其创作成果,仍然受到大量文学史研究者的高度评价。

---

① “三一律”是要求戏剧演出以一个情节、一处地点、一天为限的创作原则。这一原则由意大利人文学者卡斯特尔韦特罗在 1570 年据亚里士多德的《诗学》推出,又被称作“亚里士多德规则”。

第二节 17世纪英国文学

一、概述

由于伊丽莎白女王无嗣，16、17世纪之交，围绕英国王位继承问题的政治、宗教矛盾在英国日益加深，人心动荡。反映于文学的，在散文方面，是作品中有关政治与宗教论争的文章急剧增多；在诗歌方面，则出现了以多恩(Donne)为代表的带有巴罗克色彩的玄学派(Metaphysicals)诗人的创作。玄学派诗歌的主要创作类别为爱情诗和宗教诗。其中爱情诗一反传统的言情方式，直接从科学和神学作品中摄取别致的意象表情达意，反映出这时期的诗人对流行于文艺复兴时期的彼特拉克式的"甜蜜的"爱情观念的质疑；宗教诗则多写诗人思想上的苦闷、心灵上的忧虑以及信仰上探索与怀疑的交战过程，用新奇的形象和不平稳的节奏表现作者忽信忽疑的复杂宗教情绪，反映了17世纪初期英国社会在天主教信仰回潮的情况下，人文主义传统中肯定生活、歌颂爱情与个性解放的精神所遇到的危机。与此前的诗人相比，玄学派诗人学究气盛，喜欢用哲学辩论和说理的方式写抒情诗，用词怪僻晦涩，韵律凝滞不畅。按18世纪英国批评家约翰逊的说法，这派诗人的才趣在诗歌中的表现是"把截然不同的意象结合在一起，从外表纯不相似的事物中发现隐藏着的相似点"、"把最不伦不类的概念勉强束缚在一起"。18世纪的古典主义诗人重视规范，19世纪的浪漫派诗人崇尚自然，都不重视玄学派诗歌，但到20世纪，由于玄学派诗歌所表达的苦闷、疑虑之感符合第一次世界大战后西方社会普遍存在的怀疑情绪，因而在艾略特等人的鼓吹下，玄学派诗人的地位骤升，他们的创作成为作家追求新的生活体验和表现方式的样板。

17世纪40年代，英国爆发了具有资本主义革命性质的清教革命。1649年，英国人民经过公开审判，处决了斯图亚特王朝的国王查理一世，并在经过了一场激烈的内战之后，建立起了以克伦威尔为首的资产阶级政权。在文学上,这场革命除了促生出一系列语言犀利有力的革命小册子外,更重要的是造就了英国的一代大诗人弥尔顿。对于后者的评介,我们将放在本节的第二部分。

1660年斯图亚特王朝复辟以后,文学风气为之大变,大量宣传清教主义的文学作品销声匿迹,法国式的英雄悲剧和风尚喜剧以及嘲笑清教徒的讽刺诗开始盛行。这时期的英国文坛领袖是德莱顿(Dryden),他是17世纪后期英国的伟大诗人,具有多方面的文学创作才能。他写过30部悲剧、喜剧和歌剧作品,其中许多是模仿法国悲剧诗人高乃依的严格遵守新古典主义三一律的"英雄剧"。德莱顿才思敏捷,所处王政复辟时期又多政治争斗,这使他的诗歌创作带有明显的政治倾向,如《纪念护国公逝世的英雄诗》、《回来的星辰》、《牡鹿与豹》等,都反映了当时的政治宗教斗争状况和德莱顿自己的思想观念变迁。1668年德莱顿被封为桂冠诗人,同年他以四位作家闲谈的形式,发表了具有流畅口语风格的文学评论《论戏剧诗》,率先对乔叟、斯宾塞、莎士比亚、琼森等英国文学史上的重要作家做出了中肯评价,内容丰实、见解精辟,18世纪的约翰逊博士因此将德莱顿誉为英国文学评论之父,而有的文学史家更将德莱顿所处的时期称为"德莱顿时代"。德莱顿的诗作,标志着英国诗歌中新古典主义传统的确立。

英国王政复辟时代,尽管清教思想大受压制,但除弥尔顿外,仍有少数作家反对当时的社会风尚,继续宣扬清教革命的理想。其中最有代表性的,是来自社会下层的著名寓言作家约翰・班扬(Bunyan)。班扬是英国清教的牧师和传道士,出身于补锅匠家庭,自幼家境贫寒,在走街串巷的职业生涯中熟悉了民间传说故事的文学表现手法,并深受其感染和启发。王政复辟之后,班扬因继续传播清教信仰而被判入狱,并被监禁达12年之久。在狱中,他写出了梦境寓言式的文学名著《天路历程》,借叙述一个基督徒及其家人寻找天国的惊险旅程,用朴实生动的故事语言,描写了虔诚的清教徒在充满罪恶的世界里的经历,严厉地谴责了"德行"、"信义"等无所不卖的现实社会"名利场"的冷酷无情。作者通过作品主人公与各种人物和精灵鬼怪间的遭遇,尖锐而幽默地谴责了英国社会的不义现实。《天路历程》出版后大受欢迎，这部作品也以它卓越的叙事能力，成为西方近代小说的先驱之一。

还有两类散文作品同样为17世纪的英国文坛带来了新气象，一类是英国皇家学会会员所写的科学文章，另一类是霍布斯、洛克等人的哲学著作，这两类作品都用朴实无华的文字，清楚、有力地表达了作者自己的观念和认识。求实的文风和具有革新意识的思想都是当时的资产阶级所欢迎的。在17世纪下半叶的英国，国王虽曰复位，但实权还掌握在资产者手里。随着1688年的光荣革命，英国资产阶级文学也进入了新的发展时期。

二、弥尔顿

1. 生平

弥尔顿(Milton，1608—1674)是英国公认的地位仅次于莎士比亚的伟大诗人。他的著作不仅在英国文学史上，而且在欧洲资产阶级自由思想史上都具有重要的地位和影响。弥尔顿出身于伦敦一个信仰清教的富裕公证人家庭，1625—1632年就读于剑桥大学。他是个勤奋、严谨、刻苦的学生，大学期间已写过不少拉丁文作品，锻炼出了灵活运用这种古典语言的能力。1631年用英语创作了姊妹诗篇《快乐的人》和《幽思的人》，寓深意于典雅之中，已算得上是英语诗歌中的上乘之作。弥尔顿于1632年获得硕士学位后，还于1634年上演了假面舞诗剧《科玛斯》，这是弥尔顿以善与恶的斗争为主题的第一部诗剧。1637年，为悼念好友夭折，他又写下了英语短诗中最杰出的作品之一《利西达斯》。1638年，按照当时家境富裕的欧洲青年的求学惯例，弥尔顿外出旅行，访问了意大利的佛罗伦萨、罗马和那不勒斯等城，开阔了他的文化视野。1639年，当英国国内以资产阶级为主体的清教主义运动与以国王为首的保守势力间的政治、宗教斗争处于战事在即的紧要关头时，弥尔顿不甘置身事外，为投身于清教徒争取宗教和公民自由的斗争而中断旅程，毅然返回英国。在1641—1660年之间的这段革命岁月里，弥尔顿倾其全部创作精力，写作了多篇呼吁自由、民主的散文小册子。其中，发表于1649年的《论国王与官吏的职权》一文引起了掌权的克伦威尔政府的注意。该文写于英王查理一世被人民处死两周之后,旗帜鲜明地表达了作者对英国共和派的支持。一个月后,他被克伦威尔政府聘为共和国的外语秘书。同年,他还用拉丁文发表了著名的《偶像破坏者》一文。1651年,针对大陆著名的拉丁学者骚梅斯受查理二世唆使写下的指责英国人民弑君的拉丁语论文《为查理一世声辩》,弥尔顿同样用拉丁语写下了正气凛然的《为英国人民声辩》一文作为回应,维护了英国政府和人民在欧洲大陆上的声誉和形象。而此后写下的《再为英国人民声辩》,进一步显示了他所独具的酣畅淋漓的笔力和博学多识的才气。这一发表于1654年春天的文章,一方面赞扬了共和政体的成就,一方面又非常大胆地对克伦威尔的独夫统治提出了警告。弥尔顿最后的政治小册子是《建立自由共和国的简易办法》,发表于王政复辟前的两个月,这一作品同样体现了作者的过人胆识。弥尔顿的散文具有独特的庄严雄辩的风格,他在散文作品中对宗教信仰、婚姻、出版自由等问题的研究讨论,虽在当时作用不大,但随着岁月的流逝,影响却与日俱增,在今天已成为表达英国资产阶级民主自由观念的弥足珍贵的文献。

弥尔顿的后半生经历充满坎坷。1651年他42岁时,已因用眼过度而致双目失明。或许出于这个缘故,也可能是慑于他在欧洲大陆所具有的声誉,王朝复辟时期,共和国的坚定支持者弥尔顿居然躲过了查理二世复辟政权的残酷报复和无情迫害活动。面对世人对清教徒一片喊打之声的境遇,晚年的弥尔顿放弃了他青年时期制定的著述英国史诗的计划,转而以基督教的新旧约《圣经》为依据,潜心创作了《失乐园》、《复乐园》和诗剧《力士参孙》等表现清教主义理想的文学作品。《失乐园》取材于《圣经·旧约》的"创世纪",是一部以人类始祖亚当和夏娃受魔鬼撒旦引诱堕落,失掉神的恩宠为主题的史诗巨著。《复乐园》取材于《圣经·新约》的福音书,是诗人在《失乐园》中所表现的反对人类骄傲自大的主题的继续。《复乐园》的主人公是与亚当、夏娃不同的另一位人类代表耶稣,他在荒原中凭借坚定的信念战胜了魔鬼撒旦的诱惑,恢复了亚当、夏娃所丧失掉的人类谦虚与自制的美德,由此开始了传扬上帝之道和救赎人类的严峻工作。对于不少读者而言,同样取材于《圣经·旧约》的诗剧《力士参孙》是弥尔顿最成功的作品。《力士参孙》的主人公是个因妻子的背叛行为而致战败被俘并被敌人挖去双目的以色列领袖，他在对敌斗争中的败绩曾给整个以色列民族带来颓运。在弥尔顿的诗剧中，双目失明的参孙在经过深刻的自我谴责和忏悔之后，重新振奋起斗争的意志，他借敌人在演武大厅拿他取乐的机会，以惊人的力量撼动了演武大厅的柱子，最后与敌人同归于尽。作品对主人公内心世界的刻画生动有力，参孙在逆境中奋起的精神具有极大的悲剧震撼力，而参孙的死亡更凸显出人类不屈不挠的意志在道义上的胜利。弥尔顿在他所创造的耶稣和参孙两个人物形象身上，着力抒发了忍耐和牺牲精神的美德，实际上这正包含着作者对自己双目失明和处于逆境状况的自喻和自励。

2.《失乐园》

《失乐园》长约一万行，采用无韵体诗的形式写成，首次出版时为10卷，再版时第7卷和第10卷分别被一分为二，成为今天所见的12卷。《失乐园》的主要故事情节取自西方社会童叟皆知的旧约《圣经》，讲述撒旦反抗上帝被逐出天国后，到伊甸园引诱夏娃和亚当堕落以图报复的事件。撒旦本是地位仅次于上帝的大天使，但他骄矜自满，不服上帝的安排，纠合一部分天使，和上帝展开了一场轰轰烈烈的大战（卷5—6）；撒旦及其追随者背叛上帝的结果，是被打入地狱的硫磺火湖里遭受永世的苦难（卷1—2）。这时的撒旦虽已无力反攻天堂，但却不甘心失败。为鼓舞士气，他想出了间接报复上帝的办法，并自告奋勇地承担了毁灭上帝所创造的新宠——人类的危险任务；上帝知道撒旦的阴谋，但为考验人类对他的信仰，便对撒旦的企划不加阻挡。撒旦冲过混沌，潜入人世，来到亚当和夏娃居住的乐园（卷3—4）；上帝派遣天使拉法尔警告亚当将要面临的危险，同时把上帝创造世界和人类的经过告诉了他（卷7—8）；但是，亚当和夏娃对上帝的信仰不够坚定，在撒旦的引诱下，他们违背了上帝的旨令，偷吃了知识树上的禁果。上帝对此做出了惩罚他们的决定（卷9—10）；上帝命天使迈克尔把亚当和夏娃逐出乐园，在放逐前，迈克尔告诉了他们人类将遭受的灾难和他们未来的获救希望

(卷 11—12)。

像古希腊的悲剧作品面对古希腊观众时的情形一样,弥尔顿的《失乐园》所采用的故事轮廓也为同时代的所有基督教读者所熟悉,但这部史诗仍有它独创性的感人魅力。诗人从自己的广泛人生经验中抽出善与恶的交战概念作为这首诗的主导思想,意在说明人类不幸的根源。在他看来,人类尽管是自由的,在一定程度上能够主宰自己的命运,而且有向善的直觉,但却可能因为理性不强、意志薄弱、感情冲动,而经不起外界的影响和诱惑,走错道路。夏娃的堕落在于盲目求知,妄想成神,亚当的堕落则由于溺爱妻子,让理智变成了激情和冲动的奴隶,这是令人类丧失乐园的根本原因。

对我们这些非基督教文化的读者来说,弥尔顿的《失乐园》中最光彩四射的形象,大约是魔鬼撒旦的气势宏伟的形象。弥尔顿的撒旦具有豪杰盖世的逼人气魄,他坚强,睿智,沉着冷静,是个威严、勇敢、具有领袖才能和政治家风度的不折不扣的超人。在《失乐园》中,即使是在惨败之下他也毫不气馁,竟然在地狱的火湖之中,建造起了对抗上帝统治的万魔殿。可以说,这种英雄形象只有在荷马和维吉尔的英雄史诗当中的主人公身上才能看到。但与古代史诗相比,弥尔顿的撒旦身上还多了作威作福的霸气、骄矜狂妄的野心和弃善从恶的无耻。在塑造这一性格时,弥尔顿夹叙夹议,借用英雄人物以及各种飞禽走兽作譬,有时也通过一些戏剧性的独白,以突出野心勃勃、骄傲自满的堕落的撒旦形象。弥尔顿的撒旦形象是否暗示英国资产阶级革命由于道德堕落、骄奢淫逸而惨遭失败虽可争论,但他确实成功地塑造了一个十分雄伟但又十恶不赦的人物形象。

就艺术特点而言,弥尔顿的《失乐园》在善与恶、天堂与地狱、光明与黑暗、秩序与混乱、理智与激情、谦卑与骄傲、爱与恨的一系列对比中,描绘了壮阔的宇宙背景,运用了璀璨瑰丽、富有抒情气氛的比喻和雄浑清亮的音调。他的长句诗段汹涌澎湃,像不断向前的浪潮,在节奏与声韵的变化中把音乐、画面和诗歌紧密地结合在一起。某种意义上可以说,弥尔顿的《失乐园》代表了英国17世纪文学的最高成就。

第三节　17世纪法国文学

一、概述

新古典主义是17世纪法国文学的主流。具体说来，从17世纪初年至1660年左右的大半个世纪的时间，是新古典主义逐步形成的阶段，主要表现为新古典主义文学语言的定型和各种文学作品体裁的确立。这段时期正当法国历史上动荡不宁的苦难时代，频繁发生的封建割据叛乱和新旧教之争，使路易十三王朝的君主政权穷于应付，人民生活困苦不堪。1643年，年仅5岁的路易十四即位时，旺代地区仍然爆发了贵族的武装叛乱，各地的宗教战争也余波未平。17世纪前半期的法国文化更多地受到意大利巴罗克风格的造型艺术和文学创作的影响，塑造怪诞的形象、抒发狂躁的情感、雕琢繁复的文句，反映了人们杌陧不安的精神状态。古典主义文学观念正是在反对巴罗克文学倾向的斗争中逐渐形成的。

1634年，在法国枢机主教黎塞留的策划下，法国成立了专门的文学院——法兰西学院，它在端正文风、净化法语的工作方面，具有积极贡献。诗人马莱伯和语法学家沃日拉等人在正规法语的规范和文学语言的应用上所作的努力，也对这一时期的法语建设起了很大的促进作用。在语言史上，现代法语正是从17世纪古典主义文学用语所确立的词汇、语法的固定形式与规则中逐渐形成的。这种一直沿用到今天的正式法语，在当时主要是宫廷贵族和城市上层阶级的语言。1634年，诗人梅莱在他的悲剧中首次贯彻严格的“三一律”，深刻影响了其后的新古典主义悲剧作家，新古典主义文学第一阶段的代表作家还有帕斯卡尔(Pascal)和高乃依(Corneille)等。帕斯卡尔不仅是法国17世纪重要的思想家、科学家，也是一个嬉笑怒骂皆成文章的有感染力的优秀散文作家。他运用新古典主义的文学语言，在宗教论争中发表了热情洋溢的作品《给一个外省人的信》，使神学探讨诉诸大众的世俗准则和一般常识，为18世纪启蒙思想家的出现开辟了道路。高乃依是法国著名的悲剧作家,他作为悲剧诗人的最早声誉,来自1636年上演的悲剧《熙德》——一部表现忠君爱国倾向、宣扬个人利益服从国家整体利益的五幕诗剧。《熙德》取材于西班牙戏剧家卡斯特罗的剧本《熙德的青年时代》,高乃依在作品中突出描写了爱情与天职的尖锐冲突,强调了情感服从天职的必要性:主人公罗德里克和施曼娜相爱,但父辈的积怨却使罗德里克不得不抛弃儿女私情,在斗剑中杀死了施曼娜的父亲;同样,施曼娜也不为自己对罗德里克的爱情所动,反而把替父报仇当作自己的第一要务。两个大义灭亲的青年受到国王的赏识,在君主的巧妙安排下,罗德里克前去抵御入侵西班牙的摩尔人,获得民族英雄"熙德"的称号,在国家利益高于家族私仇的原则下,罗德里克与施曼娜如愿以偿地结了婚。《熙德》并没有严格遵守三一律,这使高乃依遭到了同行的猛烈攻击,在愤而搁笔数年之后,高乃依改变了创作倾向,继续发表了《贺拉斯》、《西拿》、《波利耶克特》等取材于罗马历史的剧作,完成包括《熙德》在内的四大悲剧。1647年高乃依被选入法兰西学院。作为法国新古典主义悲剧的奠基人,高乃依的作品生动地体现了法国新古典主义悲剧的特征,他的诗句音律铿锵,气势豪壮。他善于运用戏剧性的场面,刻画人物的内心冲突,塑造了一系列慷慨悲歌、大义凛然的英雄形象。

1660—1688年既是法国新古典主义文学的黄金时代,也是路易十四君主极权统治的黄金时代。在这28年之中,法国新古典主义作家人才辈出,创作繁荣,造成一时之盛,代表作家除前一时期即有杰作问世的帕斯卡尔、高乃依外,又有莫里哀、拉辛(Racine)、拉封丹(La Fontaine)以及文学评论家布瓦洛(Boileau)等人。

莫里哀是本节下一部分评介的重点,暂不赘述。拉辛是继高乃依之后的另一位有成就的法国新古典主义悲剧诗人。他很早就在巴黎开始了文学创作,因写诗祝贺路易十四的婚姻,还博得了国王嘉许。1667年,他的第一部悲剧《安德洛玛克》上演时,轰动了整个巴黎上层社会。《安德洛玛克》也是五幕诗剧,作者根据古希腊悲剧诗人欧里庇得斯的作品,参考荷马史诗和维吉尔史诗中的有关情节,写成一部因爱情与嫉妒的激情燃烧造成剧中人物欲火焚身的结局的悲剧。安德洛玛克是荷马史诗中特洛伊英雄赫克托耳的遗孀，她被俘后，为救儿子免遭一死，决定含羞忍辱，嫁给敌人皮罗斯为妻，条件是皮罗斯必须发誓保护她的孩子。可是，被皮罗斯遗弃的未婚妻爱弥奥娜，出于嫉妒，煽动热恋她的青年奥雷斯替她报仇，假公济私，伺机杀死了皮罗斯。但奥雷斯并没有赢得爱弥奥娜的爱情，终于发疯了。和高乃依当初上演《熙德》后的遭遇相似，《安德洛玛克》的演出成功，同样为拉辛招惹来保守派的攻击。到他第二部取材于希腊神话的悲剧《菲德拉》上演时，反对派的攻击更为激烈，拉辛被迫封笔逾十年。后应路易十四宠幸的曼特侬夫人之请，写作了两出得罪了国王的悲剧《爱丝苔尔》和《阿达丽》，宣扬宗教宽容。1673 年，拉辛被选为法兰西学院院士。

与高乃依的悲剧大部分取材于古罗马的历史传说不同，拉辛的悲剧大部分取材于古代希腊，他也不像高乃依那样全力塑造慷慨悲歌的正面英雄形象，而是更加热衷于描写丧失理智、感情放纵的王公贵族所招致的悲惨结局。与高乃依相比，拉辛更擅长于人物心理分析，特别是对贵族妇女的心理分析更为出色，他的文笔细腻、委婉，富于抒情韵味。代表了以简洁凝练见长的新古典主义悲剧的最高成就。

拉封丹是法国新古典主义阵营中的又一位著名作家，以 239 首《寓言诗》闻名于世。《寓言诗》的简单故事内容，多取材于古代的伊索寓言或东方的民间传说，但经过作者的精彩加工，却成为反映 17 世纪法国社会各阶层风貌的镜子。拉封丹的寓言诗具有内容丰富多彩、角色惟妙惟肖、文体流畅自然、讽刺尖锐深刻、语言机智幽默、韵律抑扬顿挫的突出优点，正是这些优点，使这部诗集问世不久，就成为法国文学中家喻户晓、雅俗共赏的名作。

17 世纪的最后十年是古典主义的衰落期，同时也是路易十四王朝盛极而衰的时期，这个时期比较突出的文学作品有拉布吕耶尔的《品格论》，表面上是道德说教，实际上是社会批评。此外，费纳隆的小说《忒勒马科斯历险记》，以希腊神话为题材，暗含着对路易十四朝政的批评，这种对现实的不满倾向，预示着 18 世纪启蒙运动的来临。而以童话作家贝洛为首的年轻一代作家反对新古典主义厚古薄今的言论，引起当时几个新古典主义名家的激烈反击，形成文学史上有名的古今之争，也表明了时代变化的全新动向。

二、莫里哀

1. 生平

莫里哀（Molière，1622—1673）是17世纪法国最伟大的剧作家，他运用喜剧形式创造了新的戏剧风格。莫里哀生于巴黎，原名让-巴蒂斯特·波克立，父亲是王家室内陈设商。莫里哀早年所表现出的在室内陈设方面的艺术天赋，使父亲寄望于子承父业。但莫里哀更热爱戏剧，为此他宁愿放弃世袭的权力。莫里哀在1643年和其他9位同伴组成了"盛名剧团"，1644年6月首次使用艺名莫里哀参加戏剧演出，演戏从此成为他毕生的事业。当时巴黎已有两个剧团，而观众却寥寥无几，这使新剧团在巴黎的生存极为艰难，1645年莫里哀曾两次因剧团负债累累而被捕入狱。为了立足和发展，莫里哀的剧团只得辗转于外省各地巡回演出。在外省的13年里，莫里哀的足迹遍布了半个法国，在组织剧团进行演出的过程中，莫里哀不断地处于同剧作家、演员和社会各阶层观众的交流互动之中，这对莫里哀日后的成功大有裨益，因为正是这段艰苦生活的锻炼，不仅使他成长为一个能干的剧团经理，尤其重要的是，大大激发了他的喜剧创作潜能。这一时期莫里哀的喜剧作品保留下来的有《冒失鬼》及《爱情的埋怨》。1658年10月24日，莫里哀的剧团在卢浮宫为路易十四演出高乃依的《尼科梅德》以及莫里哀自己的作品《多情的医生》，获得成功，莫里哀从此走上成名的道路。

1662年演出的《太太学堂》进一步显示了莫里哀的喜剧天才，然而剧中人物玩世不恭的生活态度却引起轩然大波。1663年，为了回应人们的激烈批评，提高剧团的声誉，莫里哀赶排了《太太学堂的批评》，在剧中表述了自己依据人的良知观察和表现现实生活的新喜剧原则。1664年《达尔杜弗》（后改名为《骗子》）上演，由于剧中刻画了一个穿着僧袍的恶棍，遭到教会的强烈反对，该剧被迫停演五年。此后，根据西班牙作品改编的《唐璜》或名《石宴》，也由于宣扬无神论之嫌而仅上演了15场。对于宫廷说来，轻松的喜剧远较莫里哀那些思想深刻的喜剧更受欢迎，因此莫里哀剧团的演出受到多方限制，王室许诺给莫里哀的资助也常常只是空头支票，该领的年俸被一再拖欠，剧团的收入没有可靠的保障，这使得莫里哀在经济上极为拮据。因为经常缺少适合演出的剧本，莫里哀不得不在导演和演出戏剧之余，坚持挤出时间来进行剧本写作。在巴黎的 14 年中，莫里哀的剧团所上演的 95 部剧本中有 31 部是莫里哀自己编写的，这其中著名的作品就有《愤世嫉俗》、《乔治·当丹》、《吝啬鬼》、《司卡班的诡计》、《贵人迷》、《女学者》和《没病找病》等。在莫里哀的创作中，贵族阶层的妄自尊大，资产者对金钱的变态追逐与对贵族门第的艳羡，教会人士的虚伪与人性扭曲，等等，都成为鲜明生动的人物形象，在 17 世纪法国的喜剧舞台上得到了出神入化的表现。为了自身的名誉和剧团的利益，莫里哀为《达尔杜弗》一剧的解禁曾几次向国王陈请，并多方奔走，寻求帮助，顽强地与教会权威进行斗争。在此期间，夜以继日的工作使莫里哀的身体健康受到了极大的损害。1669 年，支持教会立场的王太后死后，被禁演五年之久的《达尔杜弗》终于获准重新上演，一年中的演出达到了 60 场之多，莫里哀持之以恒的斗争终于迎来了胜利的结果。1673 年 2 月 17 日，莫里哀在与剧团的同事一起演出第九场《没病找病》时，突然在舞台上昏倒，被人拉到家中不久即与世长辞。实际上，他等于是殉职于自己终生热爱的戏剧舞台之上。由于他生前未按宗教规定领受圣体，又未声明放弃在当时人心目中视为下贱的演员职业，他的遗体在四天以后于落日时分被草草埋掉，未举行任何仪式。

2.《达尔杜弗》

《达尔杜弗》一剧的同名主人公是个地地道道的伪君子，他依靠满口“仁爱”、“宽容”、“虔敬”、“灵魂拯救”的宗教言辞，骗得了富商阿尔贡和他母亲五体投地的信服，成为这个家庭的精神导师。为了达到自己不可告人的目的，达尔杜弗在这个家庭中巧舌如簧，搬弄是非，将一个披着宗教徒谦卑外衣的酒色之徒的嘴脸表演得淋漓尽致。最后，当达尔杜弗妄图谋夺阿尔贡的家产、霸占阿尔贡的美妻的真相大白后，图穷匕首现的达尔杜弗反向朝廷诬告阿尔贡一家谋反，如若不是国王英明，阿尔贡一家必将陷入万劫不复的境地。

《达尔杜弗》一剧集中体现了莫里哀喜剧创作的突出优点。首先，在形式上，莫里哀的喜剧显示了新古典主义风格在戏剧创作中的优势，它们对“三一律”的遵守不仅没有受到这一规则的束缚，反而突出表现了这一规则简约精练的结构组织特点。像莫里哀的大多数喜剧创作一样，《达尔杜弗》布局谨严，情节单纯而富于诗意，戏剧冲突鲜明，虽然剧情的转折依赖于偶然事件，但却显得出于意料之外，入于情理之中。其次，莫里哀所塑造的达尔杜弗形象，体现了他在人物形象塑造方面的卓越艺术才能。他的戏剧主人公的性格特点是集中、夸张，概括性强，他们的一言一行都突出地展示了他们的主导性格。在《达尔杜弗》中，莫里哀把伪善者的一切特征都集中在主人公达尔杜弗身上，把掩藏在达尔杜弗僧袍下的贪婪刻画成强烈的情欲，用夸张手法突出他的阴险性格，使他几乎成为伪善的化身。最后，莫里哀与同时代的大多数新古典主义作家不同，他有丰富的舞台演出经验，有强烈的戏剧感，他的《达尔杜弗》的文体技巧显示，他的戏剧作品不是以复杂的故事情节，而是以生动有力的台词而引人入胜的。正是他在舞台上通过人物的语言，巧妙地将机智与愚蠢、正确与错误、正常与荒唐加以对衬，才使《达尔杜弗》一剧达到了嘲弄、讽刺与批判并举的前所未有的喜剧效果。当然，莫里哀的创作同样体现了新古典主义依赖并维护君主专制政权的思想倾向。

莫里哀不仅是一位杰出的剧作家，一位成就极高的优秀演员，还是一位天才的导演。在他的精心培养下，17 世纪后期的法兰西，成长起一代群星灿烂的表演艺术家团体。作为一个喜剧天才，莫里哀既是“描绘法兰西的画家”，法国戏剧史上贡献卓越的戏剧家，又是整个欧洲戏剧发展的推动者，甚至有学者说，欧洲整个 18 世纪的喜剧都是从他这里派生出来的。事实上，英国的谢里丹和意大利的哥尔多尼等人，确实都因师法莫里哀而见称于世，但因为缺乏莫里哀作品的独创风格，后世这些作家剧本中的人物形象似乎总不及莫里哀所塑造的那样高大、鲜活。法国人说起莫里哀，总爱用“无法模仿的莫里哀”来评价他。

第五章　18 世纪文学

虽然资本主义的生产关系在 18 世纪的欧洲迅速成熟，各国资产阶级的力量日益壮大，人民大众反对封建君主专制的斗争空前激烈，——其最突出的标志是 1789 年的法国大革命，但由于社会历史情况和文化传统的不同，欧洲各国的政治经济发展却极不平衡。英国早在上个世纪就已确立了君主立宪的国家政治体制，本世纪中期又发生了产业革命，国内工商业的稳步发展和海外殖民贸易的大规模扩张，不仅使英国人在文学创作中为自己的文明成就感到骄傲，大不列颠帝国所提供的政治经济制度的崭新样板也为其他国家的文学著作所阐扬。与英国相比，法国的 18 世纪却是个多事之秋，上一世纪的强硬宗教政策迫使大批新教徒流亡国外，造成法国工商业人才的大量流失，大大降低了法国社会的财富创造力，阻碍了资本主义经济的进一步发展。因此，到 18 世纪，在社会生活中已经扮演重要角色的资产阶级，政治上却依然处于无权无势的状态，这就使得他们对封建君主专制制度充满憎恶；而王室的挥霍和政府连年的对外战争所带来的国库空虚和苛捐杂税的不断加码，以及地主、贵族和教会组织对农民的掠夺，也造成统治者与被统治者之间矛盾的不断激化，加以此时海外传教带来的大量非基督教文明的信息，动摇了法国传统的基督教信仰根基，这重重的社会政治、经济和精神危机，使欧洲文艺复兴之后的第二次传遍全欧的思想解放运动——启蒙运动，率先在法国打开了进军的突破口。

但是，由于到此时为止的科学进展在数学、物理、化学、生物、天文诸方面不断揭示出自然万物的符合人类理性的秩序性特征，启蒙运动也将价值判断的标准诉诸人类理性。因此，在这一时期的欧洲文学中，强调理性至上原则的新古典主义，不仅在法国文学中仍然雄踞霸主之尊的宝座，而且在包括英国在内的其他欧洲国家中也受到了不同程度的尊崇。这种尊崇在西班牙和意大利，某种程度上是以民族文学特色的泯灭为代价的。

历时13年的西班牙王位继承战争以法国波旁王室的胜利而告终，在法国路易十四后裔的统治下，18世纪的西班牙文化在各方面都是法国文化的模仿者，故在文学上的表现几乎乏善可陈。在意大利，法国的影响不仅在阿卡迪亚诗派那里，就是在意大利现实主义喜剧奠基人哥尔多尼那里，也打上了深深的烙印。与此同时，意大利18世纪的重要哲学家和文学批评家维柯虽然在其《关于民族共同性的新科学原理》一书中，表达了有关历史循环论、诗的定义以及原始时代诗人特色的一系列有独创性的见解，但在接近一个世纪的时间内，却未得到应有的重视，只是到19世纪的浪漫派那里，维柯的见解才开始受到推崇。

与西班牙和意大利文学形成鲜明对照的是德国文学。德国文学虽然始于追随法国新古典主义文学的创作程式，但却终于建立起自己的民族文学，并以自己民族的出色文学创作影响了其他欧洲国家的文学进程。由此，在本章中，英国、法国和德国文学将成为评介的重点。

第一节 英国文学

一、概述

18世纪英国文学的突出成就，首先体现在出色的散文创作上。一批才华出众的散文作家推进了英国散文艺术的发展，在这个时期开拓了两个散文创作的崭新领域——期刊随笔和现实主义小说。

18世纪初期，随着英国城市人口的增加和印刷技术的改进，风趣活泼的期刊文学应广大读者的要求而兴起。由于上一世纪末期英国已经废止了出版物审查法，故期刊文学这一新生事物的诞生并没有受到来自政府方面的丝毫阻力。对期刊文学的出现，斯梯尔与艾迪生两个首创者功不可没。1709年，斯梯尔首先创办了《闲谈者》报，不久此报的编辑工作又得到了艾迪生的大力襄助。待《闲谈者》报于1711年停刊后，斯梯尔与艾迪生两人又合作编辑了《旁观者》报，每日一期，每期一篇文章，议论社会生活、评介作家作品，将街谈巷议和俱乐部里的各种幽默话题陆续变成了纸上的新闻。在斯梯尔与艾迪生两人的作品之中，后者的文笔尤见典雅，深受城市中产阶级读者的欢迎。在斯梯尔与艾迪生两人的示范带动下，英国在整个18世纪中创办和编辑期刊之风都极为盛行，笛福、斯威夫特、菲尔丁、约翰逊、哥尔德斯密斯等名家都曾主编期刊或为期刊撰稿，他们的加盟使英国式的随笔水平得到了进一步的提高，随笔的题材更广泛，笔致也更灵活。

代表英国18世纪最高文学成就并对欧洲大陆产生重大影响的文学样式，是英国的散文小说。随着英国资本主义工业文明的发展，世俗性、社会性极强的小说艺术适逢其会，受到了社会各界尤其是蒸蒸日上的资产阶级的热烈欢迎。在众多令人耳目一新的18世纪英国小说作品中，笛福(Defoe)的《鲁滨逊漂流记》和《摩尔·弗兰德斯》等书是出现较早的文本。在这两部小说当中，笛福把水手和女仆当作英雄人物来加以介绍，故事虽涉海外奇闻和冒险生活，细节却写得十分曲折、逼真，据此可以说，笛福的创作奠定了英国现实主义小说的基础。与笛福的作品相比，理查逊(Richardson)的小说放弃了传统的流浪汉小说架构，不写冒险生活和海外奇闻，而写家庭生活中的爱情、婚姻问题，注意分析人物的感情心理，在结构上突破了以主人公经历来串联多种事件的传统手法，而集中描写一个完整的事件，并用书信体的形式细致委婉地描写出遭遇不幸的少女的内心感受，创造了《帕美勒》、《克拉丽莎》等大部头的带有感伤情绪的严肃作品，打动了英国和西欧一整代读者的怜悯之心，被狄德罗誉为伟大创造力的表现。18世纪中期以后，英国的小说名作还有斯摩莱特的《蓝登传》、《亨弗利·克林克》、斯特恩的《商第传》、哥尔德斯密斯的《威克菲尔德牧师传》等作品，或扩充了题材，或实验了新的写作方法，都有影响于当时欧洲文坛的杰出建树，共同构成了英国小说的现实主义文学主流。此外，体现在理查逊、斯摩莱特、斯特恩等人创作中的感伤情调，连同 18 世纪末流行的渲染神秘恐怖气氛的“哥特小说”，又影响了 19 世纪的英国浪漫派小说和其他体裁的文学作品的诞生。

英国 18 世纪的出色散文作品，还有斯威夫特的寓言《格列佛游记》和被后世的著名历史小说家司各特誉为“英国小说之父”的亨利·菲尔丁的声誉极高的现实主义小说《弃儿汤姆·琼斯的历史》。本节的第二、第三部分将对这两部作品做出较为详细的介绍。

英国 18 世纪的出色散文作品还见之于其他文学品种。约翰逊的《诗人传》是传记和文论的卓越结合，鲍斯韦尔的《约翰逊传》则记录下同时代的文学大家约翰逊在各种场合下的言谈举止，活现了一个受人敬仰的文人的生动形象，开辟了传记文学的新境界。

18 世纪中叶以后的英国文坛领袖约翰逊(Johnson)是英国著名的文学评论家和诗人，他的名望首先来自于 1755 年出版的《英文辞典》。在这部辞典中，他以自己的博学才智，经过八年的艰苦努力，涉猎了大量的文学著作，引用了大量名作名句，解释了英文的日常用词，规范了英文的标准拼法，完成了辞典学上的一项创举。在 1828 年美国韦氏大辞典问世前，约翰逊的《英文辞典》一直是最具权威性的英文辞典。

1764 年，约翰逊的文友在伦敦成立了一个文学俱乐部，聚集了一批文学家、戏剧表演家、画家和政界名人，定期聚会，谈文论政。在他们当中，迅言利词、出口成章的约翰逊始终是人们追随的中心，大家争相传诵他的雄辩妙语，他的文学品味影响了当时一代人的文学趣味和文化风尚。约翰逊著文喜用排偶体和源于拉丁语的概括性强的词句，他的寓言小说《阿比西尼亚国拉塞拉斯王子传》、讽喻诗《伦敦》与代表诗作《人生希望多空幻》，反映了作者对社会人生问题的长期艰苦思考。

1765 年，约翰逊主编的《莎士比亚集》出版，除总序外，他在每剧前均加了引言。从这些序言、引言中可以看出，约翰逊继承了德莱顿以来的早期英国文学评论家的见解，认为戏剧基于想像，各幕之间在空间和时间上的变异应该得到允许。约翰逊认为新古典主义的三一律中，只有行动的一致性是重要的规则，而对戏剧的空间的一致性和时间的一致性要求则纯属虚妄。因而，莎士比亚的创作不受这一规则的束缚，正是剧作家的伟大之处。当然，出于新古典主义文学观的平稳，约翰逊也反对世人对莎士比亚的盲目崇拜。1779—1781 年间，约翰逊的另一部有重要影响的著作《英国诗人传》问世。该书广泛评论了自弥尔顿以来的 52 位英国诗人，每传自两千字至五六万字不等，或叙说诗人的生平纪年、家世教育、作品风格以及所处时代的掌故轶事，或联系诗人所处时代的国事民生、党派纷争作社会实录，使这部传记评论作品更近似于一部自伊丽莎白时代结束至 18 世纪后半叶这 100 年间的英国断代文学史。约翰逊在评论诗人时，重格律、重词令典雅、重有益于社会的伦理内容，显示出新古典主义文学观念的强烈影响，但在评述玄学派诗人的《考利传》里，约翰逊却没有因为不喜欢玄学诗派的晦涩、荒诞、不雅，而对这一诗派的诗人和作品略而不提，反而详加称引论述，较为公允地指出了这一诗派常用隐晦的哲学概念和夸张的比喻手法的诗风特点，显示了一个卓越评论家的宽容气度。

除一班文学家的散文作品外，伯克的政治散文论著《论美洲的赋税》展示了政治讲演术的雄辩力量；吉本的历史散文巨著《罗马帝国衰亡史》则以其深刻的启蒙主义思想和典丽的文笔成为全欧钦佩的史学杰作，这些作品，都在英国文学史中占有一定的地位。

在 18 世纪的英国，散文之势虽盛，诗坛也不沉寂。18 世纪前半叶，英国社会安定，文学上崇尚新古典主义，善以议论和哲理入诗的蒲柏(Pope)所创作的《夺发记》和《群愚史诗》等讽刺诗作，表现了高度的想像力和遣词造句的组织能力，对英雄双韵体的运用更是达到了艺术上的化境，显示出新古典主义文风精练、隽永的特色。与蒲柏基本同期的汤姆逊则在描绘瞬息万变的自然景观的“自然描绘”诗中，抒发了作者孤独抑郁的心绪，与世纪末的墓园诗派首尾相应。18 世纪的英国诗坛不仅有诗人在辛勤耕耘，就是一些散文名家，如斯威夫特、约翰逊和哥尔德斯密斯等人也善于写诗，并不乏佳作。待到世纪后半叶，英国文学出现了所谓的“感伤的时代”。此时，产业革命的加紧进行造成了人际关系的急剧恶化，惟利是图的功利社会破坏了以往人与人之间的淳朴信任关系，经济虽不发达但静谧和谐的田园生活，成为一去不返的“美好的老时光”，感伤主义抬头，出现了扬格的《夜思》和格雷的《墓园挽歌》等墓园诗派的沉重哀婉之作，反映了英国普通民众在产业革命所带来的社会变动中所感受到的痛苦和彷徨。珀西主教编的古代民谣《英诗辑古》的风行，正表达了在特殊的时代环境中英国民众对中世纪及其以前时代的神往和对古代民歌的爱好，而来自于经济不甚发达的苏格兰地区的农民诗人彭斯的清新流畅、朴实自然的诗篇，以及麦克菲尔逊仿照歌颂古代英雄的凯尔特民歌所作的《莪相集》的广泛流传，都预示了下一阶段英国浪漫主义文学的产生。

二、斯威夫特

1. 生平

斯威夫特（Swift 1667—1745）是公认的英国18世纪最杰出的讽刺作家，他同时还是著名的诗人、政治家和思想家。斯威夫特出生于爱尔兰首府都柏林。他是遗腹子，出生以前七个月作牧师的父亲就去世了。靠伯父的供给，斯威夫特中学毕业后，于1682年就读于都柏林的三一学院。但在这个为教会事业培植学生的著名学院中，斯威夫特并不是一个勤恳的学生，除了历史与诗歌之外，对其他功课他似乎一概不感兴趣，因此，到1686年大学毕业时，他只拿到一张"特许学位"的文凭，这种文凭是大学当局通融地颁发给那些他们认为在学术上没有成就、不堪造就的学生的。1689年，生活无着的斯威夫特前往英国，投奔到一位显贵远亲邓波尔门下担任私人秘书。私人秘书是个屈辱的职位，在这个显贵的家庭中，斯威夫特不过是个有学识的奴仆而已。可是这种职务对于斯威夫特也有好处。邓波尔是个文学爱好者，时常在家里接见一些有影响的作家，并且热心于帮助年轻人参加当时的政治和文学讨论。斯威夫特自1689年起担任邓波尔的私人秘书，直到1699年邓波尔逝世。在这十年当中，他充分利用了这里的丰富藏书，极大地拓展了自己的知识视野。在此期间，为了获得一个不仰人鼻息的职位，斯威夫特克制住自己对于神学的厌恶，通过了牧师职位考试，成为教士。此后，作为教士的斯威夫特开始供职于爱尔兰的圣公教会。斯威夫特在1691—1694年间已开始写诗，但首先使他扬名的却是他的散文《桶的故事》。这篇由三部分构成的散文,模拟和讽刺了宗教界与学术界的腐败现象,初步显示了斯威夫特的文学才能和特立独行的思想品性。邓波尔死后,斯威夫特一度担任爱尔兰伯克利大法官的秘书,为教会事务,他曾经四次前往伦敦,任职期间实际上在伦敦度过了大部分时光。斯威夫特在伦敦主要从事社会政治与文学活动,广泛结交知名人士,发表自己对于社会问题的各种见解,逐渐跻身于当时英国第一流的政治家之列。1713 年 4 月斯威夫特被任命为都柏林圣帕特里克大教堂的主座牧师。翌年,斯威夫特返回爱尔兰,开始把自己的全部政治热情贡献于捍卫爱尔兰人民的权利和利益的事业。自幼生长于爱尔兰的斯威夫特尽管对爱尔兰人民的贫困生活并不陌生,但只有在他获得了丰富的政治经验以后,他才真切地感受到英国人的掠夺所带给爱尔兰的悲惨命运。在他所发表的三本小册子《关于普遍用爱尔兰织物的一个建议》、《一个布商的书信》和《使爱尔兰穷人们的子女不成为他们父母的负担的一个温和的建议》中,斯威夫特披露了爱尔兰社会的赤贫状况,揭穿了英国商人利用政府的特许权,靠发行贬值的货币对爱尔兰人民所进行的巧取豪夺的压榨,号召爱尔兰人民联合起来,抵制英国商品,立足于本国工商业的发展。在生命的后半生中,斯威夫特实际上成为爱尔兰人民争取民族独立和社会正义斗争的思想领袖。正是在这一活动时期,斯威夫特创作了他最伟大的讽刺作品、寓言小说《格列佛游记》。斯威夫特生前受到爱尔兰人民的敬重,78 岁那年去世,葬于他晚年当过主座的圣帕特里克大教堂的教堂墓地。

2.《格列佛游记》

斯威夫特的小说《格列佛游记》由第一卷利力浦特(小人国)游记、第二卷布罗卜丁奈格(大人国)游记、第三卷勒皮他(飞岛)及其左近地区游记以及第四卷慧骃国奇遇四部分组成。这部作品并不是一部洋洋数百万言的鸿篇巨制,但却花费了斯威夫特多年的心血。这部杰作写于 1721—1725 年间;其中小人国游记、大人国游记写于 1721—1722 年,第四卷慧骃国游记先于第三卷完成,写于 1723 年,第三卷则创作于 1724—1725 年间,小说最后于 1726 年 10 月 28 日在伦敦出版,并立即获得成功。从小说的故事线索中人们不难看出作者在这数年当中的思想发展轨迹,它们不仅影响到小说的布局结构,而且影响到作品观点以及主人公形象的发展变化。

《格列佛游记》的主人公格列佛是一个善良平庸的英国人,为谋生而成为一艘远洋海船上的外科医生。在一次远航中,强风将轮船刮得偏离航向,撞上暗礁,劫后余生、孑然一身的格列佛漂到了一个陌生的岛国——利力浦特王国。对主人公而言,小人国利力浦特的一切都是新奇的:用比赛绳技的办法选拔官吏的制度;国王与他的臣民比较起来只高一个指甲,却可以骄傲地自命为头碰着天的宇宙统治者;"国库券的价值比票面低百分之九才能通行",以及当政府发许可证时,大臣们可以获得相当数量的税款等等,无一不让格列佛瞠目结舌,而尤其令他惊讶的是这里竟然也有和英国与欧洲一样惨烈的党争与宗教战争。这样,从《格列佛游记》的第一卷开始,作者即以寓言形式,十分辛辣地嘲讽了当时的英国以及欧洲的政治腐败与战争荒唐。尽管《格列佛游记》的主人公并不认为利力浦特小人国与英国有什么相关的地方,——他像踏上荒岛的笛福笔下的鲁滨逊一样,以一个巨人的姿态出现在利力浦特的土地上,时时感觉到自己相对于利力浦特土著居民的优越性。他处处强于小人国的人民,不光身材比他们高得多,而且理解力也大大地超越于他们。在格列佛这个英国新兴资产者的儿子看来,小人国里的社会制度和政治生活,是非常落后而不足道的,——但明眼的读者却可以毫不费力地辨认出,斯威夫特笔下的利力浦特宫廷正是英国宫廷的缩影,它的社会秩序正是英国的社会秩序,它的党争正是英国的党争,利力浦特与不来夫斯古之间有关打鸡蛋问题的宗教战争,也正是新教的英国与天主教的法国之间的宗教战争。只不过在斯威夫特的"小人国"里,现实社会当中的不合理的体制、制度、举措在逻辑上被强化到了一种极端荒谬的程度而已。如果说在第一卷小人国中格列佛还有着对于自己所自出的文明的沾沾自喜的优越感觉的话,那么到了小说第二卷布罗卜丁奈格(大人国)游记中,格列佛便深深为自己的文化的藐小和野蛮而惭愧了。当他把自己和这个国家的人民尤其是国王的智慧和正义比较起来时,竟觉得自己就像小人国人一样粗野。在小说的第一部分中,与小人国的君臣相比,格列佛深信自己什么都懂,什么都了解得很正确。然而在大人国中，格列佛却不得不变成为一个小学生，他必须努力运用全新的眼光和观念理解现实，认识社会，否则便无法与这一全新的国家的人民沟通。虽然在大人国中，为了报答国王与王后的知遇之恩，格列佛不仅竭尽所能，表演自己的航海、击剑技艺，不厌其烦地讲述自己所自来的国家的文治武功，而且向国王献计献策，以能够为国王提供制造火药枪炮的机巧而邀功。然而，格列佛对自己的“政治妈妈”——英国的苦心孤诣的夸耀，换来的不仅是大人国国王对英国政治、法律、军事、经济制度的全面揭露和抨击，还有对无动于衷地制造杀人机器的习于战争的欧洲文明的极大愤慨和蔑视。在深入了解大人国的过程当中，格列佛逐渐失去了这样一个信念：英国的社会制度是最完善的。在与大人国的比较中，英国社会生活里面的许多缺点在他眼前显露出来，格列佛从小说第二卷开始时的无条件地承认现有社会制度的合理性，进到了对它们的不得不作出的否定上来。大人国的居民不仅体力远胜过利力浦特人，他们的理智也超过后者，这是个理想的、有教养的君主政体国家，它的法律是用来保护人民的利益和福利的，它的善良的统治者经常仁慈地关怀着他的臣民。小说在此还借大人国国王之口，谴责了毁灭性的战争带给人民的颠沛流离、民不聊生的恶果。

在《格列佛游记》的所有四个部分中，勒皮他（第三卷）的游历往往被批评界视为斯威夫特否认科学的态度的表现。这是一种失之片面的观点。斯威夫特在这里并不是一般地反对科学，而是反对脱离现实的假科学。勒皮他岛上的一些科学家不是生活在地球上，而是生活在地球上空的一个飞岛中。他们所谓的科学探讨不仅荒诞无稽，而且成事不足，败事有余。至于斯威夫特对拉格多大科学院的描写，无论是研究如何把人类粪便复原，变成有营养的东西的科学家，还是探讨先造屋顶、后打屋基的营造学的科学家，他的寓言的讽刺性都是非常明显的，他嘲弄那些远离生活、对人类漠不关心的科学家，他们所从事的虚无缥缈的、毫无价值的研究，充其量不过是违反基本科学前提的智力浪费。斯威夫特的飞岛寓言不仅有对违背人类理性、脱离现实生活的伪科学的嘲弄，而且还包含了作者对英国针对爱尔兰以及其他殖民地的高压政策的否定。飞岛下属居民对殖民统治的不满和抗议，以及迫使飞岛上的统治者答应他们合理要求的成功起义，既表达了斯威夫特对殖民地人民争取自由独立的意志和力量的信心，同时也是对英国殖民者的警告。此外，在《格列佛游记》的这部分中，格列佛还旅行到魔术家之国——格勒大锥。在这里，他曾经见到古罗马的凯撒和布鲁图斯，而此时面对自己的谋杀者布鲁图斯，凯撒却大唱赞歌，凯撒承认，他所有的最大的功绩都不能和追求共和理想的布鲁图斯的光荣相比较。换言之，作者斯威夫特在这里已开始非难君主政体而转向相信共和政体了。无疑，较之小说第二部分大人国的描述，这一部分又跨进了一大步。关于格勒大锥国家的叙述除了高悬作者的政治理想外，还包含着斯威夫特对自己所处时代的英国的各种社会制度的尖锐讽刺：由于格列佛的请求，魔术家给他看古代罗马元老院的情景，而且为了让他有机会作一比较，又给他看了英国的国会。“前者看来像是一些英雄们和半神半人的会议，后者则是一群小贩、扒手、强盗和莽汉的集会”。在批判和谴责英国上流社会的达官显贵的同时，作为对照，斯威夫特凸现出普通英国人民的朴素可亲的形象，但他同时也悲哀地指出，这种形象正在受到近代社会的贿选政府政治的污染：

> 我居然卑贱到这种程度，竟希望召唤几个古代的英国农民来见见面。他们风俗淳朴，衣服饮食简单，一向公平交易，具有真正的自由精神，勇敢爱国，他们这些美德在过去都是很有名的。我把现在的活人和过去的死人加以对比，不无感触。他们原有的纯朴和美德，都被他们的子孙为了几个钱给卖光了。他们的后代子孙出卖选票，操纵选举，早就染上了那些只有在宫廷里才学得会的种种罪恶和腐朽的行为。

斯威夫特的民主精神，正在于他对平凡劳动者的美德的歌颂上。如果说古风时代的英国社会在《格列佛游记》的第三部分中受到了斯威夫特的高度赞扬并作为正在发展中的腐败的英国资本主义文明的对立面，那么这种对立在小说最后一部分“慧骃国”游记中的牙胡与慧骃的对比上，得到了更加充分有力的发展。

牙胡据信为流落海岛的欧洲人的后代，到格列佛上岛的时候，它们已经完全蜕变为岛国的畜类。它们贪婪自私、恬不知耻、歹毒淫荡、同类相残。据格列佛的慧骃主人介绍，牙胡有一种乖僻，“最喜欢吃从别处抢来或者偷来的东西，家里供给的食物虽然好吃得多，它们却觉得不如从别处弄来的好。要是抢来的东西一时吃不完，它们就会一直吃到肚子要炸。”“如果把够50只牙胡吃的东西丢给五只牙胡，它们不会安静地吃而会打作一团，每一只都想独占全部。”与牙胡形成鲜明对照的，是岛国的真正居民——宽厚善良的慧骃们。它们朴实温良、谦逊友善、团结合作、亲如一家，没有互相猜忌，没有彼此伤害，与它们相处，格列佛感到前所未有的放松与内心宁静，他此时的最大愿望，便是远离尘嚣，终老于斯了。然而，由于慧骃们难以相信牙胡——即使是像格列佛这样稍有教养的牙胡具有善良本性，格列佛还是被客客气气地送出了岛国，他辗转回到英伦，在对牙胡——人类的畏惧与蔑视中度过残生。在斯威夫特笔下，牙胡是回复到自然状态的鲁滨逊，他们身上没有了鲁滨逊的白手起家的资产者的奋斗精神，但却带有资产阶级社会的一切恶习：他们贪婪、邪恶、嫉妒、淫佚，他们受到本能欲望的驱使，纷争打斗，只关心于满足自己的要求，尽量损害别的牙胡同类，它们暴露的是撕下了冠冕堂皇的文明伪饰的野蛮丑恶的人类嘴脸。相比之下，斯威夫特明显偏爱善良的慧骃们的宗法社会制度，但同时他也知道他们毫无情感可言的过于理性的生活方式的局限性，由此他也怀疑，对于人类，宗法社会的美德究竟能复兴到什么程度。斯威夫特在这里面临着一个无法解决的矛盾：宗法制度或许是摆脱弱肉强食的不人道的社会现状的最好出路，但对人类而言，再回到宗法制度的社会中去实际上是不可能的，那只能使人类变为牙胡。因此，《格列佛游记》的结尾弥漫着相当浓烈的对人类社会的发展不寄希望的悲观主义与阴暗厌世的情绪。这一点，正是这部小说中引起后人最多争议的方面。

从斯威夫特这部作品的艺术构思来看，丰富的想像力是《格列佛游记》的一大特点。斯威夫特的小说情节完全是虚构的，小人国、大人国、牙胡、慧骃，这一系列的幻想形象充满迷人的夸张色彩，同时又被作者用来作为对现实社会的概括性讽刺,具有一针见血地揭露丑陋现实的深刻的针砭力量。除幻想之外,斯威夫特的讽刺又以理性见长。斯威夫特对利力浦特和布罗卜丁奈格两国的描述具有数学上的准确性,小人国在一切细节上都按常人十二分之一的比例进行描绘,而大人国与普通社会的一切不同也是以大人国的人较常人大12倍为根据的。整个小说的结构是匀称而明晰的,基本主题依次相继展开和加深,曲尽其致地描写了社会各阶层的道德习尚以及不同阶层的社会政治生活。

反讽是《格列佛游记》的另一大突出特点。小说第一卷对利力浦特王国的正面讽刺,见出了作者高屋建瓴的匠心,选择格列佛这个"巨人山"般的视角,恰恰反衬出那些俨然自傲、不可一世的统治者的跳梁小丑般的渺小。第二卷的反讽效果要远较第一卷的正面讽刺来得辛辣,尤其是在格列佛因兜售制造武器的秘方遭拒而慨叹"死板的教条和短浅的眼光竟会产生这样奇怪的结果!"时,冷峻的幽默强化了人们对惟利是图的资产阶级文明毒化思想的作用的认识。第三卷、第四卷对科学盲目发展的担忧,以及对一只自以为有理性的动物在战争中做出掠夺、抢劫、强奸、烧杀等罪大恶极的事情的指责:"理性堕落到后来比残暴本身还要糟糕",可悲地得到了20世纪两次惨无人道、血流成河的世界大战的验证,斯威夫特的深刻的悲观主义早在200年以前就为人类文明的畸形发展敲响了警钟! 在作品中,引人注意的还有作者的观点与小说主人公的观点之间所形成的张力,它们使读者在了解到主人公格列佛的天真幼稚的同时,可以和作者一起嘲笑社会生活中的一切荒谬、愚蠢的事情。而在人们尽情欣赏《格列佛游记》的奇特想像、绝妙夸张和机智讽刺、幽默戏谑时,还能够领会到渗透于字里行间的作者悲天悯人的深意。

尽管《格列佛游记》的作者对小人国、大人国、飞岛、慧骃国的神奇摹写具有寓言的特点,故而使得《格列佛游记》二百多年来往往被人们视为儿童读物,但除了妙趣横生的情节与异想天开的形象外,该作还以其入木三分的讽刺与切中肯綮的褒贬著称,这是一般的儿童文学读物所难以望其项背的。《格列佛游记》中的无何有之乡,将海阔天空的理想境界与腐败糜烂的红尘凡世杂糅一处,所有场景,都似幻似真，悠谬之言，无稽之谈，折射的却实实在在是社会生活的本真。斯威夫特显示于小说之中的讽刺天才，在英语作家中是至今罕有其匹的。较之同时代的笛福，斯威夫特的创作不仅更注重作品的艺术修饰，其形象的深刻程度也远远超过《鲁滨逊漂流记》。《格列佛游记》中的主人公虽然同鲁滨逊一样，也屡次漂流到一个个远离欧洲文明的岛屿上，每到一地，他也必去认识那里的社会生活的各种形式，然而，如果说笛福笔下的鲁滨逊的漂流结果证明，只有主人公所身处的英国文明是人类历史上最为进化、最为成熟的文明的话，那么，斯威夫特笔下的格列佛，虽则也从鲁滨逊的道路开始，但他的游历发展的结果，却使他完全否认了笛福通过自己的主人公形象所肯定的东西——追求自我无限扩张的资本主义精神。斯威夫特对社会问题的褒贬，既包括善意的幽默，也包括辛辣的讽刺、嘲弄，当他提到人类所受到的压迫以及各种形式的社会道德堕落时，他的谴责是毫不留情的。正是《格列佛游记》所具有的深刻超越而又概括现实的强劲力量，使这部作品成为世界文学当中著名的杰作之一。而包容了巨大思想内涵的《格列佛游记》，却以文字的简洁、判断问题的精确、人物性格表现力的强烈见长，小说在各方面都能够使读者深深感受到斯威夫特从古典主义素养里磨炼出来的令人惊异的艺术技巧和高度精练的语言风格。这样一种技巧风格，还深入影响了其后的大批作家的文学创作。因此，从某种意义上说，具有叛逆精神的小说家菲尔丁、诗人拜伦、剧作家萧伯纳等人，都是斯威夫特的追随者与继承者。

三、菲尔丁

1. 生平

亨利·菲尔丁(Fielding, 1707—1754)出生于英国南部萨默赛特郡的一个濒于败落的贵族家庭，少时过着富裕生活，曾入著名的伊顿贵族学校接受中等教育，在此广泛地阅读了希腊罗马的古典作品，培养了对文学的热爱。后因家道中落无力求学，菲尔丁开始尝试着进行戏剧创作。处女作五幕喜剧《戴着各种假面具的爱情》于 1728 年初在伦敦连演 28 场，获得成功。随后，他赴荷兰莱顿大学读书，一年后又因经济拮据辍学。返回伦敦后，菲尔丁没有走他自己阶层中许多青年人所走的道路，也就是说，没有设法去找出名的、有权势的保护者为自己提供晋升之阶，而是决定自谋生路。他替戏院写剧本，有一个时期自己拥有戏班，领导一个不大的戏院。从这时起，菲尔丁重操旧业踏上剧坛，正式开始了他的戏剧创作生涯。他的戏剧作品主要属于笑剧、模仿讽刺剧和社会政治喜剧。7年里共写了25个剧本。正是这25个剧本的成绩，使20世纪初期的著名英语戏剧家萧伯纳认定，菲尔丁是除莎士比亚之外，英国从中世纪至19世纪之间的最伟大的戏剧家。

菲尔丁出身于名门世家，又较早地承受了艰苦生活的磨炼，人情冷暖，世态炎凉，亲身的体验和切肤的感受，使他对英国现行社会制度的黑暗腐败具有相当清醒的认识。因此，菲尔丁虽然继承了英国王政复辟时期所产生的风俗喜剧的幽默俏皮的传统，但是他完全不像王政复辟时期的戏剧那样以对道德漠不关心的态度来描写生活。他毫无顾忌地宣称，他创作的目的就是向充斥社会各个方面的邪恶宣战。他谴责贵族阶级的道德腐化，并以讽刺的笔触描写这一阶层的恶习。菲尔丁对于英国戏剧发展的主要贡献，是他创造了社会政治喜剧这一体裁。属于这个体裁的喜剧有《咖啡店政客》和《1736年历史日记》等。在这些剧本里，菲尔丁揭露了英国政府机构中所流行的贪污受贿行径，批判统治阶级自私自利、中饱私囊的政策，拆穿英国议会两党——辉格党和托利党斗争的真面目以及政客与生意人在战争中获得利益的隐秘。可以说，菲尔丁的25部剧本的共同之处，便在于以滑稽闹剧为形式、以讽刺时弊为宗旨，矛头直指当时的昏暗宫廷与险恶政治，抨击英国社会政坛、宗教团体乃至新兴资产阶级的伪善，谴责政客们的丑恶阴险，把政坛的肮脏内幕暴露无遗。虽然并非每部剧本的演出都能获得舞台上的成功，但作者语言的精练犀利，仍然给观众留下了深刻的印象。特别是1737年的《1736年历史日记》在伦敦上演，其锋芒所向尤令当局吃惊，作者在剧中毫不留情地嘲弄了以寡廉鲜耻、挟君专权而闻名的第一首相罗伯特·瓦尔浦爵士及其党羽，致使首相想方设法使议会通过了要求一切剧本在演出前必须上送宫廷大臣审查的法案，由此扼杀了菲尔丁正处于高峰期的戏剧创作活力，结束了菲尔丁的剧作家生涯。

因政府实施严格的戏剧检查制度而失掉舞台阵地、不得不放弃戏剧工作后，菲尔丁又充满热情地从事起新闻事业和小说写作来。他首先办起每周三期的《战士》杂志，发表了大量杂文、书简和特写，这成为他从事小说创作的酝酿准备阶段。与此同时，因为文学活动所得的代价非常微薄，不敷糊口之用，为了谋生，负着家庭重担的菲尔丁不得不寻求更牢靠、稳固的收入来源，这就迫使30岁的菲尔丁于1737年底再次进入法律学校学习法律，并于1741年取得律师资格；1748年菲尔丁被任命为威斯敏斯特和米德尔塞克斯区的地方治安法官，这是一个没有薪俸的职位，过去的法官往往要靠受贿来牟取私利，菲尔丁在任内却拒绝受贿，显得与他的同行截然不同。在同时代的人们眼中，菲尔丁是一个绝对正直的人，在他的职位上努力帮助寻求伸冤的穷人，从而使声名狼藉的地方治安法官恢复了自身的尊严和地位，有力地打击了伦敦的犯罪活动，因而菲尔丁还被后来的史学家誉为18世纪伦敦最佳治安法官之一。尽管不幸的打击接踵而至，他心爱的妻子和女儿相继因贫病而去逝，菲尔丁却仍然保持着奋发和乐观、愉快的精神。与他同时代的一位女作家曾经这样谈论菲尔丁："没有人像他那样从生活中得到快乐，又没有人像他那样缺乏快乐的理由。"从事地方治安法官工作的同时，菲尔丁始终没有中断他的新闻和文学创作工作。

18世纪40年代初期，小说家理查逊发表了一部书信体小说《帕美勒》，在当时的文坛上引起了极大的轰动，也引发了一场见仁见智的争论。菲尔丁即兴创作了《沙美勒》，即虚假的帕美勒之意，阐明自己的观点。《沙美勒》从情节安排到人物设置无一不模拟《帕美勒》的规模，却极尽讽刺之能事，不留情面地揭穿了覆盖在理查逊小说表面的资产阶级庸俗道德的虚伪面纱，暴露了帕美勒天真正直的表象背后所掩盖着的权术与心计，《沙美勒》堪称英国滑稽模拟小说的经典之作。从此，菲尔丁的小说创作冲动一发而不可收，先后发表了《约瑟夫·安德鲁斯传》、《大伟人江奈生·魏尔德传》、《弃儿汤姆·琼斯的历史》和《亚美丽亚》四部长篇小说。《约瑟夫·安德鲁斯传》一书最初也如《沙美勒》一样，是《帕美勒》的模拟作，但与《沙美勒》不同的是，随着情节的开展，模拟的目的退居次要地位，而书中持续的讽刺与社会批评使它成为菲尔丁的一部杰作。菲尔丁的这部作品是英国文学中第一部重要的“路上小说”，主人公有时徒步，有时乘骡车旅行，与英国社会各阶层的代表人物相遇。这样的叙事结构把小说引到资产阶级家庭生活的狭小范围之外。小说除了歌颂以约瑟夫·安德鲁斯为代表的普通劳动者的正直、善良的淳厚品德、摹写了乡村地主政权的代表者和教士们的讽刺画像、揭露了统治阶层为富不仁的横暴外，更引人注目的是塑造了个性鲜明的乡村牧师亚伯位罕·亚当姆斯的形象，这一形象是菲尔丁的光辉创造。作者以温厚的幽默描写了这个诚实仁慈、正直、对人怀着善意同时又有些性情古怪的牧师。他像堂吉诃德般的天真，只相信人性善良的一面。他不止一次吃这种空想的亏，但他倔强、坚决，力图永远主持公道和伸张正义。这样的人物形象直接影响了19世纪英国的现实主义小说创作。可以说，《约瑟夫·安德鲁斯传》是菲尔丁的小说创作新变体的第一次尝试，他在此已经不满足于像他的前辈作家那样以一些散漫的、由一个中心人物统一起来的情节所组成的小说结构，而是力图创造真正有机的、结构上的一切部分都互相紧密联系着的小说形式。《大伟人江奈生·魏尔德传》是菲尔丁在批判英国资产阶级和贵族制度方面对斯威夫特的讽刺手法的直接继承。他在这本关于一个骗子与强盗的小说里阐扬了一个他特别喜爱的主题：他把所谓的“大”人物和一般公民对立起来。尖锐地指出，那个时代社会的“伟大”人物就是靠压迫、剥削和欺骗纯洁的劳动者而获得富贵的人们。菲尔丁揭露他们虚伪的伟大，正确地断言他们只能给社会带来害处，而作为“伟大人物”迫害和剥削的对象的平凡、勤俭的劳动者，才是生活中一切有真正价值的事物的创造者。1749年，菲尔丁发表了反映18世纪英国社会现状以及作者本人人道主义思想的杰出小说《弃儿汤姆·琼斯的历史》。这部小说不仅成为菲尔丁最受欢迎的作品，它的成功还稳固了现实主义小说在英国的生存阵地，为这一类型小说的日后发展提供了契机。两年后，作者最后一部也是他最钟爱的一部小说《亚美丽亚》问世，这部书已没有前几部作品的喜剧气氛，更多地反映了时代与社会的罪恶，表现了作者对社会认识的深化和个人心绪的恶化。1754年，菲尔丁去葡萄牙旅行，写下了《里斯本航海日记》，同年逝世于葡萄牙的里斯本。

2.《弃儿汤姆·琼斯的历史》

《弃儿汤姆·琼斯的历史》不仅是作为小说艺术家的菲尔丁的最高成就，也是18世纪英国小说艺术发展的最高峰。《弃儿汤姆·琼斯的历史》几乎吸收了当时文学中所有散文叙述形式的成分。它是冒险小说，同时又是流浪汉小说；它是家庭生活小说，同时也是路上小说。可以说除了海上旅行的内容外，《弃儿汤姆·琼斯的历史》包揽了当时小说的所有题材。但是菲尔丁的小说并不仅仅是简单地把上述各种题材、体裁拼凑起来，而是这些题材、体裁重新整合之后的有机体现。《弃儿汤姆·琼斯的历史》是一本包罗英国18世纪社会生活一切方面的小说，读者们可以从中看到各式各样的社会生活图画：乡村、城市、旅店、戏院、集市、法庭、牢狱、杂货铺、生意人的暖房、上流社会的沙龙等等。与此相适应的，在我们面前出现了英国18世纪中叶一切阶级与社会集团的典型人物，从最高显贵和大资产阶级的代表，到生活于社会最底层的人们——包括流氓、小偷和强盗。总之，菲尔丁通过创造一帧帧广阔的人生画面，把他自己时代的整个生活永久地描画下来了。

《弃儿汤姆·琼斯的历史》重点描述的是弃儿汤姆的成长历程。他是由善良的乡绅奥尔华绥先生收养下来的一个来历不明的弃儿，在乡绅家里，汤姆·琼斯与奥尔华绥的外甥布立菲一起受教育长大。虽然人们对象征着父母奸淫罪孽恶果的私生子的厌恶，使汤姆·琼斯自幼便受到不公正的歧视，甚至善良的奥尔华绥先生一家也“一致认为这孩子来到世间无非是为了上绞刑架的”，但轻蔑的目光和苛责的鞭笞，却并没有使琼斯变成一个郁郁寡欢、冷酷无情的青年，相反，他热情、纯真，待人诚恳，虽然屡遭别人的欺瞒、误解，但却不知记恨、不计得失。他重朋友，讲义气，以他的豪爽大度为自己赢得了患难相知的友情和爱情。在《弃儿汤姆·琼斯的历史》中，年轻的汤姆·琼斯和邻居地主魏斯顿的女儿苏菲亚的爱情磨难，构成了整部小说的情节基础。汤姆·琼斯与苏菲亚自幼青梅竹马、两小无猜，成年后更被对方的品貌与真情所吸引，很快便心心相印、矢志不渝了。但在那个私生子不仅毫无社会地位、而且毫无做人尊严的社会中,他们的婚姻却遇到了似乎难以逾越的障碍。由于汤姆·琼斯一文不名、地位卑微,尽管魏斯顿先生很喜欢他的勇敢、豁达,却无论如何也不可能容忍独生女儿与汤姆·琼斯结成一桩有失身分的婚姻。与此同时,虽然魏斯顿一点也不喜欢一本正经的布立菲,但作为一笔巨大遗产的继承人的布立菲,却颇受魏斯顿先生的青睐。在魏斯顿先生眼里,琼斯爱苏菲亚,那是不知廉耻,不知天高地厚;同样,苏菲亚爱琼斯,也是怀了一种"玷辱家门"的"恬不知耻"的"卑鄙下流的想法"。恰在为琼斯与苏菲亚间的爱情激怒得暴跳如雷的魏斯顿先生加紧策划女儿与布立菲的亲事之时,汤姆·琼斯自己的行为不检以及布立菲的恶意中伤,也引起了奥尔华绥先生对琼斯的极大不满,正与苏菲亚处于热恋之中的琼斯不得不离开家乡,到外面流浪。为了抗婚,他心爱的姑娘也离开家庭,追踪琼斯而去,想跟她的爱人在一起,而她的父亲也随后跟踪前来,要把忤逆的女儿捉回家去。因此这些人还有其他几个小说角色各自上路,经历了各式各样的路上冒险。几经周折,琼斯和苏菲亚最终在伦敦相遇。但在两人之间的谅解还没有达成之前,琼斯却为人构陷,以杀人嫌疑而锒铛入狱,几至于死。正是在这样的关键时刻,被认为是琼斯母亲的珍妮·琼斯及时出面,向赶来伦敦的奥尔华绥先生吐露了隐藏心中多年的有关琼斯身世之谜的隐情——原来,同布立菲一样,琼斯也是奥尔华绥先生的外甥,是奥尔华绥的妹妹、后来的布立菲太太的非婚生儿子。弃儿汤姆·琼斯的结局是十分圆满的:他不仅被营救出狱,而且得以成为奥尔华绥先生诺大家业的财产继承人,他与心上人苏菲亚结合的最大的有关门第观念的障碍清除了,两个有情人至此前嫌尽弃,终成眷属。

《弃儿汤姆·琼斯的历史》一出版,便获得了极大的成功,仅1749年一年中,这部小说就被重印了四次,由于供不应求,出版商不得不在报端刊登广告,要求购书者自行装订。此后的两百多年间,《弃儿汤姆·琼斯的历史》也不断受到人们的高度推崇,19世纪的杰出小说家萨克雷盛赞此书为"人类独创力最为惊人的产物",著名浪漫主义诗人柯勒律治甚至声称:"在艺术结构上,菲尔丁真是一位大师。我敢说,《俄狄浦斯》、《炼丹师》、《汤姆·琼斯》(即《弃儿汤姆·

琼斯的历史》——引者)是有史以来在布局上最完美无瑕的三大作品。放下理查逊的小说来读菲尔丁的,那就像在五月凉风习习的日子里,走出一间烧着火炉的病室,来到空旷的草坪。"直到小说观念已经发生了根深蒂固变化的20世纪,《弃儿汤姆·琼斯的历史》依然受到人们的深深喜爱,它曾多次被改编成电影,它的作者菲尔丁也被认为是两百年后,在过去的小说家中间,惟一对现代人仍具有吸引力的现实主义作家。

《弃儿汤姆·琼斯的历史》的成功原因是多方面的,要之,结构布局的精良与人物刻画的生动是这部作品卓尔不群、大受青睐的根本原因。

就结构布局而言,全书18卷分为互相关联的三个部分,即乡村(英国西部萨默塞特郡的两座庄园,1至6卷)、路上(从萨默塞特郡通往首都伦敦的大道上,7至12卷)以及都市(伦敦,13至18卷)。同时,小说有三条主线平行展开:一是弃儿汤姆·琼斯的身世之谜;二是琼斯与苏菲亚两人相识、相爱到结合之间的种种波折;三是不断与女人发生厮混纠葛、行为不检、但却心地善良的弃儿琼斯与满口仁义道德而居心险恶、长于权术的伪君子布立菲之间由小至大的成长经历的对照。在菲尔丁的匠心安排之下,全书三部分的衔接圆熟自然,三条主线的穿插也错落有致。因此,在《弃儿汤姆·琼斯的历史》这部篇幅宏大、展示了英国18世纪社会生活全貌的小说中,作者把情节结构得如此之好,以致读者不但不感到厌倦,而且总会以越来越深的兴趣注意情节的发展。在巧布主人公的身世之谜这一始终笼罩全书、聚而不散的疑云的同时,整部小说还刻意运用作者的学识才智强烈抒发菲尔丁对当时社会风尚的观感和愤懑,以及对理想生活的憧憬。而在深入细致又相当全面地反映18世纪英国社会的真实生活场景的同时,小说各部分的转折大体上却难能可贵地保持着内在的有机统一,散而不乱,遗流浪汉小说的漫顸之形,得流浪汉小说的生动逼真的现实主义之神。

菲尔丁小说布局的精巧干练、结构的浑然一体,是与他所精心考虑过的小说创作理论密不可分的。菲尔丁以前,小说长期被视作非正规的文学体裁,因为古典诗学不包含对这种作品的定义。因此,要想为小说在正统文学的生存领域里争得一席之地，菲尔丁首先需要确定小说在各种文学形式中的地位。在《约瑟夫·安德鲁斯传》的序言里，菲尔丁给小说下了定义，称之为“散文滑稽史诗”。他认为，小说最接近于史诗，它只在没有韵律即诗的形式这一点上和史诗不同，除此而外，它有着史诗的所有特征：“故事、情节、人物、感想和文体。”而小说与喜剧的不同之点则是：“它的情节所涉及的更宽，包罗的更大，内容包含着的事件范围更广，它所介绍的人物更是多种多样。”也就是说，菲尔丁是按照后来被称之为现实主义的创作原则来结构自己的小说的。菲尔丁虽然不能避免18世纪英国小说作家所特有的道德说教的特点，但他的道德原则却没有教条主义的虚伪气息，《弃儿汤姆·琼斯的历史》是一部用真正的青春热情写就的、以热情如火的青春为题材的小说，它充满一波三折的结构、热闹多变的情节、引人发笑的插曲，同时，它又饱含了深远的人道主义的思想意义。

《弃儿汤姆·琼斯的历史》的另一个重要的成功方面就是小说的人物性格塑造。菲尔丁所描写的人物生动非凡。《弃儿汤姆·琼斯的历史》中的人物是极多的，他们当中的每个人无论从相貌外表或是行为言语上都被刻画得准确而传情。不但主要人物，就是插曲中的人物也描写得活灵活现。菲尔丁喜欢把相反的形象加以对比。撇开主人公琼斯与布立菲的反差不说，贤德乡绅奥尔华绥和家庭暴君、狂热的保守分子、酷爱打猎的地主魏斯顿的对照也很鲜明；伦敦上层社会的风流太太白拉斯顿夫人和天性纯朴至于极点的农家女毛丽也是一个对比；琼斯和他的仆从巴特里奇正如堂吉诃德与桑丘·潘沙，在勇气、睿智、宽容、助人为乐等诸多方面都形成了强烈的对照。正是在对比中，小说《弃儿汤姆·琼斯的历史》里的不同的人物性格得到了有力的凸现。

小说女主人公苏菲亚是作者珍爱的女性形象，她不仅形貌美丽、端庄动人，而且善良聪慧、敢作敢为。强烈坦率的情感和毫无虚伪性的、真实的德行配以青春美貌，使这一形象成为菲尔丁时代的完美女性的象征。据称，苏菲亚的形象是菲尔丁第一个妻子的画像。

小说男主人公汤姆·琼斯虽然是作者菲尔丁为反对当时风行于小说创作之中的以理查逊的人物塑造为代表的时髦而庸俗的道德主

义社会观念而刻意塑造的反潮流形象,但却有血有肉,丰满逼真,并没有因为主题先行而影响人物的可信程度。人们一般公认,在菲尔丁塑造的全部人物形象中,《弃儿汤姆·琼斯的历史》的主人公是最有魅力的人物形象。汤姆·琼斯虽然豪爽可爱,但与一般小说的正面主人公相比,他却远不是一个理想的青年。他不仅来历不明,名分低贱,按照世俗的标准,他的所有作为,都烙印着私生子的与生俱来的耻辱,正如苏菲亚的女仆昂诺尔大姐说的那样:“说到琼斯先生,尽管奥尔华绥先生把他栽培成一位少爷,论出身他可比不上我。我家里虽然穷,我可是正经人家生养的,我爹妈是正式结婚的——有些人脑袋抬得挺高,却不敢这么讲。哼,有什么了不起,我的老表!尽管他一身白皮嫩肉——确实是从没见过那么白的,可我跟他同样是基督教徒,没有人敢说我出身卑贱。”而且琼斯性情急躁,天生多情,不能有效地遏制自己不正当的情欲和愿望,屡次干出鲁莽草率甚至严重违背道德的行为举动,辜负了奥尔华绥先生的教诲,背叛了苏菲亚的爱情。虽然有如此明显的性格缺陷,汤姆·琼斯实质上却是一个好人,他从来不为自私心所控制,天性善良,富于同情心与正义感,能够周济别人的贫穷,舍己为人。他诚实、勇敢、正直,光明磊落。他的各次过失没有一件是怀着不良意图造成的。恰恰相反,它们常常是由于他的优良品质而引发的,指导着他的行动的不是深谋远虑、三思后行,而是他对处于不幸当中的人们所燃起的同情和心灵上的真诚冲动。菲尔丁并不为他的主人公的过失辩护,不过仅仅指出,尽管汤姆·琼斯违背了某些道德观念的要求,但却无论何时何地,无论对于何事,都始终是一个诚实的人,一个不图给自己带来任何私利的人。菲尔丁刻画汤姆·琼斯这样一个真率自然的性格典型的目的,不是要提出一种有悖于当时道德思想体系的全新的伦理道德体系,而是要指出现存的、在18世纪的英国刚刚蓬勃发展出来的资产阶级庸俗道德观念的局限性,并指出把人的丰富多彩的天性、复杂变易的行为方式强行压缩到庸俗道德伦理范围里面之不可能。菲尔丁提倡健康的、自然的人性,在他的这本小说里,体现在主人公汤姆·琼斯身上的这种自由优美的人性气氛是与教条式的资产阶级的清教主义道德观念针锋相对的。

与汤姆·琼斯的性格形成强烈反差的,是作品中另一个重要人物布立菲的形象。在作者笔下,这是一个充满反讽色彩的人物,自幼就与主人公在性格、为人各个方面处于正相反对的两极。布立菲的性格自幼就跟琼斯不同,他"是个气质非凡的孩子,既稳重,又懂得分寸,而且虔诚得简直不是他那点年纪的人所能做到的。这些品质使得认识他的人没有不爱他的,而汤姆·琼斯则是个万人嫌。"然而,与汤姆的开朗、真率相比,布立菲却是个彻头彻尾的伪君子,是伪善的化身。表面上,这个年轻人笃信上帝,遵守社会上的一切道德规范与行为准则,随时随地念念不忘责任和原则。他的一言一行都循规蹈矩,无可厚非,甚至在作恶时,也能找出冠冕堂皇的理由。典型的如为了尽快继承舅父奥尔华绥先生的庞大家业,他不惜在舅父重病时再加给他一重沉痛打击,报告他的母亲、奥尔华绥先生的妹妹突然病逝的消息,还理直气壮地声称,不管什么时候,都不该对自己的亲舅舅有所欺瞒。然而,就是在这样的关键时刻,他却有意地隐瞒了母亲临终时吐露的有关汤姆·琼斯身世的消息,惟恐同胞哥哥分走一毫遗产。实际上,布立菲的满口仁义道德和谦恭谨慎的举动都是做给别人看的,骨子里他完全是为自私的企图所推动。虔敬和美德只是掩盖一个追求个人名利、妒忌、贪婪、歹毒的人的真实面目的一付假面具。他常常作恶,但是每一次他都装着是完成道德上的责任,而事实上他一心巴望的只是想要做富翁奥尔华绥先生的遗产继承人和娶年轻貌美的富家女苏菲亚为妻。正是他设计使潜在的财产上的竞争对手汤姆·琼斯从奥尔华绥先生的庄园里被赶出来,也正是他在伦敦为置汤姆于死地而不惜重金。在全篇小说中,他是造成汤姆所遭遇的各式各样的不幸的隐秘的或公开的罪人。在对汤姆、尤其是对布立菲的形象的塑造上,菲尔丁继续着他在此前的作品中与小说家理查逊的争论,虽然他没有点出理查逊的名字。他之所以不断地和理查逊论争,是由于他正确地看出了理查逊的狭隘见解乃是当时大为流行的资产阶级庸俗道德观点在文学上的最受欢迎的表达者。他把理查逊的拘泥的、虚伪的清教主义道德和自己的民主的、启蒙主义的"自然道德"原则对立起来,以生动的人物形象表现出超越于时代的全新的思想见解。正是对社会生活的尊重,使菲尔丁得以相当深刻地理解人性的复杂性，虽不完美、但却清新可爱的汤姆·琼斯与少年老成、但却邪恶成性的布立菲的对比塑造，以及其他那些或高雅、或粗鲁、或坦诚、或狡黠的人物形象的刻画，使《弃儿汤姆·琼斯的历史》这部小说远远高出于同时代的那些充满市侩气息的、充斥着道德说教的小说作品，以致跨越二百年的时间阻隔，这些人物形象仍然熠熠生辉，激发着人们的想像力。

除了情节结构与人物形象刻画外，《弃儿汤姆·琼斯的历史》在语言的惟妙惟肖与细节的表现力上也仍有一些可圈可点之处，限于篇幅，我们这里就不一一评介了。

第二节 法国文学

一、概述

“启蒙运动”一词见于英、德等欧洲语言，却不见于法语，在法国文学史书中，18 世纪被称为“光明时代”(Siècle de Lumières)。法语中的“光明”一词亦可训为“智慧”、“知识”之意，实际上，法语的“光明时代”与英语的“启蒙运动”，在涵义上是大致相同的，指的都是 18 世纪的资产阶级依靠知识的传播，批判宗教迷信、传统陋习和社会不公，在思想文化领域迎来了新世纪的文明曙光。法国启蒙运动的实质，是资产阶级革命在意识形态战线上的前哨战，那场惊心动魄的政治革命虽然爆发于 1789 年，可斗争的思想准备却早在 18 世纪初期就已经开始进行。1721 年出现的《波斯人信札》，是启蒙运动文学的先声。它的匿名作者孟德斯鸠(Montesquieu)，可以算作是法国文学史上的第一个启蒙主义作家。孟德斯鸠出身贵族，在司法界工作多年，曾到欧洲各国旅行，研究过英国的宪法和议会制度。《波斯人信札》以路易十四和奥尔良公爵摄政时期两个旅法的波斯青年与家人通信的形式，评述法国的政治、宗教、社会问题，是一部揭露性、讽刺性很强的作品。它所选取的波斯青年形象，既投合时人所好，又利于为作者的离经叛道思想作掩护，在揭露法国上流社会的腐朽生活，嘲笑资产阶级垂涎贵族门第的同时，大胆否定了基督教的宗教偶像。孟德斯鸠的启蒙主义思想，更系统更集中地表达在他的专著《论法的精神》一书中，他在此书中所主张的立法、行政和司法三权分立的学说，后来反映在法国1789年的《人权宣言》和1791年的宪法中。

启蒙运动首先是一场轰轰烈烈的思想文化运动，启蒙运动的文学家多数也都像孟德斯鸠一样，主要是以思想家的面目出现于西方文化的发展史中。对于启蒙作家来说，文学作品只是表达思想的一种辅助手段，作品中的各类形象、画面、故事和寓言，也不过是发挥作者思想的工具。即使如此，法国启蒙主义作家在文学上所取得的成就也不容小觑。伏尔泰、狄德罗、卢梭等人的文学创作的主导思想，虽在于揭露讽刺世态人情、针砭时弊，唤醒人心，但他们简练明晰的文笔，深入浅出、饶有风趣的内容，以及直抒胸臆、情景交融的语言表达方式，都不但以思想的深邃发人深省，而且在艺术形式方面也以别具一格见称。

18世纪法国启蒙运动中涌现出来的以狄德罗(Diderot)为首的百科全书派，与启蒙文学有着分外紧密的关联。狄德罗本人就是法国著名的启蒙主义文学家和思想家，作为启蒙时期的巨人，在政治学、伦理学、哲学、美学、科学、文艺批评和小说、戏剧创作诸领域都做出了十分突出的贡献。他的重要文学作品有小说《修女》、《宿命论者雅克和他的主人》、《拉摩的侄儿》，剧本《私生子》、《一家之主》以及文艺理论著作《关于私生子的讨论》、《论戏剧诗》、《论演员的矛盾》、《画论》等。其中，《拉摩的侄儿》是狄德罗最重要的文学作品，小说不仅塑造了一个性格复杂、充满矛盾的艺术家形象，而且在对话体的开放形式中，试验了不同主题交错进行的叙事手法。狄德罗的文艺理论著作的思想特点，集中在反对新古典主义的戏剧教条上，他所提出的艺术表现真实的要求和真善美统一的美学理念对19世纪的西方文学观念产生了很大的影响。

1745年，狄德罗接受出版商勃雷尔的委托，准备将英国钱伯斯的《百科辞典》译成法文。此后，狄德罗和杰出的数学家达朗贝合作，邀集许多具有启蒙主义思想的文人、科学家参加法国《百科全书》的编纂工作，从而改变了这一出版物的性质，使之成为法国启蒙运动中传播各门知识，宣传重观察、重实验的唯物主义科学精神，反对教会神权和封建王权的专制权威，重视发展工业生产，提倡自然思想与民主精神的重要阵地。为主编《百科全书》，狄德罗不仅付出了几乎倾家荡产的代价，而且不断承受着官方迫害甚至被捕入狱的高压。但他不屈不挠，团结了一大批重要的启蒙思想家，共襄盛举，形成了有名的百科全书派，使《百科全书》有效地发挥了知识宝库与启蒙思想武器的双重作用。在这一过程中，狄德罗不仅亲自撰写了《百科全书》的上千个条目，还邀请到伏尔泰、卢梭等人为《百科全书》的哲学、音乐部分撰写条目。最终，尽管屡遭政府的干涉和禁止，包括文字17卷、图片11卷的文化巨著《百科全书》，从1751年到1772年，在长达21年的时间内全部完成出版。这部历经磨难的鸿篇巨制的问世，对法国精神文化发展的贡献是不可估量的。

18世纪的法国虽有克雷比雍等作家继续模仿17世纪的新古典主义悲剧，伏尔泰也写过一些在当时风光无限的新古典主义戏剧作品，但这些作品却因为缺乏独创性，而被后来的文学史家称为“伪古典主义”之作，它们对后世的意义，远远赶不上一个世纪以前的新古典主义文学。代表18世纪法国文学的全新发展势头的，是那些直接反映启蒙思潮的作品，例如伏尔泰的《哲理小说集》和狄德罗的小说《拉摩的侄儿》、卢梭的《新爱洛伊丝》等，以及适应了启蒙思想需要的讽刺当时社会上的不合理现象的具有现实主义倾向的小说和戏剧作品，如勒萨日的小说《跛足魔鬼》、《吉尔·布拉斯》以及普雷沃神甫的描写爱情的小说《曼侬莱斯戈》等。

18世纪引起广泛关注的剧本另有博马舍的“费加罗三部曲”的前两部《塞维勒的理发师》和《费加罗的婚姻》，第三部《有罪的母亲》没有引起人们注意。虽然博马舍本人并不是启蒙运动的成员，他甚至同法国封建王室有着十分密切的关系，但他的“费加罗三部曲”却通过极富鼓动性的戏剧语言，批判了贵族阶级无理的封建特权，塑造了充满才智和活力的第三等级的平民主人公形象，无意之中，预示了法国大革命的出现。

二、伏尔泰

1. 生平

伏尔泰(Voltaire,1694—1778)是法国著名的哲学家、史学家和思想家,本名弗朗索瓦-玛丽·阿鲁埃。生于巴黎一个富有的公证人家庭,7岁丧母,自幼就表现出反抗家庭权威的鲜明倾向。伏尔泰上中学时的情景,与当年的莫里哀有几分相似,两人都是在中学求学的岁月中,激发起对戏剧的热情,培养了对文学的爱好的。中学毕业后,伏尔泰不顾父亲反对,放弃法律专业的学习,立志献身文学事业。不久,他的充满机趣的短诗便受到了巴黎思想界的欢迎。然而,厄运也如影随形地接踵而至,由于写诗讽刺权贵,伏尔泰不仅遭到过被驱逐出巴黎的惩罚,还曾被投入巴士底狱关押了近一年的时间。1718年,外表轻佻的伏尔泰在狱中写成了一部内容严肃的悲剧作品《俄狄浦斯王》,上演后一举成名,被视为拉辛的继承人,他也从此开始采用伏尔泰的笔名。

从文学观点和文学趣味上看,伏尔泰基本承袭了17世纪新古典主义的遗风,这主要表现在他的诗歌和悲剧创作上。伏尔泰毕生主要从事的文学工作是戏剧创作,他先后写了50多部剧本,其中大部分是悲剧,他师法高乃依和拉辛,遵奉"三一律",同时也受莎士比亚的影响,反对把新古典主义的文学规则说成是永恒不变的惟一法则。他是莎士比亚剧本的最早法译者,初时十分推崇这位英国戏剧家的创作天才,但晚年他却又为莎士比亚在法国影响的日益增长而感到震惊,想重新回复到严格的新古典主义,指责"烂醉的野蛮人"莎士比亚的趣味不雅驯。他的法国民族史诗《亨利亚德》模仿维吉尔的《埃涅阿斯记》,以法国16世纪宗教战争为题材,歌颂波旁王朝的开创者亨利四世在内战中取得胜利登基为王后,颁布南特赦令以保障宗教信仰自由的开明宗教政策。史诗虽然并不成功,但它已经显示出伏尔泰毕生所热衷的对宗教宽容精神的阐扬。

1726年,因为与上层贵族发生争吵,伏尔泰再次被投入巴士底狱。出狱后,他于1726—1729年间避居英国,潜心考察英国的政治、哲学和文艺成就,结识了蒲柏、斯威夫特以及哲学家贝克莱主教等人,对英国的政治、经济、文化制度衷心赞赏。回国后,伏尔泰于1732年发表了借鉴莎士比亚的戏剧手法创作的悲剧《扎伊尔》,继续宣扬宗教宽容;1734年发表了《哲学书简》(又名《英国书简》),斥责笛卡儿的无据空论,宣扬洛克的经验哲学,推崇英国资产阶级革命后的政治、商业和文化制度,并向法国人大力推介英国文学和莎士比亚。这部篇幅不大的哲学著作是欧洲思想史上的一个里程碑,它确立了18世纪以来欧洲资产阶级思想体系的主要发展方向。这部秘密印行的反对现行宗教和政治体制的小书立即遭到查禁,巴黎法院下令逮捕作者。面临第三次入狱的危险,伏尔泰逃至贵族女友爱特莱夫人的庄园隐居了15年。这期间,奥地利王位继承战争爆发,为争取伏尔泰的崇拜者普鲁士国王腓特烈二世对法国政策的支持,1742—1743年,伏尔泰曾被路易十五秘密派往柏林从事外交斡旋事务,由此重获宫廷宠幸,先后被任命为宫廷史官和法兰西学院院士,虽然伏尔泰很快失宠并被迫离开巴黎,但他所搜集的历史资料却使他继主要历史著作《查理十二史》后,写出了《路易十四时代》和《风俗论》等历史杰作。在这些历史著作中,伏尔泰把历史发展看做是理性对谬误,特别是对宗教狂热的斗争,夸大了杰出人物在历史上的作用。1747年,伏尔泰发表了他的著名哲理小说《查第格》;1750年,应腓特烈二世的多次邀请,伏尔泰访问柏林。他来到一个比法国更黑暗、更专制的国家,却幻想借助开明君主之力,进行某些社会改革,实现启蒙主义理想。但腓特烈二世却只把这位在欧洲享有盛誉的人物当作文学侍从看待,令他深感恼怒,正是在这种景况下,他开始接近年轻一代的启蒙思想家,并为狄德罗的《百科全书》撰写词条。这些文稿后来收入他的《哲学辞典》一书。1753年,伏尔泰与腓特烈二世决裂,离开柏林,迁居日内瓦。1755年,伏尔泰根据元人纪君祥的杂剧《赵氏孤儿》的法译本,改编了"五幕孔子道德戏"《中国孤儿》,推崇中国文明。他把故事的背景从原剧的春秋战国时代挪到宋元之际,写汉族儿女以自己的智慧和德行,感动了少数民族领袖成吉思汗,使他制止了屠杀,成为贤明的君主。1758年,他最著名的哲理小说《老实人》发表。同年,伏尔泰在离瑞士边境不远的费尔奈置了地产定居下来,在此走入了他一生中最后20余年的生命旅程,并于此间写出了大量的哲学、文学和政论著作,1767年发表的《天真汉》,便表达了作者对卢梭假想的"高尚的野蛮人"观念的批判。在紧张创作之余,伏尔泰不断接待各方知名人士,积极参加主要针对教会的社会斗争,为无辜的宗教迫害的受害者奔走呼吁,并同欧洲社会各阶层的人士广泛通信,使费尔奈成为欧洲舆论的中心。伏尔泰尽管一方面提倡对不同宗教信仰采取宽容态度,终生与宗教偏见做斗争,另一方面却认为宗教作为抑制人类情欲的手段必不可少,用他的话说:"即使上帝是没有的,也要捏造一个。"

1778年,84岁的伏尔泰重返阔别28年的巴黎,参加他的悲剧《伊蕾娜》的首次公演,受到巴黎人民的热烈欢迎。可能是他的高龄经受不住过度的兴奋,伏尔泰于同年5月18日患病,5月30日病逝。由于临终拒绝承认基督的神圣,教会不准人们把他葬在首都。他的遗体是在大革命期间,于1791年被移入巴黎的伟人公墓的。

2.《查第格》、《老实人》和《天真汉》

轰动一时的伏尔泰戏剧,到19世纪上半叶,已渐为人们所遗忘,但他的哲理诗、讽刺诗,特别是哲理小说,却以精辟透彻的说理、机智冷峻的讽刺、活泼幽默的风格脱颖而出,成为法国18世纪启蒙文学中最重要、最有价值的一部分代表作。

伏尔泰一生共写过26部哲理小说,他和孟德斯鸠一样,是这一新体裁的开创者。他的哲理小说的创作成功,可以视为是他对法国文学的最重要贡献。这些哲理小说既继承了拉伯雷的讽刺幽默传统,又吸收了英国斯威夫特的夸张而不失典雅的写作手法,将辛辣的讽刺、轻松的诙谐结合起来,用戏谑的笔调讲述荒诞不经的故事,影射和讽刺现实,阐明深刻的哲理,形成了自己的独特风格。《查第格或命运》、《老实人或乐观主义》和《天真汉》是这些哲理小说中最具代表性的三部作品。

《查第格或命运》是伏尔泰较早完成的一部托古讽今的哲理小说,小说的主人公查第格是古代巴比伦的一个富裕居民,他品性高洁,一心向善。然而每做一件好事,随之而来的就是一次灾难。经过一番颠沛流离,历尽千辛万苦,查第格最终得与王后阿斯黛丹结婚,并被臣民拥戴为国王，得到了美满的结局。在小说中，作者糅进了自己对于社会人生诸问题的反思，借查第格的不幸遭遇揭露了封建专制统治的黑暗，又通过查第格的政绩颂扬了开明君主政治。在伏尔泰笔下，查第格的命运代表人类的命运，他深信，人类依靠理性的指导，经历各种苦难的考验，最终必定会得到美好的报偿。

《老实人或乐观主义》是伏尔泰最出色的一部哲理小说。老实人在德国一个男爵家里长大，他的老师邦葛罗斯是德国哲学家莱布尼茨神正论的忠实信徒，因此认为这个世界是所有可能世界中最好的一个，世界上的一切都在趋于至善。然而老实人及其意中人男爵小姐居内贡德和邦葛罗斯本人却遭遇到一系列无妄之灾，流离失所，九死一生。灾难重重的现实生活的不幸使老实人终于认识到，这个世界并不完善，惟有"工作可以使我们免除烦闷、纵欲和饥寒三大害处"，因此，还是正视苦难的现实，"种我们的园地要紧"。小说还写了一个政治清明、黄金遍地的奇异国土，寄托了伏尔泰的政治理想。

伏尔泰不赞同卢梭关于"自然人"与文明对立的观点，写了《天真汉》作为对后者的回应。与前两部小说寄情于域外生活不同，《天真汉》把故事情节直接安排在17世纪末路易十四治下的法国。主人公天真汉从小生活在加拿大未开化的印第安人的部落之中，成年后回到法国。天性纯朴的主人公，与封建社会险诈、虚伪的习俗格格不入，因为过于耿直而犯了众怒，被关入巴士底狱。他的妻子圣伊弗为了搭救他不得不屈身于当朝权贵，以致最后悲愤而死，天真汉却因为在狱中跟出身贵族的狱友学到了具有启蒙理性特点的各种知识，变成一个具有高度文化教养的人，而受到权贵的提拔，成为"优秀的军官，得到正人君子的赞许"。在《天真汉》中，伏尔泰一方面欣赏天真汉的纯朴，另一方面又认为"自然人"文明化，是社会发展的历史必然。

伏尔泰是个具有世界意义的大作家，他漫长的一生横亘于新古典主义末年到法国大革命时代前夜这一过渡时期之间，他的作品既体现了法兰西民族机智幽默和揶揄讽刺的性格特点，又表现出反对暴政、偏执与酷虐的英勇的批判精神，他的思想和活动极大地影响了此后整个欧洲文化的发展方向。

三、卢梭

1. 生平

卢梭(Rousseau，1712—1778)既是18世纪法国最伟大的启蒙主义思想家之一，也是一位成就斐然的文学家。他出身于一个祖籍法国、信仰新教的日内瓦钟表匠家庭，母亲死于难产后，他被父亲抚养长大。卢梭从幼年时起就同他的喜欢幻想的父亲一道阅读古典作品，对文学发生了浓厚的兴趣，自由的、充满柔情的幼年生活和文学书籍中体现出来的高尚思想，培养了卢梭爱自由、爱共和的信念和不受辱、不屈服的高傲性格。1722年父亲遭流放后，10岁的卢梭寄居在舅父家中，开始失去了童年的欢乐。卢梭从15岁起被迫当学徒谋生，因不堪忍受粗暴的待遇，很快就外出流浪。在近20年的流浪生活中，先后到过欧洲的许多地区，从事过多种职业，如雕刻工人、仆人和音乐教师等。为了生存，他改信了天主教，为有学问的贵妇人德·瓦朗夫人所收留。1732年以后，在德·瓦朗夫人处，他过了一段相当平静的生活，有机会在他的“妈妈”兼情人德·瓦朗夫人的帮助下弥补学业上的缺陷，系统地学习了历史、地理、天文、物理、化学、音乐和拉丁文诸科目，并接受了伏尔泰哲学的影响。1741年，卢梭带着一种新的音乐记谱法(即现在通用的简谱)前往巴黎，虽然从法兰西学院那里，卢梭的创新仅仅得到了口头上的奖励，他在巴黎不得不以教授音乐和给贵妇人充当秘书为生，但幸运的是，他在这里碰上了狄德罗，一个跟他志同道合的年轻哲学家。1743年，卢梭好不容易谋得了驻意大利使馆秘书的职位，但到意大利不久，便被专断的法国驻意大利大使借故赶回了巴黎。1745年，卢梭再次遇见狄德罗，和他建立了友谊，并受到了后者的极大影响。作为音乐理论家和音乐改革家，卢梭在日后曾为狄德罗主编的《百科全书》撰写了全部音乐条目。尽管卢梭曾以歌剧《狡黠的男人》获得法国国王和王后的青睐，他却没有顺势走上一条逢迎上层的坦途，反而遵从自己的天性和良知的指示，选择了作为一个改革者所不可避免的不断遭受打击和挫折的艰难人生道路。1750年，在狄德罗的鼓励下，卢梭参加了法国第戎学院举办的有奖征文竞赛，其论文《论科学和艺术》获头等奖，因而一举成名，蜚声法国。在这篇论文中，他盛赞劳动人民的朴实自然，断然否定了科学和艺术，认为“人生本是善良和幸福的，是文明腐蚀了他，毁了他最初的幸福”。卢梭关于社会退化的观念并不新鲜，当时的许多基督教学者从宗教信念出发，都不可能不同意他的观点，卢梭和他们的根本区别在于，他相信人的自然本性的纯然至善。1755年，第戎学院再次征文，题目是《什么是人类不平等的起源，人类不平等是否为自然法则所允许?》，卢梭又以《论人类不平等的起源》一文应征。在文章中，卢梭对人类自然状态作了假定性描述，和英国哲学家霍布斯的观点相反，卢梭把原始社会当作人类历史上的黄金时代来加以歌颂，指出人类不平等起源于私有观念的产生和私有财产的出现。在这篇论文中，他还对封建专制和暴政提出了批判，并提出以暴力推翻暴力的主张。论文虽未中选，但这篇论文的发表却最后确定了卢梭的思想家声誉。从1756年到1762年，卢梭隐居在巴黎近郊的蒙莫朗西森林附近。在此期间，他发表了《致达朗贝论戏剧书》，对达朗贝为《百科全书》写的“日内瓦”条目提出不同看法，并因此与狄德罗及百科全书派决裂；1761年发表了在当时受到非议最少的小说《新爱洛伊丝》；1762年写成《爱弥儿》这部讨论教育问题的哲理小说，提出教育要顺从自然，只要让人的本性避免社会偏见和恶习的影响而得到自然的发展，就能恢复人的本善天性。在同年写成的《民约论》中，卢梭声称“人是生而自由的，但却无往而不在锁链中”，他认为只有全体社会成员的约定即“民约”，才可以使一个人既受社会约束，又保留其意志自由，因而也才可以成为人间一切合法权威的基础，这样，国家只应该是自由的人民所订立的社会契约的产物，也就是全体社会成员民主协商的结果。卢梭由此批判了强者自有特权、奴役天生合理之类的封建等级观念。这部论著对法国资产阶级革命影响很大，成为雅各宾党人的政治纲领，其中的天赋人权、自由平等、主权在民的思想都写进了法国的《人权宣言》中。后来美国的《独立宣言》也体现了这部著作的精神和理想。1762年6月，卢梭的《爱弥儿》和《民约论》被法国议会查禁，迫害跟踪而至，他先是被迫逃到瑞士，又从瑞士逃到普鲁士属地莫捷，教会发表文告宣布卢梭是上帝的敌人，他又不得不流亡到伯尔尼政府管辖的圣皮尔埃岛，随即伯尔尼政府命令他离境，他又被迫前往英国去找哲学家休谟，不久又与休谟发生争吵，只好化名回到法国，长期辗转各地避难，直到1770年才重返巴黎。在流亡中，他发表了多年编成的《音乐辞典》和《山中来信》，同时感到自己树敌太多，有为自己辩护的必要，因而写成自传《忏悔录》，这部作品在作者去世后才得以发表。

卢梭的晚年是孤独和不幸的。他仍然受到当局的监视，过着清贫的生活，在完成《忏悔录》之后，他又写了自传的续集《一个孤独的散步者的遐想》。到1778年，卢梭充满波折和悲愤的一生结束了。法国大革命后，他的遗体于1794年以隆重仪式被移葬于巴黎的伟人公墓。

2.《新爱洛伊丝》和《忏悔录》

卢梭的著名小说《新爱洛伊丝》是一部书信体作品，原名《尤丽，或新爱洛伊丝——阿尔卑斯山麓一个小城市中两居民所写的情书》。此书叙述贵族小姐尤丽和他年轻的家庭教师圣·普乐的恋爱故事。它的情节和12世纪法国哲学家阿伯拉尔和他的女学生爱洛伊丝之间的爱情故事有几分相似，师生恋都落得个悲惨的结局。但卢梭的作品反映的不是中世纪的禁欲主义悲剧，而是18世纪一对年轻恋人在封建制度束缚下有情人难成眷属的悲剧。这是卢梭生前传播范围最广、受到的赞扬也最多的一部作品。平民知识分子圣·普乐与他的学生，贵族小姐尤丽的恋情由于阶级身份的不同而受到阻碍，尤丽按父亲的要求，嫁给了另一个门当户对的贵族，圣·普乐去国远游。6年后，当尤丽似乎已成功地忘掉了旧情人并已成为了一个幸福的妻子与母亲时，圣·普乐从国外返回并且做了她孩子的家庭教师。表面看来，圣·普乐与尤丽的家人相安无事，在这个男主外、女主内的家庭中，一切都显得十分和谐，直到尤丽为救溺水的孩子而病入膏肓后，她才最终意识到，她对圣·普乐的爱情从来就不曾死亡。《新爱洛伊丝》以主人公的悲剧结局，批判了以阶级偏见为基础的封建婚姻，提出了建立在真实自然的感情基础上的婚姻理想，对封建等级制度表达了强烈的抗议。这部毫不踌躇地肯定人类感情的崇高地位的作品，预示了欧洲文学中浪漫主义潮流的兴起，而它细腻委婉的心理刻画和情景交融的美丽篇章，也为作者赢得了当时和后世无数读者的赞赏。

《忏悔录》是卢梭的对后世西方文学产生重大影响的自传体作品。这部著作记载了卢梭从出生到1766年被迫离开圣皮尔埃岛之间50多年的生活经历。卢梭满怀感情地讲述自己如何自幼本性善良，从书本中读来的古代历史人物的英雄事迹又如何给了他崇高的思想，但是社会环境的险恶、人与人之间不平等的关系，却使他的善良本性逐渐受到侵染和损害。卢梭历数了他自孩提时代寄人篱下以来所受到的种种粗暴虐待，他入世后所耳闻目睹的种种黑暗不平，以及上层阶级的种种腐朽堕落。这部名为"忏悔"的自传，实在是对弱肉强食，强权即合理的封建统治秩序的愤怒揭露。另一方面，对于和他一样被侮辱与被损害的"卑贱者"，作者也倾注了最深切的同情。《忏悔录》是一部写得十分坦率的自传，在这部被称为"文学史上的奇书"的自传中，卢梭把自己做为人的标本来剖析，不管美与丑，全部如实地写出来，其认真程度是史无前例的。正因为如此，他才敢说"不管末日审判的号角何时响起，我都敢拿着这本书走到至高无上的审判者面前，果敢地大声说：请看！这就是我所做过的，这就是我所想过的，我当时就是这样的人，请您把那芸芸众生叫到我跟前来，让他们听听我的忏悔，然后，让他们每一个人在您的宝座前面，同样真诚地披露自己的心灵，看有谁敢于对您说：'我比这个人更好！'"在《忏悔录》这一大篇充满作者的血泪和肺腑之言的辩护状中，人们可以清晰地听到一个平民出身的人对封建社会的大胆挑战，听到一个平民出身的人为维护"人"的尊严而作的自辩。虽然今天看来，书中仍有某些失实、虚伪或者记忆不实之处，但都无损于《忏悔录》这部宣扬个性解放的文告的文学价值。

卢梭无论是作为思想家还是文学家，都具有鲜明的特色。在他文笔优美的各类著作中，他崇尚自我、直抒情愫、热爱自然，对19世纪欧洲浪漫主义文学的发生具有巨大影响，被公认为是这一文学流派的先驱。

第三节　德国文学

一、概述

17世纪下半叶以来，德国逐渐从三十年战争[①]的浩劫中复苏过来，日渐壮大的市民阶级逐步意识到自己的力量，表现这种觉醒了的市民意识的城市文学也在艰难地发展。到了18世纪中叶，市民文学终于取代了封建贵族宫廷文学的统治地位，进入了它的繁盛期。德国文学从此开始了崭新的历史阶段，而启蒙运动的兴起就是这一发展阶段登上的第一个台阶。

德国的启蒙运动先后受到法英两国文化的影响，但与这两个国家不同的是，由于德国全境在政治经济上处于分裂状态，启蒙运动只能限于意识形态领域，没有直接公开地在政治和国家政权领域批判封建势力。德国的启蒙主义者更多地致力于确定符合理性的道德观念，企图通过启蒙教育使所有的人包括贵族在内，都能按照新的道德准则行事。

德国启蒙运动在哲学上的先驱是莱布尼茨和其继承者沃尔夫。在文学领域中首先掀起这场运动的，则是沃尔夫的学生高特舍德(Gottsched)。高特舍德主要反对宫廷文学的巴罗克风格，反对德国戏剧中存在的混乱状态，主张以法国新古典主义戏剧原则及其创作为师范，创立德国自己的民族戏剧。为此，高特舍德撰写了《为德国人写的批判诗学试论》(*Versuch einer kritischen Dichtkunst vor die Deutschen*)一书，在知识分子中赢得了大批的追随者。到了40年代，瑞士人博德默和布赖丁格向他提出挑战，掀起启蒙运动内部的大

---

① 三十年战争(the Thirty Years' War，1618—1648)是欧洲历史上著名的系列战争。它是当时不同的欧洲国家和民族为了宗教、政治、经济的不同理由而展开的军事斗争。这场旷日持久的战争发生在欧洲的许多地区，但最主要的战场是德国。德国的城乡不仅是各国军队厮杀的地方，也是遭到劫掠和破坏最严重的地方。三十年战争最终改变了欧洲的政治、宗教格局。对德国而言，它的严重后果是人口的锐减、资源的毁坏和领土的分裂。

争论,争论的焦点是该以法国的新古典主义悲剧诗人高乃依、拉辛的创作为典范,还是应以英国的弥尔顿的诗作为样板,从这场争论中,人们既可以看出启蒙运动在德国的进展,同时也说明当时的德国文学尚乏有自己独特优势的民族内容。

不过德国早期启蒙运动的主要成就不在戏剧而在诗歌和小说方面。金特的诗作标志着德国文学由 17 世纪向 18 世纪的过渡,而克洛卜施托克(Klopstock)的杰出诗作,如《救世主》等,则不仅以其真挚的感情、生动的形象、优美的语调打破了高特舍德所推崇的法国诗体的束缚,而且强烈影响了日后"狂飙突进"时代的诗人的创作。

维兰德(Wieland)是启蒙运动中的著名小说家,他的代表作《阿迦通的故事》是德国最早的教育小说,第一次提出了"和谐的人"的理想。不过,作为魏玛公国的宫廷教师,维兰德的一生不得不依仗贵族阶层以谋生,这也是 18 世纪早期德国作家的共同命运。

德国的民族戏剧主要是在其 18 世纪的重要作家莱辛(Lessing)的手里成长起来的。与维兰德不同,莱辛毕生都在为作家的独立生活地位而奋斗。莱辛的令人钦佩之处正在于,他从不将自己的作品作为博取贵族主子欢心的贡品。莱辛自学成才,一生撰写了大量著作,剧本《明娜·封·巴尔赫姆,或军人之福》是德国戏剧作品中难得一见的优秀喜剧,《萨拉·萨姆逊小姐》是德国文学史上第一部市民悲剧,《爱米丽雅·伽洛蒂》所表现的反抗封建暴虐统治的精神直接影响了狂飙突进运动的剧作,《智者纳旦》宣扬了博爱和宗教宽容的思想。除文学创作外,莱辛的理论著作《拉奥孔,或论画与诗的界限》以及《汉堡剧评》等,都是举世闻名的作品,他理论联系实际,敢于向权威和传统的僵化观念挑战,为大批后继者树立了榜样。莱辛不仅是德国资产阶级民族文学的奠基人,同时还对德国文学特别是戏剧理论和美学思想的现代化做出了重大贡献。

18 世纪 70 年代,一批青年作家发动了德国文学史上称为"狂飙突进"(Sturm und Drang)的全德性的文学运动,这一运动的名称来自于它的参加者之一克林格的同名剧本,赫尔德(Herder)是这场运动的精神领袖。赫尔德作为一个作家的成就虽然不甚突出,但作为思想家却具有划时代的意义。他是德国启蒙运动向"古典时期"过渡的桥梁，是莱辛到歌德之间的一个重要环节。他推崇莎士比亚和卢梭作品中的激情，认为一个作家应该到人民的生活和民间文学中去寻求灵感，创作出充满情感力量的艺术作品。这些思想强烈影响了青年歌德，又通过后者影响了几乎所有“狂飙突进”的作家。歌德将赫尔德思想的精神实质加以提高后，体现在自己的文学作品和理论著作中，提高了德国民族文学的质量。他和朋友克林格、瓦格纳、伦茨等同时在戏剧创作上崭露头角，被莱辛称为“狂飙突进”运动中的歌德派。除歌德派外，“狂飙突进”运动还有另外两大生力军，一个是生活在暴君卡尔·欧根公爵治下的舒巴特、席勒等人所形成的南德派，一个是围绕着博伊在格廷根创办的《格廷根文艺年鉴》杂志的“格廷根林苑派”，这一派的重要成员还有福斯、赫尔蒂、毕尔格、米勒等人。与此前的启蒙作家不同，“狂飙突进”作家已经不是一般地提倡美德，而是要求人能得到自由充分的发展，他们不再抽象地反对不道德，而是反对一切束缚人的全面发展的社会环境和道德观念，这些思想在歌德、席勒等人这个时期的作品中得到了充分体现。在美学思想上，“狂飙突进”作家重视个性、崇尚天才、强调情感，要求返回自然。他们受赫尔德的影响，不再认为道德教育是艺术的目的，要求艺术反映生活真美，特别是作家的真情实感，认为艺术应像民间文学那样自然朴实，他们大力推崇荷马史诗、圣经文学和莎士比亚的创作，十分注重蒐集民间文学作品，这些实际上都成为德国浪漫主义的先声。

“狂飙突进”运动的成果是十分辉煌的，戏剧方面有歌德的《铁手骑士葛茨·冯·伯利欣根》和席勒的《强盗》，诗歌方面有“格廷根林苑派”的诗作，散文方面有歌德的《少年维特之烦恼》，成就都为一时之冠。但是，“狂飙突进”始终是一场文学运动，范围仅限于热血沸腾的青年知识分子，到80年代这股热浪便渐渐退潮了。

法国大革命初起，几乎所有的德国作家都为之欢欣鼓舞，但到雅各宾党执政以后，德国作家的政治态度出现了明显的分野，少数作家如赫尔德等仍保持始终如一的支持，而以施莱格尔兄弟为代表的浪漫派则对之全盘否定，介于上述两个极端之间的，是歌德、席勒这样的作家，他们虽不赞成雅各宾党的暴力，但却拥护法国革命的目的。

由于革命后的法国现实使他们大失所望，两人都开始了对人类实现人道主义理想的新途径的探索，并且两人分别都在古希腊的艺术中看到了实现感情与理智、理想与现实、个人与集体、人与自然、主观与客观的和谐统一的曙光，都期望能在更高的阶段上恢复古希腊人的那种自然状态。在他们共同合作的"古典时期"，他们所创造的文学作品，翻开了德国文学史上的灿烂一页。尽管严格说来，德国文学史上的"古典时期"只有 10 年，即从 1794 年歌德与席勒合作开始，到 1805 年席勒逝世，参加者也只有歌德、席勒两人。换言之，德国"古典时期"既没有形成规模宏大的文学运动，也称不上是文学史中出现的一个崭新文学流派，但就是在这 10 年当中，歌德和席勒分别完成了两人奠定德国文学占世界文学重要地位的作品，如席勒的剧本《华伦斯坦》、《奥尔良少女》，歌德的诗剧《浮士德》第一部等。

与"古典时期"几乎同时，浪漫主义文学运动也于 18 世纪末叶在德国兴起，1798 年，奥古斯特・威廉・施莱格尔与其弟弗雷德里希一起在柏林出版了杂志《雅典娜神殿》，以他们为核心形成了一个文学团体，史称"早期浪漫派"，在这个团体中，除施莱格尔兄弟外，主要作家还有蒂克、诺瓦利斯、瓦肯罗德等，他们的基本倾向是怀古遁世，重视童话和传奇，他们的文学主张和创作实践对欧洲浪漫派的发展产生了很大的影响。

二、席勒

1. 生平

席勒(Schiller，1759—1805)是德国最伟大的戏剧家之一，同时也是重要的诗人和文学理论家。生于内卡尔河畔威滕堡公国(Württemberg)的马尔巴赫。父亲是外科医生，在部队里当过军医，母亲是面包师的女儿，席勒是这个家庭的第二个孩子。席勒从童年时起就喜欢看歌剧，学演戏，仿效牧师说教，后进拉丁语学校学习，成绩优异。1773 年初，不顾他本人和他父母希望他修习神学的意愿，威滕堡公爵强行将 13 岁的席勒选进自己所创办和监管的军事学校，起初要他学法律，后来才同意学医。这个学校制度严格，对学生实行专制教育，完全与家庭和外界隔绝，被诗人舒巴特称为"奴隶养成所”。席勒在这里忍受了长达八年之久的煎熬，学校铁一般的兵营纪律反而激发了他反对专制、向往自由的革命思想。幸运的是，席勒在这里遇到了思想开明的年轻教师，他们不仅向席勒传授了大量的文学和哲学方面的知识，还使他接触到了当时学校严禁输入的“狂飙突进”运动文学，以及古希腊作家普鲁塔克和法国启蒙思想家卢梭的作品。从1776年起，席勒即开始在杂志上发表一些抒情诗试作，如《赠劳拉》和《夜晚》等，这时期写出的几部剧本则已佚失。1780年底，席勒毕业后被分配到斯图加特驻军某团当助理军医，这个职务不仅地位低下，而且月薪微薄，不敷温饱，席勒不免对学校外面的世界同样大失所望。在威滕堡公爵卡尔·欧根这个小国暴君统治下度过的青年时代，使席勒看到了封建君主独裁专断、滥用权力的弊端，对这种擅权专断的批判的主题从此贯穿了他的大部分剧作。他的愤怒首先表现在他的第一个引起观众强烈共鸣的剧本《强盗》里。《强盗》于1782年1月13日在曼海姆公演，轰动一时，成为德国戏剧史上的一个里程碑式的作品。它对令人窒息的德国现实和高官显宦的腐化堕落进行了震撼人心的抗议。作者称剧中主人公卡尔为“通过自己的心灵，学习莎士比亚的风格写成的”一个形象。卡尔因弟弟的离间，不见容于贵族家庭而流为强盗。作者用浓烈的色彩，歌颂了哥哥的正直豪侠，揭露了弟弟的阴险凶狠。这一剧作的演出，使已经平静下来的“狂飙突进”运动掀起了新的高潮。席勒未经公爵批准，私自前去参加首演，被判处禁闭，并被禁止再写剧本。席勒决定出逃，离开斯图加特前往当时的戏剧中心曼海姆，随身还携带着一部新作的手稿《斐爱斯柯在热那亚的谋叛》。大约是害怕接纳一个逃亡者会给自己带来麻烦，曼海姆剧院的经理拒绝了席勒的作品，这个不识世态炎凉的逃亡者从此过上了衣食无着的困苦日子，身体健康受到了极大的损害。直到他一位同学的母亲出于同情收留了他，他的生活才较为安定。就在这段日子里，席勒只用了七周时间，写成了他的第三部剧作《路易丝·密勒林》——后改名为《阴谋与爱情》，并开始动手写他的第四个剧本《唐·卡洛斯》。1783年7月，在席勒出逃的风声过去之后，曼海姆剧院的经理终于同意聘任席勒为专职作家，约定一年内交三部剧作。

《斐爱斯柯》与《阴谋与爱情》两剧先后在1784年的1月和4月首演。前剧写的是16世纪中叶意大利热那亚共和国的一次反对执政公爵的贵族叛乱,作品主人公斐爱斯柯伯爵是这场叛乱的首领。虽然故事的结局曾经三度修改,但这部作品的演出情况却并不理想。与之形成对照的是,《阴谋与爱情》的上演重新恢复了《强盗》演出时的沸腾景象。作为席勒青年时代最成功的一部剧本,《阴谋与爱情》演出的盛况给处在困境中的席勒以精神上的极大鼓舞,此时席勒的债务尚未偿清,又身染重病,加之一年的合同到期在即,生活又将陷入困苦之中。正是在贫病交加的境况之下,席勒接受了克·克尔纳等四个陌生的崇拜者的邀请,于1785年4月前往莱比锡。席勒后来与克·克尔纳交同莫逆,后者在物质和精神上都曾给予席勒很大的帮助。在情趣相投的新朋友圈子里,席勒体验到一种满意、欢乐、信任的感情,激发他写成名诗《欢乐颂》,由于贝多芬用这首颂歌作为他的《第九交响乐》的合唱曲,《欢乐颂》后来唱遍了全世界。

1787年,席勒的第一部诗剧《唐·卡洛斯》出版,这是剧作家创作发展的一个转折点。《唐·卡洛斯》写16世纪西班牙宫闱的故事。王子卡洛斯因未婚妻伊丽莎白被国王夺取,怀恨在心。他的好友和已经作了王后的未婚妻都劝他放弃个人爱情,到尼德兰去拯救受西班牙暴政压迫的人民。经过一番曲折,王子决定以大局为重,逃出国境前往尼德兰,但未及成行,却已落入西班牙国王和宗教法庭手里。这部剧本在五年的写作进程中,形式和内容都有变化,由散文改为韵文,由宫廷爱情悲剧发展为政治悲剧。这是席勒青年时代的最后一部剧本,也是他的创作由"狂飙突进"时期转入"古典时期"的一个标志。

1787年7月席勒前往魏玛,结识了前辈诗人维兰德和赫尔德。维兰德批评了他的《唐·卡洛斯》,却对他的历史著作《尼德兰独立史》推崇备至。赫尔德却认为《唐·卡洛斯》"有许多优美的地方,而且才华横溢",鼓励他继续创作。但席勒自己却毅然放下了写作,从1788年到1795年,致力于研究欧洲历史和康德哲学。1789年,经尚未谋面的歌德推荐,席勒得任耶拿大学历史学教授,在完成了《尼德兰独立史》之后,席勒从1791年到1793年,撰写出了另一部重要的历史著作《三十年战争史》。这部历史著作不仅进一步提高了席勒作为历史学家的威望,也为他最伟大的剧作《华伦斯坦》三部曲的创作提供了素材。席勒对康德哲学的研究,则产生了一系列有价值的美学成果。《论人的审美教育书简》和《论素朴的与感伤的诗》是其中最重要的两部文论。在《论人的审美教育书简》中,席勒假想了一条通过审美教育的方式解决人的感性与理性、主体与个体、个人与社会的矛盾以通往人类自由王国的理论途径;在《论素朴的与感伤的诗》里,他认为"诗人或者就是自然,或者追寻自然,前者成为素朴的诗人,后者成为感伤的诗人",较早地指出了文学创作中的两种不同方法,对欧洲文化和文艺的发展历史作了精辟概括的总结,曾被托马斯·曼誉为"德国文艺论文的高峰"。

1794 年,席勒和歌德在一次科学报告会之后不期而遇,交谈之下均惊喜地发现,两人虽然气质殊别,却在文学创作与美学信念上有意想不到的一致之处,遂订为深交。两大诗人的交谊给德国民族文学以巨大的贡献。歌德已经衰惫的创作精力经席勒的激荡又重新旺盛起来,如他所说获得了"第二次青春";席勒得到歌德的帮助,从唯心主义哲学的抽象探讨中摆脱出来,再一次面对现实。两人彼此切磋鼓励的书信达千余封,歌德说这是"赠给德国,甚至是人类的一份厚礼"。两位作家均在对方的激励之下,各把新的创作精力用在诗上。席勒除写了若干哲理诗外,还取得了他在戏剧以外的最大文艺成就,这就是主要取自古代或民间文学题材的叙事诗创作。席勒的叙事诗如《潜水者》、《手套》、《波吕克拉特的指环》、《去铁匠铺的路上》、《伊毕库斯的鹤》以及后来的《人质》、《斗龙记》等,都具有戏剧性的紧张情节,格调优美,语言生动,诗作对信义、勇敢等高尚德行的歌颂也深合普通民众的脾胃,自问世以来,受到人们的衷心喜爱。

此后,席勒在他的有生之年继续从事戏剧创作,剧本《华伦斯坦》三部曲于 1799 年写成,分为序幕《华伦斯坦的军营》及两个五幕剧《皮柯洛米尼父子》和《华伦斯坦之死》三部,是席勒最大的一出历史剧。接着他又创作了另外四个剧本——《玛丽亚·斯图亚特》描写 16 世纪英格兰和苏格兰两女王间由于权力而造成的矛盾冲突,《奥尔良的姑娘》描写英法百年战争中法国女英雄贞德的事迹,《墨西拿的新娘》模仿希腊悲剧写成,《威廉·退尔》把 1307 年冬瑞士人民结盟推翻奥皇统治的史实与瑞士民间关于退尔的英雄传说巧妙地结合起来,是席勒完成的最后一部呕心沥血之作。由于此剧上演的 1804 年正值法军入侵德国之时,这部洋溢着反抗异族统治的战斗激情的剧作,在演出时受到了人们的热烈欢迎。

席勒曾经拒绝了大革命期间的法国政府授予他的荣誉公民的称号,却于 1802 年接受了德国小邦之一魏玛的公爵封赠的贵族名号。但贵族的名号并不能给席勒带来真正的实惠,1805 年席勒在贫病交困中逝于魏玛,当时他正在从事反映 17 世纪俄国王位之争的一出新剧《德梅特里乌斯》的写作。

2.《阴谋与爱情》和《华伦斯坦》

《阴谋与爱情》是一部著名的市民悲剧,描写德国某邦宰相的儿子斐迪南爱上了与他阶级地位悬殊的平民乐师之女路易丝,宰相为了达到讨好和控制本邦公爵的目的,一心指望儿子能娶被公爵遗弃的情妇为妻。为此,他和秘书不择手段,用歹毒的阴谋破坏斐迪南与路易丝之间的爱情。斐迪南果然中计,但他不是如宰相所愿的那样遵从父命,回到自己的阶级等级中来,而是毒死了自己和自己所深爱的路易丝。宰相绝望之下归罪于秘书,秘书则在被捕时揭发了宰相害死前任的罪行。这部歌颂平民阶级尊严的戏剧,结构紧凑、语言犀利,它通过两个纯真青年的恋爱悲剧,揭露当时德国政治的腐败、上层社会生活的侈靡、精神的空虚和宫禁的秽行。这部戏剧的成功显示,恰如某些论者所言,席勒既有遁入"美的王国"的假想领域里面尽情驰骋的激情,又能对德国社会和阶级情况做出最高度的现实主义的反映。

《华伦斯坦》三部曲取材于席勒曾经进行过深入研究的德国三十年战争史。剧本基本忠实于史实,描写了著名历史人物华伦斯坦戎马生涯中盛极而衰的命运。在神圣罗马帝国皇帝斐迪南二世与北方诸侯间因权力之争而展开的以宗教为名的三十年战争当中,作为神圣罗马帝国军队统帅的华伦斯坦曾经是位风云人物。他因被皇帝解除过兵权而怀恨在心,与敌方勾结,在重新获得兵权后企图平定全国,自立为皇。但终在正式举起叛旗之前,遇刺身亡。在《华伦斯坦》三部曲里,席勒的戏剧创作才能达到了他艺术生涯的最高峰。华伦斯坦不再是作者思想的传声筒式的简单人物,而是一个复杂的人物形象。一方面,华伦斯坦英勇善战,身先士卒,受到了全军多数将士的敬重和爱戴,他想平定全国,结束战争的企图也符合德国人民要求建立和平统一的民族国家的愿望;但另一方面,他受到了攫取帝国最高权力的野心的诱惑,心中盘算着叛国与敌人会师,以便最终成为帝国的主宰,这又使他负担了一个民族罪人的形象。席勒对华伦斯坦这一复杂人物的刻画,既是对他以前戏剧人物描写的突破,也反映了历史研究带给席勒戏剧创作的深刻变化。正是在《华伦斯坦的军营》中,席勒表现了人民对于战争的推动力量,他对"美的王国"的追求,并没有妨碍他在戏剧创作中控诉战争的罪恶,并如梅林所言歌颂了"那些在发展中的,有前途的,虽然当时还没有取得统治地位的阶层"的英雄。

三、歌德

1. 生平

德国作家歌德(Goethe ,1749—1832)是公认的世界文学巨匠之一,也是一个当世罕有其匹的像欧洲文艺复兴时期的那些知名人物一样的多面手:他是文艺批评家、新闻工作者、自然哲学家、剧院经理、政治家、教育家和画家,并在他所涉足的领域中都取得了值得夸耀的成绩。

歌德出生于美因河畔法兰克福一个生活优裕的中产阶级家庭。1765年入莱比锡大学学习法律,受到法国洛可可诗风的影响,创作了一本洛可可风格占主导倾向的《莱比锡歌曲集》。1768年秋,歌德因患重病离开莱比锡回家,康复后,家人决定让他到斯特拉斯堡去继续法律专业的学习,这一决定成为他文学生涯甚至是一生全部生活的转折点。在斯特拉斯堡,歌德同赫尔德的结识对歌德日后的事业发展具有决定性的影响。赫尔德介绍歌德读荷马的史诗、品达罗斯的颂歌、莎士比亚的戏剧和"莪相"的诗,促使歌德注意圣经文学和其他民间文学,令他获得了全新的诗学理论和价值观念,即把表现情感、体现个性和生命力视为文学的最高使命。这种新的直接感受启发他用生动的语言写下了献给最初的恋人布里翁的抒情诗篇。这些诗开创了德国抒情诗的新时代。1773年,歌德在莎士比亚剧作的影响下,发表了《铁手骑士葛茨·封·伯利欣根》一剧,引发了德国作家对莎士比亚的崇拜热,"狂飙突进"运动也产生了它的第一部天才作品。接着,获得法学博士学位的歌德前往魏茨拉帝国高等法院实习,在一次舞会上爱上了友人克拉斯特的女友夏洛蒂·布莆,这段无法实现的恋情成为歌德写下为世倾倒的《少年维特之烦恼》的契机。在《少年维特之烦恼》这部令欧洲的一代年轻人心灵颤动的小说中,主人公少年维特的不幸——他的入世热情与鄙陋而冷漠的社会现实之间的矛盾,平民与贵族等级之间不可逾越的鸿沟使他遭受的打击与失败,以及他无望的爱情和无奈的自杀——引起了大批同样在封建等级社会的压抑中艰难度日的德国乃至整个欧洲青年的共鸣。1771—1775年,歌德开始写作《埃格蒙特》和《浮士德》,并完成了剧本《克拉维戈》和《施特拉》。1775年11月,歌德应刚刚继位的年轻魏玛公爵卡尔·奥古斯特的邀请前往该地,并从此定居于那里直到逝世。在魏玛,歌德承担了许多官僚职务,很快成为这个小公国的一个不可缺少的大臣,1782年更被提升为贵族。由于实际工作的需要,歌德开始对自然科学发生兴趣,他研究地质学、矿物学,用显微镜观察植物,解剖人体,还成为人类体内颚间骨的发现者。到这时,他已从"狂飙突进"运动时期的歌颂自然进而到研究自然,学术研究的才能和社会管理的才能由此向着多方面发展,但与此同时,他的文学创作却陷入了危机,国务的操劳和爱情的挫折,使他在魏玛的最初十年无法获得完成巨著《埃格蒙特》和《浮士德》所需要的恬静时间,1786年9月,歌德戏剧性地改名换姓,匆匆越境出走,开始了一年零九个月的意大利之旅,随身携带着四部作品的稿本,即《浮士德,一个片断》、《埃格蒙特》、《托夸多·塔索》和《伊斐格涅亚在陶里斯》。意大利之行的主要文学成果则是抒情诗《罗马哀歌》。在意大利旅行期间,歌德居于罗马的时间最长,他欣赏意大利人民快乐爽朗的性格和地中海明媚的风光,潜心研究希腊罗马的古典艺术,接受了美术史家温克尔曼的观点,认为古典艺术体现了一种纯朴、宁静、和谐的理想美——正是近两年的意大利之行,促使歌德的创作转入"古典时期"。

1788年6月,歌德回到魏玛,公爵允许他辞去其他各项官职,只担任剧院监督并兼管矿业。一个月以后,歌德不顾旁人的非议,开始与23岁的制花女子克里斯蒂安娜·武尔皮乌斯同居,直至1806年两人才正式结婚。1789年法国爆发了震动全欧的资产阶级革命,歌德对革命的暴力无法认同,在90年代初期写的《威尼斯铭语》和一些戏剧中,表现出蔑视群众,嘲讽革命的倾向。歌德甚至在1792年陪伴魏玛公爵参加了入侵法兰西的多次战役,并在两本军事著作中写下他对战争的体验。

从1794年起,歌德与席勒交往,开始了两人密切合作的"古典时期"。歌德和席勒的思想观点本来是有分歧的,前者研究自然、看重经验、强调客观实际;后者则在完成了早期的反对封建暴虐统治的戏剧之后,深入到历史和哲学的研究中去,思考事物往往倾向于从概念出发。但是,两人都同样经历过"狂飙突进"运动,又同样将依靠完美的形式、纯洁的语言、表达人道主义的思想当作文学创作的目标,同样将希腊罗马的古典艺术视为今人创作的典范。在共同目标的引导下,两人观点的不同,反而起到了相反相成的作用。两位伟大作家的联手,造就了德国文学史上的一个不平凡的时代。他们一方面对社会上的市侩习气和文艺界的鄙俗现象进行批评,一方面互相勉励创作,如歌德写信给席勒时所说:"在《赠辞》的毫无顾虑的冒险之后,我们必须致力于伟大的有价值的创作,把我们千变万化的现实转化为高尚、善良的形象,使所有的敌人感到羞愧。"席勒后期的名作均在此时期产生,歌德则不仅把《威廉·迈斯特的戏剧使命》加以发展,完成了小说《威廉·迈斯特的学习时代》,还在《浮士德》初稿和《浮士德,一个片断》的基础上写完了《浮士德》第一部,以反法战争中的难民问题为题材的长篇叙事诗《赫尔曼与窦绿苔》也在这一时期产生。1805年席勒逝世,歌德感到失去了他生命的一半,此后的十年内,歌德的主要著作都没有取得新的进展。1809年,一个以化学名词命名的长篇小说《亲和力》出版,反映了当时社会的婚姻危机问题。这部小说同时显示了当时风头正盛的浪漫派文学对歌德创作的影响。

歌德晚年在写作的同时,不仅阅读古代和当代的名著,还研究阿拉伯、波斯的诗歌以及中国、印度的文学与哲学。此外,国内外不少科学家访问歌德，跟他讨论自然科学；画家、雕刻家来给歌德画像、塑像，和他讨论艺术问题；而作家和杂志的编者则来和他探讨文学的意义与价值等问题；这使歌德始终保持着他和自己的时代间的密切接触。由于广泛与外国文学打交道，"世界文学"成为歌德提出并极为珍视的概念。歌德的"世界文学"概念，是个较少欧洲中心主义涵义的术语，旨在说明不同民族文学的独特价值，鼓励各个民族间的互相了解和尊重，以共同促进人类文明的发展。歌德的晚年，尤其是1824年以后的八年，是与他的狂飙突进时期及古典时期相辉映的第三个辉煌时期，在他生命的这第三个顶点上，歌德完成了两部优秀的叙事诗《神与妓女》、《贱民》和两部杰出的组诗《中德四季晨昏杂咏》和《西东合集》，这是他把西方和东方文化结合起来的出色努力。1829年歌德写成了《威廉·迈斯特的漫游时代》，逝世前两个月完成了《浮士德》的第二部。1832年3月22日歌德逝世于魏玛。

2.《浮士德》

悲剧《浮士德》是歌德最主要的代表作。如本书前几章曾经介绍到的，浮士德博士是西方民间传说和文学作品里最持久的传奇形象之一，也是一个从古到今版本变化最多的人物形象之一。在传统的写法如德国民间故事书和英国诗人马洛的诗剧《浮士德博士》中，浮士德是个狂妄自大、玩世不恭、欲壑难填、自私自利而又亵渎神明的野心家形象，为了显示上帝惩恶扬善的公义，浮士德这样"长了个糟糕、荒唐而又自以为是的脑袋，所以别人总说他是个卖弄聪明的家伙。他结交了一伙坏青年，把圣经甩到凳子底下，过起放荡渎神的生活来……"[①]的出卖灵魂给魔鬼的恶人，堕入万劫不复的地狱是必不可免的结局。因此，在马洛的《浮士德博士》剧终，浮士德惊恐莫名地做着下地狱前的垂死挣扎：

我的天帝，我的主！别那样凶狠地看着我！
（魔鬼们上）

① 阿尼克斯特：《歌德与〈浮士德〉》，晨曦译，第57—59页。

恶毒的蛇蝎呀,让我再稍延残喘!
可怖的地狱,别张开大口! 魔王,莫要向这里走来!
我要烧毁我的妖书! 啊,墨菲斯特!
(魔鬼们带浮士德下。)

但是,到了资本主义文化不断发展的18世纪,人们对书本科学的不满足,对恨不得一下子揭破自然奥秘的热望,甚至对巫术的迷恋和对人能够万能的幻想,都开始被视为一种值得赞扬的进取精神。于是,16世纪的那个对世界的各个方面具有无限探求欲望的浮士德,那个"再也不愿被人叫做神学家,摇身一变成了俗人,自称医学博士,成了占星家、数学家,而为了守本分,又当上了大夫"的想"像雄鹰一样展翅高飞,欲探天高,欲知地广"的通天贯地的大巫师,远扬的骂名,终于等到了平反昭雪的机会。因为具有像巫师一样对整个世界无限探求欲望的资产阶级,真正理解了浮士德的事业。首先在著作中从事拯救浮士德的工作的,是德国作家莱辛。他在1784年写作的一部未完成的《浮士德》剧本中,开始设法使主人公与上帝和解,因为在他看来,浮士德对知识的追求是崇高的。这也是浮士德传说的杰出改编者歌德所采取的态度。他改造了粗糙的民间传说,把浮士德提高为一个在人间不断追求最丰富的知识、最美好的事物、最崇高的理想的人物。在其诗剧《浮士德》中,为了从下地狱的惨境中拯救出浮士德,歌德首先要做的工作,就是扭转人们对他的主人公的不良印象。由此,歌德的浮士德极大地区别于此前文学创作中的浮士德形象。他的那些声名狼藉的恶习,基本上都被歌德转移到陪伴浮士德的魔鬼墨菲斯特身上,而浮士德本人却既睿哲天聪、又善良宽容,他最终将自己的创造性天才与人类改善生活境况的美好追求结合在一起,因此得到了与传统写法不同的圆满结局:

精神界的这个生灵
已从孽海中超生。
谁肯不倦地奋斗,
我们就使他得救。

上界的爱也向他照临，
翩翩飞舞的仙童
结队对他热烈欢迎。①

在歌德的《浮士德》中，浮士德经过书斋、爱情、宫廷、美的追寻和事业的开拓五个阶段的生命历程，体验到极为丰富的人生情感，成就了普通人无力成就的伟大事业，具体地体现出一种生命不息、奋斗不止的人类生活理想。虽然浮士德所经历的每个阶段似乎都以悲剧结束，包括最后在改造自然的事业中得到"智慧的结论"而在瞬间死去，也带有强烈的悲剧意味，但他死后不是走向通往地狱的"独木桥"，而是走上了升往天国的"阳关道"，却体现了相信基督教的原罪和赎罪观念的歌德对浮士德作为勇于反抗束缚人性的现世权威，努力把人类心智、情感各方面的潜能发挥到极致的理想人类的代表的喜剧性的全面肯定——其中更可能包含着作者对自己身后的期许。

歌德写作《浮士德》，从狂飙突进时期起到他逝世前一年完成，延续了将近 60 年，易言之，作品涵容了作者半个多世纪的丰富人生经验。歌德的《浮士德》之所以在西方文学中享有盛誉，不仅仅在于这部鸿篇巨制的复杂性与丰富性，即不仅仅在于它是由一系列韵律、文体各不相同的叙事诗、抒情诗、戏剧、歌剧、舞剧交错组织而成，也不仅仅在于作品包含了神学、哲学、神话、科学、美学、音乐、甚至政治经济学等纷繁的内容，而尤其在于歌德在《圣经·约伯记》的启发之下，对浮士德的命运所做的大胆的创新的解说。同但丁《神曲》中的主人公一样，歌德的浮士德也"以一种从容不迫的态度，遍游天上人间和地狱"，同时，正如但丁的《神曲》一样，歌德的《浮士德》的魅力，也在它对"狭窄的浮生"罪恶的超越与对"无限无量"的理想的追寻上。诗剧中有一段话是人们常常引用的：

有两个灵魂住在我的胸中，
它们总想互相分道扬镳；

① 歌德《浮士德》原文引自钱春绮所译《浮士德》，上海译文出版社，1982 年。

一个怀着一种强烈的情欲，
以它的卷须紧紧攀附着现世；
另一个却拼命地要脱离尘俗，
高飞到崇高的先辈的居地。

这段话以类比方式，继续着一个长久在西方学者心头回荡的宗教冥想，即人类品性的二重性问题。早在《圣经》中，使徒保罗就曾经指出，"我觉得有个律，就是我愿意为善的时候，便有恶与我同在。因为按着我里面的意思，(原文作人)我是喜欢神的律。但我觉得肢体中另有个律，和我心中的律交战，把我掳去叫我附从那肢体中犯罪的律。"(罗，7:21—23)帕斯卡尔在其《思想录》中也说"人的理智与感情之间的内战。假如只有理智而没有感情，……假如只有感情而没有理智，……但是既有这一个而又有另一个，既要与其中的一个和平相处就不能不与另一个进行战争，所以他就不能没有战争了；因而他就永远是分裂的，并且是自己在反对着自己。"[①]西方人有关人性二重性的这种宗教反思，一直是一个绝好的诗材：无论是莎士比亚的"生存或死亡"的悲剧意识，还是卡尔德隆的人是"人和野兽的混合体"的观念，或者弥尔顿的"失乐园"与"复乐园"的主题，都与这种宗教反思密切相关。实际上，西方诗作主人公的人格分裂正源于他的世界的分裂：从古希腊神学(哲学、文学)的终极追问所推出的世界本原，到基督教文化中产生的上帝观念，西方世界将人类所能认识的事物，不管是真实的还是理想的，划分为两大领域，一个领域包括所有神圣的事物，另一个领域包括所有凡俗的事物。在西方基督教文化中，由于上帝的绝对超越性，这种圣俗之间的截然对立表现得极为明显。反映在信仰者身上，便是他们所体验到的人类本性的矛盾性：尘世的躯壳属于有死的凡俗世界，而具有神的"形象"和"生气"的灵魂则渴望永生的神圣世界。歌德的浮士德正是在这种宗教观念的影响下，强有力地表现了人性的渺小与伟大的二重品性。浮士德既认定"我要献身于沉醉、最痛苦的欢快，迷恋的憎恨、令人爽适的愤慨"，"凡是赋

---

① 帕斯卡尔：《思想录》412条，何兆武译，商务印书馆，1997年，第179页。

予全体人类的一切,我要在我内心里自我体验";同时,他还有"向往生命的源泉"即上帝(《圣经·箴言》里说:"敬畏耶和华,就是生命的泉源")的不懈追寻。因此,在《浮士德》中,歌德对与浮士德结盟的魔鬼墨菲斯特也赋予了深刻的意义。魔鬼代表人类历史上不断沉渣泛起的虚无主义,他自以为看破世情,处处帮助浮士德加深罪恶,阻碍浮士德向上,但总以失败告终。因为无论是助恶,还是妨善,魔鬼都刺激了"虽受模糊的冲动驱使,总会意识到正确的道路的"浮士德的心灵的不断扩张、精神文化教养的不断加强和社会实践范围在广度和深度上的不断进展。浮士德与魔鬼这两个截然不同而又结成伙伴出现的形象,在歌德那里体现出美与恶,积极与消极的你中有我、我中有你的辩证关系。也就是说,在歌德对浮士德与魔鬼所体现的人类品性二重性关系的形象处理上,在浮士德最终得以净化和赎罪,获得上帝拯救的诗意安排上,都显示了《圣经》和基督教观念对作者的强烈、深刻而又持久的影响。用歌德的话说:"浮士德身上有一种活力,使他日益高尚化和纯洁化,到临死,他就获得了上界永恒之爱的拯救。这完全符合我们的宗教观念,因为根据这种宗教观念,我们单靠自己的努力还不能沐神福,还要加上神的恩宠才行。"①显然,如此的基督教观念就不仅仅是朱光潜先生所谓的"只是作为一种避免抽象的方便法门"②了。此外,《浮士德》诗剧中的瓦格纳、格蕾欣等现实角色以及荷蒙库卢斯、海伦娜、奥伊佛里昂等幻想人物,都是与浮士德形成对比的典型形象,也都具有深刻的象征意义。

倘若依歌德所说,他的作品是"一部巨大自白的许多片断",《浮士德》就是歌德的"巨大自白"里最重要的一章。《浮士德》的主人公永无餍足的生命追求,实际上也是从文艺复兴到 19 世纪初期 300 年间,欧洲资产阶级上升阶段文化发展的生动缩影。跟他的许多抒情诗一样,歌德在《浮士德》这部悲剧里运用了欧洲所有的诗体,表达了错综复杂的思想感情。因此,歌德的《浮士德》与荷马的史诗、但丁的《神曲》及莎士比亚的《哈姆莱特》,往往被并列称为欧洲文学史上的四大名著。

---

① 爱克曼:《歌德谈话录》,朱光潜译,人民文学出版社,1980 年,第 244 页。

② 同上书,第 278 页。

第六章　19世纪文学

科学技术的发展与工业文明的扩张，国家之间的战争与阶级之间的斗争，这些左右了19世纪欧洲社会政治、经济、文化生活的主流现象，在给欧洲社会带来频繁的政局动荡与秩序混乱的同时，也进一步加强了欧洲国家间的文化和文学的接触与交流。由此，与19世纪以前的文学创作相比，19世纪的欧洲文学现象具有以下两个显著特点：

第一，自18世纪末开始依次兴起于19世纪欧洲的各种文学运动，主要的如浪漫主义（Romanticism）、现实主义（Realism）、自然主义（Naturalism）、象征主义（Symbolism）等，虽其策源地往往局限于某一两个欧洲国家之中，但其文学成果的取得却是全欧性（甚至世界性）的，一如韦勒克在《批评的诸种概念》中提到浪漫主义文学时所言："全欧洲有着同样的关于诗歌、关于创作、关于诗的想像力的性质、关于大自然及其与人的关系的观念，也有着基本一致的诗风，其对意象、象征和神话的运用，明显不同于18世纪的新古典主义。"这是欧洲不同民族国家（及其殖民地）间文化交往日趋密切、交互影响日趋深化的结果。

第二，随着欧洲资本主义社会商品化生产的发展，文学的"商品生产"和"商品消费"机制也在不断地建立健全，批量产生的文学制品，特别是平民化的报业、期刊文学和连载小说创作遍地开花，出现了前所未有的繁荣局面；大群知名和不知名的男女作家们挥毫上阵，构成了19世纪欧洲文学创作队伍的蔚为壮观的庞大行列。换句话说，19世纪文学家和文学作品的激增，也是西方文学三千年来史无前例的新气象。

实在说，19世纪西方文学的这种既丰富多彩、又纷纭复杂的兴旺景象，既非当年荷兰学者勃兰兑斯厚厚四卷本的《十九世纪文学主流》所易涵盖，也不是国内近年出版的新编《欧洲文学史·十九世纪文学》的洋洋67万言所能穷尽。相比之下，一部像本书这样在有限的篇幅中讲述西方文学三千年历史进程的史论，就更无法奢望以短短一章的内容无所不包地叙述19世纪西方文学现象的一切了。这样一来，在本章的叙述中，对19世纪的西方文学现象必然有去有取，而何去何取，便率先成为一个不易决断的难题。

20世纪美国行政行为学派的代表人物、著名管理学家西蒙说得有理："今天，关键性的任务不是去产生、储存和分配信息，而是对信息进行过滤……今天的稀有资源不是信息，而是处理信息的能力。"①在本书看来，就人们已经获得的关于19世纪西方文学知识的"信息"而言，同样存在着"稀有资源不是信息，而是处理信息的能力"的问题。为突出重点，本章将集中介绍法、德、英三个主要西方国家19世纪文学的演变概貌，冀收一叶知秋之效。这就意味着，本章的讲授会对许多有价值的19世纪文学现象忽略不计，如对19世纪的浪漫主义文学说来，不仅俄国的普希金、莱蒙托夫，波兰的密茨凯维支，匈牙利的裴多菲等东欧国家的重要浪漫主义作家不在本书的考察视野之中，就是意大利的莱奥帕尔迪、福斯科洛、曼佐尼，西班牙的埃斯普龙塞达，丹麦的欧伦施莱格，美国的梅尔维尔等法、德、英之外的西方国家的著名浪漫主义作家，也不在本书的论述范围之内。因此，本书不仅不敢自诩具备恰到好处地处理19世纪西方文学"信息"的能力，而且还要承认，在不得不进行的删繁就简工作中，事实上无法避免地存在着对19世纪西方文学资源加以生硬、鲁莽、主观、片面的剪裁安排的问题。好在五四以来，中国文化界曾不遗余力地大量移译、推介19世纪欧美文学的各类作品和相关论著，近百年来，中国的外国文学研究者也在讨论、评述19世纪的欧美文学作家作品上花费了大量的心血和精力，这些努力，使19世纪的欧美文学成为西方文学中最令中国读者感到熟悉、亲切的领域之一。而这些至今仍在不断得到丰富的、对中国读者而言几乎是唾手可得的19世纪欧美文

① H.A.西蒙：《管理决策新科学》，第44页，中国社会科学出版社。

学作家作品的研究资料,有些足以弥补本书的论述不足,有些可以增强本书论点的说服力,有些则可以因与本书观点相左而启发读者的思考。换言之,塞翁失马,焉知非福?本书这一章在具体论述中事实上无法避免地存在着的各种生硬、鲁莽、主观、片面的问题,对于深化人们对19世纪西方文学现象的理解,或也不失为一个可以引发质疑的有意义的角度。

以下,我们将按19世纪西方文学中的四个主要文学流派的大致发生顺序,分浪漫主义文学、现实主义与自然主义文学、象征主义文学三节,对这一时期的某些具体文学状况加以重点介绍。

第一节　浪漫主义文学

浪漫主义文学产生于欧洲的18世纪末期,盛行于19世纪的前三个十年。19世纪30年代之后,其发展势头渐被现实主义文学的兴起所遏止。虽然不同欧洲国家的浪漫主义文学有不同的表现形式,即使在同一国家内部,浪漫主义也往往不是一个统一的文学流派,以至于"浪漫主义"一词至今仍缺乏一个明确而一致的定义,但它重主观、贵想象、崇直觉、尚自由的强烈态度,还是在一段时间内影响了19世纪欧洲文学的主流方向。对于今人而言,理解诞生于18世纪晚期的西方浪漫主义文学,需要注意的不仅是它相对于古典主义在文学趣味和文学技巧上的巨大变化,即它狂放不羁的个人主义、它不主故常的自由主义、它热情奔放的超凡想像和它汹涌澎湃的激越感情;同时还要对它以充满诗情画意的基督教中世纪的理想图景鞭挞现实的方式以及对它以超尘脱俗的神秘主义、直觉主义、理想主义的美学观念震撼于当时的欧洲文坛,体现出文学家对工业社会的不断物化发展的天真反抗,和对那种日益兴旺的既败坏基督宗教信仰、又窒息人类情感的"该隐的城市文明"①的徒劳拒斥的方面,加以相

① 依《圣经·旧约》,第一个杀人犯该隐是城市文明的缔造者:"该隐建造了一座城,就按着他儿子的名,将那城叫做以诺。"(创,4:17)

应的关注。换句话说,若想比较准确地理解19世纪的西方浪漫主义文学,则它对传统文化的反叛与继承这两个方面的重要因素,都不应受到忽视。正是由这样的认识出发,本节将从与西方文化传统密切相关的浪漫主义文学的形成说起。

一、浪漫主义文学的成因

在欧洲文学史上,力求表现“现代”艺术精神并因此而与“古代”或“古典”艺术形成对照的19世纪浪漫主义,并不完全是一种前无古人、异军突起的文学现象,相反,它与18世纪及其以前的西方文学发展有着千丝万缕的联系。

在西方中世纪早期,“浪漫”一词本指与当时的学术语言拉丁语相区别的欧洲各国民间白话口语的创作或翻译。在古法语中,“romans”既可指通俗故事,也可以指用韵文表现的贵族传奇“罗曼司”,而这些常常带有爱情、冒险情节的通俗故事或“罗曼司”所具有的想像奇异的特点,很快使这个词与“夸饰情感的”、“不可能发生的”、“夸张的”、“虚幻的”、“不真实的”等意义联系在了一起。到信奉绝对真理和理性秩序的17世纪新古典主义时代,“浪漫”一词往往与“空想”、“装腔作势”、“可笑”、“幼稚”、“荒唐”或“难以置信”等词相提并论,在文人的写作圈子中大受贬斥。实际上,“浪漫”一词在欧洲从贬义变为今天的褒义,最早发生于18世纪。在那个时代里,与显示人类理性力量的工业文明进展相伴的,是人们在文学领域中一方面崇尚新古典主义的写作原则,一方面却复发了对中世纪和文艺复兴时期的“美好的老时光”的文学作品的兴趣。12世纪在西欧发展起来的中世纪传奇故事,此时在英、法、德等国又开始重获人们的喜爱,而中世纪传奇故事中常常出现的与主观情感融为一体的自然风景——群山、森林和原野等,则逐渐使“富于情感”的“浪漫”一词又负载上“侧重想像”和“描绘优美的自然景象”的涵义。当卢梭在《一个孤独的散步者的遐想》中写道:“比起日内瓦湖畔,比安湖畔则更加荒僻、更加富于浪漫色彩”时,“浪漫”一词已经接近了其后来在浪漫主义文学中的用法,开始指向一种能够在观照中激发想像的自然景色所引起的人的主观情感反应了。到18世纪末,“以想像的方式描写情感”[1]的“浪漫”一词被弗雷德里希·施莱格尔引入文学批评领域,并与其他一些在当时同样充满活力和逆动精神的词汇如“个性”、“独创性”、“天才”和“自然”等一起,成为显示欧洲文学创作风格的改变,甚至欧洲人的价值观和自然观的改变的重要文化术语。可见,对浪漫主义文学成因的追溯,就不仅涉及充满怀疑精神的18世纪启蒙运动的先导作用,而且还应看到,正是18世纪工业文明的发展,促成“感伤的时代”文学和“狂飙突进”运动文学的兴起,为浪漫主义文学的进一步发展铺平了道路。

首先,18世纪的启蒙运动,瓦解了新古典主义的理论根基。在新古典主义时代,自然哲学的研究所取得的科学成就,尤其是牛顿的科学发现使不少人确信,宇宙间的一切都是可知的,而可知的一切又是通过对上帝造物的理性法则的推理判断获得的。牛顿相信作为全部宇宙创造者的基督教上帝的永久存在与无所不在,用他的话说,“这最美丽的太阳、行星、彗星系统,只能从一位智慧的与无所不能的神的计划与控制中产生出来”[2],在整个宇宙的物理秩序中寻找上帝的自然真理,是牛顿力学产生的重要前提;而带动自然科学发展的牛顿对力学规律的发现,又被新古典主义者视为上帝的安排,正如18世纪英国诗人蒲伯的牛顿墓碑题词所言:

自然与法则,
黑夜中藏匿;
主唤牛顿出,
寰宇顿生光。[3]

由此,在17—18世纪,上帝被理解为“纯粹的理性”,他所创造的

---

① 利里安·弗斯特:《浪漫主义》,李今译,昆仑出版社,1989年,第5页。

② 丹皮尔:《科学史》,商务印书馆,1987年,第251页。

③ 转引自吴景荣、刘意青主编《英国十八世纪文学史》,外语教学与研究出版社,2000年,第83页。

世界，正像一架根据既定的规则合乎逻辑地运转起来的机器。这样一种对上帝理性的绝对信仰，如前所述，尤其在17世纪的法国得到了与天主教会结成同盟的君主专制王权的支持，以至于不仅在政治界和宗教界，而且在文学界也几乎成为大一统的天下，据此形成的新古典主义文学创作原则不仅在法国，而且在其他欧洲国家也产生了持久的影响。在新古典主义者看来，因为上帝的理性法则亘古不变，所以，“古往今来良知和理性是相同的”①，“每一个理性动物的作品都必然从常规中衍生出它的美；因为理性就是规则和秩序”②。人们并进而相信，同当时的科学研究一样，在戏剧等文学创作方面，也一定存在着某种永恒不变的正确标准。而这种正确标准早在若干世纪之前，已经由像亚里士多德这样的古代贤哲在《诗学》等著作当中发现并确立起来了，也就是说，“对于诗来说，除了亚里士多德和他的阐发者归纳的规则之外，并没有什么已知的规则体系”③，“亚里士多德的规则不外是把自然和良知化为一种方法而已”④，因此，后人只需严格遵守，照章操作，就会写出正确的作品。

诚然，无规矩不能成方圆，文学只要不想变成痴人的梦呓，理性规则的介入就是完全必要的。但问题在于，如前所述，诗歌创作在亚里士多德诗学体系那里，基本上是被当作“一种运用正确推理以制造物品的才能或习惯”的“技艺”⑤之一来加以探讨的。亚里士多德的：《诗学》把诗歌模仿的对象、媒介、方式，决定悲剧性质的六个成分，性格刻画的四个要点，诗歌语言的组成部分——单音和词类的划分、语段的形成，诗歌的功用、目的等易于被推理说明的可传授的写作知识，解说得头头是道，却未涉及诗歌表达（悲剧是其形式之一）中的活泼灵动的生命体验，未为诗歌的“至微至妙之间，神应思彻”（《佩文斋书画谱》卷五《唐虞世南笔髓论》：四、妙契）的性灵抒发留下余地。而

① 拉辛：《伊菲格涅亚》“前言”，引自韦勒克：《近代文学批评史》第一卷，杨岂深、杨自伍译，上海译文出版社，1997年，第21页。

② 多米尼克·塞克里坦：《古典主义》，艾晓明译，昆仑出版社，1989年，第89页。

③ 丹尼斯：《诗的批评根据》，转引自《古典主义》，同上，第89页。

④ 丹尼斯：《诗的批评根据》，转引自韦勒克《近代文学批评史》第一卷，第16—17页。

⑤ *The Nicomachean Ethics*, book Ⅵ,4.

新古典主义作家不仅继承了亚里士多德在《诗学》中对“情节的编制者”①所应遵守的规则或原理的重视，而且还将某种写作规则视为不容置疑的标准公式。18世纪德国新古典主义作家高特舍德在其影响极大的文学理论著作《为德国人写的批判诗学试论》中，就依照新古典主义重视普遍规律的原则给出了如下的悲剧创作公式或曰配方：

> 首先，让诗人选择一条道德箴言，也就是他想通过感知加于观众的箴言。第二，编选一个故事说明这一箴言的真谛。第三，在历史上找一个事迹类似的名人做主人公，以获得真实感。第四，设计出所有必要的附带说明情况，使主要事件有真的要发生的可能，这些附带情况可称为次要情节或插曲。下一步，把自己的材料分成五份，每份基本相等，再依次组织起来，但不必过多地拘泥于历史真实，不必为那些配角人物姓甚名谁而伤脑筋。②

这种视诗歌创作如匠人操作的写作规则指南，突出体现了新古典主义对文学规则作胶柱鼓瑟之理解的弊端。新古典主义者继承并发展了亚里士多德的诗学观念，期望艺术家像科学家或工匠一样，通过计算、判断和推理来生产作品，而整个创作的终极目的，则不过是对道德戒律的有理性的宣传，审美愉悦仅仅是达到这一目的的手段。富于自我批判精神的18世纪启蒙运动，正是在批判新古典主义的这些基本创作原则方面，为浪漫主义文学的出现做出了必要的理论清障工作。

尽管同新古典主义一样，18世纪出现的启蒙运动的主要观念，也仍然建基于其对理性的尊崇之上，但它却以理性精神，对西方文化迄至当时为止已经了解和接受的一切持谨慎的追问和重新评价态度，这最终动摇了新古典主义理论的教条主义基础。在文学领域中，

---

① 亚里士多德：《诗学》，第82页。

② 利里安·弗斯特：《浪漫主义》，李今译，昆仑出版社，1989年，第23—24页。

狄德罗不仅把文学家的创造力捧得高于新古典主义规则的权威，认为“何时才看到批评家和语法家出现呢？从来都是在产生天才和超凡的作品的时代之后”[①]，并在《私生子》序言等著作中倡导以“家庭悲剧”取代伏尔泰所标举的、具有崇高风格的新古典主义悲剧；莱辛则凭借自己深厚的古典学识，将古希腊戏剧应用三一律的合理性与新古典主义墨守成规、流于形式、毫无意义的单纯模仿加以对比，使新古典主义的创作原则不仅受到怀疑，并且见出荒谬和虚假。正是由于坚持理性主义的怀疑精神，启蒙运动最终依靠理性而怀疑到理性规则自身，逐渐使文学观念摆脱了新古典主义关于匀称、适度、整齐等理性规则的束缚，为文学创作中非理性的想像和不合规则的美的出现，做出了不可或缺的铺垫。

其次，作为西方自由资本主义迅速发展的重要时期，18 世纪还是欧洲传统的农业文明加速解体、以大城市为中心的理性化的工业文明体系最终形成的社会转型时期。资本主义的新型工厂企业摧毁了传统手工业的生存空间，农业的资本主义经营方式也破坏了田园牧歌式的传统农业生活。残酷的生存竞争、异化的生活条件和不断加大的贫富差别，引发了人们对现世的强烈悲观和不满情绪。为摆脱物欲横流、阶级壁垒森严的尘世纷扰，敏感的人们纷纷将目光转向有别于物质生活的人类精神生活层面，试图以热情如火的心灵熔化冷酷如冰的物质现实。18 世纪中叶以后的大半个世纪里，在宗教方面，是强调情感热诚的基督教虔敬主义与循道宗的盛行时期，在文学方面，则是“感伤的时代”文学和“狂飙突进”运动文学兴起的年代。此时文学与宗教这两个精神领域的活动互相影响和呼应，它们的共同文化特点是，引导人们将圣洁、悲悯的情感价值看得高于冷静头脑的理性判断。这一时期大量流行的基督教圣诗，蔑视现世的龌龊、阴郁，赞美天国的“荣美”、“喜乐”，强调个人灵修和内心启示，它们的广泛传播，进一步激发了人们的宗教感伤情绪，使人加倍意识到人类生命的短暂、空虚以及尘世命运的可悲。同样的主题很快就明显地反映在同一时期的其他一些著名世俗诗歌当中，比较有代表性的作品

① 韦勒克：《近代文学批评史》第一卷，第 69 页。

如英国诗人格雷和扬格的《墓园挽歌》、《夜思》等旋律优美的"夜与墓之诗"，就通过微妙而富于想像力的意象，吟咏黄昏、暗夜、坟墓、废墟、古修道院等象征生命短暂易朽的事物，以庄严、孤独、悲哀的格调，使现实的事物在诗境中退隐而去，凸显出的则是诗人对天国的永恒荣耀的信仰——如扬格(Young)的《夜思》所称的"自一束慈爱的目光中，/让上帝的怜悯降临到我身上，/更公正地使我成为死者中的一员。/这是沙漠，这是孤独，/啊，栉比鳞次的坟墓多么富有生气！/这是造物主感伤的棺材，/溪谷的葬礼，暗自忧伤在墓地的柏树，/幽灵出没的境地，空虚的阴影！/世上的一切，一切都是虚幻，/真义是超越这一切的一切"——久久回荡在读者心间。就感情的充沛、自然景致的玄秘、词藻的铺张和情调的忧郁而言，德国诗人克洛卜施托克所创作的大量感动了后起的一代"狂飙突进"青年作家的诗歌正与此相似。感伤主义的情绪并不为18世纪中叶以后的欧洲诗坛所独擅，在小说中，感伤主义也成为文学作品的重要表现方式，在英国，理查逊的《帕美勒》、《克拉丽莎·哈洛》，哥尔德斯密斯的《威克菲尔德牧师》，斯泰恩的《感伤的旅行》等，都是感伤主义散文创作中的瑰宝；而在欧洲大陆上，卢梭的《新爱洛伊丝》和歌德的《少年维特之烦恼》，则与英国小说一样，热情洋溢地讲述品格高尚、多愁善感的小说主人公的苦难命运，情景交融、无拘无束地表现人物的主观情感。这些带有强烈主观性的文学作品，在宣泄作者的感时伤世之情、引发读者的悲悯哀怜之叹上，为继起的浪漫主义文学提供了极大的借鉴。

这样，正如弗斯特在《浪漫主义》一书中所说，西方文学"整个18世纪都在进行着重新选取方向的根本性变化。在这个意义上，浪漫主义运动正是一个长期演变过程的产物和顶峰"。浪漫主义运动植根于18世纪工业文明的发展与启蒙思想的传播这两股影响渐大、互相联系的潮流之中：工业文明的发展导致社会关系的变化，启蒙运动的怀疑精神引起新古典主义体系的衰落，这相应促进18世纪末期的文学新气象——浪漫主义文学的出现。

二、浪漫主义文学的理论特征

虽然浪漫主义的形成是西方18世纪文学向19世纪文学逐步过

渡这一长期历史过程的产物，但作为一个全新的文学运动，浪漫主义文学还是以它决定性的理论突破，实现了西方文学的一次革命。尽管在启蒙运动时期，已经有不少作家开始在模仿与创新、学问与天才、规则与独创这数组相互对立的观念中，强调各组后一概念所体现的自然、自发和自由的意义，也就是说，尽管浪漫主义文学观念在挣脱新古典主义文学规则的桎梏、崇尚情感和天才、迷恋自然和异域的奇景妙境、热衷探究未知事物等方面，更多地体现了其对18世纪后半叶文学思潮倾向的继承，但与此前的文学观念相比，浪漫主义在文学理论方面仍然具有自己引人瞩目的特异之处，尤其突出的便是，正是在浪漫主义文论中，"想像"的意义才真正被放到了文学创作的首要地位。

"想像"(image)源自拉丁文的"偶像、图像"(imago)一词，本是特重人类视觉功效的西方文化所产生的一个特定心理概念。在德国和英国的浪漫主义文论中，"想像"这个经常被重新阐释和重下定义的词语，多用于说明文学创作的动力或源泉不是来自人的理性，而是源于别的什么东西，特别是非理性的灵感。在德国浪漫主义文学的理论家奥·威·施莱格尔看来，诗歌是"运用想像的沉思"，因为"想像排开了这个干扰的媒介(凡庸的现实)，将我们投入宇宙之中，而使之在我们自身内部运转，有如一个形态千变万化的魔术王国，其中一切都不是孤立存在的，相反，凭借一种十分奇妙的创造，物物相生"；①生前文名寂寞、却在20世纪的西方文坛上备受赞誉的英国浪漫主义先驱布莱克在其《末日审判的幻景》中有关"我不相信窗户与景色有关，我同样也不相信我的肉眼或者说我的植物性的眼。我透过肉眼去看，而不是用它去看"的说法，同样涉及到摆脱理性世界的物质性干扰、超越表层现实而直指内在理想的具有创造能力的想像；英国浪漫主义诗人和理论家柯勒律治在其著作《文学生涯》中，更以诗人的想像力作为一个中心主题，将想像视为"一切人类知觉的生命力和主要动力，是无限的'我在'中永恒的创造活动在有限的心灵里的重复。

① 韦勒克：《近代文学批评史》第二卷，第51—52页。

……它溶解、扩散、消耗,为的是重新创造”[1]。由于对诗人创作过程中“想像”作用的突出强调,诗人的主体地位也在浪漫主义文论中得到了前所未有的巨大提高,正如雪莱在其《诗辩》中所声称的那样:“诗人是那些想像并表达这种不可摧毁的秩序的人,他们创造了语言、音乐、舞蹈、建筑、雕塑以及绘画,他们是法律的制定者、文明社会的建立者、生活和艺术的发明者。”[2]这些浪漫主义文学的理论表述,一方面体现了西方文论对诗人灵感问题讨论的继续,一方面却昭示了一个文学新时代的开始。

西方传统文化已经涉及到文学创作中的灵感问题。荷马史诗《伊利亚特》之所以以“高唱吧,女神”开篇,就是为了显示该诗之“神来之作”的特性;而赫西俄德之所以称《神谱》为“当赫西俄德正在神圣的赫利孔山下放牧羊群时,缪斯教给他一支光荣的歌”[3],也是为了表明他的诗作乃是“神授”的产物;到柏拉图认定“凡是高明的诗人,无论在史诗或抒情诗方面,都不是凭技巧来做成他们的优美的诗歌,而是因为他们得到灵感,有神力凭附着。……因为诗人是一种轻飘的长着羽翼的神明的东西,不得到灵感,不失去平常理智而陷入迷狂,就没有能力创造,就不能做诗或代神说话。……优美的诗歌本质上不是人的而是神的,不是人的制作而是神的诏语”[4]时,文学创造力的某种非理性特点,已经以“灵感”的名义,受到西方古典文学理论的重视,即使亚里士多德也承认“诗是天资聪颖者或疯迷者的艺术”[5]。基督教文化进一步加强了西方人对诗歌创作是神与人交通的记录、诗人是神的代言人这一方面的认识。《圣经·旧约》有近三分之一的篇幅是诗人的作品,其中如诗篇、雅歌、智慧书与先知书等的写作,主要运用的都是充满感情的诗歌形式。在《旧约》中,先知们情绪激昂的诗歌创作被看做是“受灵感的”(何 9:7),——无论是“以赛亚得默示”(赛 1:1),还是“耶和华的话,也常临到耶利米”(耶

① 塞尔登:《文学批评理论》,第149页。
② 同上书,第23页。
③ 赫西俄德:《工作与时日·神谱》,第26页。
④ 柏拉图:《文艺对话集》,第8—9页。
⑤ 亚里士多德:《诗学》,第125页。

1:3),或者“耶和华的话特特临到布西的儿子以西结,耶和华的灵降在他身上”(结 1:3)。因此,即使是在从文艺复兴到新古典主义的一系列信奉理性至上的文学理论中,“天才”、“灵感”、“诗人的先知”和“诗人的疯狂”也是各种诗学作品里的口头禅,新古典主义对文学创作中“非吾所知”、“超乎艺术之上的秀美”现象的认识,说明那时的人们对艺术中存在着一个人类理性所无法把握的领域并非一无所知,问题在于,在文艺复兴以来的亚里士多德规则信奉者看来,文学创作中判断、辨别和构思布局的作用更为重要,非理性的灵感或者创造性的想像需要理性的指引和驾驭。

浪漫主义再一次复兴了西方文化重视诗歌创作灵感与尊重诗人神圣地位的传统,而正是由于浪漫主义文论对创造性想像在文学创作中的重要乃至决定地位的强调,使得一切与想像的意义密切相连的概念,包括与技艺相对的灵感、与模仿相对的表现、与理智相对的情感、与客观相对的主观、与现实相对的理想、与机械相对的有机、与规则相对的自由、与古典相对的现代、与有限相对的无限、与平凡相对的奇妙、与人工相对的自然、与意识相对的无意识等,成为当时以及以后各类文论中时尚的、甚至是首要的文学概念。而在浪漫主义文论的影响和指导下产生的浪漫主义创作,则在偏爱表现主观理想、着重抒发个人感受和体验、追求创作的绝对自由、寄情于大自然的山山水水之间、向往非凡和奇异的事物、热爱民间文学、喜用夸张和对比等予人强烈印象的写作手法和华丽及生动的语言方面,体现出鲜明的时代特点。

尽管浪漫主义相对于古典主义的理论更新存在着各种不容忽视的问题,比如它对自我表现的过度强调在一定程度上容易导致作品形式的粗糙、混乱,它对主观情感的过度欣赏也容易促成文学作品中矫揉造作的滥情夸饰局面的出现,但总体看来,浪漫主义文论对后世的开创和启迪作用,换句话说,浪漫主义文论的功绩,是它的主导方面。象征主义对于美的理想主义崇拜以及对于诗人主体地位的强调,都明显继承了浪漫主义的衣钵;超现实主义在主张探索人的潜意识方面,也同样受到浪漫主义的启发;事实上,20 世纪的大量文学作品都是追随破旧立新的浪漫主义文学运动的产物,也就是说,浪漫主义文论对狂放不羁的想像的提倡，在思想解放与形式革新诸方面，都为以后的文论和创作开辟了令人振奋的前景和多样的可能性。

三、浪漫主义的作家作品

作为一场富有成果的文学运动，不仅浪漫主义文论对创造性想像的强调意味着西方美学史上的一次根本性突破，而且浪漫主义的文学实践还为欧洲文学提供了一大批第一流的诗文杰作。

1. 德国

德国是浪漫主义的发源地。与其他欧洲国家相比，浪漫主义文学运动率先在德国出现，有它因祸得福的历史契机。启蒙运动在欧洲发轫之际，德国在欧洲还是个不值一提的小角色，因三十年战争的蹂躏所造成的四分五裂、小国割据、穷困沉滞的局面远未改变，文化上更是暗淡无光，既没有能够比肩于英国的莎士比亚和弥尔顿一样的诗人，也没有可以媲美于法国新古典主义时期的高乃依、拉辛、莫里哀一样的戏剧家。18 世纪上半叶，在莱茵河两岸，法国文学与德国文学在诗歌、戏剧、散文各方面都形成了鲜明的对照：一边硕果累累，沉浸在为辉煌的过去而无上自豪的情感之中，自然不愿舍弃因新古典主义的理念所产生的一系列值得夸耀的文学遗产；而在另一边，作品寥寥、黯淡无光的过去无可留恋，因而对文学的新思想、新技艺充满期待，跃跃欲试。正是德国自文艺复兴到 18 世纪初期的这种文化贫乏状况，使它最终成为具有鲜明的反潮流精神的欧洲浪漫主义运动的领导者。

德国浪漫主义运动的参加者明显地分为前后两批，即早期浪漫派和鼎盛期浪漫派。早期浪漫派又被称为耶拿派，它是欧洲的第一个浪漫主义团体，始自 1797 年，终至 19 世纪初，其活动中心主要在耶拿这个小小的大学城里。

早期浪漫派有着很强的团体意识，除核心人物施莱格尔兄弟外，这个团体还包括诗人瓦肯罗德、蒂克、诺瓦利斯（哈登贝格的笔名），以及宗教思想家施莱尔马赫、自然哲学家和物理学家里特。他们同时受到基督教虔敬主义的影响和康德、莱辛、歌德、席勒以及费希特之后的革故鼎新的时代思潮的感召，共同参加科学考察活动，共同探讨感兴趣的宗教、哲学、政治和诗歌问题，彼此结成深厚的友谊，并在共同的团体刊物《雅典娜神殿》上发表作品，互相影响、互相肯定、互相支持。相比于瓦肯罗德、蒂克的《一个爱好艺术的僧侣的衷心倾诉》以及诺瓦利斯的《夜之颂》等作家的文学创作，早期浪漫派的文学主张对后世具有更为重大的意义。这个团体的文学理论家是著名的施莱格尔兄弟——弗雷德里希·施莱格尔(Friedrich von Schlegel)和其兄奥古斯特·威尔海姆·施莱格尔(August Wilhelm von Schlegel)。才华横溢的弗雷德里希·施莱格尔的思想富于创造性见解，但表达往往含混不定，他在《雅典娜神殿》上发表的《断片》第116条中有关浪漫主义的名言："浪漫主义的诗是包罗万象的进步的诗。……只有浪漫主义的诗像史诗那样能够成为整个周围世界的镜子。成为时代的反映。同时它仍旧能够运用诗的反射的翅膀飞翔在被描绘者和描绘者之间，不受种种现实的和理想的兴趣的约束，三番五次地使这种反射成倍增多，好像是在数不清的镜子的反映中一再增长。它能够不仅从内部向外部，同时也从外部向内部达到最高的和多方面的发展。因为它是这样建立自己作品的整体，整体在它的一切部分中不断再现出来，因此，它面前展示出无限扩大的古典完美境界的远景。艺术中的浪漫主义的诗，同哲学中的机智、生活中的交际、友谊和爱情是同一回事。其他种类的诗已经结束了自己的发展，完全听任于分析了。浪漫主义的诗却仍旧处在形成过程中；况且它的实质就在于：它将始终在形成中，永远不会臻于完成，它不可能被任何理论彻底阐明，只有眼光敏锐的批评才能着手描述它的理想。惟有它是无限的和自由的，它承认诗人的任凭兴之所至是自己的基本规律、诗人不应当受任何规律的约束。浪漫主义的诗的样式，是独一无二的东西，是比任何个别的样式还要大的东西。它是诗的全部总和，因为任何的诗在某种意义上都是而且也应当是浪漫主义的"①，虽被认为是关于浪漫主义的经典定义，但却因"包罗万象"而不免流于空泛，更糟糕的是，在弗雷德里希·施莱格尔改信天主教以后，他彻底

① 《古典文艺理论译丛》之二，人民文学出版社，1961年。

抛弃了自己早年得出的浪漫主义定义，在《古代与现代文学史》中，他竟然把“浪漫”与“基督教”两个概念等同起来，声称：“与其他剧作家相比，卡尔德隆是最信仰基督教的，因此也是最浪漫的”；与乃弟相比，头脑冷静的奥古斯特·威尔海姆·施莱格尔的思路较有条理，他不仅善于有效地吸收谢林、巴德尔和施莱尔马赫等早期浪漫派思辨家的文化主张，而且能够相对清晰地解说和传达他弟弟的有创意的文艺思想。在一系列论述戏剧和美术问题的演讲中，奥古斯特·威尔海姆·施莱格尔关于艺术家的神秘直觉与创造性想像在诗化现实世界、涉足超验王国等方面的崇高意义的观点，比较系统地阐释了德国浪漫主义的理论主张。这些演讲于19世纪20年代被译成英文和法文，对欧洲其他国家的浪漫主义文学同样产生了巨大的影响。

德国的鼎盛期浪漫派又被称为青年浪漫派或海德堡浪漫派，尽管他们中只有部分成员在海德堡。青年浪漫派虽没有放弃他们前辈关于浪漫主义的极端理想主义的主张，但却默默地将工作的重点转到了更侧重实践的方面，在创作作品的数量上远比前辈多得多，著名的德国浪漫主义作品几乎都出于鼎盛期浪漫派。阿尔尼姆与布伦坦诺合作编纂了德国民间文学的珍奇作品《男童的神奇号角》，沙米索创作了以童话形式讲述的“出卖影子”的《彼得·史勒米尔的奇怪故事》，艾兴多尔夫写出了深受读者欢迎的中篇小说《一个废物的生涯》，此外，富凯的骑士故事《魔指环》、霍夫曼的《谢拉皮翁兄弟》等寓意深刻的短篇小说集、乌兰德的具有浪漫主义气息的民歌风格作品《祖国诗集》以及海涅的《歌集》和《旅行札记》等抒情诗和散文故事，也都是德国浪漫主义文学创作中的精品。鼎盛期浪漫派的作家继承并发展了18世纪后期的文学审美趣味：迷恋过去，崇尚自然和纯朴，热衷探究超自然领域，有意在诗歌表现中追求音乐性和自发性。除了对这些遗产的继承之外，由于法国大革命与拿破仑对德国的入侵，在德国浪漫主义作家中，还产生了一种极其强烈的民族主义倾向，德国的传统语言文化受到了同时具有学者身份的一些浪漫主义作家的空前重视，其中最著名的是日耳曼语言学的创始人格林兄弟，他们对德国语言史所作的学术研究，还导致了大量德国民歌和民间故事的问世。这些作品为鼎盛期浪漫派的创作提供了典范，青年浪漫派在他们的创作中，常常努力以一种貌似非艺术的艺术，重新捕获民间文学的活泼口吻和朴素风格。

在众多的德国浪漫主义作家当中，成就大、声誉高但创作情况复杂的诗人是继歌德之后的又一位产生世界影响的德国诗人海涅(Heine)。海涅在德国浪漫主义后期开始创作，在30年的文学生涯中，经历了浪漫主义文学的衰落和现实主义、民主主义文学的兴起。因此，一方面，海涅在19世纪30年代发表的《论浪漫派》一书中，对德国浪漫主义与基督教的联系进行了清算，声言：德国的浪漫主义"不是别的，就是中世纪文艺的复活，……这种文艺来自基督教，它是一朵从基督的鲜血里萌生出来的苦难之花"。正是这种对浪漫派的否定态度，使海涅自然地被人们视为德国浪漫主义的逆子；但另一方面，海涅毕竟是喝德国浪漫主义文学乳汁长大的诗人，不仅他的早期抒情诗作属于德国浪漫主义文学的组成部分，就是他后期创作的不少政治讽刺诗，包括著名的《德国，一个冬天的童话》，也在讽刺批判霉气冲天的德国现实的过程中，采用浪漫主义文学所惯用的屡屡出现于民间传说、童话以及圣经故事中的寓意形象，如以竖琴伴奏演唱宗教歌曲的卖艺少女、《圣经・新约》中出现的东方三博士和乔装的神秘黑衣伴侣、中古传说中的红胡子大帝的幽灵以及汉堡女神汉莫尼亚的幻影等，以虚幻的形象传达了诗人对社会现实的深刻认识和彻底批判。从这一角度理解，海涅又可算作德国浪漫主义文学中的一个最有代表性的作家。

2. 英国

同德国浪漫主义文学运动相似，英国的浪漫主义文学发展也可以明显地区分为前后两个阶段，即18世纪末到19世纪头10年的以诗人华兹华斯和柯勒律治的创作为代表的第一阶段及19世纪10—20年代以诗人拜伦、雪莱、济慈的创作为代表的第二阶段。

作为英国浪漫派第一阶段的代表诗人，华兹华斯(Wordsworth)和柯勒律治(Coleridge)都经历了对体现人类自由平等理想的法国大革命的憧憬与对革命后的暴力统治的幻灭，在这之后两人又都重新开始了对于人与自然、与自我、与社会之间关系的宗教的或哲理的认真思考,并在文学创作中鲜明地表达出了这种思考所结的丰硕精神成果。1798年,华兹华斯和柯勒律治共同构思创作的诗集《抒情歌谣集》出版,标志着浪漫主义文学在英国的正式出现。该诗集至1800年再版时,加上了华兹华斯所写的一篇著名的《序言》。正是在这篇《序言》中,华兹华斯所提出的诗是"强烈感情的自然流露"及诗"源于在宁静中唤起的情感"等重要见解,被后世视如英国浪漫主义文学运动的最早宣言。同时,《抒情歌谣集》中的许多名篇,如华兹华斯的哲理诗《丁登寺》、叙事诗《麦克尔》,以及柯勒律治的象征诗《古舟子咏》等,至今也仍然被作为英国诗歌宝库中的佳作,传诵不衰。在《抒情歌谣集》中,华兹华斯倾心简朴、平凡的农村生活和自然景致的含蓄之作,与柯勒律治热衷神秘诡异的情境和异域风光的忧郁之歌,显示出极大的风格差异,这种差异自然也表现在两个文友的其他一些成功诗作当中,如华兹华斯的《序曲》就十分平稳、舒展地记叙了自我心灵的成长历程,而柯勒律治的《忽必烈汗》,则以跌宕起伏的笔致显示了诗人头脑中奇妙的艺术幻象的摄人魔力。

出于对革命的恐惧,19世纪前半叶的英国政府进一步加强了对在工业化进程中弊端丛生的英国社会的高压统治,镇压工人运动,禁锢自由思想。这样的行径从反面激发了第二代英国浪漫主义诗人的强烈叛逆意识,在表现理想境界之外,关注现实、抨击暴政、呼唤自由,成为这一时期英国文坛的最强音。在第二代英国浪漫主义诗人中,以拜伦(Byron)、雪莱(Shelley)、济慈(Keats)三人的声誉为最高。

生性高傲、狂放不羁的拜伦勋爵因1812年发表长诗《恰尔德·哈洛尔德游记》头两卷而一夜成名。这是孤标傲世的"拜伦式的英雄(主人公)"初次登台亮相的诗歌作品,全诗共四卷,另外两卷分别发表于1816年和1818年。《恰尔德·哈洛尔德游记》的主人公哈洛尔德是个像作者拜伦一样云游四方、郁郁不得志的孤独、叛逆的贵族青年,他一方面热切地指点江山、评古论今、谴责时弊,显示出卓绝的见识和无所畏惧的胆量;另一方面,他落落寡合,自居人上,对上流社会和大众阶层同样鄙视,因此又对社会人生充满厌恶、悲观和虚无的情绪。这样的诗歌主人公形象在拜伦日后创作的《东方叙事诗》、《曼弗雷德》等诗作中继续得到补充和强化,成为和诗人本人一样既不断招致非议、又令人无法忘怀的传奇形象。政治抒情诗《审判的幻景》、《青铜时代》和未完成的优秀叙事长诗《唐璜》进一步显示了拜伦纵横捭阖、变化万端的讽刺诗才,也体现出诗人对欧洲社会现实的清醒认识和对弄权者的极端蔑视与嘲弄。尽管 20 世纪之后,拜伦的诗名不断受到某些评论家的有意贬抑,他遗留下来的一系列笔端蕴秀、激情洋溢的诗歌所展示的诗人对时代风云变幻的敏锐捕捉,仍足以说明他在 19 世纪所赢得的来自歌德、雨果、普希金和其他众多崇拜者的齐声喝彩,并不是虚名浪得。而他最终身殉希腊人民的民族解放战争的英勇行为,更使他超越了他自己所创造的冷漠、孤傲的“拜伦式的英雄”形象而流芳千古。

与拜伦同样出身于古老的贵族世家、同样具有叛逆性格并同样最终不得不去国怀乡、客死异邦的另一个杰出的英国浪漫主义诗人,是英年早逝的雪莱。1811 年,19 岁的雪莱因散发匿名哲学论文《无神论的必然性》宣传诗人卓尔不群的激进思想,而付出了被牛津大学开除学籍及与提供生活来源的父亲反目的代价。年轻的诗人从此开始了自己短暂、辉煌而又坎坷的文学生涯。1813 年,雪莱发表哲理长诗《麦布女王》,批判黄金“统治人间万物”的资本主义文明,宣扬社会变革的空想社会主义政治理想。1818 年发表的另一篇政治长诗《伊斯兰起义》,同样以黄金国的革命,再次肯定了普通民众联合抗暴的意义,传播了正义必将战胜邪恶的乐观主义信念。著名诗剧《解放了的普罗米修斯》是又一部表达诗人“改良世界的欲望”的成功作品。这部情节丰富、气势磅礴、感情充沛的诗剧,改变了埃斯库罗斯同名作品的和解结局,以暴君朱比特被儿子冥王所推翻、备受折磨的人类救主普罗米修斯获得解放、整个宇宙气象万新、人类社会进入自由平等的大同境界的结局,继承了埃斯库罗斯创作的《被缚的普罗米修斯》的战斗精神,再一次表达了诗人崇尚的“人们脸上不再有仇恨、轻蔑、恐惧”的“高尚美丽的理想”。综观诗人短暂一生的丰富创作,最令人感佩的是诗人作品中对“永恒之爱”的那份执著。尽管像拜伦一样因不见容于流俗而愤然离开祖国,雪莱却始终以赤子之心乐观地信仰着人类美德和善性的扭转乾坤的大能。他的诗作充满了对“爱”

的礼赞,即使写到革命,归根结底凭依的也是爱的力量。这种乐观主义的精神同样贯穿在雪莱的其他那些遐迩闻名的抒情短诗如《西风颂》、《致云雀》等作品中。即使是在表现贵族暴戾统治和现实压迫的诗剧《钦契一家》里,对人类美德的乐观颂扬也体现在因大义灭亲而从容就死的钦契妻女身上。需要说明的是,尽管大部分浪漫主义作家创作的抒情成分浓烈的浪漫主义剧作往往均不适合舞台演出,雪莱的《钦契一家》却因具有真实的戏剧性的紧张场面和舞台冲突,而成为一个罕见的例外,这部优秀的诗剧为人们一向认为是浪漫主义文学的最不成功的领域——戏剧创作,提供了一个成功的典范。

雪莱是个极具个人魅力的诗人,他与拜伦的结识激发了后者《锡隆的囚徒》、《普罗米修斯》和《路德派之歌》等富于战斗精神的诗歌的创作,而他与济慈的友谊,也促使后者全身心地投入到诗歌写作当中。济慈是英国文学史上特别值得一书的感受力精致、想像力丰富的抒情诗人,他在短短数年时间中写下的体裁、题材、风格各异的大量诗歌作品,如叙事诗《恩底弥翁》、《伊莎贝拉》、《圣阿格尼斯节前夕》,十四行诗《金星》、《致芬尼》,颂歌《夜莺颂》、《秋颂》、《希腊古瓮颂》等,显示了诗人形象生动、具体入微地表达各种复杂人生情感的卓越才华,而他有关"美就是真,真就是美"的名言,也不仅表现了诗人对美的极致的真诚追求,还有他对人生真义的理解。济慈是英国第二代浪漫主义三大诗人中年龄最幼、去世最早的一位,这在一定程度上遗憾地限制了一位天才诗人已经体现在诗作当中的不可限量的发展。

虽说诗歌是英国浪漫主义文学运动最可夸耀的成功领域,诗人的创作在这个时期所达到的自由、灵活和感情强烈的程度几乎是"前无古人,后无来者"的,英国浪漫主义时代的散文创作成绩也不容忽视,尤其是为浪漫主义情怀培育起来的缅怀过去的历史小说,更是取得了能够与叙事诗比肩的骄人业绩。在各种英国浪漫主义散文创作中,最享盛誉的是苏格兰作家司各特(Scott)的历史小说创作。司各特早年从事浪漫主义诗歌写作,1814年以后开始写作历史小说。他写了许多以英国或法国历史为背景的著名小说,如《艾凡赫》、《昆丁·达沃德》等,但写得更多也更真实的名作,如《威弗利》、《罗伯·

罗伊》和《米德洛西恩的监狱》等作品，则往往是以作者的家乡苏格兰本土的为时还不太遥远的过去为背景的。司各特的历史小说善于将重大历史事件的文献资料记载与民间传说相结合，既有波澜壮阔的历史场面，又有一波三折的情节和美丽动人的人物形象，因之为此后欧洲许多国家的小说创作提供了有益的借鉴。

英国浪漫主义时期是个群星灿烂的时代，除了上面提到的作家作品外，骚塞和克莱尔的诗作，兰姆、哈兹里特和德昆西的散文，玛丽·雪莱的科幻小说《弗兰肯斯坦》，以及多少游离于浪漫主义时代之外的简·奥斯丁的小说《傲慢与偏见》、《爱玛》等，也都是享有一时之誉的杰作。

虽然前、后期英国浪漫主义文学的主要作家曾在19世纪被人们笼统地称为湖畔派(Lake school)①和撒旦派(Satanic school)②，但这种称谓却无法做到名至实归。实际上，如此情绪化的归类方式，能做到的，恰恰是以随意性极强的类别划分来掩盖彼此差异很大的英国浪漫主义作家的独创性特征。此外，20世纪以后，也有学者试图以华兹华斯派、司各特派、雪莱派等说法，对英国浪漫主义文学加以重新归类，因为，在强调人与大自然之间的玄秘的和谐关系时，华兹华斯与柯勒律治殊途同归；在以叙事体诗回归传统、集中反映中世纪的迷蒙境界上，司各特和骚塞等人不谋而合；而在满腔热情地推崇自由和美的价值方面，拜伦、雪莱、济慈也显得志同道合。但如果据此认为这些被归为一派的英国浪漫主义作家与德国浪漫派一样，具有相似以至于相同的哲学信念和文学主张，则可能会被这种学究式的刻板的流派划分方式引入歧途，忽视英国浪漫主义文学本身内聚性缺乏这一突出特点，相应地，也就会忽视由这一突出特点所造成的英国浪漫主义文学多样化、个性化的文学创作局面。换言之，英国浪漫派作家没有像他们的欧洲大陆同调那样，在哲学上形成独具特色的

---

① 19世纪初住在英国湖区(Lake District)的华兹华斯、柯勒律治和骚塞三位诗人被杰弗里在《爱丁堡评论》中贬称为“湖畔派”。

② 骚塞在其长诗《审判的幻象》“序言”中，将雪莱、济慈、拜伦等年轻一代诗人蔑称为“撒旦派”。

思辨体系，也没有在创作之先，出版浪漫主义刊物或发表浪漫主义的纲领性文章。英国浪漫主义运动的宣言性作品，如华兹华斯的《〈抒情歌谣集〉序言》、柯勒律治的《文学生涯》、雪莱的《诗辩》，都是在它们的作者的充满想像力的浪漫主义诗歌产生之后写成的，因此，每篇文章也都是作者个人观点的表述。这些观点既可包括华兹华斯对简朴自然的乡间生活和质朴无华的大众语言的提倡，也可以包括柯勒律治对诗人的想像力与文学的宗教性的哲理思辨，还可以包括雪莱的耽于先验幻想的理想主义。正是由于个性化的自由发展，英国浪漫主义在大量的优秀诗文创作之外，还提供了一系列具有启发性的文学批评意见。

3. 法国

法国是新古典主义文学传统的故乡。尽管旧的君主专制制度的垮台最终导致法国新古典主义文学观念的彻底解体，但接续1789年法国大革命而来的恐怖气氛，却使人们不可能冒着生命危险去进行文学新思想的讨论。随即出现的是极力复活万物皆有秩序的旧理想的拿破仑登上法国皇帝的宝座，然后是崇尚武功的拿破仑帝国与其他欧洲国家之间的长期战争，这在一定程度上促成了法国人的一种盲目的爱国主义情绪，使得他们把文学上的古典法则视作民族遗产中的瑰宝和法国文化在欧洲文明中居于优势地位的象征而加以珍视，尽力排斥来自德国和英国的浪漫主义文学革新思潮。这样的背景原因，不仅延缓了法国浪漫主义运动在欧洲出现的时间——它几乎产生在德、英两国浪漫主义文学进入尾声的时代，也造成法国浪漫派为赢取生存的权利而不得不四处游说、大声疾呼的困境，以及法国文坛上特有的因浪漫派与古典派的聚讼纷争所引发的两派间势不两立的激烈冲突局面。

法国文学中的浪漫主义先驱是夏多布里昂(Chateaubriand)和斯达尔夫人(Madame de Staël)。夏多布里昂发表于19世纪初期的两部中篇小说《阿达拉》和《勒内》，被认为是预示了法国浪漫主义文学产生的作品。《阿达拉》以“野蛮”的印第安青年在北美蛮荒之地中的凄婉爱情悲剧来歌颂西方基督教的魅力与诗意，《勒内》则在描述北美的自然风光与异国情调之余，塑造了一个带有“世纪病”特征的抑郁青年形象。斯达尔夫人的文学论著《论文学与社会结构的关系》和《德意志论》是法国浪漫主义文论的奠基作品，她的小说《黛尔芬》与《柯丽娜》用铺张的笔致表现女主人公的坎坷命运、烘托人物的情感波澜，也为后来法国浪漫主义小说的出现提供了示范。

19 世纪 20 年代中期，新兴的浪漫主义文学与传统的新古典主义文学在法国文坛上的论战日渐激烈，实质上，这是一场以政治宗教上因循守旧的保王派和天主教派为一方、以倾向文学上的自由主义和世界主义的开明人士为另一方的顽固派与革新派之间的斗争。尽管人员的不断变动和期刊的迅速更迭使两派的区分并非总是一清二楚，但却丝毫也未减弱两派之间斗争的剧烈性质。在这场针锋相对的斗争中，法国浪漫主义旗手雨果(Hugo)的登高而招、顺风而呼，对浪漫派在法国文坛上最终取得突破性的进展，起到了至关重要的决定作用。

雨果在其早年的文学生涯中，首先完成了自身由文学上的保守主义向浪漫主义的转变，并于 1827 年发表气势宏伟的《〈克伦威尔〉序言》，宣扬取消戏剧中的“三一律”、塑造“滑稽”与“崇高”相结合的完整人物形象、表现地方色彩、尊重艺术创作自由等浪漫主义文学的主张，将浪漫主义的左翼和右翼的大部分人士都团结到自己所在的浪漫主义团体“文社”中来。正是在这样的情况下，雨果的浪漫主义诗剧《欧那尼》于 1830 年在法兰西剧院的公开上演，便为法国文学领域中顽固派与革新派之间的最后决战，提供了一片各逞其能的战场。在经过历时 40 余天的“欧那尼之战”的激烈较量之后，《欧那尼》最终征服法国观众，获得了辉煌的演出成功，这标志着法国戏剧界这座文学上的“巴士底狱”已为浪漫主义文学所攻破，法国浪漫主义文学在文坛上获得了全线的胜利。

作为法国浪漫主义文学运动的领袖和具有丰硕创作成果的诗人、小说家、戏剧家，雨果不仅是法国浪漫主义文论的集大成者，他在诗歌、小说、戏剧等文学创作领域的巨大功绩，也使他占据了法国文学史上的重要地位。与同时代的其他浪漫主义作家，比如《沉思集》的作者拉马丁和《古今诗篇》的作者维尼等人不同，雨果的文学创造力几乎终其漫长的一生而不衰。在一系列激昂慷慨、充满民主革新理想的戏剧之外，雨果更以他的多部小说创作而声名远扬。其中，1832年发表的历史小说《巴黎圣母院》，是法国浪漫主义小说的代表作。小说通过畸形儿卡西莫多和吉卜赛女郎爱斯美拉达的不幸遭遇，感人至深地展示了中世纪的城市生活图景和人物形象，有力地谴责了那个苦难深重的社会制度。1862年发表的小说《悲惨世界》被作者称为"一部宗教作品"，它的主题是表现正直的人们同社会邪恶势力的不懈斗争。除了具有浪漫主义小说的传奇特色外，这部以作者本人的青壮年时代的社会生活为背景的小说，还真实地描绘了资本主义社会的人生苦难和社会各阶层人物在动荡的岁月中的命运沉浮，塑造了冉阿让等一系列社会底层人物的悲剧形象，体现了鲜明的现实主义创作的时代特点。雨果的《九三年》是作家创作的最后一部小说作品，这部歌颂法国大革命的史诗性作品，以法国历史上的多事之秋1793年为背景，围绕革命与反革命的斗争，刻画了郭文、西穆尔等革命英雄的悲壮形象，热情洋溢地表彰了人类的正义感与博爱精神。

尽管雨果首先因其浪漫主义小说的创作成就而在世界范围内享有盛誉，但他今天在法国文学史上作为"雄踞时空的王者"的文学地位的确立，却主要来自他的诗歌创作。雨果早年即享有诗名，七月王朝(1830—1848年)期间，他发表的《秋叶集》、《黄昏之歌》、《心声集》和《光与影》等四部著名诗集，于倾吐个人情感之外，融入时代的"响亮的回声"，已经受到了时人的高度评价。由于反对拿破仑第三在法国称帝，雨果自1851年至1870年，开始了长达20年的政治流亡生活，备尝辛酸。正是在这段时期，雨果创作出他一生中最优秀的诗歌、小说作品。就诗歌而言，政治讽刺诗《惩罚集》、哲理与抒情诗集《静观集》以及史诗《历代传说》都是诗中精粹，这三部诗集自然天成、炉火纯青的诗歌表现力，分别为法国讽刺诗、抒情诗和史诗的创作树立了成功的典范。

除文学创作外，雨果作为伟大的社会斗士所毕生从事的发展民主、博爱的人道主义精神的社会事业，也受到了人们越来越高度的肯定性评价。

在雨果的感召之下投身于浪漫主义文学运动的，还有缪塞、戈蒂耶、奈瓦尔等年轻一代的法国浪漫派作家。在厌恶矫揉造作的陈规惯例、强调文学的情感作用和创作中自然与自发的表达、拥护雨果对奇异风格的提倡方面，他们与老一代的法国浪漫派一脉相承，但由于时代的变化，这些年轻作家的创作或者出现了更贴近生活的、更体现出现实主义风格的倾向，或者走上了从浪漫主义转向唯美主义的道路。

第二节　现实主义与自然主义文学

19 世纪中叶以后，现实主义与自然主义文学在欧洲相继兴起。本节之所以将 19 世纪西方现实主义与自然主义这两种文学现象并列在一起介绍，是因为在今天，无论是评论西方的现实主义文学作品，还是评论西方的自然主义文学作品，人们往往难以将文学中的“现实主义”与“自然主义”这两个术语加以截然区分，反之，有人甚至明确断言，现实主义文学和自然主义文学实际上是一回事，硬把二者区分开来并非因为二者不相契合，而仅仅是出于学者们的学究式研究的需要。我们虽然不主张将现实主义与自然主义文学现象完全混同起来，但毕竟这两种文学现象曾经在很长一段时间里彼此共存，在文学理念上也不存在根本区别。换句话说，尽管自然主义文学的确不同于现实主义文学，但根本上却并不独立于现实主义文学之外。自然主义文学不仅与现实主义文学具有共同的社会背景和理论基础，它更发挥和强化了后者的基本科学倾向。因此，本书以为，将现实主义与自然主义这两种具有密切观念联系的文学现象放在一节加以介绍，既可以帮助读者了解 19 世纪中叶以后的西方文学发展大势，又可以通过直接比较见出两者在枝节问题上的明显差异。

一、现实主义与自然主义文学的成因

如果只允许举出西方 19 世纪中叶以后现实主义与自然主义文学兴起的一个重要原因，那么，这个原因就非科学发展莫属。因为几

乎所有导致欧洲特定时代的现实主义与自然主义文学产生的新的文化因素，归根结底都可以溯源到西方的科学发展。本书在此仅择要阐明三个由西方科学发展所致的欧洲19世纪现实主义与自然主义文学产生的原因。

第一，由科学发展所带动的西方工业文明的进展，是现实主义与自然主义文学产生的重要原因。

西方科学本孕育于西方基督教文化的母体之中。传统的基督教文化并不否认物质世界的真实性，相反，正是把整个宇宙理解为由至善完满的上帝所创造的、依不同存在事物的不同完善程度排成等级的基督教观念，为依靠"秩序"、"理性"等因素建立起来的西方中世纪知识体系的发展，提供了信仰依据和探索动力。也就是说，西方学者曾经具有的对于基督教的虔诚信仰，即相信上帝作为"终极实在"的存在、相信上帝所创造的世界的秩序性、相信人在自然中的独尊地位，换言之，相信某个确定不移、不证自明的"第一原理"的存在，相信人们通常所说的"自然划一原则"(Principle of Uniformity of Nature)在全宇宙范围内的有效性，相信服从因果律的自然不是人类膜拜而是征服的对象，是中世纪后期西方科学研究渐入佳境的基本前提之一①。文艺复兴以后，从中世纪的哲学研究中分化出来的自然哲学得到了突飞猛进的发展，到19世纪中叶，曾经作为工业革命原动力的自然哲学，此时已以科学的名义成功地扩展到物理、化学、生物、医学等诸多学科研究领域。而尤令时人备感振奋的是，科学在每一学科领域中所取得的根本性进展，都很快就在当时的社会生活中得到了具体的应用，——恰恰是这些工业革命以来人们对科学发展的实际应用，彻底改变了西方世界的传统面貌：工厂建立，城镇兴旺，铁路开通，电报问世，汽船开航，邮票发行，海底电缆铺设，蒸气和煤、电成为了社会发展的新能源，……在科学发展所带来的工业文明高涨局面的冲击下，整个西方社会的文明生活发生了翻天覆地的变化。这一变化在两个对立的方面形成了强烈的张力：一方面是资本主义

① 有关这一问题的详细说明，请参阅拙著《五四文学思想主流与基督教文化》第二章，昆仑出版社，2003年。

工业文明对世界的征服和对大自然宝藏的开发，促进了社会的商业繁荣，使西方人对未来社会必将更加昌盛富强充满希望；一方面是资本主义工业文明对人力资源和矿物资源的野蛮掠夺，给蛰居城市贫民窟中的劳苦大众带来了一系列巨大的灾难——超长的劳动时间、恶劣的劳动条件、人为工业机器所奴役的异化感受、处于悲惨生活境地的工人家庭，等等。——实际上，在 19 世纪中叶，与西方科技进步相伴随的，还有惊人的贫富分化和暴烈的社会动乱与以无产阶级为主体的政治革命。

在资本主义工业文明发展中出现的古老贵族阶层的没落、资产者通过商业扩张聚敛财富与攫取权力以及因城市无产者的兴起所带来的资产者与无产者间的社会矛盾和阶级斗争，这些显著的工业社会特征，都在现实主义与自然主义的作品，比如巴尔扎克的《人间喜剧》和左拉的《卢贡-马卡尔家族》中得到了淋漓尽致的表现。这些时代气息浓烈的题材，较之浪漫主义文学有它新颖的一面，在各自的创作中，现实主义与自然主义作家通过描写更为广泛的人物类型和社会问题，扩大了文学的题材范围，提高了文学的社会意义。就此而言，现实主义与自然主义作家的创作，和 19 世纪中叶的科学发展所带动的工业革命后的社会状况，有着直接的联系。

第二，由科学发展所致的唯物主义观念的增强，是现实主义与自然主义文学产生的又一个重要原因。

知道“现实主义”一词源于拉丁语的“事物”(res)、“自然主义”在西方哲学史上曾经相当于“唯物主义”，还是十分必要的，它们表明 19 世纪欧洲现实主义和自然主义文学潮流，正与当时崇尚科学、尊重事实的唯物主义时代基调相合拍。在唯物主义看来，整个世界是由石头、动物、植物和星球等不同等级的事物共同参与宇宙生命运动的一个统一的有机体。全神贯注于这一世界的物质本体，对物质现象进行切实的观察和分析，研究自然的表现形式和运动规律，这是科学从襁褓之中成长起来的必要观念滋养。随着 19 世纪早期自然科学的巨大发展，科学除了促成重视商业活动和物质利益的工业社会的到来外，还细微而又深刻地改变了整个西方社会的价值观念和生活理想。作为对浪漫主义时代的极度理想主义思潮的反拨，科学的重观察、重实验、重统计数字的客观唯物倾向，培养了人们精打细算的务实精神和对有形世界物质结构的研究兴趣。一如时人所称："科学揭示给我们的现实世界，比想像力创造的奇幻世界要优越得多。……自然的奇迹，一旦在其全部光泽中露面，就将组成崇高一千倍的诗歌，这诗歌将是现实本身，同时是科学和哲学。"①时代精神的这些变化，必然会影响到这个时代的文学创作，巴尔扎克的名言"法国社会要成为历史学家，我将是它的书记"，正体现了受到科学发展左右的唯物主义精神对文学创作领域的影响。因此，像巴尔扎克为写《人间喜剧》而与刽子手一起进餐、与苦行犯结交，或者福楼拜为写《萨朗波》而特地前往突尼斯凭吊迦太基遗址，乃至左拉为写《萌芽》而亲自下矿井、为完成《娜娜》的创作而去丈量妓女房间的面积一样，许多现实主义与自然主义作家相信并在他们的创作中显示，他们是本着科学的唯物主义精神，通过对现实的锲而不舍的观察，认真地辑录和研究事实，才成功地获得了他们在创作上所追求的真实性的。

第三，由科学发展所致的人们对科学理论和科学方法的信仰，也是现实主义与自然主义文学产生的重要成因。

由于科学成果的应用体现出高度的实用价值，科学在19世纪进入它的黄金时代，受到人们前所未有的、足以与它所自出的基督教文化相抗衡的热切信仰，以致"概念只要贴上科学的标签，通常就足以赢得人们特殊的信任"②。

科学发展除了使一代文学家日渐具有了唯物主义的创作倾向外，还以令人震惊的划时代研究成果改变了文学家对人和世界本质的认识。其中生物科学的进展，更与现实主义和自然主义文学创作有着直接关联。19世纪前期，拉马克的进化论研究已经取得了相当大的突破，这一理论认为植物和动物都是从原初存在的生命形式中逐渐演变发展而来的。19世纪下半叶，达尔文的具有科学思想史上里程碑意义的两部著作《物种起源》和《人类的由来》先后发表，更使

---

① 格兰特：《现实主义》，周发祥译，昆仑出版社，1989年，第45页。

② 涂尔干：《宗教生活的基本形式》，渠东、汲喆译，上海人民出版社，1999年，第575页。

进化论成为一时最热门的话题。按照“生存斗争”、“自然选择”的生物进化理论，人不再是上帝意志的创造物，他从低等动物演变而来，受“物竞天择、适者生存”规律的制约，因此人类生活本身就是一场无休止的斗争。与此同时，得益于进化论的遗传学说，进一步强调了人类原始本能和冲动的遗传作用。这些都对现实主义与自然主义作家对于人的本性的认识发生了很大的影响。与浪漫主义作家往往塑造理想环境当中的理想人物相反，现实主义与自然主义作家非常重视现实环境对人物行为的决定作用，正如巴尔扎克所声称的那样：“我认为社会与自然相类似。难道社会不是按照人的生活环境来造就人吗？就像动物界有种属，人也有多种不同的类型”①，许多现实主义与自然主义作家在小说中热衷于对人物家世和环境的介绍，有意无意地把人的情感、行为降低到动物的层次，用精细的工笔描写人物的邪恶或者堕落状态。这种情形在自然主义文学作品中表现尤甚，在自然主义小说中，一旦人物处于某种危急关头或者受到性饥渴及酒精作用的压迫，潜藏在他（她）身上的原始兽性就会复苏，“精神的人”就会为“肉体的人”所取代。这种强调环境和遗传作用的文学描写，正说明了进化论等 19 世纪新产生的科学观念对文学创作的能动意义。与此同时，巴尔扎克在《论食利者》中应用科学分类的学术口吻所作的讽刺性人物分析：“食利者——林耐②所谓的类人猿，居维叶③所谓的哺乳动物，巴黎人种中的一属，股票持有者科，笨蛋族”④，以及左拉在《实验小说》中对“实验小说产生于本世纪科学进步之中：它是生理学的发展和完善……，对抽象的、玄思的人的研究已为对自然人的研究所取代；自然人受生理—化学规律支配，并为其环境作用所决定”⑤的断言，也说明强调对所观察的事物进行理性、量化分析的科学研究方法，正如同科学观念一样，对现实主义与自然主义文学产生了深刻的影响。

---

①④ 格兰特：《现实主义》，第 49 页。

② 林耐，18 世纪的瑞典博物学家。

③ 居维叶，19 世纪前期的法国动物学家。

⑤ 弗斯特、斯克爱英：《自然主义》，任庆平译，昆仑出版社，1989 年，第 34 页。

二、现实主义与自然主义文学的理论特征

早在19世纪30年代就已经出现的欧洲现实主义文学创作，到19世纪50年代才被人贴上“现实主义”的标签。这是因为，经过席卷欧洲许多国家而最终归于失败的1848年革命，丑陋的社会现实与启蒙时代以来人们所信奉的自由、平等、博爱的理想信条之间的矛盾突出地尖锐起来，年轻一代的欧洲作家，开始厌腻于浪漫主义文学无视自己的时代，掘出往日僵尸，重穿艳服，改装历史，以诗(文学)表达谎言的做法，声称诗人(文学家)应该以一种正视现实的清醒态度，来描写某种出自作家主观意识之外的真实事物，并揭露事物当中的丑恶方面。由此，现实主义的创作方法得到总结，老一代作家斯丹达尔、巴尔扎克等人反映和批判社会现实的作品，开始被视为现实主义文学的典范。

事实上，文学中的“现实主义”本是个源自西方哲学实在论(realism)的理论术语。历史上，实在论对事物本质也即事物的真实存在的强调——无论这一本质是存在于感性事物内部，还是存在于某种客观精神之中，或者存在于一个绝对化的自我里面，与西方的宗教文化密切相关：“实在论这种哲学观念在西方思想中有悠久的历史。柏拉图强调本质或形式的独立和超然的存在。斐洛[①]把柏拉图的形式存在置于上帝的精神中，奥古斯丁和中世纪以安色姆[②]为代表的奥古斯丁传统继承了这一看法”[③]。虽然没有采用“实在论”这一术语，但“实在论”却是中世纪基督教神学的正统派，它宣扬一般概念(正义、善等，其最高代表是上帝)有真实存在，它既独立于人的意识，也独立于人们从中发现这些概念的具体事物。文艺复兴以来，随着自然科学的发展，物质世界在西方人的日常生活中扮演了越来越重要的角色，实在论中的唯心主义成分(即理念有真实存在)也逐渐为唯物主义所改造，到19世纪中叶这一概念得到广泛流传时，它更多地

① 斐洛，公元前1世纪—公元1世纪的犹太神学家。

② 安色姆，11—12世纪的基督教神学家。

③ 《简明不列颠百科全书》第7卷，“实在论”条。

强调的是独立于人的感知万物的思想意识之外的知觉客体的真实存在。这为现实主义(包括其后的自然主义)文学确信客观事物之中有真实的、本质的存在,文学的任务就是通过观察、分析和比较,逼真地反映这种客观现实,表达这种客观现实的本质,——如郁达夫所称"小说所要求的,是隐在一宗事实背后的真理,并不是这宗事实的全部"①,——提供了理论依据。因此,理论上讲,文学创作中的现实主义倾向的形成依赖于作家的两个基本信念:其一,相信存在着一个可以被人的认识过程所发现的出自意识之外的现实;其二,相信在构成现实的诸要素中,存在着一个根本要素,或现实的本质方面,它虽然不是显而易见的因素,却决定着现实的根本性质。由于在西方传统的宗教文化中,人们朴素地相信外在世界的真实性,同时相信这个真实世界存在某种占支配地位的神性力量,因此,西方文学创作中的现实主义倾向源远流长。只是到了19世纪,随着宗教信仰的日渐退潮,现实主义信念当中的"神性力量"才逐渐被"真理"、"规律"、"永恒道义",或者"社会发展的必然趋势"等抽象概念所代替,成为制约作家创作的指导思想。这样,我们不难发现,在受到时代精神感召的那些被称作现实主义文学的西方19世纪中叶的大量文学创作中,现实主义的两个基本信念仍然发挥着巨大的作用:一方面,与浪漫主义提倡通过主观想像来美化世界的理论不同,现实主义文学本着反映社会现实的客观态度,以"科学"技巧设计社会生活的"横剖面",合理地安排作品中的情节发展,不惜笔墨地展示社会各阶层人物的精神文化风貌,尽量应合不断发生剧烈变化的时代;另一方面,像浪漫主义文学一样,现实主义文学同样从某种抽象原则出发,对社会不公与人性不义加以严厉的批判揭露,体现人性中爱与憎、善与恶间的力量消长,表述作家的社会危机、精神危机意识,贡献解决社会问题的良方,有些作品还包含了苦难、末日和救赎等方面的宗教信息。

自然主义和现实主义具有共同的认识论基础,即同样相信文学的本质在于客观地再现意识之外的现实。只是与现实主义文学相比,自然主义文学似乎更具理论的自觉,同时也有更多的局限性。自

① 郁达夫:《小说论》,见《郁达夫文论集》,浙江文艺出版社,1985年。

然主义和现实主义的区别并不仅仅在于前者更多地选择惊世骇俗的题材,使用社会底层的粗俗词汇以及采用照相式的细节描写,更重要的在于它坚持文学必须由科学观念和科学方法来统领,文学家描写作品人物,应该用自然科学家研究物质材料的方法去进行完全客观的观察、测量和分析,应该像理解机器的工作原理那样去理解为遗传、环境和时代所规定的人的行为和思想情感。小说家应该像医生一样,对研究对象进行不带个人色彩、不动感情的观察、分析和记录。区别只在于医生解剖人的身体,小说家解剖的则是人的精神。作为一个有理论、有社团、有实践的文学运动,自然主义可以看做是现实主义文学发展的极端表现,它体现的正是笃实的科学主义和唯物观念对屡欲轻飏高逸的文学精神的重压。

三、现实主义与自然主义文学的作家作品

一方面受到西方科学发展推动文明进步的鼓舞,一方面面临工业化的社会所带来的新的罪恶,19世纪中期以后的欧洲现实主义和自然主义文学创作,实际上不断徘徊于唯物主义和理想主义、悲观主义和乐观主义的各种矛盾之间,并像所有社会变动剧烈的时代的文学一样,真实地反映了风云变幻的19世纪中后期的西方社会生活。因此,与现实主义和自然主义文学理论的拘谨形成鲜明对照,欧洲各国的现实主义和自然主义的文学创作是既丰富多彩又生机勃勃的。

1. 法国

法国现实主义文学运动曾在19世纪50年代喧嚣一时,但远在这之前20年,法国文学已经出现了一批坚实深厚的现实主义文学作品。19世纪30年代,就在法国浪漫主义文学春秋鼎盛、前途未可限量之际,一种别开生面、反映时代变迁的文学风格正悄然兴起,这就是现实主义文学。法国现实主义文学的代表作家是斯丹达尔(Stendhal)、巴尔扎克(Balzac)和福楼拜(Flaubert)。

斯丹达尔是亨利·贝尔的笔名。这位早年曾以军需员的身份追随拿破仑的军队转战南北的未来作家,在拿破仑帝国覆灭后,又经历了复辟王朝和七月王朝的更替,对当时的社会若想出人头地就得精

于算计、善用时机、阿谀谄媚的利己主义世风有清醒的认识。虽然斯丹达尔是法国浪漫主义文学的早期鼓吹者，他于1830年发表的长篇小说《红与黑》却体现出与浪漫主义不尽相同的新颖风格。尽管《红与黑》的主人公于连，像许多浪漫主义作品中的英雄一样，年轻英俊、高傲顽强、天资聪颖，他依靠个人奋斗跻身社会上层却为自己招来杀身之祸的命运，也带有浪漫主义文学的传奇色彩，但出身寒微的于连既不生活于古代，又未置身于异域，围绕他实现飞黄腾达的野心的过程以及死于非命的悲剧结局的，是保王党和教会复辟势力猖獗一时的1814—1830年的法国社会现实。《红与黑》将小说主人公大起大落的命运置于充满复杂激烈的政治、宗教、经济斗争的法国现实社会的广阔背景之中，作者又极其善于分析、摹写主人公在爱情与野心发生激烈冲突时的复杂心理活动，这就使这部小说鲜明地区别于浪漫主义作品，成为法国现实主义文学的划时代的杰作。

斯丹达尔的其他重要小说还有《巴玛修道院》、《吕西安・勒万》等，都在取材于真实生活事件的基础上，塑造了可信的人物形象，再现了所处时代的变幻风云。尽管有梅里美这样的文友，《巴玛修道院》也受到了巴尔扎克的热情赞扬，但声称“为少数幸运的人”写作的斯丹达尔生前的文名还是相当寂寞的，只是到他死后，体现在他的杰出作品中的叙事技巧、社会批判激情和人物心理分析深度，才逐渐地得到了人们的理解和赏识。

与斯丹达尔生前的默默无闻相比，公认的天才小说家巴尔扎克是幸运的。出身市民阶级的巴尔扎克在早年的法律事务所的见习生活中，已经领略到了无数在金钱播弄之下产生的人生罪恶，随后四年饱经忧患而终归失败的经商生涯，又带给他一个“翻过觔斗过来的人”对社会真相的清醒和成熟的认识。从1830年进入小说创作高潮，到1833年发表《欧也妮・葛朗台》，巴尔扎克已经从一个专为书商炮制流行小说的文学青年，摇身变为了蜚声欧洲文坛的大作家，从此走上了一条充满戏剧色彩的人生道路——一面尽享高屋广厦、灯红酒绿、轻车肥马、出入上流社会的阔绰生活，一面却经常处于债台高筑、不断受到高利贷者和出版商的煎逼、家产屡被查封、房屋多次遭到拍卖的窘困境地。而恰恰是这种动荡不安的生活方式，为巴尔扎克的小说创作提供了取之不尽的生活素材。换言之，现实生活当中的所有跌磕碰撞，在巴尔扎克小说的虚构世界中，都化作了激动人心的精彩场面。

巴尔扎克以其卷帙浩繁的现实主义小说巨著《人间喜剧》的创作而在世界小说史中占据着举足轻重的地位。这套由24卷90余部小说组成的相互关联的作品，最初是在生物学中有关源于一种基本形态的生物是在不同生存条件的刺激之下才演变成千差万别的种类的科学观念的启示之下进行整体构思的，因此《人间喜剧》也按科学分析中的分类方法分为“分析研究”、“哲理研究”、“风俗研究”三类。其中“分析研究”旨在阐明作者所认为的支配社会人生的各项原则或规律，“哲理研究”探讨决定人的行为的各种原因，“风俗研究”则揭示由决定人的行为的原因所导致的人生结果。在上述三大“研究”当中，又以“风俗研究”所占篇幅为最大，作者将之进一步作了“私人生活”、“外省生活”、“巴黎生活”、“政治生活”、“军旅生活”和“乡村生活”六个场景的划分。巴尔扎克的《人间喜剧》以两千多个人物及其生活环境所构成的社会风俗画卷，“用编年史的方式几乎逐年地把上升的资产阶级在1816至1848年这一时期对贵族社会日甚一日的冲击描写出来”①，揭露了资本主义金钱世界对世道人心的腐蚀，全面地提出了自己的乌托邦理想和政治主张。巴尔扎克发表于1834年的长篇小说《高老头》是《人间喜剧》中一部极具代表性的作品。小说以爱女如命的破落商人高老头的挣扎、惨死和一心想在巴黎发迹的外省破落贵族青年拉斯蒂涅的命运沉浮为主线，在破旧阴暗的贫民窟伏盖公寓和金碧辉煌的鲍赛昂贵族府邸的对比中，展示了以金钱为转移的人际关系的虚伪冷酷，以富于表现力的语言，塑造了高老头、拉斯蒂涅、鲍赛昂夫人、雷斯多伯爵夫人、纽沁根先生和夫人以至伏脱冷等一系列血肉丰满的人物形象。其中，拉斯蒂涅和伏脱冷是在《人间喜剧》的多部作品中反复出现、将整套《人间喜剧》连为一体的重要人物。在《高老头》中，拉斯蒂涅在残酷现实的教育下，由一个天真、上进的善良青年向日后那个趋炎附势、飞黄腾达的恶棍的思想情感转

① 恩格斯:《致玛·哈克奈斯》，见《马克思恩格斯选集》第四卷，第462页。

变，也令人信服地得到了生动、形象的说明。

福楼拜是19世纪50年代崭露头角的法国现实主义文学的另一位大师级人物，他对叙事作品结构、意境、声韵等形式美因素的刻意追求，一直影响到西方20世纪的现代小说创作。尽管福楼拜在致书乔治·桑时声称，他憎恨他那个时代的被称为现实主义的时髦之物，即使人们奉他为现实主义的权威；但他主张文学创作应当像科学家做实验那样冷静客观，“作家之在作品中，应该像上帝之在宇宙中，虽然无处不在，却又不见其形”①，却使他的创作理论体现出由现实主义向自然主义过渡的特色。当然，更为重要的是，同一客观求实的特色，还体现在他所创作的《包法利夫人》、《情感教育》、《布瓦尔与佩居谢》等现实主义小说以及带有浪漫主义特色的小说《萨朗波》等作品当中。

发表于1856年的《包法利夫人》是福楼拜的代表作，小说以真实事件为素材，讲述了女主人公爱玛·包法利的悲剧命运。农家女爱玛的少女时期，是在修道院中接受的贵族教育。她所向往的贵族阶层闲适豪奢的浪漫生活，与她婚后平淡单调的日常起居形成了巨大的落差，使她把通奸偷情当作情感寄托。为此她不惜编造谎言，到处举债，一步步走向毁灭的深渊。最终，在债主的催逼和情人的遗弃的双重打击之下，饮恨自尽。福楼拜在小说中不动声色地剖析了女主人公耽于幻想、肤浅狭隘的内心世界，从自私自利的社会环境中挖掘致爱玛于死命的病根，揭露了那个社会的污浊鄙俗。福楼拜虽然奉行“客观而无动于衷”的创作原则，在小说中力求不作道德评判，但他还是通过不同场景的描述、人物视角和语言风格的变换以及各种明喻和暗喻的精心选择，隐晦地表达了作者的思想情感，把一个普普通通的通奸事件，写成为一部充满人情味的、甚至可以说是催人泪下的现实主义佳作。

福楼拜小说遣辞造句之精到、谋篇布局之高超，曾经令左拉、都德、莫泊桑等多位同时代稍后一些的作家甘拜为师。而在后面这几位名重一时的19世纪下半叶的重要法国作家当中，若论对当时的欧

① 《简明不列颠百科全书》第3卷，第216页。

洲文学发展影响最大者，则莫过于左拉。

左拉(Zola)是产生于19世纪后期的法国自然主义文学运动的理论家和精神领袖。在其自然主义文学理论中，左拉反复强调，当代作家的任务是像科学家一样，观察、研究、记录和阐述人受生物和生理学规律影响所导致的行动后果。除了时代科学发展氛围的"熏刺"外，左拉还直接受到了当时著名文论家、哲学家丹纳观点的启发。

丹纳在《英国文学史》前言中，把人视为具有互动机制的带轮机器，他认为人的罪恶和美德，就如硫酸和蔗糖一样是必然的产物，为个人难以驾驭的力量所控制和决定。因此，正是在《英国文学史》中，丹纳提出了著名的文学"三要素"说，即认为表现人类生活的文学形态取决于种族、时代、环境三方面的根本制约。在《艺术哲学》中，丹纳进一步架起了科学与文学相通的桥梁，声称："美学本身便是一种实用植物学，不过对象不是植物，而是人的作品。因此，美学跟着目前精神科学与自然科学日益接近的潮流前进。精神科学采用了自然科学的原则，方向与谨严的态度，就能有同样稳固的基础，同样的进步。"[1]在1866年再版的《历史与批评文集》中，丹纳不仅继续强调作为动物的人与原始动物的亲缘关系，指出人和动物的细胞都是在环境影响下生长的，受种族、时代、环境决定的人的思想行为，完全可以成为客观观察、描绘和分析的对象；而且率先把斯丹达尔和巴尔扎克称为解剖学家和内科大夫，使文学家与医生之间的类比得以流行起来。丹纳之外，对左拉的自然主义文论发生直接影响的著作还有著名生理学家贝尔纳的《实验医学研究导论》，这部力图将在一定程度上依赖直觉的临床医学发展成为一门完全建立在观察和推理基础之上的学科的作品，坚定了左拉"通过科学建构一种文学概念"即其"实验小说"[2]概念的信心。

尽管左拉的主要自然主义文学理论文章如《实验小说》、《自然主

① 丹纳：《艺术哲学》，傅雷译，人民文学出版社，1983年，第11页。

② 左拉认为贝尔纳为医学所概括的实验方法，对文学创作也极为有用。小说家和医生或者化学家、生物学家、物理学家一样，也要用素材去"做实验"，这样的作品得名为"实验小说"。

义戏剧》和《自然主义小说家》等，迟至19世纪80年代初期才得以发表，但他的体现自己文学理念的自然主义文学创作，如《黛莱丝·拉甘》等，却早在60年代后期既已问世。左拉最著名的小说，是他效法巴尔扎克的《人间喜剧》所写的多卷集的鸿篇巨制《卢贡-马卡尔家族》。从1869年7月创作《卢贡家族的命运》，到1893年完成《巴斯卡尔医生》，左拉耗费了20余年的心血，完成了这套包含20部长篇小说在内的史诗性作品。《卢贡-马卡尔家族》的每部小说既自成一体，同时又是整个系列的一部分。这个系列小说的副标题是"第二帝国统治下一个家族的自然史和社会史"，这个副标题揭示了整部系列小说的内在联系。小说追溯了卢贡和马卡尔这两个源于同一个女性祖先的大家族的分支五代人的家史，"自然史"表现在作者对这个家族生理和精神病史遗传作用的描写上，"社会史"则反映在作者对这个家族的成员所参与的众多行业——农业、法律、矿业、医学、娼妓、银行、铁路、房地产投机、洗衣、军队、小商贩、政府、商业、艺术等等状况的阐述中。左拉以令人惊讶的精湛技巧记载了每一行业的状态，使人们既能看到环境对个人的作用，又能认识那个时期的法国社会状况。正像作品的副标题所显示的那样，《卢贡-马卡尔家族》反映了第二帝国时代20年的历史兴亡，左拉挥洒自如的笔触，涉及到从巴黎到外省的法国社会各阶层和各行业，既有政治人物的倒行逆施，又有商业垄断资本的残酷竞争，还有不堪剥削、压迫的无产阶级的奋起反抗。或许由于左拉本人是自然主义文学立法者的关系，机械的自然主义文学理论并没有真正成为左拉创作的束缚。也就是说，《卢贡-马卡尔家族》主要不在渲染人物机体功能失常的临床表现上，而是以由近1200个人物所构成的风俗画卷，充满想像力地再现了时代的复杂阶级矛盾和重大社会问题。同时，左拉《卢贡-马卡尔家族》的创作还体现了自然主义的长处，那就是在巴尔扎克这样的现实主义作家所鄙视的劳苦大众身上，左拉写出了生活的悲剧和诗意，再一次扩大了文学创作的表现领域。特别是他杰出的代表作《萌芽》，不仅描述了工人阶层的苦难，而且塑造了艾蒂安、马厄等真实感人的工人形象，在法国文学史上第一次忠实地表现了"雇佣劳动者的崛起"。

法国曾是现实主义文学的发源地之一，法国的自然主义作家往往把自己看成现实主义的第二代。为了显示法国自然主义文学团体的团结,以左拉为首的六位自然主义作家曾经于 1880 年发表了《梅塘晚会》小说集,集中汇录了这六位作家以 1870 年的普法战争为主题的短篇小说各一部。莫泊桑(Maupassant)的成名作《羊脂球》就是其中最出色的一篇。其他深受自然主义文学理论影响的有成就的作家还有于斯曼(后转向神秘主义)、都德等。尽管由于自然主义理论本身的缺陷,这一文学流派自产生之日起即受到诸多指责,但左拉和莫泊桑等人的创作显示,在开辟工人阶级的斗争生活这一新的题材领域方面,在揭露资产阶级的道德虚伪和社会弊端方面,以及在努力缩小文学创作与现实生活的鸿沟方面,法国自然主义理论确实催生了一批生气勃勃的甚至可以称得上是伟大的世界文学精品。

2. 英国

相对于 19 世纪前期的浪漫主义文学,英国 19 世纪中叶以后的大量作品同样转向现实主义,开始摹写普通人的日常生活,反映大众在迅速变迁的社会现实面前的惶惑,表现作家对丑恶现实的清醒认识。雅俗共赏的狄更斯的作品无疑是英国 19 世纪现实主义文学的优秀代表。

狄更斯是英国现实主义文学的小说大家。他本是社会底层的徒工出身,靠个人奋斗走上创作道路,并因写作成名而最终摆脱了贫困生活,因此他对英国社会各阶层的状况有较为深入的了解。狄更斯的作品适应于文学创作商品化的状况,通过周刊连载形式,面向广大读者,一方面有声有色地反映了英国维多利亚女王统治前、中期英国社会工商业的激动人心的蓬勃发展,写出了城镇工厂的喧嚣,商店的热闹,市井人物的活力和生机;一方面又充满道德义愤地摹写了与工业文明俱来的城市生活中的堕落、犯罪、疾病、贫困等社会痼疾。

狄更斯在 30 多年的创作生涯中所完成的 14 部长篇小说,按作品格调大致可以 19 世纪 50 年代为界划分为前后两期。前期的作品主要有成名作《匹克威克外传》以及《奥立佛·屈斯特》、《老古玩店》等。这些作品虽然在展示社会风貌的同时重点描写社会底层生活,写到了下层社会人们生活的苦难和挣扎,揭露了某些社会机构的丑恶与阴暗，但结局往往是平和甚至圆满的。这时期的作品不仅有浪漫主义文学的传奇色彩，而且有强烈的狂欢化倾向，作者对“仁爱”的资产者的幻想，使他这一时期的作品或浓或淡地带有幽默、乐观的喜剧气氛。

狄更斯40年代中后期的作品已经显示出作者的批判锋芒，50年代之后，狄更斯的创作进入成熟阶段，作者对社会矛盾认识的深化，体现在这段时间创作的《荒凉山庄》、《艰难时世》、《远大前程》、《我们共同的朋友》等作品中。狄更斯一改早年创作的乐观基调，以悲愤的笔调写下了以财产利益为转移的资本主义人际关系的冷漠、残酷，对代表资本主义社会自由、平等象征的英国经济体制和司法体制进行了激烈的抨击。其中，出版于1854年的《艰难时世》是狄更斯后期创作的一部有代表性的作品。这部作品中的两个资产者——大叫生活只需要“硬邦邦的事实”的议员兼教育家葛雷梗和在美学课上强调“你们必须丢掉‘幻想’这个词，你们与它毫不相干。你们不会在日用的物品或装饰上，看到那种实际会成为矛盾的东西。……你们必须用可证实的、可表示的数字按最初的样子结合和改换。这就是新发现，这就是事实，这就是趣味”的银行家、工厂主庞得贝，是“用低价买进，用最高价卖出”的英国功利主义哲学观念和经济观念的形象体现者。正是这种冷冰冰的“事实教育”，使得葛雷梗的女儿露易莎被迫嫁给年长自己30岁的庞得贝为妻，葬送了青春，而葛雷梗的儿子汤姆则在同样的教育下，成为盗窃银行后嫁祸于人的罪犯。《艰难时世》在表现资产者的虚伪、狡诈、贪婪、冷酷的同时，还直接描写了产业工人的贫苦生活和奋起斗争的状况。另外，像狄更斯许多作品中的景物描写一样，《艰难时世》对于人物的生活环境——焦煤镇中长蛇一样无穷无尽地冒出来的浓烟、在浓烟熏炙下变得像生番花脸似的建筑物等场景的描写，也具有强烈的象征意义。

英国著名的19世纪现实主义作家，还有与狄更斯齐名的《名利场》作者萨克雷，以及一批优秀的女性作家，如勃朗特姐妹——夏洛特、爱米莉、安妮，盖斯凯尔夫人，还有乔治·艾略特等。此外，20世纪初期的著名诗人哈代，也是英国19世纪维多利亚晚期有建树的现实主义小说家。

3. 德国

19世纪中叶以后,德国进入了一个社会动荡、思想激变的时代:40年代开始工业革命,50年代经济实力获得迅速增长,70年代完成全国统一大业。在这数十载的岁月里,伴随工业化的进程,德国开辟了第一批海外殖民地,带动了工业和外贸的兴旺繁荣,人口迅速增长,工人阶级崛起,马克思主义传播,劳资矛盾取代贵族与资产者的矛盾成为社会矛盾的焦点。文学创作从19世纪中期带有浪漫主义改革激情的诗文作品,逐渐向现实主义、自然主义的写实文风过渡,出现了冯塔纳这样对社会现状有清醒认识、对社会弊端持冷峻批判态度的现实主义作家以及声势浩大的以霍普特曼为代表的德国自然主义文学运动。

冯塔纳是个大器晚成的作家,将近60岁才发表了第一部长篇小说《风暴之前》,此后就一发而不可收拾,在20年的时间里写下了20多部小说和两部自传作品。

长篇小说《艾菲·布里斯特》被公认为冯塔纳最杰出的作品。小说写17岁的贵族少女艾菲在父母之命的安排下,嫁给母亲当年的情人殷士台顿男爵。婚后受到丈夫冷落的艾菲难耐寂寞,红杏出墙。六年以后,这段早已成为过去的隐情被丈夫偶然发现。为了普鲁士的荣誉观念,既不恨情敌、又深爱妻子的殷士台顿仍然选择了捍卫名誉的姿态,在决斗中杀死情敌,休弃妻子,使艾菲在孤独绝望中含恨而逝。这部作品的批判锋芒直指受到德国人盲目服从的扼杀人性的社会道德准则。小说写得最触动人心的一段,是殷士台顿休妻前的内心斗争:他和妻子已经做了多年的恩爱夫妻,还养育了一个可爱的女儿,他对妻子曾经有过的背叛行为完全没有憎恨的情绪。但是,要求妻子绝对忠于丈夫的传统荣誉观念已经渗透到这个普鲁士贵族的血液之中,让他感觉到不算旧账就像一个懦夫行为,会引起自己甚至妻子对自己的蔑视,因此,在明知道旧账重提的结果只会给他和妻子、女儿带来痛苦的前提下,殷士台顿最终还是非常理智地做出了毁灭自己的家庭幸福的艰难决定。这恰恰是《艾菲·布里斯特》的深刻之处,作者通过不动声色的描写,无情地揭开了隐藏在历来大受世人褒扬的社会道德准则面具之下的血淋淋的伤痛。

冯塔纳不仅以自己创作的沉静叙述和平实描写接近自然主义文学，他更是同辈作家中惟一肯定19世纪80年代后期在德国兴起的自然主义文学运动的人。

由于工人阶级的斗争，统一后的德国逐步确立了工人保险制度，实行了强制性教育，歌剧、话剧等文化事业也获得了国家资助，这为自然主义文学运动在德国的开展提供了一定的物质基础。

德国自然主义文学在19世纪90年代达到鼎盛状态，刊物如林、社团众多，无论是理论还是创作，都受到了来自国外的文学新思潮的强大推动。德国自然主义作家常把法国的左拉、挪威的易卜生、瑞典的斯特林堡、俄国的托尔斯泰和陀思妥耶夫斯基等人的创作，一股脑地视为极具影响力的自然主义文学典范，翻译介绍的这些作家作品逐年增多。然而，喜欢思辨的德国作家对左拉的自然主义理论并没有机械照搬，因为他们发现左拉的自然主义理论有明显的逻辑缺陷，比如左拉的名言"一部作品是通过一种气质所表现的自然的一部分"中的"气质"一词，在德国自然主义看来，就不能自圆其说，很容易为反自然主义创作方法的主观介入敞开大门。因此，德国自然主义作家和理论家霍尔茨，便发明了一个数学等式以代替法国人对自然主义理论的烦琐说明："艺术＝自然—x"，在这里，"x"代表艺术家模仿技巧上的不足。这样，在霍尔茨的理论中，创作中主观因素的作用就被有意识地彻底剔除了，艺术遂成为尽艺术家所能地摄影、录音般精确地再现置身于特定环境中的人与物的事物。霍尔茨的理论作为艺术规则虽然根本无法付诸实践，也很少有作家包括他自己真正逐字逐句地将上述理论用于实际创作，但由于这一理论强调模仿的形式和语言技巧，并且它直接导致了德国自然主义文学在创作中运用"分秒必录"形式的实验，却使语言形式这一在法国自然主义那里受到相对忽视的文学因素，在德国自然主义这里受到了必要的重视。这大概也是更讲求语言艺术的自然主义戏剧创作在德国能够获得巨大成功的原因之一。

霍普特曼是德国自然主义文学中最有代表性的作家。1888年他因在德国自然主义的文学刊物《社会》上发表短篇小说《道口工梯尔》而引起社会的关注，翌年，霍普特曼的杰出自然主义戏剧《日出之前》在柏林上演，一方面引起了轩然大波，一方面却宣告了自然主义在戏剧领域中的巨大成功。在《日出之前》中，一位滴酒不沾的年轻进步社会学家洛特，来到某一因发现煤矿而新近富裕起来的西里西亚农村，对当地的采矿条件进行科学调查。在那里，他与一位美丽的姑娘海伦结识、相爱，姑娘满怀希望地幻想能在洛特的帮助下摆脱自己那个酗酒、乱伦的家庭。结果，因为了解到海伦家庭的污浊情况，洛特离开了海伦，因为他不愿与家族成员全都酗酒的家庭联姻，怕给后代带来不良的遗传作用。绝望的海伦在最后一幕戏中自杀了，而她酗酒的姐姐此时却正在舞台后面流产。霍普特曼的这部《日出之前》，以客观、冷静到近于冷酷的态度，挖掘人的自私、怯懦的本性，再现现实生活的残酷真实，采用方言、动作乃至沉默等多种戏剧技巧，渲染悲剧性的情景氛围，表现了外部环境对人物悲剧命运的决定性影响。《日出之前》的演出成功不仅使霍普特曼蜚声文坛，一跃成为德国自然主义文学运动的领袖，而且该剧在戏剧结构、语言形式方面所做的革新，也为20世纪德国表现主义戏剧甚至布莱希特的叙事剧的产生，提供了十分有益的借鉴。

第三节　象征主义文学

如同自然主义文学一样，法国也是19世纪欧洲象征主义文学的滥觞。需要指出的是，在理解象征主义文学时，不应把它和19世纪80年代出现的法国象征派完全混为一谈。事实上，就在法国象征派鼓噪地声称，一种反对供应信息、反对雄辩、反对浪漫主义的虚假敏感和现实主义及自然主义对外部世界的客观描述的新艺术形式正应运而生时，"力图给理念裹上一层可感知的形式"的象征主义诗歌早已存在。因此，与其像法国象征派作家那样，将波德莱尔、兰波，以至魏尔仑、马拉美等人视为象征主义文学的先驱者或导师，毋宁说他们正是象征主义文学的最具代表性的大师。

一、象征主义文学的成因

强烈影响了20世纪西方现代派文学的19世纪象征主义文学，体现了19世纪后期的一些西方诗人对“用砖石和泥灰在书的封皮之内大兴土木”[①]的现实主义和自然主义文学的反叛及对依靠文学传达叶芝所谓的“神性的生活和被隐埋了的真实”[②]的渴望。具体分析起来，象征主义文学既是时代环境刺激的产物，又与西方文化、文学传统有着密不可分的关联。

第一，象征主义文学是时代环境刺激的产物。

19世纪下半叶的欧洲社会仍然问题重重：科学的发展与物欲的恶性膨胀比肩，经济的繁荣与国民精神的委顿相伴，工厂烟囱的林立与工人阶级的反抗并行。在自然主义的作品当中，我们已经能够体会出一种矛盾的情感，即在对科学发展充满信心的同时，又对随社会现代化而来的环境污染和人性污染心存疑惧。而在与自然主义几乎同期产生的象征主义作品中，对现代文明的不满、厌恶，则通过寓意性的手法隐晦而强烈地表达出来。

像其他受到法国作家戈蒂耶的“为艺术而艺术”的文学主张影响的西方唯美主义文学流派一样，象征主义文学同样表现出对周围世界现实发展的逆动情绪。事实上，随着19世纪西方资本主义政治、经济和文化制度等的逐步完善，随着文学作品商品化进程的加快，文学写作日渐成为资本主义商业社会的一种谋生手段，一如马克思、恩格斯发表于1848年的《共产党宣言》所明确指出的那样：“资产阶级抹去了一切向来受人尊崇和令人敬畏的职业的灵光，它把医生、律师、教士、诗人和学者变成了它出钱招雇的雇佣劳动者。”[③]在这样一个物质主义渐占上风的时代，与极大地改变了人类生存繁衍环境的科学技术的实用性不同，文学这种表现人类生之欢乐与悲哀，死之痛楚与解脱的心力产物，冬不可以御寒、夏不可以避暑、饥不可以果腹、

① 叶芝：《诗歌的象征主义》，转引自塞尔登《文学批评理论》，第26页。

② 同上书。

③ 马克思、恩格斯：《共产党宣言》，引自《马克思恩格斯选集》第一卷，第253页。

渴不可以生津，在一个功利主义的社会中不仅丧失了神圣性，而且还不得不为自身的生存权利而抗争，这就使得认识到“这个社会……不容诗人活下去”①的文学家尤其痛恨流俗的资本主义社会，并且格外看重崇尚情感与美的、与功利目的无涉的文学领地在现实社会当中的超凡脱俗地位。如冈特所言：

> 经济规律的作用会使人向往虚无缥缈的理想国度。画家、作家、音乐家在社会里不再各得其所了，因为没有一个现存阶级对这些人的作品感到有任何需要，也不把这些作品看成和自己的利益一致的东西。所以，波希米亚人②是一群无政府主义者。波希米亚人不得不精打细算，过着没有工资、或是没有固定收入的日子。因此，对这种生活就非抱着无所谓的超然态度不可了。波希米亚人的对头是资产阶级，这不仅因为资产者生性狡诈，贪得无厌，心灵与外表都丑陋异常，正像伟大的杜米埃为《喧嚣》杂志所作的石板画里描绘的那样；更主要的原因是，资产者排斥艺术，排斥艺术家，认为他们起不了为资产者理解的功利作用。而对艺术家来说，这种超然物外的态度倒使自己摆脱了对社会的义务。③

从这一角度审视，强调“把善同美区别开来，发掘恶中之美”（波德莱尔《恶之花》序言）、“让部落语词具有更加纯洁的意义”（马拉美《爱伦·坡之墓》）的象征主义诗歌，正与自然主义作品一样，是应时代环境刺激而起的文学现象。

其次，象征主义文学的出现又与西方文化传统血脉相连。

在西方文化史上，对或生或灭的现实世界后面那没有生灭的某种绝对实在的形上探究，从古希腊经中世纪直到近、现代，2000多年从无断绝。特别是经过中世纪的阐述，古希腊哲人关于“神是一个永

---

① 马拉美语，引自韦勒克：《近代文学批评史》第四卷，杨自伍译，第539页。

② 泛指生活在法国巴黎的放荡不羁的艺术家。

③ 威廉·冈特：《美的历险》，凌君等译，中国文联出版公司，1987年，第4页。

恒而至善的存在"①的观念，被基督教的上帝信仰所强化。在基督教看来，上帝既为宇宙间一切存在的最终本原，又超乎一切被造物之上，代表着"终极完美的幸福"。随着基督教信仰在西方社会的广泛传布，"上帝之国"是纷纷扰扰、充满苦难的现世之外的一个和平、宁静、辉煌、"不再有死亡，也不再有悲哀、哭号、疼痛"(启，21:4)的完美的超验世界的传统信念，不仅成为像但丁的《神曲》一样的文学作品所表现的重要主题，而且已经演化为西方人的观念意识中的一种根深蒂固、深入人心的理解世界的思维方式了。这就难怪在注重诗人内心感悟的19世纪象征主义诗歌中，通常"还存在着一个有时叫做'超验象征主义'的方面。在这种情况下，具体意象不是用作诗人身上独特的思想感情的，而是用作一个广阔而笼统的理想世界的象征符号，而真实世界只是对于理想世界的一种不完善的再现。"②在此，象征主义文学中有关现实世界之外另有一个理想世界存在的观念，正来自在基督教的末世论中起着重要作用的上帝之国即"天堂"的观念。法国象征主义的第一位诗人波德莱尔在《埃德加·坡新注》里认为："灵魂正是通过并借助于诗，而觉察出驻在坟墓后面的光辉的"，"当一首完美的诗激出了人们的眼泪时，便充分证明读者感到自己被流放在一个不完美的世界里，并期望摆脱它，进入业已显示给他的天堂"；另一位象征主义大师马拉美则主张由于世俗语言的不完善性，"在文学中，暗示就足够了：本质被提取出来，然后呈现在理念中。当诗歌变作不可触摸的欢乐，它将升向天堂"③。这些言论，都说明基督教的超验世界对诗人文学思考的指导意义。虽然在科学迅猛发展的19世纪后期，对不少诗人而言，基督教的信仰之宇已经坍塌，但逃避严酷多艰的苦难现实，寻找超凡、神妙、不朽的彼岸世界的努力，却指引象征主义诗歌做出"不通过神秘主义或宗教，而通过诗的媒介来获得这另一世界"④的一种大胆尝试："谁能抛弃在迷雾的生活之中

① *Metaphysics* by Aristotle, Book Ⅱ, 7.

② 查德威克：《象征主义》，郭洋生译，花山文艺出版社，1989年，第3页。

③ 马拉美：《诗歌危机》，转引自《现代主义文学研究》上，中国社会科学出版社，1989年，第347页。

④ 查德威克：《象征主义》，第4页。

压人的烦恼和那巨大的忧伤,而且鼓起强健的羽翼,直冲向宁静光明之境,真是幸福无穷!”(波德莱尔《高翔》)

最后,象征主义文学的产生还与西方文学的写作传统密切相关。象征,即一种不依赖直接描述、而凭借某一媒介的间接暗示以表达人类相对玄奥、复杂的生命体验的艺术方式,是古往今来大量中外文学艺术作品当中并不鲜见的文艺表现方法。对西方人而言,《圣经》中关于天国、关于末世的各种令人联类不穷的象征性描述,比如启示录中“七头十角的怪兽”、“古蛇”、“淫妇”等等象征时代邪恶、罪孽滋蔓情形的形象,都曾经具有一言九鼎的神圣力量。也就是说,西方社会家喻户晓的《圣经》文本,不仅向西方人灌输了“三位一体”、“原罪”、“救赎”、“天堂”、“地狱”等宗教观念,还向西方人展示了象征、隐喻等“其称文小而其指极大,举类迩而见义远”的文本写作手法的洞幽烛微的艺术魅力。这种魅力,无可避免地影响到中世纪以来许多西方文学作品的写作。这些文学作品的突出代表,便是以象征为血脉的但丁的《神曲》创作。关于《神曲》的象征特点,但丁自己在《致斯加拉亲王书——神曲·天堂篇》中有过专门的说明:

> 必须知道,我这部作品的意义,不是简单的,反之,可以说是“多义的”,就是说含有多种意义。第一种意义是照文字上的意义;第二种意义是照文字所表现的事物的意义;第一种可以称为字义的意义,第二种可以称为讽喻或神圣的意义。为了更清楚地阐明这种论法,可以把它应用到如下诗句。
>
> 以色列出了埃及,雅各家离开说异言之民,那时犹太是主的圣所、以色列是他的领土。
>
> 如果只看字义,这句诗对我们说的是在摩西时代以色列的儿女离开埃及,如果看他的讽喻意义,它说的是基督为我们赎罪,如果看它的道德意义,它说得是神圣的灵魂摆脱尘躯的奴役而得享永久的自由。[1]

① 《缪灵珠美学译文集》,第311—312页。

在但丁这里，作品的“多种意义”，主要是字面意义与神圣意义的分别，而字面意义恰恰构成了其对神圣意义的象征。事实上，由于基督教认为，《圣经》是直接源于上帝的启示，里面必然含有人类所难以理解的深意，不可能像表面所见的那样简单、浮浅甚至自相矛盾，因此，宗教学家们自古就不满足于《圣经》文本所传达的一目了然的信息，而总是千方百计地寻找为表面信息所遮覆的深层涵义，仿佛非如此不足以显示经文的神圣性似的。因而自基督教发展初期，教父们就已经对《圣经》中的不少章节用相对复杂的方式来加以阐释。早期基督教学者安布罗斯和奥古斯丁都认为，应从三个层面理解、阐释《圣经》的经文意义：一是自然意义，即按史实背景解释的经文意义；二是道德理性的意义；三是神学信仰的意义。而对文本“道德理性的意义”和“神学信仰的意义”的探求，实际上就是寻找“自然意义”之外的象征意义。但丁有关文学作品“四种意义”的区分，就明显受到基督教解经学的影响。在西方文学的写作传统中，但丁《神曲》的创作，进一步扩大了《圣经》以及基督教解经学对后世文学创作的影响。而历代运用象征手法创作的西方文学作品，又为19世纪象征主义文学的出现提供了不可或缺的典范。

二、象征主义文学的理论特征

现实主义和自然主义文学主张按照自然规律和社会规律来描写人的思想行为，象征主义文学则反其道而行之，把世界看成人的概念的产物，轻视客观世界，高扬主观真实。就重视诗人的主观性而言，19世纪后期的象征主义文学与世纪前期的浪漫主义文学可谓一脉相承。但与浪漫主义文学不同的是，象征主义文学并不热衷于个人日常生活中的喜怒哀乐之情的抒发，而是试图传达诗人内心深处所潜藏的某种不可捉摸的隐秘。这隐秘恰如一朵马拉美所言的“万花之上的花”：“当我说：‘一朵花！’这时我的声音赋予那湮没的记忆以所有花的形态，于是从那里生出一种不同于通常的花萼的东西，一种完全是音乐的、本质的、柔和的东西，一朵在所有花束中找不到的花”，这是一朵象征理想境界与完美理念的非尘世的本质的花，是一种潜藏在诗人主观思想情感背后的永恒真理。因此，如前所述，象征主义文学的第一个理论特征，是它对诗人穿透现象世界，表现与自己的心灵深处相通的本质、超验、完美的彼岸世界的号召。

与诗人负有的传达理念世界的使命相应，象征主义文学秉承浪漫主义把诗人类比为“造物主”的观念，同样将诗人视为先知、预言家和兰波所说的“通灵者”，一个似乎从天堂谪降凡间的富于神性的人物。波德莱尔在其著名的象征主义诗作《恶之花》的开卷第二篇(《祝福》)中，即以哀感而自矜的诗句，表达出他对诗人作为耶稣一样的人与神间的中介人物的理解:《祝福》一上来就将诗人“当初，在最高神的命令之下”，使母亲“恐怖万分”的降生，与《圣经》中有关耶稣基督“道成肉身”的降临带给耶稣之母玛利亚的惊慌(路1:29—38)加以类比，暗示诗人同样肩负着某种不容流俗社会褫夺的“永难改变的天命”。他甚至享有着像基督一样由苦难通向至福的命运，一面在现世遭受着“通往十字架”的痛苦，一面不倦地“从原始光的圣炉之中汲取”“纯光”。“他跟清风嬉戏，他跟浮云谈笑”，“他所喝的饮料，他所吃的食物，都变成神馔和朱红色的玉液琼浆”，“他明晰的精神发出无限的光辉”。就连上帝都“在一群圣天使的品位里”，特地保留着诗人的席位，诗人享有“参加宝座天使、德行天使、主权天使的永恒宴会”的权利。因此，作为一个在天国中占有一席之地的神性人物，诗人是一个能够穿透尘寰物理世界“砖石和泥灰”的封堵而瞻望到彼岸世界的“幸福者的玫瑰”(但丁语)的“废黜的孩子”，而他所拥有的非凡的语言表达能力，又使他可以将自己瞻望“天堂”所得的幻像传递给他人，使世间凡人能够通过诗人而了解世界的本真存在。也就是说，诗人卓立于大众之上，如波德莱尔的诗篇《高翔》所言，“他能凌驾生活之上，不难听清百花以及沉默的万物的语言”。对文学创作主体的这种神化意识，是象征主义文学的第二个理论特征。

象征主义文学的第三个理论特征，是对“通感”的强调。首先是波德莱尔在《恶之花》的《感应》一诗中提出，自然如一座象征的森林，“芳香、色彩、音响全在互相感应”，对于诗人而言，“有些芳香新鲜得像儿童肌肤一样，柔和得像双簧管，绿油油像牧场”。随后兰波也在《地狱的一季》中申明:“我发明元音的颜色……A黑色，E白色，I红色，O蓝色，U绿色……我界定每个辅音的形式和移动，我引以为豪的是又以本能的节奏发明一种诗歌语言，有朝一日它会为所有感觉所融贯。”①

也许，作为中国人，熟悉唐人诗句如“碧瓦初寒外”、“晨钟云外湿”、“银浦流云学水声”、“羲和敲日玻璃声”的读者，大约都不会对文学创作中的“通感”因素感到新奇（如果不说奇怪欧洲人的“通感”理论如何会来得这样晚的话），但就欧洲文学而言，象征主义如此强调“通感”的意义，却具有创新的价值。因为在欧洲文化考察人对世界的理解时，最注重的是视觉因素，其次是听觉。所以，很少有理论像象征主义文学这样明确提出“为所有感觉所融贯”的“通感”在文学创作中的重要作用。

魏尔仑 1874 发表的《诗艺》开篇有句名言：“音乐走在一切之前。”将诗歌等同于涵义朦胧、富于暗示性的音乐，而不是像上一世纪的时尚那样，将诗歌等同于雕塑或绘画，这是象征主义文学的第四个理论特征。与以前那些具有象征性的文学作品相较，19 世纪象征主义文学的创新，在它对诗歌整体朦胧性、暗示性的强调上。象征主义者认为每个灵魂都是一首乐曲，每个诗人都有他的长笛和提琴。理想的纯粹的诗歌应回避描摹任何自然事物，回避表达任何直接明确的思想情感，而仅仅保留对事物和思想情感的暗示性②。因此，他们把通篇采用不加解释的象征符号，即运用后来艾略特所谓的“客观对应物”——激起独特情感的一套物体、一种境遇、一连串事物等，对作者的思想情绪加以暗示，以期在读者心中将其重新“创造”出来，尊崇为文学表现的最佳方式。实质上，正是出于使“纯粹”诗歌脱离指事状物抒情的传统诗歌表达范围而获得音乐般的流动性的愿望，促使兰波、马拉美等人的象征主义诗歌创作打破了传统作诗法中节奏、韵脚的成规束缚，卸下了亚历山大诗体一类法国传统诗体为诗歌形式所戴上的桎梏，完成了传统诗体向现代自由诗的转变。

---

① 转引自韦勒克：《近代文学批评史》第四卷，第 523 页。

② 《现代主义文学研究》，第 344、346 页。

三、象征主义文学的作家作品

西方19世纪象征主义文学的优秀创作成果，主要集中在波德莱尔、魏尔仑、兰波和马拉美这四位破旧立新的法国诗人的诗歌作品当中。虽然这些作家作品的总体数量有限，但其影响于后世的能量却未可限量，《近代文学批评史》的作者韦勒克就曾不免有几分危言耸听地断言："不仅在法国而且遍及西方世界，20世纪诗歌观念已为法国象征主义运动中所宣明的学说原理一统天下。这种支配力量一定程度上显然归之于波德莱尔、兰波、马拉美以及步其后尘的诸家的诗歌成就：法国的克洛代尔和瓦雷里、德国的格奥尔格和里尔克、俄国的勃洛克和伊凡诺夫。意大利的翁加雷蒂和蒙塔莱、西班牙语世界的鲁本·达里奥和马查多、英语世界的叶芝和艾略特。再者，尽管由来已久，文学中'象征'的普遍概念却仅仅通过法国的公式化阐述而倾倒广泛的西方公众。"①虽然就对象征主义的"普遍概念"所做的宣扬与传播工作而言，拉福格、莫雷亚斯、雷尼埃等19世纪80、90年代间的形形色色的法国象征主义文学的徒子徒孙们功不可没，但真正在文学观念、文学形式以及文学风格上做出了开创性贡献的人物，还是波德莱尔、魏尔仑、兰波和马拉美这四位象征主义文学的拓荒者。

波德莱尔(Baudelaire)出身于法国巴黎一个公务员的家庭。自幼丧父的不幸遭遇，养成诗人高傲敏感的个性，他很早就对以继父为代表的循规蹈矩的资本主义庸俗社会表示蔑视。成年以后，他对家庭和社会的反抗，不仅表现在整日混迹于蛰居巴黎的贫穷而狂放不羁的文学青年之间，而且表现在他曾积极投身于1848年的法国二月革命之中。但革命的失败和三年之后路易·波拿巴颠覆法兰西共和国的政变，使波德莱尔彻底放弃了所有的政治热望。他开始从事文学评论和翻译工作，并因为这两项工作的成绩而在法国文坛上立住了脚跟。1857年，他发表了惊世骇俗的象征主义诗集《恶之花》，他的大胆创新一方面得到雨果等人的高度评价，一方面遭到伤风败俗、亵渎宗教的控告和"这个可怜虫除了极想做诗人外，身上没有一点诗

---

① 韦勒克：《近代文学批评史》第四卷，第508页。

人的气质”[1]的嘲弄。1860年,《恶之花》经过增删后再版发行,此时,这部被作者称为放进了“全部的心,全部的温情,全部的信仰”的“残酷的书”,开始受到法国年轻一代诗人的热烈欢迎和推崇。

作为象征主义的开山之作,波德莱尔的《恶之花》以均衡的诗行、复杂的迭句、和谐的语调,以及如“太阳沉没在自己的凝血里面”一样宽广而富丽堂皇的诗句意象,婉转有致地表达了作者的“忧郁和理想”。在这部影响深远的诗集中,作者波德莱尔的匠心不仅体现在像《黄昏的和谐》或《忧郁》这样一些暗示逝去的美好之物和甜蜜爱情的感伤之作中,而且体现在他诗集中所有充满想像力和创造力的涉及天堂美景的诗作,如《头发》、《灯塔》、《邀旅》等作品中。在这些诗作的象征性表达里,深受传统基督教信仰影响的诗人,以一系列独创性的清空意象,例如:遥远的未在眼前的世界,令诗人做梦的绿洲,闪烁永恒热情的浑圆而无垠的苍穹,妖娆的天使,遮蔽天国的冰河和松林荫,豪华、安宁而又逍遥的国度等,表达了诗人对一个没有败坏、没有混乱、惟有灿烂辉煌的永恒幸福相伴的彼岸世界的向往。

与此同时,波德莱尔之所以被人们称作一个不完整的但丁[2],还在于,像但丁一样,波德莱尔不仅在诗作中传达了现实世界之外或许存在着一个天国,一个富于秩序、华美、豪奢、宁静特色的纯净天界的观念,而且不少诗篇还暗示出基督教信仰中的那个与现实世界对应的另外一种存在——“流着忘川的绿水,却没有血液”[3]的地狱景象的森然。比如在《七个老头子》一诗中,七个跛足而行、令人毛骨悚然的奇丑老人,“对世界不光是冷淡,而且是仇恨,仿佛用他的破鞋践踏无数死者”,便有如来自传统基督教信仰中的可怖地狱中的魔鬼。

总之,正如《恶之花》的压卷之作《旅行》一诗所言,诗人在自己的创作中义无反顾地“潜入深渊,不管是天国还是地狱,深入未知的世界,去探索新奇”,他的诗作既表现了人们在现实生活中的苦难、挣扎

---

① 查德威克:《象征主义》,第25页。

② 《艾略特诗学文集》,王恩衷编译,国际文化出版公司,1989年,第108页。

③ 波德莱尔:《恶之花 巴黎的忧郁》,《恶之花》引文均引自钱春绮译《恶之花》,人民文学出版社,1991年。

和绝望,也表现了人类对某种超自然的彼岸世界的憧憬、探察和追求。

波德莱尔是19世纪象征主义文学的第一人,魏尔仑、兰波、马拉美等其他三位著名诗人的创作都受到了他的启发和影响。尽管如此,这后几位象征主义大师的诗作仍有各自的独创性特点。魏尔仑(Verlaine)的诗歌往往追求诗句的明晰和形式的完美,他在《感伤集》、《无词浪漫曲》、《智慧集》等诗作中,以飘扬洒落、状溢目前的景物渲染,以及新颖随意、灵活多变的诗歌韵调,微妙地传达出诗人的忧郁不安和内心凄凉;被称为"诗坛怪杰"的兰波(Rimbaud)曾是魏尔仑的密友,这位不满16岁就开始了诗人生涯、才21岁就引身远遁的少年天才,好似一颗划破夜空的璀璨夺目的流星,在短短五年的时间里,他不仅以富于力量和变化的诗歌韵律,创造出如《醉舟》当中无舵无锚、自由自在地扎入险象环生的惊涛怒海中的船只那样出人意料的诗歌意象,而且还以"观看"并"聆听"自己诗歌自动诞生的"通灵者"的文学创作理论,影响了20世纪的超现实主义文学实践。如果说兰波在诗歌创作上的独辟蹊径主要得之于作者初生牛犊不怕虎的勇气,那么,马拉美(Mallarmé)的成功,却体现了一种"世事洞明"的练达。他深知在当代社会,诗人只能是"一个寻求离群索居以便雕刻自己坟墓的人"①,但仍然"不顾一切地一头栽进他明知并不存在的梦想,一直讴歌我们的灵魂以及开天辟地以来积聚于我们内心的一切相似的神圣的印象,而且面对成为真理的虚无,宣告这个辉煌的谎言"②。《希罗底记》、《牧神的午后》就是诗人努力开掘表达复杂心志活动的语言资源,深入到意识的底层探求未知事物,以创造新的、迄今未有的现实的两篇名诗。而他发表于1897年(去世前一年)的散文诗《骰子一掷永远不会破坏偶然》更具诗歌革新意识,这种革新不仅在作品师心独见地阐明,在纷繁的宇宙万象之前,人类的任何思想都如骰子一掷一样,有它或归于湮灭、或得以传播的机会;而且在于诗人对作品形式所进行的自出机杼的改造:《骰子一掷永远不会破坏

---

① 韦勒克:《近代文学批评史》第四卷,第539页。

② 同上书,第543页。

偶然》不单放弃了传统诗作中不可或缺的标点符号，而且在排版印刷方面也比其他象征主义同道走得更远——他将绘画的象形因素直接引入诗歌创作当中，期望收到传统的拼音文字很难具备的瞻言知貌、印字知时的全新语言效果：20余页的诗文醒目地矗立着一些排列不规则的大号大写字母，而很多附属的语句，有些以小号大写字母印刷，有些以普通或斜体字母印刷，插在主句的词与词之间；诗人还把两页当作一页用，以便使左页里的句子自然地“流淌”到右页里去，与此同时，印在双页上的某些孤零零的词语，正像白色天空里闪烁的黑色星星，而那些跨页印刷的诗句，又像拍摄轮船尾波的底片，这些安排，无疑都以强烈的视觉效果加强了诗句中出现的那些有关海洋和天空的意象。马拉美以其震撼诗坛的最后一击，彻底打破了法国传统诗文表达方式的限制，为后来人的形式翻新提供了令人心旌摇荡的创意。

第七章　20世纪文学

两次世界大战对西方文学发生了重大影响。

尽管到19世纪后期，木匠耶稣当年所搭建的"基督教帐幕"，正如美国女诗人狄更生所言："我所知道的天，像一顶帐篷/掩藏起它那闪亮的园地/拔起它的桩子，消失了/没有木板/或碎裂的钉子或木匠的声音"，——其一统天下的影响力已经消退，但由于物质—技术文明在西方各主要国家的飞速发展，使它们有能力用枪炮打开还在鼾睡之中的亚非国家的大门，强迫那些和平封闭的民族开放口岸，以海盗行径攫取原材料和倾销产品，因此，在19世纪末、20世纪初，西方列强用殖民地或半殖民地的哀鸿遍野、满目疮痍，换来了本土的歌舞升平。虽然日见悬殊的贫富差别造成蓬勃开展的工人运动，虽然叔本华、尼采一类的思想家对弥漫欧洲的奴性十足的乐观主义予以挖苦抨击，虽然艺术的商品化使唯美的艺术家发出愤愤不平的抗议，但却不足以打破西方人因科学的相对发达和物质生活的相对餍足而产生的优越感和满足感。此时，在由西方文化传统生发出的追求终极信仰的普遍社会心理状态中，科学受到了前所未有的、足以与宗教抗衡的热切信仰。正是这样的舆论状态，使调整宗教与科学、信仰与理性之间矛盾对立关系的基督教"进步神学"在19世纪后期的西方社会中风行一时，甚至一度成为这一时期的思想文化主流。这种世俗化的神学观点坚信西方社会制度的合理性及其"进化"性发展，认为获得上帝恩典的西方"选民"有能力带动或者代替整个人类在现实世界的未来发展中建立上帝之国，达至终极拯救。因此，西方文化对"实在"本身具有内在的逻辑结构，因而存在着理性可以直接把握真理的传统信念，从古希腊经中世纪以至于近现代，历数千年而绵延不绝，到19世纪后期至20世纪最初的十几年，这种对理性的信念更是到达了登峰造极的地步:西方科学技术的进步,被不少文化学者视为冥冥之中上帝就人类向善、社会进化直至最终拯救的实现所做的神圣安排。当年许多前往中国从事传教教育工作的基督徒,就分享了西方社会的这一信念,并把这一信念传布到中国。

然而,第一次世界大战的爆发和战事的残酷彻底粉碎了西方人的“科学”、“进步”迷梦。整个欧洲为这场战争付出了惨痛的生命财产代价:近一千万人死于非命,城市和乡村被毁,国家负债累累,世界经济萧条,从前繁华和富裕程度在世界上首屈一指的欧洲,战后到处是饥饿、贫困和愠怒的人民。正是通过第一次世界大战,人们终于发现,日益壮大的工业主义,只能导致日愈精细的技术分工,从而使个人对人生的体验受限于越来越小的范围;增长的财富与知识并没有培养出美德与人际间的信任,反倒因贫富分化悬殊而加深了人与人之间的歧见和仇恨,加大了发达国家贪得无厌、扩张向全世界的财富欲求,加剧了世界上战争和动荡的危险;宗教、道德信念向追逐民族国家野心的丑恶政治妥协退让,正义、进步、平等、民主等口号每日都被当作骗局揭露,这样的情形,使渺小的个人越来越感到自身受控于某种非人的邪恶力量的摆布之中。由此,20 世纪的西方思想界对“现实世界是否根本上缺乏理性结构、意义和目的?”“人类理性的天生缺陷是否必然导致其对世界的歪曲认识?”“非理性的狄俄尼索斯冲动是否才是人类的主要本性?”等一系列问题,进行了全新的求索与解说。

由于这一时代的各国文化精英普遍将西方文明视为人类文明的最高典范,因此,第一次世界大战前后西方世界对自身的理性文明传统、科技进步、财富增长的负面效应的怀疑和反思,引发了文化界对西方文明以至于整个人类文明的彻底失望情绪,20 世纪的许多西方文学作品,一方面反映了人们对社会生活的理性审查,一方面就传达了人们对世界幻灭、荒诞和支离破碎的情感体验。因此,文学新世纪的概念,与其按照西方传统的耶稣纪年起于 1900 年,不如界自 1914 年的第一次世界大战爆发,算起来显得更准确些。

第一节　概　述

20世纪西方文学最醒目的两个概念，是“现代主义”与“后现代主义”。虽然不能说“现代主义”与“后现代主义”文学是20世纪西方文学的主流，但它们确实构成了这一时期西方文学最引人注目的层面。虽然“现代主义”与“后现代主义”文学观念的产生可以溯源到19世纪甚至更早的西方历史时期中，但20世纪的西方社会现实，以及在这样的社会现实当中流行的尼采的超人哲学、柏格森的直觉主义哲学、弗洛伊德的精神分析学说、海德格尔和萨特等人的存在主义哲学，都为“现代主义”与“后现代主义”文学现象的出现提供了哲学和心理学基础。大致说来，“现代主义”文学主要指形成于第一次世界大战前后的后期象征主义、表现主义、未来主义、意识流文学、达达主义和超现实主义等文学现象，它们的共同倾向是怀疑、否定和反叛西方文化的传统法则和秩序，放弃对世界和人类认识的理性主义、乐观主义态度，表现人生的痛苦、绝望和荒诞。一般认为“后现代主义”文学产生于第二次世界大战以后，它是个相对于“现代主义”文学而得到规定的概念。虽然直到今天，人们对“后现代主义”概念的界定仍不十分清晰，有人视它为第二次世界大战后大众化、通俗化的文学态势对“现代主义”文学精英化倾向的反拨，也有人视它为反传统的“现代主义”文学活动的逻辑化延续，还有人视它为一场追求写作的矛盾性、随意性的独立文学运动。“后现代主义”文学同样流派众多，包括存在主义文学、新小说派、“垮掉的一代”文学、“黑色幽默”文学、荒诞派戏剧等，在继承“现代主义”文学反传统的创新精神的前提下，“后现代主义”文学显示了西方文学发展的更加多元化的倾向。

由于社会环境和文化传统的不同，各主要西方国家的20世纪文学在重新调整价值观念体系的共同前提下，又有自己的不同表现特色。20世纪的西班牙文学成果丰硕，文坛上先后经历了“98年一代”、“14年一代”、“27年一代”、“36年一代”、“半个世纪派”和“68年一代”等不同风格倾向的文学流派各领风骚、叱咤风云的繁荣局面，涌现出乌纳穆诺、希梅内斯、洛尔卡等一批具有极高国际声誉的文学巨匠；与此相似，20世纪的意大利文坛也极为活跃，“颓废主义”、“未来主义”、“先锋派文学”、“反对派文学”、“新现实主义文学”和“新先锋派文学”相继兴起，邓南遮、皮兰德娄、卡尔维诺等诗歌、戏剧、小说各方面的大师级人物也层出不穷。但限于篇幅，本书在此不得不割舍掉令人瞩目的20世纪西班牙、意大利以及北欧国家的文学成就，而将笔墨集中于对法、英、德(包括德语作家卡夫卡)、美四国文学概况的介绍上。挂一漏万，读者其宥之。

一、法国文学

第一次世界大战以前的法国被称为“美好时代”，活跃在20世纪初期文坛上的法国作家大多在上个世纪末期就已开始了写作生涯，并继承了上个世纪末已经出现的现实主义、象征主义、新浪漫主义等文学思潮。20世纪初期的文学创作一方面表现幻想和温情，一方面表达对未来的憧憬和不安，在小说、诗歌、戏剧各方面都产生了既反映时尚又预示未来的优秀创作。其中，小说方面成就突出的有阿兰-富尼埃的《大个子莫纳》、法朗士的《企鹅岛》和《诸神渴了》、巴雷斯的《灵异的山丘》，诗歌方面有阿波利奈的《醇酒集》，戏剧方面有比利时籍的象征主义剧作家梅特林克的《莫娜·瓦娜》和《青鸟》以及雅里的《乌布王》系列。

从第一次世界大战爆发到第二次世界大战结束之间，是法国文坛流派纷呈、硕果累累的时期，而首先对第一次世界大战的残酷和荒谬发出抗议的超现实主义运动(Surrealism)，则以宣言、诗文作品和频繁的社会活动，表达了这一时代文学观念的最强音。

第一次世界大战之后出现的超现实主义文化运动，其直接的推动力来自产生于第一次世界大战期间的达达主义。后者没有明确的系统理论和战斗目标，只是极有声势地表达了青年人对造成异化、仇恨和屠杀的虚伪的资本主义文明和价值观的抗议和唾弃。达达主义虽因其文化虚无主义而很快式微，但却为代之而起的超现实主义文化运动的风行做了不可或缺的思想舆论准备。超现实主义文学创作受到俄国十月革命的影响，受到科学领域新观念如爱因斯坦的相对论的影响，还受到兴起于法国的强调非理性主义的柏格森热的影响，但最突出的影响，则来自弗洛伊德的精神分析理论。

弗洛伊德(Freud)把人的精神机制分为本我(libido)、自我(ego)和超我(superego)三个层次，其中本我作为人类生命活动的本原得到了突出的强调。事实上，传统的西方宗教信仰当中，一直有对高于人类理性的所谓人类的灵性的非理性主义解说，弗洛伊德的精神分析理论与其说是发现了人类心理状态中存在一个过去未被认识的层次，即(本我的)无意识(包括前意识)层次及其对人类认识和行为的作用，毋宁说是对传统文化所强调的高于人类理性的灵性给予了同样得到突出强调的低于人类理性的新的命名、新的判断和新的解释。弗洛伊德的精神分析学对20世纪西方文学创作的影响是难以估量的，它将人类的理性分析能力拓展到分析人类的非理性状态之中，第一次世界大战前后，不仅影响到德国表现主义的诞生和英美意识流小说的发达，在法国，弗洛伊德关于受压抑的处于无意识状态的"本我"可以通过睡梦、催眠和精神失常表现出来的见解，还使超现实主义作家如获至宝，他们对现实主义忽视世界深层和人的内心真实的批判，对理性和逻辑是语言的枷锁的宣称，对借助于梦幻、催眠的试验进行"自动写作"的提倡，都与其所受到的弗洛伊德精神分析学说的启示密切相关。

超现实主义这一术语源自阿波利奈的剧本《蒂蕾西亚的乳房》序。1924年10月，巴黎出现了超现实主义团体的常设机构"超现实主义研究室"，11月，布勒东发表了纲领性文件《超现实主义宣言》，称："超现实主义，阳性名词，纯粹的心理自动作用，人们借助于这种自动作用，用口头、书面或其他任何方式来表达思想活动，它不受任何理智主宰，摆脱了任何美学或伦理学成见。超现实主义奠基于某些过去一直被人忽视的联想形式的超现实信念，奠基于梦想万能、毫无得失考虑的思想活动的信念。超现实主义旨在彻底毁灭所有其他心理结构，并取代它们来解决生活中的主要问题。"12月，超现实主义机关报《超现实主义革命》创刊，直到1930年被新刊物《为革命服务的超现实主义》所取代。超现实主义运动除发起人布勒东(Breton)、阿拉贡(Aragon)、艾吕雅(Éluard)等人外，陆续又有部分诗人和戏剧家、画家加入进来,同时,关心并且介入政治活动的超现实主义团体从一开始就因为政治态度的分歧而具有分裂的基因。在超现实主义运动的发展过程中,阿拉贡、艾吕雅等人先后从这一阵营当中分离出去,使这一运动一再受到沉重的打击。但布勒东一直坚持超现实主义原则和观点,由于他的中流砥柱作用,超现实主义运动的声音直到1966年(布勒东逝于此年)以后才渐告消歇。

超现实主义运动的最大成就在诗歌创作领域。布勒东的诗集《可溶解的鱼》、阿拉贡的诗集《大喜集》和艾吕雅的诗集《公共的玫瑰》,打破了词语的固定形式,倾诉了内心深处的绝望和不安,创造出了奇妙新异的诗句。布勒东的小说《娜嘉》、阿拉贡的小说《巴黎的土包子》,则是著名的超现实主义散文类作品的代表作。

超现实主义运动的追随者遍及英、德、美、西等多个西方国家,其"梦想万能、毫无得失考虑"的精神实质在绘画、雕塑、建筑和电影等造型艺术领域也得到了充分的发展和演示。

与力图摆脱理性束缚的超现实主义运动同时但努力方向相反的著名诗人,是法国后期象征主义的代表瓦雷里(Valéry)和克洛代尔(Claudel)。提倡"纯诗"的马拉美弟子瓦雷里十分重视诗歌创作中的理智作用,也格外推崇诗人对诗歌语言形式的惨淡经营。他的哲理诗,如《年轻的命运女神》、《海滨墓园》等,格律整一、音韵和谐、气象万千,在强烈而奇特的感性形象下面,蕴藏着有关动与静、生与死、精神与物质、有限与无限等哲学思考的丰富意味。与瓦雷里同样对诗歌艺术进行不懈探索的克洛代尔,作为诗人的主要作品有《流亡诗集》、《五大颂歌》和《三重唱歌词》等。同时,长期任职中国的经历,还使他创作出了《拟中国小诗》、《拟中国诗补》这些表达对中国文化的感触和借鉴的诗作。克洛代尔把诗歌中的诗行、字词、思想和节奏的关系比做铁匠铺里熔炉、铁水、火焰和风箱的关系,他以经过锻炼、节奏明快的诗句,深邃而简约地表达了一个天主教徒的内心情感体验。

与诗歌比较而言,克洛代尔在戏剧方面所取得的成就更为突出。他的名作《城市》、《正午的分界》以及1923年创作、1943年上演的《缎子鞋》等,带有强烈的象征主义和神秘主义色彩,饱含着浓厚的宗教情绪。克洛代尔最著名的剧本为人物众多、情节纷繁的《缎子鞋》,

全剧以16—17世纪之交西班牙在非洲和美洲的殖民扩张为背景，以堂·罗德里戈和堂娜·普罗艾丝的爱情悲剧为主线，传达了作者所深执的为基督征服世界的殖民主义信念。这一剧作的主要贡献，在于突破传统的戏剧规范，将各种不同的舞台艺术手法结合在一起的戏剧试验上。

在小说创作领域，与超现实主义运动同样向传统表现形式发起挑战的作家，主要有普鲁斯特(Proust)、纪德(Gide)等人。

普鲁斯特的长篇"内心独白"小说《追忆逝水年华》，是一部7卷240多万字的鸿篇巨制，小说以主人公马塞尔追忆逝去的青春年华为主线，集中塑造了"美好时代"的法国贵族阶级、资产阶级和仆役阶级的人物群像。《追忆逝水年华》的价值，不仅在于它对人生百态的描摹所具有的社会编年史意义上，更在于它对人物心灵深处的开掘所具有的"万趣融其神思"的创新形式和手法上。为了表现人物的"心理时间"，小说打破了常规的叙事模式，改变了传统的叙事节奏，以不由自主的回忆的方式，使过去与现在重叠，使逝去的青春年华在文学创作中得到了超越于时间的永恒空间存在。与此同时，这个以时间为主题的作品还有一个十分宏伟的间架结构，小说分别从法国上流社会的两端——资产者斯万家和贵族盖尔芒特家对称写起，在各种细部描写的呼应中，使两端不断向中心靠近，而两个家族的最终联姻，使得整部作品有如一组蔚为壮观的风格统一的建筑物群。

纪德是和普鲁斯特一样对20世纪的法国文学产生重大影响的作家，他的创作，如《窄门》、《背德者》、《田园交响乐》和《伪币制造者》等，往往摇摆于表现狂热的宗教信仰与肆意地放纵人的"背德"本能之间。《伪币制造者》一般被视为纪德创作中的惟一一部小说作品，作者在这部内容驳杂丰富的长篇小说中，摈弃了传统小说叙事的逼真原则，用"小说套小说"的互动结构，以人物对话为主要手段，挖掘人物的心灵活动，以全新的、多视角的方式展示不同人物对世界的不同看法和印象，成为作者所提倡的"纯小说"的经典之作。

两次世界大战之间有成就的法国作家，尚有莫里亚克、马尔罗、圣-埃克苏佩利、贝尔那诺斯、吉奥诺、蒙泰朗、罗曼·罗兰、杜加尔、儒尔·罗曼、吉罗杜等著名小说家和戏剧家。他们的作品既有对传统文学表现方式的祖述和对传统题材的改写，又有对人物内心世界的探索和对人类本质生存状况的挖掘，还有在运用意识流、象征主义等现代写作技巧方面的创新。其中，以反映社会现实为己任的“长河小说”的出现，如罗曼·罗兰的《约翰·克利斯朵夫》、杜加尔的《蒂博一家》、儒尔·罗曼的《善意的人们》等，更构成了20世纪10—40年代法国文学创作的一大特色。

第二次世界大战期间，法国在德国人的进攻下丢失了半壁江山，这给法兰西民族带来了空前的耻辱。在德国占领当局严格的审查制度控制下，法国人的民族情绪只能通过写戏、演戏和观戏的方式进行宣泄，这就使得戏剧没有像小说和诗歌那样在战争期间衰落，反而取得了令人瞩目的成绩。蒙泰朗的《皇后之死》、阿努伊的《欧律狄刻》、萨特的《苍蝇》和吉罗杜的《索多姆和戈莫尔》等名剧，都是在这段时间上演的。

战争的震撼、政治的动荡、社会的危机，使第二次世界大战结束以后的法国思想界活跃异常。反映于文坛上的，既有风行一时且影响深远的存在主义创作，又有引起广泛关注的结构主义、符号学和精神分析学的文评、文论。从40年代后期到70年代以前，法国文坛上的革新观念、创新试验以及标新立异的作品，吸引了几乎全世界的好奇目光。

存在主义创作是第二次世界大战结束以后法国文学中的一个亮点，由于存在主义思潮及其代表作家在世界范围内的广泛影响，本书在下面将作专节介绍。

从50年代后期到70年代，法国新小说与荒诞派戏剧，成为小说和戏剧领域中两类开风气之先的作品。

新小说又被称为“反小说”、“新现实主义”等，它继承了第二次世界大战以前的法国文学创作在意识流、超现实主义等表现手法方面所进行的探索，继续摈弃巴尔扎克式的传统小说程式，在强调事物的感性、表象意义的前提下突出了物质世界缺乏条理和秩序的非人化特征，在小说领域形成了文学变革的强大冲击波。新小说派的主要代表作家作品有罗布-格里耶的《橡皮》、《嫉妒》，萨洛特的《行星仪》、《金果》，布托的《时间表》、《变》和西蒙的《风》、《弗兰德公路》等，在反传统的共同表征下，不同的作者又各有自己的风格。如果说罗布-格里耶的作品让物体或姿态首先进入人的视野的努力侧重于“看”的话，萨洛特的小说则侧重于“听”，她的作品充斥着喋喋不休的对话以及未及外化的内心话语的声音；与此同时，如果说罗布-格里耶的作品在小说结尾时往往没有“最终断案”，布托的作品则常常给出多种可能的答案；而西蒙的作品则诚如作者所言，是在致力于用文学语言“重建巴罗克式圣坛装饰屏”。

与新小说几乎同期的“新戏剧”——荒诞派戏剧，在同样的文化环境下，把文学革新的意识引上了戏剧舞台。最早的荒诞派戏剧作品是 1947 年上演的热奈的剧本《女仆》，1950 年上演的尤奈斯库的剧本《秃头歌女》开始引起人们对荒诞派戏剧的关注与争论，爱尔兰作家贝克特的剧本《等待戈多》1953 年初在巴黎的演出成功，使荒诞派戏剧的影响迅速传遍西方世界。与存在主义文学相似，荒诞派戏剧也表现了有秩序的客观世界图像的解体，因此之故，人与自然、社会以及自我之间的关系都呈现出不和谐的甚至不可理喻的荒诞色彩。但与存在主义文学不同的是，荒诞派戏剧不是把荒诞感处理为作品内在的微言大义，而是以舞台上的直观形象，通过不合逻辑的道具摆放，不合逻辑的人物交谈，不合逻辑的重复、机械的人物动作和舞台变换，表现世界的混乱和人生的空幻。重要的荒诞派戏剧作品除上面提到的，还有尤奈斯库的《椅子》、《犀牛》，贝克特的《美好的日子》、《终局》，热奈的《阳台》、《黑人》，阿达莫夫的《塔拉纳教授》、《弹子球机器》等。

虽然新小说与“新戏剧”在第二次世界大战之后、70 年代之前的法国文坛上喧嚣一时，但却远远没有构成文学主流。这时期仍有大批不属于任何流派的诗人、小说家、戏剧家创作出了极为卓越的作品。其中，佩斯、夏尔、米肖、普雷维尔、博纳福瓦等，在 20 世纪后半期的法国诗坛上一领风骚；女作家尤瑟纳尔、杜拉斯以委婉细腻、流畅清新的文笔，为法国小说界增添了靓丽的光彩；而最早肯定荒诞派戏剧的大戏剧家阿努伊，在荒诞派戏剧之外做出了戏剧方面的独特建树，他的名剧《安提戈涅》、《云雀》等，托古讽今，借鉴皮兰德娄、布莱希特的戏剧创作技法和理论，对传统题材做出了迥异于传统的解说。

二、英国文学

20世纪初,“日不落”的大英帝国依然沉浸在种族优越的自傲情绪当中,倡言优胜劣汰的进化论的达尔文当年所言之凿凿地声称的“介·戴维思(甲 182)博士通过许多仔细的测量,证明欧罗巴人的平均脑量是 92.3 立方英寸,亚美利加人的是 87.5,亚细亚人的是 87.1,而澳大利亚人才 81.9 立方英寸”①的说法,给了歌颂“白种人的责任”的英国文人以理论支持。因此,第一次世界大战前的诗歌、小说和戏剧,在有限度地揭露、讽刺英国国内不公正的社会状况的同时,还有对英帝国主义奴役殖民地人民的行径的美化。活跃于这一时期英国文坛上的作家,既有兼小说家和诗人于一身的吉卜林、哈代,又有主要以小说知名的威尔斯、高尔斯华绥、康拉德和因戏剧创作而备受世人瞩目的爱尔兰人萧伯纳。其中,哈代(Hardy)在 20 世纪初放弃小说创作而重拾诗笔,写出了一系列感情真挚的抒情诗,完成了 3 部、19 幕、130 场的规模巨大的史诗剧《列王》。他的诗作既深深植根于英国农村的纯朴生活之中,又对历史和人生的意义有过长久的思索,语言古拙而有力,诗风质朴而深沉,不追随任何流派而自成一家,这使 20 世纪下半叶以来他的诗名超过了他在小说方面的声誉。威尔斯(Wells)不仅以卓有声名的科学幻想小说创作如《最先登上月球的人》等为世所知,而且还长于描写伦敦小市民的职业生活,后一类作品主要有《吉普斯》、《波里先生传》等。长篇巨著《福赛特世家》三部曲是高尔斯华绥(Galsworthy)用高雅的语言所描写的上层资产者福赛特的家史,小说通过一个资产阶级家庭的破产,揭露了资产阶级贪婪和资本主义社会日趋没落的世相。爱尔兰作家萧伯纳(Shaw)19 世纪后期卜居英国伦敦,为 20 世纪的英国文学带来了戏剧创作上的突破。他在自己的剧作中继承古典喜剧诗人阿里斯托芬以来的欧洲喜剧传统,一生写出了 51 个剧本,其中,《人与超人》、《巴巴拉少校》、《伤心之家》等名作,在给观众以高尚的艺术享受之余,或辩论社会问题、或发表新颖见解,使过去一百年里英国戏剧不振的局

① 达尔文:《人类的由来》,潘光旦等译,商务印书馆,1982 年,第 72—73 页。

面得到了根本的改观。

在1914—1918年的第一次世界大战中，一整代有才华的青年死于战壕。应运而生的战壕派诗歌，发生了由鼓吹“圣战”到厌战与反战的转变。第一次世界大战结束以后，胜利的英国与战败的德国同样承受着为战争所付出的惨重代价：这场灾难空前的战争，不仅使英国政治、经济、军事实力大大削弱，“世界霸主”地位逐步丧失，而且在活着的人们心灵上留下了难以愈合的致命创伤——文明的进步带来的是更大范围的破坏，西方各国基督徒在上帝的“爱与和平”的名义下互相残杀，不少青年因此而陷入失望、彷徨、痛苦的深渊之中，开始重新思考社会、人生、前途、命运等相关问题，19世纪末、20世纪初在欧洲已经产生的带有反传统的或者悲观主义倾向的哲学思潮迅速发生了强烈的影响。一时间，德国哲学家叔本华的唯意志论、尼采的强力意志论、奥地利精神分析学家弗洛伊德的精神分析学说和法国哲学家柏格森关于“心理时间”与“空间时间”差异的理论甚嚣尘上，强烈地冲击着英国人对于理性和科学的传统信仰。

炮火初停、残垣满目，在物质与精神的双重废墟上，出现了英国现代派文学，其诗歌上的代表作是艾略特的《荒原》，它的影响所至，使艾略特创作前期的晦涩诗风得到了青年诗人奥登、燕卜生、拉金等人的仰慕和模仿。小说方面，现代派文学产生了吴尔夫(Woolf)的《到灯塔去》、爱尔兰作家乔伊斯(Joyce)的《尤利西斯》和劳伦斯(Lawrence)的《恋爱中的女人》、《恰特莱夫人的情人》等在内容、技巧上刻意求新的创作，它们避开对已经变得越来越难以理解的现实事物的描绘，转向对人的内心世界的探索，致力于描写人的精神创伤和空虚绝望，促成了英国20世纪20年代意识流小说创作的繁荣局面。

在意识流小说中，以乔伊斯为杰出代表的现代小说家们，运用内心独白、自由联想、颠倒时空秩序等一系列非戏剧性的小说叙事技巧，努力捕捉作品人物的全部意识流动过程，而不是像大多数传统小说那样，往往局限于单纯描写人物的合理思想，相当新颖地展示了现代人的复杂多变的内心世界。在这方面，乔伊斯的《尤利西斯》是个成功的范例。小说以不加掩饰的坦率，记录了爱尔兰首都都柏林三个平凡人物一天的琐屑生活，它通过小说人物视觉、听觉、触觉等的各种官能感受，逼真、细腻地描绘了都柏林市从早到晚万花筒般的喧嚣生活场景，深刻生动地传达了作品主人公孤独、苦闷、充满挫折感的凄凉心境。在与荷马史诗《奥德赛》的巧妙对比中，20 世纪的新型史诗《尤利西斯》，以手法、风格和语言的大胆创新，强烈渲染了人在现代社会当中的渺小与悲哀。

现代派除孜孜于标新立异的创作外，还发表文学理论著作，为他们作品的晦涩与险僻辩护，并重新评价既往的英国作家，如艾略特就抑抒发强烈精神理想的诗人弥尔顿和雪莱，而扬 17 世纪的玄学派诗人。在小说方面，吴尔夫等人也撰文抨击威尔斯、高尔斯华绥、本涅特等人的旧现实主义小说不真实，认为这种传统小说语言表浅、情节造作、人物性格描写无法深入，与现代派小说通过运用“意识流”一类现代性的手法所塑造的小说人物相比，旧现实主义小说留有太多人工斧凿的痕迹。

与现代派进行各种创新和批评活动同时，19 世纪中期以来盛极一时的批判现实主义文学在作家创作中仍占有一定的地位，虽然其影响已经日渐缩小。老一辈作家中，高尔斯华绥在 20 年代创作了另一组有关福赛特世家的小说三部曲《现代喜剧》，由《白猿》、《银匙》和《天鹅之歌》组成，描写了年轻一代资产者的精神空虚和迷惘情绪。与此同时，第一次世界大战之后又涌现出一批新的现实主义作家。奥尔丁顿在《英雄之死》中，通过主人公的战场经历，再现了第一次世界大战的残酷情景，表达了作者对非正义战争的憎恶和对战后英国现状的不满；毛姆的长篇小说《人性的枷锁》通过主人公的遭遇，提出了“真正的人的自我究竟是什么”的哲学命题；女小说家曼斯菲尔德在短篇小说里描写了社会生活中的日常琐事及普通人的喜怒哀乐、悲欢离合，深刻反映了社会现实。对知识分子更有吸引力的是着重写人与人之间的交情的福斯特，他的名作《印度之行》表达了东西文化在精神上的隔膜；出身名门的赫胥黎则利用他对于科学和文艺的广博知识，写出了一系列社会讽刺小说、神秘小说和反乌托邦的幻想小说，表现了知识分子在现代世界里的困惑。1929 年出现了普里斯特利的小说《好伙伴》，写一个民间剧团在各处演出时的经历，继承了狄更斯的喜剧式的现实主义传统。

此外,反映工人劳动和斗争生活的工人阶级文学以及反映爱尔兰人民争取独立自由斗争的爱尔兰文艺复兴运动,也使两次世界大战之间的英国文学呈现出多种流派争奇斗艳的纷纭复杂的景象。

1926年英国发生了规模宏大的工人罢工运动,英格兰地区内外,工人阶级文学相当活跃。苏格兰文艺复兴运动的发起人与积极参加者、苏格兰著名诗人麦克迪阿米德写了歌颂大罢工的诗作《受难的玫瑰之歌》和献给列宁的颂歌;威尔士地区的矿工作家刘易斯·琼斯写了自己和伙伴们在罢工中的战斗经历;爱尔兰这时已经独立,但是移居英格兰的爱尔兰文艺复兴运动的干将之一奥凯西并未停止战斗,他写出了《星儿变红了》和《给我红玫瑰》等直接表现工人反对法西斯的武装斗争的剧本。

1929年开始的席卷全球的资本主义世界经济危机,给老牌资本主义的英国带来了雪上加霜的沉重打击,社会动荡、道德败落、人心沮丧,法西斯主义势力抬头,一种大难临头的预感使得全英国的作家比平常更关心政治,特别是年轻一代诗人和作家如奥登、斯班德、刘易斯、衣修午德等人。他们在技巧上虽受艾略特等老一代诗人作家的现代主义创作手法的影响,在内容上却开始反对前辈们的晦涩文风,直接表现了重大的社会政治问题;甚至后来被目为颓废诗人的迪兰·托马斯在其初期的作品中也颇有反对资本主义的激情。这时期,在马克思主义文学创作和理论研究方面,也出现了福克斯和考德威尔的优秀著作,前者的《冲击长空》、《小说与人民》和后者的《幻觉与现实:诗的源泉研究》,都坚持了文学不仅仅是个人内心世界的表露而且是对社会现实的反映的立场。

20世纪前期的英国文学成就,还应包括硕果辉煌的爱尔兰文艺复兴运动。19世纪末期,爱尔兰人民与英国统治者之间的矛盾以及爱尔兰自身的社会矛盾不断激化,爱尔兰民族解放运动的声势极为浩荡,在这样的大环境刺激下,一些爱尔兰作家渴望从文学上找到一条解决爱尔兰社会政治问题和民族出路问题的新途径,以具有高度文化修养的民族国家形象团结人民,共同担负起建立美好统一的新国家的重任。产生于19世纪末期、发展壮大于20世纪初期的爱尔兰文艺复兴运动由此应运而生,出现了一批成就卓著的小说家、戏剧家和诗人。爱尔兰文艺复兴的显著成果在戏剧和诗歌方面。都柏林的阿贝戏院在剧作家格雷戈里夫人和诗人叶芝的主持下,演出了他们自己和其他的爱尔兰剧作家包括辛格和奥凯西的带有爱尔兰民族特色的戏剧新作。其中,辛格的《西方世界的花花公子》和奥凯西的《朱诺和孔雀》都是杰作,他们不但成功地写了爱尔兰题材,而且在戏剧语言上有重大创新。叶芝在1902年写了《奥立汉的凯瑟琳》一剧,鼓舞了观众的民族主义情绪,后来他又在戏剧艺术方面多所试验。但在诗歌方面他的成就更为突出,以他为代表的后期象征主义诗歌,是英国现代派诗歌的主体。他早期的诗作即以优美迷人的爱尔兰风情著称,后来的诗则越写越显得精粹深刻,吸收而又超越了现代主义,成为20世纪西方世界最大的诗人之一。

第二次世界大战当中,后期象征主义诗歌的另一位大家艾略特发表了组诗《四个四重奏》,包括1935年创作的《焚毁的诺顿》、1940年创作的《东科克》、1941年创作的《干萨尔维吉斯》和1942年创作的《小吉丁》四首既独立成篇又形成一个整体的诗作。这些探讨哲理的诗篇,在对历史的沉思中写下了一个诗人在战时最黑暗的年代里对于生与死、经验世界与永恒世界的关系的理解。这里已无多少现代派的手法,诗句变得素净而深挚,代表了艾略特诗歌创作的最高成就。

第二次世界大战给英国的政治、经济带来了更大的打击:殖民体系土崩瓦解,“日不落”的“大英帝国”不复存在;生产迟滞、英镑贬值、通货膨胀、债台高筑,一落千丈的英国经济逐渐形成了对美国的依赖。尽管战后的英国政府采取了一系列安抚人心、稳定社会的福利措施,改善人民的生活条件和劳动条件,实行部分免费医疗和发放老年抚恤金,使更多的青年有机会上大学,但在恢复国民经济方面的进展并不理想,在相当长的时间里,战争中备尝艰辛的英国人民的生活水平不但没有朝预想的方向提高,反而比战前下降。以至于到1970年,在西欧各国中,英国仍是工业生产增长率最低的国家。当然,70年代以后,由于对北海石油资源的开发和利用,英国国民经济出现了显著的好转。但战争的阴影、社会现实问题的困扰,仍然使战后英国文学中所表达的不满情绪与日俱增，而处于失望、彷徨境地的青年一代，则以爆发在文学创作中的愤怒，表达了他们的苦闷之情。

总的说来，虽然第二次世界大战以后英国文坛仍然名作不断，但这时期没再出现像战前的叶芝、艾略特和乔伊斯那样具有世界性影响的作家，也没有产生像战前那样经久不衰、影响深远的文学作品。也就是说，战后的文学创作的总体水平低于战前，战前的不少作家，如奥凯西、奥登、衣修午德等人虽继续创作，但作品在艺术上都较他们战前的作品为逊色。第二次世界大战后，最引起作家关注的问题是战争中暴露出来的人性恶问题，受到存在主义观念影响的天主教小说家格林就在小说中突出描写了人的罪恶性存在，继深刻的《问题的核心》、《爱情的结局》等书之后，他还写过一系列他自己称为“消遣品”的惊险小说；另一个天主教小说家沃长于讽刺，在大战后期写了怀念风流往日的长篇小说《旧地重游》，他最有代表性的作品是战争三部曲《荣誉之剑》，这部小说对战争的无聊无序以及军队高层的腐败作了入木三分的揭露；奥威尔用政治寓言的形式写了《动物庄园》、《1984》等作品，表达了他对一个高度集权的社会制度的戒惧；戈尔丁(Golding)在1955年发表了暴露人性丑恶的新寓言《蝇王》，它通过孤岛中的儿童由天真走向堕落、由理性走向迷信、由合作走向残杀、由民主走向独裁的际遇，揭示了人性恶对人类社会的毁灭作用。

战后英国的一代青年作家可谓别有一番滋味在心头。他们大多是在工党当政后的福利国家里成长起来的社会下层的青年，靠公家津贴才上了大学。然而，在阶级壁垒依然分明的英国，他们又感到处处碰壁，因而50—60年代出现“愤怒的青年”文学运动。“愤怒的青年”一语取自莱斯里·阿兰·保尔1951年发表的自传《愤怒的青年》一书，这场运动随着约翰·奥斯本(Osborne)的剧本《愤怒的回顾》的上演发展到高潮，引起了国内外文学界的注目。像《愤怒的回顾》中的那个深感生不逢时的男主人公吉米一样，“愤怒的青年”作家笔下的人物都是一些孤独、失意、对社会人生怀有一腔愤怒的“反英雄”的角色，他们拒绝接受传统道德观念，对党派政治深恶痛绝，对社会现状满腹牢骚，玩世不恭。韦思的《每况愈下》、艾米斯的《幸运儿吉姆》、布莱恩的《向上爬》和艾丽斯·默多克的《在网下》等小说较早地塑造出与周围环境格格不入的“愤怒的青年”形象；“运动派”诗人拉金以及后来得到桂冠诗人称号的特德·休斯等人的诗作又进一步加深了人们对于战后小资产阶级生活的平凡、粗糙、无能为力的挫折感的了解，扩大了这一运动的影响；奥斯本发表于1956年的剧本《愤怒的回顾》震动了英国剧坛，表现了在一个“再也没有什么光荣勇敢的事业”可干的富足社会当中没有信仰、没有热情的青年人的心灵贫乏和愤怒；到1958年西利托写《星期六晚上和星期日早上》之时，他笔下伯明翰自行车厂的“愤怒的青年”工人的情绪就不只是愤怒和力图向上爬了，从这些青年工人身上散发出来的，是一种令人不安的无所顾忌的爆炸性和破坏性；伯吉斯发表于1962年的小说《带发条的橘子》，用离奇的写作手法和掺有俄文的怪诞英文，写一群青年流氓的奸淫破坏活动以及官方的对策，则更多地体现了青年人肆无忌惮的个性自由发展的消极方面。

50年代初期到60年代后期出现的“愤怒的青年”文学运动虽发端于英国，但也波及到其他欧洲国家如法、德等国，并与美国“垮掉的一代”文学运动遥相呼应，构成战后英国文学史上颇具特色的一页。

奥斯本的《愤怒的回顾》在扩大“愤怒的青年”文学运动的影响的同时，也标志着本世纪英国戏剧继世纪初的萧伯纳等人之后的第二次高潮的开始。迄至50年代初，英国戏剧大都以上层人物或知识分子为题材，伦敦舞台上演的剧目所用的语言仍是第二次世界大战前中产阶级的语言，所表现的习俗也仍是战前中产阶级所表现出的行为举止和生活习惯，在其中，当代人的社会生活没有得到应有的反映。这种停滞不前的情况使战后的许多英国剧作家立志在戏剧方面开创新路，进行戏剧领域的改革试验。这种努力换来了丰厚的回报，50—60年代构成了英国戏剧创作的又一个繁荣时期，在这当中，新的剧作家不断涌现，剧坛上形成多种流派并存的局面，既有以奥斯本、阿诺德、威斯克为代表的“愤怒的青年”剧作家，又有以贝克特、品特为代表的荒诞派戏剧作家，还有一些剧作家创作了抨击社会弊端、歌颂劳动人民的工人阶级剧作。也就是说，从50年代中、后期起，奥斯本、阿诺德、威斯克、惠廷、邦德、斯托帕德、雪拉、德莱尼、品特等一批优秀剧作家的踊跃登场，为英国舞台重新带来了生气。与此同时，自爱尔兰人贝克特的荒诞剧《等待戈多》1953年8月在伦敦上演成功后，英国出现了自己的荒诞派戏剧，其代表作家是品特和斯托帕德。品特(Pinter)在《生日晚会》、《归家》和《送菜升降机》等剧中，用最少量的对话、光秃秃的场景描写一些离群索居的个体在现代社会里的凄凉而充满危险的生活，被一些评论家称为"威胁性的喜剧"。在他的剧作中，由于威胁的存在，舞台上的人物经常怀有一种恐惧感，相互不理解，长期不来往，一切感情事物都存在于不可捉摸的恐惧之中，人们周围发生的事都是离奇、荒诞、令人费解的。通过他的剧作，品特表达了他对战后英国社会各种弊病的困惑、对其根源的不理解以及对战争灾难的心有余悸。

进入60年代后，形式上的实验主义和内容上的非道德主义成为小说创作的主调，福尔斯(Fowles)是其中最有代表性的实验小说家，他的《占星家》显示了作者意图开创全新小说形式的雄心，但真正奠定了他在英国文坛重要地位的作品却是60年代末写出的《法国中尉的女人》，就环境描写详尽、人物形象鲜明和故事脉络清晰而言，《法国中尉的女人》这部小说带有传统小说的现实主义成分，但它更突出的特点则在小说从20世纪的视点考察19世纪的社会与人生时所运用的别具一格的戏拟手法上。福尔斯外，活跃于60年代英国文坛上的作家都在五花八门的形式翻新之中，保留了一定的相对清晰的传统的现实主义叙事模式。其中，一批有才华的女性作家的创作颇引人注目，多丽斯·莱辛(Doris Lessing)和艾丽斯·默多克(Murdoch)是她们的代表。多丽斯·莱辛创作了一系列以南非白人妇女生活为题材的小说，著名的作品是1962年发表的小说《金色笔记》，这部小说以存在主义者的眼光看人生，写得新鲜有力，既表达了知识妇女的幻灭心情，又记录了一个时代的社会变化。才思敏捷的艾丽斯·默多克是另一位有名的英国女作家，1961发表的小说《砍掉的头》引起了批评界的广泛注意，这部小说最突出的方面是，作者往往以牺牲故事情节的合理性来表达自己的哲学观念，刻意制造模棱两可的价值判断，这一特点也反映在她70年代发表的获奖作品《黑王子》和《神圣的和亵渎的爱情机器》中。

三、德国文学

19 世纪末期，经过统一后的德意志走上军国主义道路，并迅速进入了帝国主义阶段。这一后起但发展速度惊人的帝国主义国家虽积极参与西方帝国主义对全世界殖民地的瓜分，但却不能不在捷足先登的其他西方国家所占据的殖民地盘面前有“我生也晚”的哀叹。极强的掠夺性最终促使它铤而走险，参与挑起了血雨腥风的第一次世界大战，并迫使无数基督徒在上帝和祖国的名义下，向其他国家的基督徒开战。然而，第一次世界大战的结果却粉碎了德意志帝国的如意算盘。第一次世界大战末期，德军惨败于西线战场，使日益腐败的德意志帝国摇摇欲坠。1918 年，德国爆发 11 月革命，推翻了君主制度，在战败后建立了资产阶级的魏玛共和国。可是，第一次世界大战的结束带给德国的不仅仅是失败的耻辱，还有战胜国的经济压制，通货膨胀的金融灾难(1923 年 11 月 15 日在通货膨胀顶峰时，1 美元竟然可以兑换 4.2 万亿德国马克)。愈演愈烈的社会动荡，人民当中不断积聚的对本国社会现状的强烈不满以及对战胜国经济制裁的极端愤懑，为 1933 年以希特勒为首的德国法西斯纳粹分子上台，打下了一定的群众基础。德国的法西斯组织正是在政局不稳、各种政治势力之间斗争异常激烈的混乱中，趁机发展实力，并逐步变得咄咄逼人的。1933 年，希特勒就任内阁总理，迅速在全国建立了法西斯政权的恐怖统治。

自 19 世纪末期以来，德国知识分子在高速发展的经济和矛盾重重的社会现实面前已经屡感困惑不解，文学上各种“为艺术而艺术”的流派，诸如印象主义、象征主义、新浪漫主义等等，逐渐代自然主义而起，这些流派的代表人物如李林克隆、戴默尔、胡赫和格奥尔格等人的创作，对青年一代造成了相当深远的影响，实际上为德国表现主义的出现开辟了道路。与此同时，传统的现实主义文学在这一阶段仍有引人注目的新发展，在小说创作领域中，现实主义的主要代表人物曼兄弟和黑塞等人，都有杰出的作品问世。

迄至 20 世纪初期，表现主义如异军突起，为德国文坛灌注了新的活力。虽然无论就政治信仰还是就哲学观点来说，表现主义运动从来都不是一个统一协调的运动,参加表现主义运动的人也很少是始终如一的纯粹的表现主义者,但表现主义不满社会现状、要求革新、要求"革命"的思想艺术倾向,却极大地影响了同时或稍后的大批重要德国作家。由于下一节将对表现主义进行更为详细的介绍,此处从略。

德国法西斯在30年代初期的掌权不仅使表现主义文学销声匿迹,在法西斯沙文主义影响下,整个德国的民族文化都受到很大的破坏和歪曲。一批御用文人根据所谓国家社会主义的政治理论和优胜劣汰的生存竞争学说,宣扬日耳曼血统最优论,反对人道主义与共产主义,为法西斯军国主义者的扩军备战进行辩护。

尽管这一时期的德国法西斯文学甚嚣尘上,但在文学史上却不被视为这一时期德国文学的主流。随着希特勒的上台,大批具有民主意识的德国作家被迫流亡国外,漂泊四方,在极其艰难困苦、险象环生的环境下从事文学创作。面对共同的德国法西斯敌人,流亡作家们结成联盟,形成了声势浩大的反法西斯文学,这就是著名的"流亡文学"。

第二次世界大战期间,"流亡文学"作为德国文学的最有力量的生力军,代表了德意志民族的希望。正是在反法西斯斗争中,一批杰出的流亡作家创作出他们一生中最优秀的作品。不论是亨利希·曼(Heinrich Mann)的历史小说《亨利四世》,还是托马斯·曼的四部曲《约瑟和他的兄弟们》,以及《洛蒂在魏玛》、《浮士德博士》,或者布莱希特的剧本《大胆妈妈和她的孩子们》、《伽利略传》,以至于西格斯的小说、贝希尔的诗歌,都是在这个时期写就的。另外,第一次世界大战后以小说《西线无战事》一举成名的德国小说家雷马克,著名犹太作家、诗人、文艺评论家阿诺尔德·茨威格,以及因创作长篇小说《柏林亚历山大广场》而获得世界声誉的德布林等人,在流亡期间,都写出了多部揭露德国法西斯在两次世界大战之间罪恶的作品。尤其值得一书的是,在流亡文学中,无产阶级作家不仅占有相当大的比重,而且取得了举世瞩目的成绩。除布莱希特、西格斯、贝希尔的创作成就外,布莱德尔揭露法西斯集中营真相的长篇小说《考验》,作为纳粹罪行的"调查报告书",很快被译成十多种文字,在西方世界广泛流传。与此同时，在德国国内，也有不少作家在法西斯的打击迫害下坚持正义立场，始终未和政府同流合污，并和着血泪默默地创作了一系列优秀的反法西斯作品，这些作家的创作被称为内在的流亡文学。其中最有代表性的作家，是写作了《荒原狼》这部以西方世界的孤独人生为主题的著名作品的黑塞（Hesse）。纳粹上台后，被视为“犹太人毒化德意志民族灵魂的典型例子”的黑塞，其作品在德国已被明令严禁出版。但他并未停止写作，反而一边在瑞士接待来自德国的流亡者，一边继续他自 1931 年就开始的长篇小说《玻璃球游戏》的写作，并终于在 1942 年完成了这部作品。1946 年，第二次世界大战刚刚结束，黑塞就以《玻璃球游戏》这部杰作获得了诺贝尔文学奖。因此，与法西斯统治时期这一德国历史上令人发指的黑暗野蛮时代形成鲜明对照的是，这个时期的德国“流亡文学”可谓群星灿烂，硕果累累。

由于特殊的时代环境，这时期的流亡文学创作有两个突出的共同特点：第一，大多数作家几乎是不约而同地运用现实主义的手法表现人生，对社会现状持激烈尖锐的批评态度，比较真实地再现了德意志帝国的衰亡过程；第二，不少作家在作品结构上受到 19 世纪末 20 世纪初欧洲盛行的“长河小说”创作的影响，写作了相当数量的鸿篇巨制，作家常常通过一个人或一家人的经历和环境变迁，描摹出当时德国的极为广阔的社会生活画卷。其中，茨威格用 30 年时间完成了系列小说《白种人大战》六部曲、弗希特万格创作了《候车室》三部曲和《约瑟夫》三部曲，亨利希·曼除百万余言的长篇小说《亨利四世》外，还有《帝国》三部曲问世，托马斯·曼则有前面提到的四部曲《约瑟和他的兄弟们》，而德布林流亡期间的大部头创作收获，为《亚马逊河》三部曲和《1918 年 11 月》三部曲。

以下，我们仅对托马斯·曼和布莱希特的情况作些稍微详细的介绍。

托马斯·曼（Thomas Mann）出生于德国北部一个日趋没落的富商家庭，是另一位著名作家亨利希·曼的弟弟。作为 20 世纪德国最杰出的小说家之一，托马斯·曼于 1929 年获得诺贝尔文学奖，成为举世公认的德语文学巨匠。

1898年,托马斯·曼参加了《西木卜利齐西木斯》讽刺周刊的编辑工作,并从这时候起,开始了他的文学创作生涯。20世纪初因发表小说《布登勃洛克一家》而一举成名。《布登勃洛克一家》一书描写德国一个资产阶级家庭的三代人和他们商号的兴衰史,展示了广阔的时代生活画面。由于这部作品带有较强的自传性质,因此作者几乎是不由自主地把这部小说写成了怀念德国古老中产阶级美德的一曲哀怨的挽歌。第一次世界大战爆发后,哥哥亨利希·曼发表了激烈抨击德国战争政策的文章《论左拉》,而托马斯·曼由于受叔本华和尼采哲学的影响较深,却于1918年发表《一个不问政治者的看法》一文,极力为独裁国家以及日耳曼民族优越的保守思想辩护,兄弟二人因为见解不合而几乎导致手足之情的破裂。1919年魏玛共和国成立后,托马斯·曼的世界观逐渐改变,1924年发表的《魔山》,反映了作者的思想转变。这部描写某疗养院中苟活于死亡边缘的人物众生相的小说,不仅极富象征意味地涉及到作者对生与死、精神与肉体的对立关系问题的思考,而且鲜明地表达了作者的反法西斯观点。1930年,德国的社会局势日趋动荡,恐怖主义活动猖獗一时,托马斯·曼在柏林发表题为《对理性的呼吁》的演讲,呼吁德国资产阶级同工人阶级联合起来,共同抵制当时已经极为嚣张的国社党的野蛮狂热行径。1933年希特勒上台后,托马斯·曼因为持不同政见而多次受到纳粹当局的威胁恐吓。但他没有退缩,仍借各种在国内外旅行讲学之机,无情地抨击纳粹的反人道政策,并对社会主义、共产主义运动表示同情。由于公开宣扬反纳粹思想,托马斯·曼和他的妻子在德国国内已难以生存,夫妇俩于1933年被迫流亡。随后,曼的作品在德国遭到查禁,国籍、财产和荣誉博士学位等亦被褫夺。1938年托马斯·曼携妻子定居美国,这使他的创作生涯得以恢复。1943年曼完成了他自30年代起既已开始创作的四部曲长篇小说《约瑟和他的兄弟们》,借基督教《圣经》中关于约瑟的故事,歌颂犹太人的智慧,反对纳粹迫害犹太人的种族主义政策,呼吁人类恢复理智的信仰。由于处在世界大战的社会动乱时期,托马斯·曼深刻感受到资本主义的文化危机,对这一危机的忧虑也成为他作品中经常出现的主题。1947年曼出版了他一生的总结性作品《浮士德博士》,通过与魔鬼订约的小说主人公莱弗金的遭遇，反映资本主义社会中艺术无由发展、艺术家没有出路、艺术上的唯美与毁灭人的非理性往往联袂而行的社会文化悲剧。1952 年托马斯·曼由美国迁居瑞士，1955 年在苏黎世附近逝世。

托马斯·曼的创作文风细腻，灵活多变，富于幽默、讽刺和滑稽效果。作品构思独特，层次分明，刻画人物生动逼真，象征手法的运用涵义深远，这既使他很难被归属于 20 世纪的某个文学流派，又使他得以对后来的不同流派的德国重要作家产生强大的影响力。

另一位与托马斯·曼一样对德国乃至世界文学有着不可磨灭的贡献的现代德语大师，是 20 世纪德国的著名诗人、剧作家和戏剧改革家布莱希特(Brecht)。他虽然出身于德国一个富裕的造纸厂老板家庭，但像当时的许多中产阶级的德国青年一样，在与下层社会的频繁接触中，逐步转变了自己的阶级立场。

从《死兵的传说》和《夜半鼓声》起，布莱希特开始了他的文学创作生涯，从这时起至流亡前的主要作品还有歌剧《马哈哥尼城的兴衰》、《三分钱歌剧》，话剧《屠宰场的圣约翰娜》以及根据高尔基同名小说改编的剧本《母亲》。这些作品往往结构精练、语言犀利、哲理性强，主要是以反对帝国主义战争、揭露资本主义制度下的种种罪恶、号召人民起来为争取自己的解放而斗争为主题。

法西斯攫取政权后，布莱希特被迫举家离开德国，先后在欧洲各国和美国过起了艰辛的流亡生活，长达 15 年之久。

流亡期间，布莱希特创作了不少剧本、诗歌和小说，以反对法西斯的独裁统治，唤起人民的觉醒。如以西班牙内战为背景，描写一位普通的渔家妇女怎样从消极地逃避战争到拿起武器，用战斗来消灭战争的剧本《卡拉尔大娘的枪》；以 17 世纪的三十年战争为背景，表现从事小本生意的普通百姓在战争这宗大票买卖当中上当受骗，付出了惨痛的鲜血和生命代价的剧本《大胆妈妈和她的孩子们》，以及一些直接反映希特勒德国当代生活的短剧如《第三帝国的恐惧和苦难》等。此外，布莱希特在流亡期间还创作了《伽利略传》、《四川好人》、《潘蒂拉老爷和他的仆人马狄》、《高加索灰阑记》等剧本，对科学家的社会责任、善与恶、人性的复杂性等抽象问题做出了富于想像力的生动具体的探讨。

1935年,布莱希特在莫斯科观看了中国京剧大师梅兰芳的表演,中国戏曲计虚当实的表现方法于布莱希特可谓“心有戚戚焉”,他从此开始了用马克思主义的辩证唯物论的文艺思想系统深入地研究中国戏曲的历程。在此后的戏剧理论思索中,布莱希特将中国传统戏曲与西方戏剧传统加以综合比较,重新探讨了戏剧演出中导演、演员、角色、观众之间的关系问题。第二次世界大战结束后,由于受到“非美运动调查委员会”的传讯,布莱希特愤而离开美国前往瑞士,在那里总结了自己多年从事“叙事剧”创作的舞台演出经验,写成著名的《戏剧小工具篇》。这是布莱希特关于他的具有开创意义的“叙事剧”创作实践的理论总结,被誉为20世纪的“新诗学”。他的“叙事剧”理论的要旨是“陌生化效果”或说“间离效果”,即不要使观众相信他们在舞台上亲眼目睹的事件就发生在此时此地,而是要观众认识到舞台上发生的事只是记录过去,人们应以分析批判的态度对待这些事件,以便更冷静更清醒地理解那些在现代生活中已经司空见惯的反常事物。而导演和演员则要有意识地在角色、演员和观众之间制造一种情感上的距离,使演员既是他的角色的表演者,又是它的“裁判”。在这一理论指导下的布莱希特的“叙事剧”舞台演出,鲜明地体现出迥异于西方传统戏剧结构的全新艺术特点,剧作无高潮、无悬念、无结局,仿佛每一段情节都可以用剪刀把它剪开、相对独立。布莱希特意图以此来阻止观众进入如醉如痴的观剧状态,保持对发生在舞台上的事件的冷静审视态度。

1948年,布莱希特回到阔别多年的祖国,住在东柏林,在他指导下的柏林剧团在东西欧各地巡回演出,获得了巨大的世界声誉。除戏剧外,布莱希特的诗歌和小说创作同样体现了简练、精确、直率的语言特色,获得了德国内外的普遍赞赏。

第二次世界大战以德国法西斯的彻底覆没和挑起战争的德国的又一次惨败而告终,德国在战后一度被分为东、西两部分。东德文学50年代主要学习前苏联的创作经验,遵循社会主义现实主义的创作原则,大部分作品以揭露法西斯统治的罪行,探讨纳粹上台的原因为基本主题;也有部分作品涉及到普通德国人民在战后重建工作中的英雄业绩;60 年代以后的东德文学创作开始突破了社会主义现实主义的写作框框,积极采用意识流、内心独白、时空倒措等西方现代派文学表现技法,注重反映人的丰富复杂的内心世界。东德文学拥有布莱希特、贝希尔、西格斯、乌泽、米勒等著名作家,它所产生的不少文学成果也得到了国际公认。

与东德文学接受前苏联影响同期,西德文学则在努力追上由于希特勒统治 12 年(1933—1945)而造成的德国文学与其他西方国家文学间的距离,一边积极补课,一边力图清除纳粹思想对德语造成的污染,恢复德国语言文学的优良传统。在这方面,由战俘组成并设立于 1947 年的文学组织“四七社”发挥了重大的作用,从 1947 到 1967 年,“四七社”在 20 年中,通过为青年作家提供交往和创作活动的场所及建立“四七社文学奖”,鼓励优秀作家的文学创作,挖掘出伯尔、格拉斯等一批赢得国际声誉的著名德国作家,为西德文学的繁荣发展做出了巨大的贡献。“四七社”成立之初,德国正处于一片废墟、满目疮痍的情景之下。第二次世界大战使许多德国人特别是广大青年知识分子背井离乡,投入到残酷的侵略战争当中,并在这场受诅咒的不义战争中耗尽了青春。此时,他们中固然有人感到时代欺骗了自己,悲观厌世,就此消沉,以美国文学中的“垮掉的一代”的同调自居;更有人开始认真思考战争和人类命运问题,关注战争幸存者的心灵创伤问题,“废墟文学”或曰“归来者文学”由此产生。“废墟文学”的作者大多为曾经在战场上充当过炮灰并在德国战败后从盟军战俘营中归来的青年,他们笔下所描写的对象,也是像他们一样的那场非理性、反人道的战争的参与者和受害者,这些人不仅在战场上挣扎于死亡边缘,战后面对废墟和饥荒,也依然过着被压迫、受欺凌的生活。“废墟文学”中最有代表性的作品是博歇尔特(Borchert)的广播剧《大门之外》,这部一俟播出就获得巨大反响的成功剧作,既写出了归来者的飘零,也探讨了战争的根源和罪责问题,代表了战后一代青年的感受和思考。此外,伯尔、格拉斯和诗人艾希等人,在这一阶段也创作出不少属于“废墟文学”的作品。

50 年代以后,德国经济得到了奇迹般的恢复和发展,随着德国社会对战争创伤的医治,德国人民在精神上获得了更多的自信与自由。在这时期的西德作家中，既有人采用战前西方文学中已很流行的意识流、象征主义、神秘主义等手法来表现他们对世界的态度，也有人继续采用现实主义手法进行创作，以展示当代德国社会的广阔生活画面，并对资本主义的罪恶以及军国主义的复活阴谋进行揭露和批判。60年代以后，西德的工人文学也获得了很大发展，继西德工人文学先锋"六一社"之后，70年代又出现了"劳工文学写作团体"，简称"写作社"，致力于发掘工人阶层的文化创造才能。随着社会对工人文学兴趣的高涨，工人作家队伍也不断扩大。工人文学的代表作家有瓦尔拉夫，他的作品如《我们需要你》、《十三篇不受欢迎的报道》等，真切反映了工人阶级的疾苦，揭露了西德富裕社会背后存在的非人道现状。

另外，除后面将要介绍到的著名德国作家伯尔和格拉斯的作品外，伦茨(Lenz)的成名之作《德语课》，也是60年代西德文学创作中引起全国轰动的畅销书。这部发表于1968年的长篇小说，取材于某画家在纳粹统治时期被禁止作画的真实历史事件。小说通过一个因在展览会上偷画而成为"少年罪犯"的孩子在教养所上德语作文课时的回忆，叙述了一个几近荒唐的故事：某警察在纳粹统治时期为忠于职守，严格禁止对自己曾有救命之恩的画家朋友作画，甚至战后还在继续收没和焚毁朋友的艺术作品；而警察的儿子却为帮助画家、保护画家的作品而经常处于精神紧张的状态，以至于即使到了战后，为防止父亲焚画，他还神经质地偷盗画家在展览会上展出的作品。《德语课》分析了在德国传统上长期被作为"德意志品质"来宣扬的"忠于职守"的观念，并十分富于反思精神地将希特勒的得逞与德国人的忠于职守的传统联系起来，发人深省。与此同时，这部小说还涉及到表现主义与托马斯·曼的作品中已经探讨到的父与子的冲突问题以及权力与艺术的矛盾问题。

在第二次世界大战之后的德国作家中，知名度最高的当数伯尔和格拉斯。

伯尔(Böll)曾是德国废墟文学的代表作家，在1947—1951年间，他的一系列主要取材于第二次世界大战的作品，如短篇小说集《流浪人，你若来斯巴……》、中篇小说《火车正点到达》和长篇小说

《亚当,你到过哪里?》等,均以被迫充当炮灰的德国普通士兵的不幸遭遇,冷静深刻地反映了第二次世界大战带给德国人民的深重灾难。50年代初至60年代初,伯尔的作品不再局限于表现归来者的漂泊命运,所反映的社会生活变得比以前广阔深入得多。在《……一声不吭》、《无主之家》和《九点半钟的台球》等作品中,伯尔集中笔力,描写了几代在战后西德经济复苏过程中痛苦挣扎的普通德国人的不幸遭遇,揭露、鞭挞了战后西德社会的种种不合理现象,批判了军国主义的复辟思潮。从60年代到70年代,伯尔在继续表现西德社会在"自由"、"民主"的幌子下对"小人物"进行迫害的作品中,一改前期创作低沉、压抑的情调,开始对社会的罪恶不公表示出强烈的愤懑。长篇小说《一个小丑的看法》曾引起巨大反响,而《一次出差的结局》则标志着作者后期创作所偏好的新闻纪事体风格的形成。这一风格在伯尔后来的文学创作,如《以一个妇女为中心的群像》、《丧失了名誉的卡塔琳娜·勃罗姆》中,都有鲜明的体现。

伯尔1971年出版的长篇小说《以一个妇女为中心的群像》(又译《莱尼和他们》)被誉为作者"小说创作的皇冠",这部作品无论是就思想内容还是就艺术手法而言,都达到了作者小说创作的顶峰。小说主人公莱尼是一个善良、正直、平凡的德国妇女,由于不愿按照资本主义社会的处世哲学生活而不断遭到猜忌和迫害。作品围绕中心人物莱尼,以纷繁的线索,从容机智地塑造了各种类型的众多人物,描绘了1936—1966年间德国社会的通俗画卷。小说不仅人物性格复杂,而且时空概念的跳跃幅度很大,尤其难能的是伯尔驾驭语言的功力,这部小说的语言能够随人物所属的阶层、身份和职务的不同而有相应的变化,进一步增强了作品的可信性。

伯尔是个富于社会正义感的基督徒作家,他的小说基本遵循了现实主义的创作原则,同时又擅长运用白描、速写、倒叙、独白、象征、怪诞的联想等手法,以强调小说表现事件的客观性,尤其到后来的创作中,他以不动声色又具有讽刺夸张效果的新闻纪事体方式表达他对社会现实的深刻洞察,在进步青年中,享有崇高的声誉。鉴于伯尔对德国文学复兴所做的贡献,1972年他被授予诺贝尔文学奖。

格拉斯(Grass)是德国著名诗人、小说家、剧作家、雕刻家和插图画家，也是第二次世界大战后的西德作家中主要采用现代派手法进行文学写作的杰出人物之一，1999年获得诺贝尔文学奖。格拉斯生于但泽（今波兰格但斯克）地区，在西德作家组织“四七社”的鼓励下开始从事文学创作。他所创作的多部富于想像力和讽刺夸张色彩的小说，在德国乃至世界文学界享有盛誉。他的成名作是充满怪诞传奇特色的“但泽三部曲”的第一部《铁皮鼓》，这部作品通过形如侏儒而“法力无边”的主人公奥斯卡在但泽这个具有德国—波兰双重文化背景的城市中的经历，展现了1924—1954年间的德国社会生活状况，特别是对法西斯统治时期但泽地区普通德国家庭的逐步纳粹化过程做出了逼真的刻画。《铁皮鼓》的问世，使格拉斯成为成长于纳粹统治时代而幸存到第二次世界大战结束的一代德国人在文学上的代言人。“但泽三部曲”的另外两部是《猫与鼠》和《狗的岁月》。三部曲之间除时间、地点大体相同、情节也一样怪诞离奇外，在内容上并无多少联系。《猫与鼠》塑造了一个竭尽全力却总是一事无成的当代主人公形象；《狗的岁月》则以多侧面的视角，揭露了法西斯上台后对被统治者所犯下的滔天罪恶，同时对战后西德社会姑息纳粹分子的行为表示不满。作为德国社会民主党的政治活动家，格拉斯还在“但泽三部曲”以及后来的《比目鱼》等小说中，揭示了当代西方社会里人们空虚无聊的精神面貌和腐化堕落的道德伦理，并将这种情况归因为可诅咒的资本主义社会制度的产物。格拉斯在作品中还告诉人们，恶魔般的法西斯思潮并未因战争结束而完结，就是在当代西德，人们也仍需警惕法西斯思潮的滋生发展。由于格拉斯的小说充满热情、诚挚的人道力量和正视现实的勇气，他还被评论家誉为“时代的良心”。

四、美国文学

这里以介绍20世纪美国文学为主，为便于阐明历史发展的承继关系，也拟对此前的美国文学发展作一番简短回顾。

美国文学的历史不长，18世纪70年代美国独立革命是美国文学诞生的背景，当时的许多风云人物如富兰克林、杰弗逊等人，不仅是出色的散文作家，同时更是著名的政治家和演讲家，因此美国文学降生伊始，便具有很强的政治性。与此同时，由于美国文学与美国自由资本主义同时出现，故几乎未受昔年的欧洲宗主国的封建贵族文化的影响和束缚。

早期的美国地广人稀，大片有待开发的处女地像聚宝盆一样诱惑着到新大陆来开创生活、实现个人梦想的移民，为探险致富的人们提供了进取的最大可能性。19 世纪初期欧洲文坛浪漫主义文学勃兴的风气，使一些以美国为背景、美国人为主人公的、初步具有了美利坚民族文化特色的文学作品的出现受到了鼓励，致力于发掘北美早期移民传说故事的华盛顿・欧文(Irving)脱颖而出，开了美国短篇小说写作的先河，他于 1820 年结集出版的散文、随笔、小说汇编《见闻札记》引起美国和欧洲文学界的注意，其中《睡谷的传说》、《瑞普・凡・温克尔》等小说都是脍炙人口、至今传颂不衰的名作；另一名美国作家库珀(Cooper)在《皮袜子故事集》中，以印第安部落的灭亡为背景，表现了美国移民的创业历程；诗人布莱恩特笔下的自然景色，是美国当地常见的水鸟野花，他通过歌颂它们，间接赞美了新大陆中人与人之间的和谐关系。与这些充满乐观向上的浪漫主义时代精神的作家同期开始创作的，还有作品风貌别具一格的爱伦・坡(Poe)，他的作品色彩阴暗、格调忧郁，把滑稽提高到怪诞，把害怕发展到恐惧，把机智夸大成嘲弄，把奇特演变为怪异神秘，提倡以美为目标的艺术，在诗歌、短篇小说创作以及文艺理论批评方面均取得了新的成绩，他的创作与探索，给后起的西方现代派文学以不小的影响，因此爱伦・坡被追认为现代派的鼻祖之一。

19 世纪 30 年代以后，美国出现了以爱默生为首的超验主义团体，他们吸取了康德先验论以及欧洲浪漫派的思想材料，在一定程度上摈弃了在美国思想文化中占主流的加尔文教派“以神为中心”的思想，强调人的价值，反对权威，崇尚直觉，宣扬个性解放。这场宗教、哲学领域中的思想改革运动随后扩展到文学创作领域，对美国作家产生了不小的影响，梭罗、霍桑、梅尔维尔、惠特曼等人都曾被超验主义所吸引，他们的作品也都表现出超验主义的影响。其中，霍桑(Hawthorne)是个思想上充满矛盾的作家，他一方面深受加尔文教派的影响，一方面又想有所摆脱，长篇小说《红字》在对主人公状况与命运的探索中,既抨击了宗教的狂热、褊狭和虚伪,又表达了人性本恶的原罪教义。他的作品往往将纯真的人性与资本主义社会秩序之间的矛盾,用“原罪”一类抽象、神秘的观念形式表现出来,具有很深的象征寓意。惠特曼(Whitman)则在《草叶集》中,以丰厚、博大、包罗万象的气魄歌颂劳动、歌颂自然、歌颂物质文明、歌颂个人的理想形象。他的歌颂渗透着对人类的广泛的爱,诗人以豪迈、粗犷的气概蔑视蓄奴制和一切不符合民主自由理想的社会现象,他那“离经叛道”的泛神论的思想和奔放不羁的自由诗体,同样构成了文学史上的创新,对世界文学产生了广泛的影响。

19世纪30年代之后,美国北部掀起一浪高过一浪的废除黑奴运动,在这场声势愈演愈大的废奴运动中,以斯托夫人的小说《汤姆叔叔的小屋》为代表的废奴文学应运而生,成为美国19世纪现实主义文学的先声。

到19世纪下半叶,美国的垄断资本逐渐形成,以劳资冲突为焦点的各种社会问题日渐尖锐化、表面化,在欧洲现实主义与自然主义文学影响之下,一批新兴的作家们把对人生前景的忧虑和失望写进了自己的作品,从各方面反映和批判了社会生活的消极一面。这批崭新的现实主义作家在艺术上各具特色,各有千秋,马克·吐温(Mark Twain)是其中的优秀代表。塞缪尔·朗赫恩·克莱门斯,出生于密苏里州的密西西比河畔,曾在美国中西部和东部地区作过排字工人,也曾在密西西比河上作过舵手。他的笔名“马克·吐温”,便是密西西比河水手的行活,意思是水深12英尺,行船可以安全通过。马克·吐温从1862年开始从事文学创作,以善写男童历险故事著称。他的代表作《哈克贝里·芬历险记》,通过白人男孩哈克贝里·芬帮助黑奴吉姆沿途躲避追捕者、逃往废奴区的经历,讽刺和谴责了美国社会的宗教虚伪和信徒愚昧,批判了封建家族结仇械斗的野蛮,揭露了私刑的毫无理性,为前人所不及。作者以小主人公哈克贝里·芬不受“文明”沾染的“自然”眼光观察事物,不仅使美国社会中存在的蓄奴制的黑暗现象被揭露得更为尖锐、深刻,也使人物对自然景物的感受更为直接、强烈,富于抒情意味。而缺少幽默感的少年哈克贝里·芬的认真执拗,反而平添了全书的幽默诙谐气氛。这部小说不仅具有深刻的思想立意，同时还显示了作者高超的语言技巧，作品使用了几种南方方言，黑人吉姆的话则全用黑人口语，这在当时是一种创新，文字十分清新有力，对以后的美国文学创作产生了很大的影响。作为 19 世纪下半叶的著名作家，马克·吐温的创作活动持续了近 50 年，除《哈克贝里·芬历险记》外，《汤姆·索耶历险记》、《王子与贫儿》、《竞选州长》、《哥尔德斯密斯的朋友再度出洋》、《败坏了哈德莱堡的人》、《神秘的来客》等小说，也都是广受欢迎的传世之作。在他之后，深受欧洲文化影响的另一位美国作家亨利·詹姆斯(James)开创了心理分析小说的先河，他的创作往往通过作品中一个有洞察力的人物的“角度”，叙述故事、铺展情节，不厌其详地发掘人物“最幽微、最朦胧”的感觉，在心理分析精细入微这一点上达到了前所未有的境界。亨利·詹姆斯以描写上层资产阶级的精神面貌为主，风格高雅、文笔细致、讲究形式，为小说艺术的表现力开辟了新的途径。此外，在 19 世纪末、20 世纪初的美国现实主义与自然主义文学创作中，吐·加兰的小说逼真地表现了农民的绝望；诺里斯的小说反映了农场主被铁路资本压垮的社会生活景况；斯·克莱恩引入印象主义手法暴露城市贫民窟的龌龊生活；欧·亨利运用悬念、突变等手法描写了命运对小市民的捉弄；杰克·伦敦则以刚健有力的文笔、引人入胜的叙述，刻画了挣扎在社会底层的工人和流浪汉形象，较早地表现出了社会主义革命的愿望。这些作家都对美国文学的成熟做出了贡献。

20 世纪初，美国经济获得了很大发展，社会生活面貌与人的精神面貌出现了许多新的特点。主要活跃于 20 世纪前 30 年的美国现实主义和自然主义代表作家德莱塞(Dreiser)，以《嘉丽妹妹》、《珍妮姑娘》、《金融家》、《巨人》、《天才》和《美国的悲剧》等重要创作，描绘了广阔的社会画面，深入细致地刻画了各个阶层人物的心理和精神面貌，构成了对美国社会秩序的有力揭露和控诉，深刻地影响了许多后起作家的创作道路。需要指出的是，德莱塞死后出版的《堡垒》和《斯多噶》两部小说，表明了作者创作态度的某种变化，也就是说，代替以往的彻底批判精神的，一方面是德莱塞对主人公人性中的“善”与“美”的复苏的大篇幅描写，一方面是作者对世界和人生的看法所流露出来的消极情绪。这些变化发生在40年代，正可以当作美国第二次世界大战之后文学风尚要出现变化的前兆。

与20世纪初期现实主义与自然主义文学持续发展同时，适应于时代的变化，喜欢追随欧洲时潮的美国作家，开始了持续不断地介绍和效仿欧洲现代派文艺的活动。1912年，《诗刊》在芝加哥创办，标志着美国现代派文学的兴起。一批后来成为有成就的美国诗人的文学青年在这里发表了各自的作品，其中有意象主义者、芝加哥诗派、田园诗人、抽象—哲理诗的作者。这些现代派诗人的共同点是在表现现代美国社会越来越突出的人的异化现状的同时，或多或少地流露出悲观、彷徨的情绪。

第一次世界大战之后，大伤元气的欧洲把金元帝国至尊的宝座拱手出让给了美国，西方世界经济主宰的地位使美国社会出现了一系列新的变化，商业的兴旺、电器的普及与传统道德观念及行为准则的解体相伴行，爵士乐时代(20世纪20年代)大都市的喧嚣享乐生活和现代社会中人们精神面貌的变迁，刺激了一代青年作家在文学创作中对社会现实的反馈；到1929年，原发于美国的特大世界经济危机，在短短数年中造成美国各种社会矛盾的急剧尖锐化，工农运动高涨，马克思主义的影响迅速扩大，左翼作家的队伍蓬勃发展，一批反映社会现实斗争问题的坚实作品如雨后春笋般地涌现。在这股思潮的影响下，一些已经在文坛上确立了地位的名作家如多斯·帕索斯、斯坦贝克等人，也创作出了优秀的社会抗议小说。概而言之，20世纪20年代和30年代是美国文学历史上百花争艳、硕果累累的一大丰收期。

小说方面，秉承现实主义创作原则的辛克莱·刘易斯(Lewis)的声望一度超过德莱塞，他不仅是20年代美国文坛的中心，也是美国第一个获得诺贝尔文学奖的作家。他继承了惠特曼、马克·吐温的传统，创造了自己独特的粗犷有力的“美国风格”。主要作品有长篇小说《大街》、《巴比特》等，画面广阔，充满乡土气息和幽默诙谐的色彩，被人称为“美国的狄更斯”。但30年代后期，刘易斯的创作力明显衰退，除了描写种族歧视的《王孙梦》有些新意外，其他作品都显得似曾相识，缺乏深度。

同样以现实主义与自然主义的传统方法为主进行文学创作的约翰·斯坦贝克(Steinbeck),是一个比辛克莱·刘易斯更有后劲的美国诺贝尔文学奖得主。从20年代发表第一部长篇历史传奇《金杯》起,至60年代,斯坦贝克出版了《天堂的牧场》、《献给一位无名的神》、《托蒂亚平地》、《胜负未定》、《鼠与人》、《长峡谷》、《愤怒的葡萄》、《月亮落下去了》、《罐头工厂街》、《任性的公共汽车》、《珍珠》、《烈焰》、《伊甸园以东》、《晦气的冬天》等多部把蕴含同情的幽默和对社会时弊的针砭结合起来的富于想像力的创作。其中,发表于30年代末期的《愤怒的葡萄》是作者最有代表性的作品,标志着其小说创作的一个高峰。小说以美国30年代空前严重的经济危机为背景,兼容了各式各样的文学模式——社会调查报告、散文式的寓言、新闻报道、特写镜头、景物画等,描写了美国各州农民在垄断资本的残酷压榨下不得不背井离乡的悲惨史实。作品风格简洁、结构独特,以白描的手法展现人物的性格和精神面貌,否定了资本主义文明发展中破坏自然、扭曲人性的一面。

在力主现代派文艺观点的斯泰因和庞德等人影响下开始走上文学创作道路的菲茨杰拉德(Fitzgerald)、海明威(Hemingway)等"迷惘的一代"青年,其小说创作体现出现实主义与现代主义相结合的特点。如果说菲茨杰拉德的《了不起的盖茨比》等作品更多地反映了对灯红酒绿的美国爵士乐时代的追逐与幻灭的话,风格独特、文体简洁的海明威,则在一种被欺骗、被出卖的不满情绪支配下,写作了《太阳照样升起》、《永别了,武器》等作品,更多地体现了残酷的第一次世界大战给它的年轻炮灰们所带来的身心创伤和对生活的厌倦、颓丧、迷惘。比之菲茨杰拉德,海明威是一个创作成就更高、影响更大的文学大师。他随后的重要创作还有发表于1936年的短篇小说《乞力马扎罗的雪》,以现实与幻想交织的意识流手法描写了一个作家临死前的反省;发表于1940年的长篇小说《丧钟为谁而鸣》,歌颂了战争促成的同志情谊及为正义事业献身的崇高精神;发表于50年代初期的中篇小说《老人与海》表现了在失败面前不失风度的人性的坚韧,这些作品都为作家赢得了极大的国际声誉。海明威小说所塑造的临危不惧、视死如归的硬汉形象,作者的气魄雄壮、情景交融的环境描写,作者的简短而真切的人物内心独白和电文式的对话，作者的饱含寓言和象征手法的高度艺术概括，等等，构成海明威独特的创作风格，在许多欧美作家和他们的作品当中留下了不可磨灭的痕迹。

20世纪20年代，在当时文艺界推崇"原始主义"观念风潮的影响下，美国的黑人文学有了较大发展，纽约黑人区出现了"哈莱姆文艺复兴"。作为概念，"黑人文学"具有较多的民族性涵义，作家都是黑人，都以黑人为主要描写对象，带有浓厚的黑人民族历史文化的背景和传统，题材多是表现黑人的现实生活和历史命运以及他们反对种族隔离和种族歧视、争取"人"的权利的强烈愿望和情绪。美国黑人文学起源于黑人倾诉背井离乡、沦为奴隶命运的痛苦心情的奴隶歌曲，书写文学出现于18世纪，19世纪以后陆续增多，表现形式先是诗歌，再是散文。20世纪的黑人作家在描写异族情调的同时，注意发掘黑人文化的古老传统，树立民族自尊心。在"哈莱姆文艺复兴"中出版的为世瞩目的黑人诗歌作品汇编《新黑人：一种解释法》中，有一个黑人诗歌作者的名字尤其响亮，他是被誉为哈莱姆桂冠诗人的兰斯登·休斯(Hughes)，他的诗集《无聊的布鲁斯舞曲》、《黑妈妈》和《梦想的蒙太奇》等，对美国黑人诗人与非洲诗人的创作都有很大的影响。理查德·赖特(Wright)不仅是另一位具有重大影响的美国黑人作家，也是30、40年代美国左翼文学中"抗议小说"的创始人之一。赖特的创作以早期的成就为大，主要著作有《汤姆叔叔的孩子们》、《土生子》、《黑孩子》、《局外人》、《野蛮的假日》和《长梦》等，其中以塑造了富有反抗精神的黑人形象的《土生子》影响最大，它的发表曾经震动了美国文坛和整个社会，被看做是黑人文学中里程碑式的作品。体现在赖特作品中的抗议种族不平等现象的声音，在第二次世界大战以后为新一代的黑人文学所继承，埃利逊的小说《看不见的人》、鲍德温的散文《土生子札记》、女剧作家亨斯伯利的剧本《太阳下的葡萄干》和诗人布鲁克斯及琼斯的诗歌创作，都以更细腻、更深刻的表达方式，探索了黑人是具有"全部人性"的人的主题，显示了黑人作家不逊于白人的一流文学水平。

20世纪20年代，与"哈莱姆文艺复兴"几乎同时出现的，还有美国南方文艺复兴运动。1922年兰塞姆在南方创办刊物《逃亡者》，以发表南方乡土文学作品与文学评论。围绕《逃亡者》,兰塞姆与一批南方的文人学者共同形成了重农派与新批评派,他们的文学主张对美国的文学理论和批评方法产生了深远的影响。新批评派的文学活动在对小说、诗歌与文艺批评发生重要影响的同时,还使“南方文学”成为一个引人瞩目的概念。南方文学创作的创始人一般认为是福克纳(Faulkner),他也是第二次世界大战以前出现的老一代南方文学的主要代表。第二次世界大战后涌现的一批新作家如奥康纳、泰勒等人,大多也受到福克纳的影响,他们的作品被评论家称为新南方小说。作为一个具有地方特色的文学流派,南方文学的作家全部出生于美国南部地区,在创作倾向和艺术风格上有着共同的地方。他们的作品一般都以南方小城镇为背景,描写南方的历史变迁和风土人情,具有独特的地方色彩和艺术风味。美国“意识流”小说的最大代表威廉·福克纳就是美国20世纪最重要的南方文学作家,他一生创作甚丰,主要作品即有《沙多里斯》、《喧哗与骚动》、《我弥留之际》、《圣殿》、《八月之光》、《押沙龙,押沙龙!》、《没有被征服的人们》、《斯诺普斯》三部曲(包括《村子》、《小镇》和《华厦》)、《寓言》、《劫掠者》以及中篇小说《老人》、《熊》和许多短篇小说,此外还有剧本《修女安魂曲》等。福克纳的绝大部分小说,都以虚构的美国南方约克纳帕塔法县为背景,围绕沙多里斯、康普生、塞德潘、斯诺普斯等家族的兴亡展开叙述。这十多部长篇小说和几十个短篇小说既独立成章,又有一定的关联,一些主要人物也往往在各部小说中穿插出现,构成“约克纳帕塔法世系”。福克纳的小说广泛描绘了南北战争后美国南方社会的生活场景,深刻反映了南方社会一个半世纪间的历史变迁,刻画了六百多个阶层不同、类型有别的人物。由于福克纳的“约克纳帕塔法世系”小说具备了美国小说前所未有的地方感、历史感和乡土社会感,故被不少论者视为20世纪美国南方文学发展的顶峰。在福克纳的全部创作中,《喧哗与骚动》是一部有代表性的作品,小说从四个不同角度描写南方庄园主世家康普生家族的衰败,以此影射了一种社会秩序的腐朽与没落。与此同时,他笔下的庄园主世家子弟昆丁所感受到的精神上没有出路的苦闷,表达了西方社会知识分子普遍感到的困惑,具有超国界的意义。此外,小说还采用了象征主义及“意识流”创作的新颖技巧表现特定人物的心理状态，使文风既简单明了又复杂晦涩，显示了作者兼收并蓄、非同凡俗的文学创造力。

在诗歌创作方面，以庞德(Pound)为首的意象主义诗人对传统诗歌的题材和形式进行了大刀阔斧的改革，影响了20—30年代美国诗歌的发展方向。美国中西部诗人桑德堡的《剥玉米的人》、《早安，美国》、《人民，是的》，东部诗人罗宾逊的《诗集》、《死了两次》、《亚斯帕尔王》，旧金山诗人弗洛斯特的《新罕布什尔》、《诗集》、《远处的靶》等作品，都显示出了不主故常的创新精神。其中，弗洛斯特更以浅显易懂、平易亲切、耐人寻味的诗风，成为获得多种荣誉的极受美国读者欢迎的大众诗人。

20世纪20和30年代还是美国戏剧的黄金时代，在一大批踊跃创作的优秀剧作家中，尤金·奥尼尔(O'Neill)不仅是当时新戏剧运动的主力，也是美国现代主义文学在戏剧创作方面的代表人物。他的剧作受到尼采哲学、象征主义、表现主义和弗洛伊德精神分析学说的影响，使用日常生活中生动活泼的人民语言，着重剖析人们的内心世界和精神状态，在对美国社会的合理性的怀疑之中，创造出美国的现代悲剧。由于奥尼尔一度倾心于表现主义手法，创作了剧本《毛猿》等带有表现主义色彩的作品，因此常常被评论家们视为表现主义大师。但通观奥尼尔的全部创作，他实际上并不明显属于某一个现代流派，尤其是在20—30年代，奥尼尔不再恪守任何传统手法，而是贯通古今，把古希腊传统悲剧、易卜生的写实主义、象征主义、表现主义、意识流等各种表现手法熔于一炉，形成了自己独特的“奥尼尔风格”，较广泛地反映了两次世界大战之间美国社会和人民生活的真实方面。除《毛猿》外，奥尼尔的主要创作还有《天边外》、《琼斯皇帝》、《大神布朗》以及晚年的《送冰的人来了》和《直到深夜的漫长一天》。奥尼尔在美国戏剧史上具有划时代的意义，他不仅带动了现代美国悲剧的蓬勃发展，而且影响还远及整个欧洲。美国许多戏剧家包括英奇、田纳西、密勒、阿尔比等，都受益于他所开创的艺术道路。在奥尼尔的真挚、深沉而忧伤的悲剧激情感召下，20年代和30年代的其他重要美国剧作家有的用新奇手法揭示机器对人的压迫，有的用爵士乐般喧闹的节奏表现下层社会的复杂多样的生活，有的写出了有心理深度的社会批判剧，有的通过小人物的日常生活发掘善良、优美的人性，充分显示了美国现代戏剧情节紧凑、冲突尖锐、形象生动、性格鲜明的艺术魅力。

第二次世界大战规模空前，战争中发生的残酷事件如六百万犹太人被屠杀，原子弹在广岛爆炸等，使美国知识分子感到震惊。由于将西方文明视为整个人类文明最卓越的代表，美国知识分子对西方世界的失望，往往导致他们对整个人类文明的失望，导致他们怀疑人性是否还有善良的一面，导致他们对人类难以控制自己制造出来的巨大科技力量的状况持令人沮丧的肯定态度。

西方评论家普遍把第二次世界大战后的美国现代派文学称为“后现代派”。跟战前现代派文学一样，后现代派也是对第二次世界大战后出现在美国的形形色色的文学流派的统称，它既是第一次世界大战前后出现的美国现代派文学的合乎逻辑的发展，又因为世易时移而在题材、形式、手法、技巧上，具有一些明显不同于现代派文学的地方。应该看到，第二次世界大战之后到70年代，美国在政治、经济、思想、文化和人们的精神生活各方面都发生了剧烈的变化。伴随着物质文明和科学技术高度发展的，是人们精神危机的加剧和传统价值观念体系的进一步崩溃。国际局势的动荡不安、变化莫测，与国内的罢工斗争、反共声浪、黑人运动、反战运动、妇女解放运动、“嬉皮士”运动、“新左派”运动，以及遍布美国各地的酗酒、吸毒、同性恋行为和愈演愈烈的暴力恐怖活动，造成了美国国内不断升级的严重分裂，引起了社会政治、宗教和道德观念的复杂变化，对几代美国人的心理产生了重大影响。与政治经济形势的变化相呼应，美国文化哲学思潮也不断出现新的气象，爱因斯坦的相对论、普朗克的量子论、维纳的控制论等等，在第二次世界大战之后进一步促成了人们在观念和方法论上的巨大变革；叔本华的唯意志论、尼采的“强力意志论”、柏格森的直觉主义、弗洛伊德的精神分析学说、荣格的潜意识论、胡塞尔的现象主义、东方禅宗和其他古老哲学、弗洛姆的“新弗洛伊德主义”、斯金纳的“行为主义”、萨特的存在主义哲学以及各种未来学理论在美国都广为流行，尤其是萨特存在主义哲学的广泛传播，对处于多样性选择时代的后现代的美国文学发展产生了更为突出的影响。

美国的后现代主义文学虽然流派纷呈,但也存在着反传统、反理性、反文化,强调文学的不确定性和注重表现人物的意志、本能、直觉等非理性方面的许多共同创作倾向,而现实与梦幻相融、真实与虚构交织、时空的扭曲和颠倒、夸张、变形甚至荒诞的人物内心生活描写,这些都是与第二次世界大战前的现代派一脉相承的文学表现方法。迄至70年代,在花样繁多的美国后现代派文学中,声势最大的当属"垮掉派"文学和"黑色幽默"文学,两者在一定意义上突出反映了这一时期美国的文学风尚。

本来,紧接着第二次世界大战结束而兴起的战争小说,如梅勒的《裸者与死者》和琼斯的《从这里到永恒》等,已经通过描写战争中小兵、下级军官与军事机构的矛盾,触及战后一代文学的最突出主题,即人的个性与扼杀个性的权力机构之间的冲突,但对这一主题的探讨却一度中断。原因是50年代歇斯底里的反共麦卡锡主义向30年代的美国激进主义传统的反攻倒算,使许多美国作家从关心社会进步转向关心个人私利,明哲保身,三緘其口,造成文坛一时的沉寂,以致20世纪50年代在美国文学史上被称为怯弱的10年或沉寂的10年。

50年代沉闷的政治空气使许多血气方刚、风华正茂的青年人感到窒息,他们吸毒酗酒、纵欲群居,对超验主义、存在主义、东方宗教、虚无主义、激进主义、无政府主义等同时信奉,并以放浪形骸、落拓不羁的颓唐生活方式来表示自己对社会现状的抗议。其中有些人把自己的生活和情绪写进文学作品当中,形成了"垮掉的一代"(Beat Generation)文学。这一文学流派本植根于50年代初期产生的美国"地下文学",最早的作者有凯鲁亚克、霍尔姆斯和巴勒斯,他们在这段时间里各自完成的小说《小镇与都市》、《去吧》、《吸毒者》,构成了垮掉派文学的雏形。1955年,"垮掉的一代"青年从美国各地聚集旧金山,共同触发了一股文学反叛浪潮。其中,金斯堡(Ginsberg)的诗作《嚎叫》的问世,标志着"垮掉的一代"由地下而地上的正式形成。在"垮掉的一代"青年的旧金山集会上,金斯堡以冲冠怒气朗诵了他的交织着抒情与嚎叫、幽默与怒吼、苦闷与疯狂、寻觅与绝望的《嚎叫》，这首诗不仅引起现场听众的群情激奋，而且在以后的日子里鼓舞了许多垮掉派诗人的创作，成为具有里程碑意义的“50年代的荒原”。美国的诗歌，第二次世界大战后一度还是“新批评派”占据主流地位，但从50年代起，以艾伦·金斯堡为代表的“垮掉的一代”诗人带动其他派别的年轻诗人——主要还有以洛厄尔为代表的“自由派”、以奥森为代表的“投射派”、以赖特为代表的“主观意象派”、以奥哈拉为代表的“纽约派”等，共同开创了美国第二次世界大战后诗歌创作的新局面。这些新生的诗派虽然有不同的艺术主张和风格，但都要求诗歌打破艺术的封闭框子，实现“回到生活的突破”，表现的主题基本上都属于主观自我的世界，艺术形式上也都主张毫无限制的自由，追求绝对的随意性和自发性。70年代以来，美国黑人诗歌和印第安诗歌也取得了引人瞩目的成就。换言之，正是由于金斯堡等“垮掉的一代”诗人的努力，第二次世界大战后一直统治美国诗坛的艾略特、庞德的现代派传统才被打破，美国群众性的诗歌朗诵传统才得以恢复。标新立异、充满生气的“垮掉的一代”的诗歌创作所造成的声势浩大的群众性诗歌普及运动，对此后的美国诗坛以至于整个文学界发生了重大的影响。与此同时，“垮掉的一代”运动的领袖和发言人凯鲁亚克(Kerouac)，也以自己的小说创作，打破了传统小说写作的艺术框框。他的仅用三个星期脱稿的小说《在路上》，提倡一种自发的、一挥而就的“路上文学”的写作方法，真切地反映了一群在社会现实面前既感到厌倦又感到孱弱无力，只能以流浪、性爱、吸毒等行为来“充实”自己日常生活内容的美国青年的生活方式和精神状态。尽管“垮掉的一代”文学运动延续的时间不长，到60年代便开始消歇，但它对美国文学所发生的作用却不容低估，它不仅为美国的“大众文化”赢得了与“高雅文化”并存共立的显著地位，而且极大地加强了美国文学在欧洲国家的国际影响。

从60年代到70年代，经过越南战争，民权运动、学生运动，女权运动的历练，美国作家们对生活中的非理性现象似乎有了更深切的体会，逐步活跃起来的美国文坛上，出现了一批热衷表达哲理思考的作家。在他们眼里，美国社会是如此之复杂，价值观念是如此之混乱，以致根本无法通过正常的表达方式以解释现实，于是，欢乐与痛苦、可笑与可怖、柔情与残酷，荒唐古怪与一本正经被糅合在一起，怪诞、幻想和夸张成为再现生活中的混乱疯狂的有效方式，在一些富于创新精神的作者的笔下，世界往往是没有目标和方向的梦魇世界，故事也往往是没有英雄、甚至没有完整的形象的支离破碎的故事，而作者通过喜剧性的情节所透露的对世界前景的悲观看法，更往往使读者哭笑不得，这就是美国六七十年代出现的一股文学新潮——“黑色幽默”(Black Humour)文学。“黑色幽默”文学因美国作家弗里德曼1965年编辑出版的《黑色幽默》一书得名，尼克伯克的《致命的一蜇》发表后，这个提法更是广为流行。“黑色幽默”文学的哲学基础主要是萨特等人的存在主义，同时弗洛伊德的精神分析学说、柏格森的直觉主义以及各种反理性的哲学思潮都是它的思想武器。美国“黑色幽默”文学的代表作家有海勒、阿尔比、冯尼古特、弗里德曼、品钦、纳博科夫、巴思等人，海勒(Heller)的《第二十二条军规》是他们的创作中最有代表性的作品之一。在《第二十二条军规》中，“第二十二条军规”没有确定的内容，经常可以被执行者用来依自己的需要加以解释，以便随心所欲地置人于死地。这部小说借描写第二次世界大战期间专横、残暴、贪婪的美国空军上层对普通飞行员的迫害，实际上影射了现代美国社会的各种权势利欲的争夺。《第二十二条军规》代表了“黑色幽默”文学的一些共同特色，它的基本主题是世界的荒谬和社会的疯狂，是人的可怕生存环境同人的个性自由之间的冲突。“黑色幽默”文学的叙事虽然采取喜剧形式，但它是一种“绝望的喜剧”。它对生活中可怕和丑恶的东西所发出的嘲笑，总伴随着一种无可奈何和无能为力的情绪，常常还具有某种自我嘲笑的性质，它让人在啼笑皆非中认识社会，思索人生，但又把无法改变这疯狂世界和荒谬人生的悲剧结论硬塞给人们。

美国第二次世界大战后的文学，除了“垮掉派”和“黑色幽默”外，还有荒诞派“戏剧”以及各类传统的和先锋的文学作品。它们作者众多、色彩各异，呈现出纷繁复杂的景象。其中尤其值得一提的，是美国的犹太人文学。事实上，在美国的20世纪作家中，犹太裔作家占有相当大的比重，犹太人的文学作品在美国几乎可以被视为一种“次文化”或“文化支流”。犹太人文学一般都具有古老的欧洲犹太文化与现代的美国文化的双重色彩，两种文化的冲突与归并使犹太人文学增加了复杂性。宗教思想与历史命运使美国的犹太作家充满负疚感、流浪感和无家可归的漂泊感，异化的美国社会也使他们感到自我的迷失。因此，寻找“自我本质”便成为他们作品中的一个突出主题。

犹太人文学形成和发展于20世纪初期，第二次世界大战后更特别地兴盛起来，并在美国当代文学中占有重要地位。以《魔桶》、《伙计》等表现下层犹太人生活的悲喜剧见知于世的小说家马拉默德，以《冤家们，一个爱情故事》、《市场街的斯宾诺莎》以及《卢布林的魔术师》等闻名的诺贝尔文学奖得主辛格，以《裸者与死者》一举成名的梅勒，“黑色幽默”文学中最有代表性的作家之一海勒，以轰动一时的《推销员之死》赢得了世界性声誉并把美国第二次世界大战后的戏剧推向新的高峰的杰出戏剧家密勒，特别是擅长在小说中探索人的自我意识和自由本质的第二次世界大战后美国最有影响的犹太小说作家贝娄，都为美国的犹太人文学取得举世瞩目的成就做出了自己的贡献。在这当中，贝娄(Bellow)在《奥吉·马奇历险记》、《雨王亨德森》、《赫尔索格》和《洪堡的礼物》等小说中，把作者作为学者的深奥微妙的文化素质和来自生活的人民大众的智慧结合起来，以松散随意、活泼轻快的传奇性文体，传达了当代犹太知识分子在美国都市政治、经济和文化生活中所感到的疑虑和烦恼，小说想像力丰富、感染力强，才华横溢地表现了备受挫折的主人公努力维护人的尊严、期望在混乱的现实世界中找到一席生存之地的追求，出色地显示了犹太人文学艺术上所固有的严肃与幽默、自嘲相结合的手法和特色。

第二节　表现主义与卡夫卡的创作

一、表现主义

自1900—1935年间在中欧盛行一时的表现主义(Expressionism)，是一种反传统的现代主义流派。尤其在1910—1925年间的德国文化界，表现主义几乎主宰了所有的艺术形式，在绘画、音乐、戏剧、文学以及电影等领域都得到了重大的发展。

“表现主义”一词最初出现于1901年法国举办的玛蒂斯画展上，它是那次展览中一组油画的总标题。1911年，德国《狂飙》杂志刊载希勒尔的一篇文章，首次借用“表现主义”这个词来称呼柏林的先锋派作家。1914年第一次世界大战爆发后，“表现主义”成为人们普遍承认和采用的流派名称。

事实上，带有狂热色彩的表现主义文化运动，在德国，正是在第一次世界大战之后不久达到其影响高潮的。它的一系列神秘、怪异、反抗性强的创作成果，真实地表达了一大批对社会强烈不满、对战争万分厌恶、但又自知不能主宰自己命运的青年艺术家对西方社会文明传统的盲目和狂暴的叛逆情绪。同时，表现主义也是一场如浪漫主义、象征主义一样，赋予艺术创作以崇高地位的文化运动，它号召参与其事的艺术家们带头“革命”，为建立社会新秩序、尤其是为培育一代新人而奋斗。

作为一场在德国土生土长又具有世界影响的文化运动，表现主义首先发端于德国的绘画领域，并随之扩展到音乐、电影、文学等其他艺术门类之中。表现主义绘画是以印象主义的悖逆面目出现的，它借鉴了原始艺术与儿童图画作品中的某些有益特点，以夸张和歪曲现实形象的方法，表现艺术家的心理和心灵真实。在色彩与构图上，表现主义绘画不以“美”为旨归，而是力求张扬“力”与“激情”。1905年，最早的表现主义画家团体“桥社”在德累斯顿创立，其成员是一群厌恶资本主义社会的都市文明，要求自由意识的中产阶级青年知识分子。他们复兴了德国的木刻艺术，以一种近乎原始的、粗野的绘画和素描手法，用粗细不匀的、有时是断续的线条所构成的木刻作品，强烈地反映了当代社会异化的、令人绝望的生活现状。1911年，另一个表现主义绘画团体“蓝骑士”在慕尼黑创立，它的最初成员中有不少是外国特别是俄国的侨民。就整体来说，这一派画家与“桥社”旨趣有别，他们对当代生活的困境一般不感兴趣，他们更关心的是绘画中的艺术形式问题，即如何通过绘画的艺术形式以表现出物质现象背后的精神世界的问题。“蓝骑士”团体的领袖人物是俄国人康定斯基，他在其素有“现代绘画启示录”之称的理论文章《论艺术的精神》一文中，就大力倡导一种现代的非客观艺术，宣称要用色彩和线条揭示人的精神境界。

到 20 世纪 20 年代，由于各艺术门类之间的交叉影响，表现主义已经在德国文学界得到了极大的传播和发展，并在诗歌、小说、尤其是戏剧领域，产生了一大批有影响的作家。表现主义作家、诗人往往深受康德哲学、尼采理论、柏格森的直觉主义和弗洛伊德精神分析学说的影响，不满社会现状，轻视客观真实。在文学创作上，他们提倡改革，要求作品不再停留于对暂时和偶然现象的记叙上，而是展示这些现象背后的永恒品质；要求作品突破对人的行为和环境的有限描绘，从而揭示人的灵魂的内在实质。

表现主义诗歌的内容、技巧和表现主义绘画相仿，主题多为厌恶都市的喧嚣，暴露大城市的混乱、堕落和罪恶，充满了隐逸的伤感情绪或是对普遍人性的宣扬。它的特点是不重视细节描写，只追求强有力地表现诗人的主观精神和内心激情。初期的表现主义抒情诗形式自由、句子简短、节奏鲜明，往往以音响引起联想，不受句法的约束。后来发展到极端，出现了没有思想内容，只剩下音响、节奏的纯粹形式主义的所谓“绝对诗”。奥地利诗人特拉克尔，德国诗人海姆、贝恩以及早期的贝希尔，都是重要的表现主义诗人，代表性的作品有特拉克尔的《寂寞者的秋天》、《童年》，海姆的《新的日子》、《城市之神》、《柏林》等。

在小说领域，德国表现主义经常同奥地利作家卡夫卡的名字联系在一起。后者在《变形记》、《在苦役营》、《诉讼》和《城堡》等小说中，创造出一种把荒唐无稽的情节与绝对真实的细节描绘相结合的独特艺术手法，用来表现现代人的精神困惑，反映现代人类失去自我的时代危机，刻画出一系列异乎寻常地变形和扭曲的现实人物形象。在表现主义盛行的大环境下产生的卡夫卡的创作，直接影响了日后西方文学中的荒诞派戏剧、黑色幽默文学、新小说甚至是科学幻想小说的产生。

表现主义戏剧是德国表现主义文学的主流，它的先驱者是瑞典剧作家斯特林堡(Strindberg)，其三部曲《到大马士革去》是欧洲最早出现的表现主义戏剧，该剧以独白的形式描写个人与命运、与他人、与社会权威机构以及与自身之间的搏斗，为表现主义戏剧的产生奠定了基本格局。受斯特林堡创作的影响，德国表现主义戏剧的共同特点是：在情节安排上荒诞离奇，结构散乱，变化突兀，场次之间缺少逻辑联系，往往鬼魂与活人同时出现在舞台上，生与死、梦幻与现实之间没有明确的界限。在人物塑造上，角色类型化，经常没有姓名和鲜明的个性特征，只是共性的抽象或观念的象征，如"儿子"代表变革的力量，"父亲"代表保守的势力，父子矛盾象征新旧社会意识的冲突。而剧中的主角必是一个体现作家本人叛逆思想的人物，他不遗余力地攻击旧的社会结构和旧的道德伦理观念，在两代人的冲突中，他甚至不惜诉诸暴力、谋杀等极端手段。在语言表达上，表现主义戏剧避免对情感和情景作细致描绘，往往用简短、快速、强节奏又往往冗长的内心独白来表现人物的思想感情，因而剧中人的语言像电报似的短促而不连贯，充斥口号式的套语和声嘶力竭的喊叫。表现主义戏剧大约可分为三种类型，一类叫"自白剧"，如索尔基的《乞丐》，剧中人以滔滔不绝的告白、哀诉、痛悔、旁白、呓语等，表现"灵魂的嚎叫"；第二类是"叫喊剧"，如斯特拉姆的《刀》，语言极端简捷、紧凑、短促，充满叫喊、呻吟、狂呼、怒号，对话全用惊叹号，叫人紧张得难以呼吸。第三类叫"动作剧"，如哈森克莱维尔的《人类》，当人物的"灵魂"进入狂乱和神迷状态时，"激情"太烈，不仅独白和对话无济于事，即使呼天抢地也犹嫌不够，于是或捶胸顿足、手舞足蹈，或口塞难言、窒息沉默，只剩下舞剧、哑剧、假面等动作，伴以不断变化的灯光和音乐，以补充并强化语言所达不到的戏剧功效。

表现主义文学尽管在揭露和抨击资本主义社会的"罪恶"并模糊地憧憬美好的未来、给人以光明的希望方面，得到了人们一时的赞赏，但由于它不能揭示产生社会罪恶的真正根源，又缺乏一个追求更美好的世界的明确目标，只是无休止地表现青年一代在绝望中奋起的乐观情绪，空洞地号召精神上的"再生"，因此，到理想破灭的20年代后期，在越来越看不见光明出路的德国现实社会中，一味发泄胸中积郁的表现主义终于失去了前进的动力，到1933年纳粹分子上台后，这一运动便在政治高压下彻底归于寂灭。

二、卡夫卡的创作

如前所述，卡夫卡(Kafka，1883—1924)的作品在反映所处时代异化的、令人绝望的社会生活现状方面，在以夸张和歪曲现实的形象来表现现代人的精神危机方面，在塑造没有鲜明的个性特征而只有象征意义的共性人物方面，在体现不可调和的父子冲突方面，在表露作者的忧郁、愤懑、屈辱、痛苦的心路历程方面，都受到了风行一时的德国表现主义文学创作的积极影响。同时，作为最有感染力的现代德语散文大师和幻想小说的创造者，卡夫卡的作品又超越了表现主义，敏锐地捕捉到渗透于整个20世纪西方社会的普遍的精神忧虑情绪。

卡夫卡出生于奥匈帝国治下捷克布拉格的一个中产阶级家庭，父亲是白手起家的犹太商人，专横有如暴君。在卡夫卡的成长过程中，日益衰朽的奥匈帝国那令人窒息的政治空气以及畸形发展的资本主义经济，使卡夫卡逐渐产生了现代社会令个人完全孤立、"一切障碍都在粉碎我"①的不安感受，这在一定程度上激发了他对社会的反抗意识，促使他成年后断然宣布自己是社会主义者和无神论者；与此同时，另一种惶惑不安也由小到大一直伴随着卡夫卡的生活，这就是他的犹太人身份。正是犹太人身份，令卡夫卡终身生活在严父阴影的笼罩之下；也正是犹太人身份，使卡夫卡强烈意识到身边捷克民众对待他们这些"非我族类"的说德语的犹太人的敌意目光，这些都进一步助长了他对现世生活的忧伤和绝望的情绪。

卡夫卡自中学时期开始，对自然主义的戏剧和易卜生、斯宾诺莎、尼采、达尔文等人的著作就表现出浓厚的兴趣，广泛的阅读为他日后在文学创作方面自学成才打下了扎实的基础。1897年卡夫卡进入布拉格大学学习文学，后遵父命转修法律，但仍常与布拉格的一些作家来往，结交了犹太文人布罗德，并在后者的鼓励下尝试进行文学写作。就在这同一时期，19世纪后期的丹麦哲学家、存在主义的先驱者克尔凯郭尔的哲学著作，以至于中国老庄哲学的译本，也对卡

① 叶廷芳、黎奇译《卡夫卡书信日记选》，百花文艺出版社，1991年，第105页。

夫卡的思想和创作产生了深刻的影响，这些都在他的同期以及后来的作品中得到了微妙的反映。

卡夫卡于1906年取得法学博士学位。随后一度在保险公司任职。1924年因结核病逝于维也纳附近的基尔灵疗养院。由于对自己的作品缺乏信心，临终前，卡夫卡曾要求好友布罗德把他所有作品"毫无例外地予以焚毁"，但后者却违背了他的遗愿，逐年整理出版了他的所有著作，包括书信和日记。第二次世界大战期间，卡夫卡的作品开始流行于希特勒统治之外的法国和英语国家之中，1945年以后，这位以德语为母语的作家的作品才在德国和奥地利被重新发现，影响由此也与日俱增。

卡夫卡的主要文学成就是小说创作。有代表性的三部长篇小说《美国》、《诉讼》(一译《审判》)、《城堡》虽均未完成，但作者对现代社会的不满和对人类孤独、恐惧、无可奈何处境的悲悯，在这几部作品中已经溢于言表。卡夫卡创作的中、短篇小说有《乡村婚事》、《判决》、《变形记》、《司炉》(后成为《美国》的第一章)、《在苦役营》、《乡村医生》、《致科学院的报告》、《中国长城的建造》、《饥饿艺术家》、《地洞》等，此外，《致父亲的信》也经常为人所称述。卡夫卡作品中的主要角色，往往是些诚实善良、软弱可欺的小人物或小动物，在作者笔下，他们的命运似乎完全操控在某一外在的强大而邪恶的力量手中，而这一力量带给它的受控者的，不是悲惨的生活，就是毁灭的厄运。严峻的主题思想、荒诞的中心事件、真实的细节描写，构成了卡夫卡所有小说的基本特色。以下，我们将以《变形记》为例，对卡夫卡的小说创作特色作一番扼要的分析。

《变形记》的故事情节十分简单：某公司的小职员格里高尔·萨姆沙一天清早醒来，突然发现自己已经变成了一只大甲虫。为此他失去了工作，成为他那个并不富裕的家庭的累赘，受到所有亲人的厌弃，最后怀着对家人的温情，在寂寞孤独中死去。

从手法上看，除了人蜕化为虫的"变形"，卡夫卡的《变形记》完全依循着西方传统文学当中最传统的文学表现方式而创作——作品线索清晰、语言质朴，对大甲虫的生活习性的描写几乎达到了自然主义般的细腻逼真。但这部很少故弄玄虚之笔的作品，还是因为"变形"

的玄虚而处处显示了现代作家的独特旨趣——貌似童话故事的单纯结构,却有着远比童话的教谕内容更深的寓意。

平心而论,在《变形记》中,最令人震惊的事实,与其说是主人公的变形,毋宁说是当事人对这一变形结果的冷静反应。除了曾因担心变形会给他的差事带来麻烦而苦恼外,一个现代社会的主人公,竟对自己一夜之间由人到虫的巨大变化颇能处之泰然,仿佛这只大甲虫的存在早在他的意料之中,这倒不能不引人深思。在小说中,主人公的变形究竟意味着什么呢?

事实上,《变形记》的"变形"究竟意味着什么,历来是个既耐人寻味又言人人殊的问题。有人说它表现了"惩罚"的涵义,还有人说它传达了反抗的主题。而以笔者之见,显示人类希望之虚妄,用卡夫卡的话说,"强调独特性——绝望"[①],则是这部一上来就出现变形情节的作品的最突出的主题。

《变形记》创作于1912年,但有关变形的思想却早在卡夫卡创作于1907年的短篇小说《乡村婚事》中既已现出端倪。这篇小说写主人公拉班在一个灰色、多雨、阴暗的天气中乘火车去他乡下的未婚妻那里,但一路上却没有丝毫愉快的思致,反而苦涩地咀嚼着生活的无聊和孤单,暗自沉吟:"我不需要自己到乡下去,用不着这样,我打发我的穿戴衣冠的躯体到那里去。而我呢,我在此时卧在床上,身子裹在滑溜溜的黄褐色被子里。我觉得,在我卧在床上时,我的形体是一只大甲虫,一只鹿角虫或金龟子。"是人但却希望拥有大甲虫的躯体,说明主人公的内心深处潜涌着一股与人类生活的一切彻底绝缘的冲动:"这是一种不单跟自己真正的存在或他人的存在隔绝,而且跟一切存在都隔绝了的感觉。因此人在世界上再也没有任何'位置'了,这实在是从生存的紊乱中所能产生的最为深刻的绝望。"[②]而在《变形记》中,主人公格里高尔·萨姆沙比《乡村婚事》中的拉班更其决绝,他干脆变作一只大甲虫,而不仅仅是在想像中如此期望而已。换言之,大甲虫的形象实质上乃是作者赋予《变形记》主人公的一种标

① 《卡夫卡书信日记选》,第110页。
② 麦奎利:《人的生存》,转引自《20世纪西方宗教哲学文选》(上)。

记，一种对绝望体验的具体象征。正因为这种绝望的体验对主人公而言并不陌生，蜕化为大甲虫的格里高尔·萨姆沙才未对“变形”结果显示出过度的惊慌，反而还曾一度自信，有朝一日，他能够从目前这种令人绝望的处境中摆脱出来，重过以往那虽浑浑噩噩却极为正常的庸人的生活。

变形之前的格里高尔·萨姆沙，的确是个再正常不过的普通人，他有一个令他牵挂的家庭——父母、妹妹，有一份令他和家人衣食有着的旅行推销员的工作。他希望通过工作慢慢还清父亲的欠债，还希望攒出钱来供妹妹上音乐学院。但问题的另一方面是，他的希望随时都可能如泡影般破灭。像现代社会中的许多普通人一样，主人公对公司和有关工作的一切极其反感：他讨厌公司里那个盛气凌人、颐指气使的老板，恨不得后者从自己常常居高临下坐着的桌子上一头栽下来；他也厌倦了作为旅行推销员的奔波生涯，他终日劳碌却仍然难以胜任，正面临着被解雇的危险。尽管如此，身心交瘁的主人公却没有喘息之机，甚至没有生病的权利，因为在他的公司老板和公司的医药顾问眼里，“世界上除了健康之至的假病号，再没有第二种人了”。——现代社会令人齿冷的不人道，就这样被小说作者看似轻描淡写地道了出来。事实上，终日劳作在这样一种弥漫着猜忌、敌意氛围之中的人们，孤孤单单、心劳力拙，其内心深处无可发泄的积郁往往远在单纯的肉体创痛之上，一如卡夫卡的犹太祖先在《圣经》中哀叹的：“我转想我在日光之下所劳碌的一切工作，心便绝望……人在日光之下劳碌累心，在他的一切劳碌之上得着什么呢？因为他日日忧虑，他的劳苦成为愁烦，连夜间也不安。”（传，2:20—23）“辱骂伤破了我的心，我又满了忧愁，我指望有人体恤，却没有一个，我指望有人安慰，但找不着一个。”（诗，69:20）同样，在《变形记》的主人公格里高尔·萨姆沙这里，工作的劳累、生活的乏味和人际关系的冷漠所构成的多重内心煎迫，也是既无以逃遁，又无人分担的，这种内心受难的体验在卡夫卡的小说中，虽没有像某些现实主义小说那样，直接呈现出社会对立的尖锐冲突形式，却时刻困扰着主人公，使他每每“转想之下”，“心便绝望”，在笔者看来，这是格里高尔·萨姆沙某日清晨，“从不安的睡梦中醒来”，由人变虫的根本原因——他被绝望这只大甲虫攫获，陷入到更深一重的噩梦之中，看清了人生希望之虚幻，并且就此沉沦。

一旦变形为甲虫，那个曾经折磨着从前的格里高尔·萨姆沙的内心矛盾，即他必须去工作尽义务的责任，与他决不愿再去工作的自由意志之间的抵牾，便在顷刻间化为乌有。对于这种变形，曾有论者正确地指出了其中潜在的反抗涵义。通过变形，主人公隐晦地表达了自己对生活的不满、对社会的怨毒。尽管这种反抗仅仅是以退为进，力图为自己保有一方没有人打扰的自由天地，但这毕竟打破了旧世界的正常生活秩序，只能使更多的迫害尾随而至，因此，以变形来弃绝邪恶现世[1]的主人公，同时也为现世和家庭所弃绝，最终难逃在绝望中孤寂而死的不幸命运。

正是通过主人公格里高尔·萨姆沙的绝望之死，《变形记》以生动形象的文学手段，证明了人类生存意义本属虚妄这样一个事实。也正是在这样的前提下，《变形记》最后那个看似光明的结尾——主人公一家在他死后如释重负，出门旅行，年老的父母在充满青春活力的女儿身上又重新看到了生活的希望，便显出某种诡秘而不祥的反讽味道：因为，正像小说中已经说过的，格里高尔·萨姆沙“身上发生的事，有一天秘书主任也可能碰到，谁也不能担保不会出这样的事”。这岂不意味着，绝望这只大甲虫，还会有格里高尔·萨姆沙的妹妹以及其他第二或第三个牺牲品吗？笔者以为，卡夫卡的卓绝匠心，正在于能以一个看似乐观的喜剧结局，深刻地传达出一种沉重的悲剧意蕴。

由此可见，在《变形记》中，卡尔夫以自己天才运思中所特有的长于运用具体形象来进行理性思维的独创气质，塑造了格里高尔·萨姆沙这个具有人的意志的大甲虫形象，这样的形象既非一类人的典型，也不是血肉丰满的鲜明个性，它是现代人类困惑的一个形象化的描绘，它把现代社会这个合乎理性的反常世界以能为理性所解悟的方式表达出来，它从普遍人性的角度，展示了现代人类生活的独特

---

[1] 卡夫卡曾说：“消灭现世将仅仅只是个人为自己规定的任务，第一，如果现世是邪恶的话，也就是说，世道与我们的本意相矛盾。第二，如果我们确有能力消灭它的话。第一点看，确实是这样，第二点，我们没有这个能力。”见卡夫卡：《八本笔记》。

性——对绝望的深刻体验。

《变形记》以怪诞离奇的情节、扭曲变异的形象和朴实无华又情貌无遗的语言，显示了卡夫卡创作的某些共同特征。在他的作品中，有表现主义者在瞬间直觉中体验到的一个充满灾难的动荡世界，有存在主义者相信实际存在的那个交织着绝望与反抗的荒诞世界，有超现实主义者自认体味出的那个亦真亦幻的梦魇世界，有宗教主义者感悟到的那个体现着惩罚与仁慈的信仰世界，有历史主义者挖掘出的那个人欲横流、人性扭曲的异化世界。同样是在卡夫卡的创作中，象征主义找到了自己的知音，荒诞派与新小说派遇到了自己的同类，黑色幽默派和魔幻现实主义见到了自己的先辈。因此，卡夫卡的创作尽管深受表现主义的影响，却远远超越了表现主义，作为20世纪现代小说的开拓者之一，卡夫卡是西方现代派文学的重要奠基人。

第三节　叶芝的《第二次降临》与艾略特的《荒原》

以文学流派分，英爱文学①作家叶芝和英籍美国作家艾略特都属于后期象征主义诗人，他们在创作中共同继承了19世纪象征主义的基本文学观点，同样十分强调出现在文学作品中的现实世界的具体生活形象对于某个超验世界的象征意义。但两人的诗歌立意和语言风格，却存在着很大的差异。

一、《第二次降临》

叶芝(Yeats,1865—1939)是20世纪声名远播的爱尔兰诗人，西方后期象征主义诗坛的一代宗师，1923年诺贝尔文学奖的得主。提起他，人们很快就会联想到轰轰烈烈的爱尔兰文艺复兴运动；联想到

---

①　英爱英语产生于19世纪中期，代表了古老的爱尔兰盖尔语向英语的转化。它是爱尔兰的新方言，在英语系统中有效地保留了某些盖尔语的语法和词汇。英爱文学是采用英爱英语创作的、反映爱尔兰民族的历史、文化和人民生活的文学作品。

都柏林阿贝剧院上演的那些充满异教色彩的戏剧;联想到他对爱尔兰民族解放运动女战士毛德·冈的爱而无果的终生苦恋;联想到他的一本本"把诅咒变成了葡萄园"的文采飞扬的诗文集。

虽然叶芝反复强调"神性的生活"①对于文学创作的重要意义,但在正统的基督教文化看来,叶芝的文学精神却充满叛逆色彩,他既缺乏爱尔兰天主教徒对信仰的忠诚,又排斥英国新教徒对俗世成功的关注。因此,与其说叶芝是一个不大正统的基督徒,毋宁说,叶芝的宗教信仰的根基要比公元5世纪以后传入爱尔兰的基督教信仰深广得多,"他吸收了民间信仰和民间故事富有想像力的神秘主义,……自然的灵魂对他来说并不是泛泛之辞,因为盖尔民族的泛神论,那种对于大千世界背后活生生的、个性化的力量存在的信念,是大多数人民所有的,攫住了叶芝的想像力,满足了他的内在的强烈宗教需要。"②因此,在叶芝的诗文中,最引人注目的部分,是他对爱尔兰民间异教神话传说的深入挖掘,是他对行走在爱尔兰民间的英雄、粗汉、乞丐、小丑、姑娘、老者、疯婆等不同角色"面具"的成功运用,特别是他对自己臆造的非基督教的神秘象征体系的出色表述:人类的历史由一位姑娘和一只鸟的结合开始,每2000年循环一次。纪元前的一次循环由古希腊城邦斯巴达的王后丽达和化作天鹅的众神之王宙斯的结合开始;纪元后的这次循环则由圣母玛利亚与(《圣经》中为玛利亚感孕报信的)白鸽的结合开始,而诗人自身生活其间的时代正是这次循环的末世。

显而易见,叶芝的象征体系充满离经叛道的浪漫激情,他的历史循环理论也和基督教的历史线性发展观念背道而驰。但在笔者看来,正是他所熟悉的基督教文化传统,为他不落窠臼、独树一帜的诗文创作提供了饱含历史意味的有震撼力的文学意象。他的名诗《第二次降临》就是这方面的突出例证:"在渐展渐宽的旋体中转啊转,/猎鹰听不到鹰猎者的召唤;/万物散落,中心不维;/世上只有漫布的

---

① 叶芝:《诗歌的象征主义》。

② 叶芝诗集《丽达与天鹅》附录《授奖辞》,裘小龙译,漓江出版社,1987年,第356—357页。

混乱,/血色黯然的潮水到处流溢,/天真的礼仪为之吞淹;/最好的人丧失信念,同时极恶者却被强烈的狂热充满。/无疑某种启示即将显现,/无疑第二次降临近在眼前。/第二次降临！话还未出口,/一个出自宇宙之灵的庞大影像,/搅乱了我的视线:荒漠中的某处沙尘,/狮身人面的形体,/太阳般空漠无情地盯看,/缓慢地移动它的大腿,环绕它的,/是怒气冲冲的沙漠群鸟阴影盘旋。/黑暗复临,现在我知道,/经过二十个世纪的沉睡,/被晃荡的摇篮惊人恼人的梦魇,/什么样的狂暴野兽,终于到了它的时辰,无精打采地前往伯利恒投生"[①]在这首作于1920年的短诗中,"旋体"(gyre)、"宇宙之灵"(Spiritus Mundi)、"二十个世纪"(twenty centuries)这些字眼,往往让人更多地想到诗人在1925年出版的《幻象》一书中所自创的杂糅了东西方神秘主义观念的历史循环理论体系,——正是从这一意义上,袁可嘉先生认为,借用基督教的传说,"本诗表现了叶芝这种历史循环的错误理论,艺术上已从唯美主义转入后期象征主义,用复杂而有质感的形象表达抽象的哲理"[②];裘小龙先生在为此诗所作的注释中,也谈到了叶芝的每2000年(20个世纪)一循环的象征主义体系对这首借用《圣经》内容以为诗题的作品的影响[③]。但《第二次降临》与那本被人们指责为"庞杂而古怪的伪哲学"的《幻象》不同,它没有驳杂晦涩的观念和枝蔓含混的语言,相反,它以言近旨远的明晰的诗性话语,浓缩了基督教《圣经》当中所传达的末世降临的观念,体现了诗人对20世纪人类社会在政治、经济、宗教、军事、道德诸方面所发生的现实危机的深刻认识。

基督教《圣经》所传达的末世观念,主要包含耶稣第二次降临、死者复活、最后审判、千禧年、天堂地狱、新天新地等方面的内容。其中,耶稣的第二次降临,是《圣经》所许诺的新天新地"复兴"的前兆和先决条件。据考证,《圣经·新约》的希腊原文中并没有"第二次降

---

① The Second Coming, by Williams B. Yeats,《英文名著3000》电子版。

② 诗刊社编《诺贝尔文学奖获得者诗选》,第21页注[1],中国文联出版公司,1986年。

③ 叶芝诗集《丽达与天鹅》附录《授奖辞》第161页注。

临”这样的字句，与它对应的希腊词是 parousia，这个词虽在《马太福音》中被用来特指耶稣复临，但它通常则用以形容一位带着权柄和荣耀的总督或君主回到他的辖区和臣民之中[①]。因此，表面看来，“第二次降临”即使不说是一个值得人类期盼的福音，至少也不该是什么令人不快的字眼。但对自幼即接受基督教文化教育的西方人而言，“第二次降临”(The Second Coming)却是一个近乎严酷的词句，因为它是和“主的日子”(the day of the Lord)的来临紧密地联系在一起的。而在犹太—基督教文化传统中，“主的日子”乃是恐怖的时刻，令人惊骇的时刻：“那日是忿怒的日子，是急难困苦的日子，是荒废凄凉的日子，是黑暗，幽冥，密云乌黑的日子。”(番 1:14—18)早在《旧约》时代，以色列的先知们就曾以“毁灭从全能者来到”(赛，13:6)的“主的日子”的降临，警告和诅咒列邦。

易言之，“主的日子”的观念，首先出自《旧约》时代的以色列人。由于敌众我寡，历史上长期遭受外来强权围攻、压迫、凌辱、摧残的以色列人，往往缺乏对仇敌进行现世反抗的政治、军事实力。因此，在他们的文化和宗教信仰中，充满了对恶人当道的现世的痛恨。从《圣经·旧约》中可以见出，以色列人将所有的时间划分为两个部分，一个是完全败坏、无可救药的“现在的时代”，另一个则是因上帝直接介入到人类历史之中所形成的没有邪恶、没有悲伤的“将来的时代”。而在“将来的时代”取代“现在的时代”的过渡时期，“主的日子”率先降临。这是一个“必有残忍、忿恨、烈怒，使这地荒凉，从其中除灭罪人。天上众星群宿都不发光，日头一出，就变黑暗，月亮也不放光”(赛，13:9—10)的苦难时辰，这是一副“只有旷野的走兽卧在那里，咆哮的兽满了房屋；鸵鸟住在那里，野山羊在那里跳舞”(赛，13:21)的荒漠图景。到那时，“现在的时代”将如一个临盆的难产妇女，新时代的诞生，必以她的阵痛和死亡为代价。

《圣经·新约》产生的时代，对于耶稣，对于“使徒们”而言，仍然是个充满奴役、压迫和屠杀的不义的时代。因此，《新约》继承了《旧约》中有关“主的日子”必临的观念，并对之加以更为具体的扩展。

---

① 巴克莱：《新约圣经注释》上卷，中国基督教协会，1998 年，第 432 页。

《新约》在《马太福音》、《帕撒罗尼迦后书》和《启示录》等章节中,曾从各自不同的角度,描绘出未来"主的日子"降临的多种异象。在《马太福音》中,"主的日子"是耶稣第二次降临的预兆或说记号。那时候,不仅"有假基督、假先知起来,显大神迹,大奇事","迷惑多人";世人也会"彼此陷害,彼此恨恶","民要攻打民,国要攻打国",到处是"打仗的风声"。与这种社会大动荡相伴的,还有"多处必有饥荒、地震"的惊心动魄的天灾。这是一个"只因不法的事增多,许多人的爱心才渐渐冷淡了"的乱世。在《帕撒罗尼迦后书》中,"假基督"的力量得到了特别的强调——"他是抵挡主,高抬自己,超过一切称为神的和一切受人敬拜的,甚至坐在神的殿里自称是神"的大罪人和沉沦之子,他对抗上帝,就如流行在希腊—罗马世界中的古巴比伦神话里的巨龙提阿马特(Tiamat)对抗造物主马尔杜克神(Marduk)一样。在《启示录》中,《马太福音》里提到的"假基督、假先知"被赋予了龙和兽的形象。这样的象征性表述方式,借鉴了《旧约·但以理书》中描述邪恶力量的词句。在《圣经》中,这些代表邪恶力量的兽类,并不具有现实生活中普通兽类的形象,它们不仅凶残丑陋,而且形状也怪异得令人难以把握。这样的形象,正反映了人类对某种自己无法把握的邪恶力量存在的恐惧。

无疑,叶芝熟悉《圣经》中有关末世降临的象征性表述。他的《第二次降临》,以自出机杼的语言,重复了《圣经》中表述的"主的日子"降临的诸多意象。对应于《马太福音》中耶稣对末世灾难与动荡的预表,叶芝以"万物散落,中心不维;世上只有漫布的混乱,血色黯然的潮水到处流溢,天真的礼仪为之吞淹"的生动景象予以说明;对应于《启示录》中的兽类,叶芝给我们描绘了一个"荒漠中的某处沙尘,狮身人面的形体,太阳般空漠无情地盯看,缓慢地移动它的大腿"的"庞大影像"(a vast image)。它不仅使人联想到《启示录》中的怪兽,还加入了《旧约·以赛亚书》中的荒漠图景,而"狮身人面的形体"与古埃及金字塔以及古希腊神话中斯芬克司的关系,又以一种强烈的历史纵深感,增加了人们对叶芝所描述的邪恶力量的深切感受。最后,叶芝的诗句"什么样的狂暴野兽,终于到了它的时辰,无精打采地前往伯利恒投生",暗示了那"抵挡主,高抬自己,超过一切称为神的和一切受人敬拜的，甚至坐在神的殿里自称是神”的假基督的出现。在叶芝的时代（也如同今天一样），世界上变幻出了那么多政治、宗教以及其他方面的花样，其真实意义与发展脉络让人一时无法猜透，正如《第二次降临》中那难以把握、甚至难以描述的“狂暴野兽”（rough beast）。以笔者之见，它给诗人（和给读者）带来的忧虑，应该大大超过了诗人对欧洲法西斯主义兴起的疑惧。

实际上，叶芝的《第二次降临》，包含着一个清醒的诗人运用他的社会传统所谙熟的基督教文化资源，对他所经历的那个沾沾自喜的社会文化的批判。直到第一次世界大战爆发后，西方思想界才从西方文明优越、进步的迷梦中惊醒，开始认真思考文明背后存在的问题。而早在第一次世界大战爆发以前，叶芝已经在西方物质—技术文明的令人眼花缭乱的进步之外，看到这个世界压抑个人情感和尊严的问题，听到“这个世界的哭声太多”①，诗歌创作成了他逃避一个既讲科学又尚功利的时代，遁入充满梦幻与激情的想像世界的途径。

第一次世界大战以后，对战争所带来的全球范围的仇恨与屠杀的反思，使许多诗人开始自觉地应用晦涩暧昧、支离破碎的语言，反映眼前的这个充斥流血、死亡、苦难、分裂的荒唐丑陋的异己世界，而叶芝在《第二次降临》中表达相似的情感体验，却不避因袭，直截了当地选择了犹太—基督教传统中的先知视角和先知与“使徒们”采用过的传统意象。由于世人“彼此陷害，彼此恨恶”、“民要攻打民，国要攻打国”的灾难刚刚发生在眼前，叶芝所借用的《圣经》中有关末世在即、基督重临的古老意象，便产生了跨越千年而犹新的奇特魅力，使世人看到了现实生活中“最好的人丧失信念，而恶人同时却被强烈的热狂充满”的反常、异化现象，看到了发达资本主义国家扩张向全世界的贪婪欲求，如“一个出自宇宙之灵的庞大影像”，给世界带来的新的战争和动荡的危险，看到了在正义、进步、平等、民主等美丽言词粉饰之下的一场“恼人的梦魇”。这首诗尤其提醒人们，要警惕那打着冠冕堂皇的旗号出现的“终于到了它的时辰”的“狂暴野兽”迷惑世人。

---

① 在叶芝的早期诗作《偷走的孩子》中，有一个重复了四遍的主题：“这个世界哭声太多了，你不懂”，《丽达与天鹅》，第13页。

运用西方人耳熟能详的、负载着数千年历史文化积淀的《圣经》中所涵咏的传统意象阐释现代生活，使它更加丰富、更加凝重地凸现在读者面前，这是叶芝的聪明之处，也是叶芝的深刻之处，因为在西方基督教文化中，对一个败坏的世代的任何谴责，都不如直指它为末世来得激烈。

诚如叶芝所言："我们应该明白，先祖们曾经认定的绿柱石，可能从其内核展开动人的画面，而不是照出我们自己的兴奋的面容或窗外摇动的树枝"[①]。在我看来，叶芝的诗作之所以能够超越昙花一现的现代主义而成为文学经典，是因为他不曾丢弃西方文化中像《圣经》的末世观念一样的那些"先祖们曾经认定的绿柱石"。如果借用叶芝关于"剑锋与燃烧着的城堡"[②]的比喻，来说明他的诗作与他从中汲取养分的西方文化传统的关系，他的《第二次降临》，正有如酣战的骑士手中那铮亮的剑锋，在它凛凛的寒光里，隐隐然传达出它身后整座燃烧着的城堡——基督教文化传统的消息。

二、《荒原》

叶芝诗作中所表达的人们对末世生存状态的不满和抱怨，是否暗示着人们的内心深处实际上仍相信宇宙间应该有某种完美世界的存在？20世纪享誉英美诗坛的另一位象征主义大师艾略特(Eliot，1888—1965)，显然对有这样一种完美存在深信不疑，在他看来，"苦难暗示着某种积极的至福状态存在的可能性"。[③]

艾略特的象征主义长诗《荒原》，既使诗人名声大噪，也为20世纪的现代主义诗歌竖起了一座丰碑。作为西方现代派诗歌的扛鼎之作，这首长诗使用的历史典故之频，引用或模仿的作家之多，在现代派诗歌中是罕见的。诗中刻意安排了许多颠三倒四的情景、杂乱无章的意象，旨在借之深刻、生动地反映第一次世界大战以后建立在战争废墟之上的西方社会的精神荒原，并表现劫后余生的欧洲人的苦

① 塞尔登：《文学批评理论——从柏拉图到现在》，第29页。

② 同上书，第27页。

③ 《艾略特诗学文集》，第111页。

闷、委顿以至于精神崩溃的生活状况。但《荒原》形散而神不散，在表现现代生活“荒凉而空虚”的同时，作者不忘在作品中多处暗示，人类在受苦受难的涤罪过程中，可以借基督教信仰而获再生。由此，贯穿全诗始终的“荒原”意象，以及隐伏于这一意象之中的基督降临、义人得救的线索，就使由“山岩”、“树木”、“城市”、“人流”、“死者”、“海水”、“花鸟虫鱼”等许多意象堆砌而成的看似凌乱无序的整部《荒原》，很像一座即将倾倒却仍然保有一口召唤祷告的精钟的教堂，在晦暗危殆的气氛里，传出某种来自“永恒召唤”的钟鸣。正是这一点，使《荒原》于表达无奈、沮丧之情中，仍体现出一种坚韧、深沉的文风。

《荒原》共分五个部分，由《死者葬仪》、《对弈》、《火诫》、《水里的死亡》和《雷霆的话》五个章节构成。长诗各章依次暗含着自然景物春秋代序的进程，从第一章“四月是最残忍的一月”开始，经第二章“开窗所见的田野景物”，到第三章“河上树木搭成的蓬帐已破坏，树叶留下的最后的手指，想抓住什么，又沉落到潮湿的泥里去了”，再到第四章“水中的死亡”，以及第五章“监狱宫殿和春雷的回响”，表面语无伦次的《荒原》却极有次序地描写了大自然春华秋实、夏荣冬枯以至冬残春近的过程。而与大自然的这一一如既往的四季嬗变过程形成鲜明对照的，是生活在“荒原”中的现代人的内心世界的枯萎、荒凉：“冬天使我们温暖”，“并无实体的城，……人人的眼睛都盯住在自己的脚前”，“我既不是活的，也未曾死，我什么都不知道，望着光亮的中心看时，是一片寂静，荒凉而空虚是那大海”。事实上，在诗人笔下，“荒凉而空虚”的，正是现代人如荒原般麻木委顿、虽生犹死的精神状态。在《荒原》一诗中，诗人不遗余力地渲染了经过第一次世界大战的无情破坏之后西方人所普遍感受到的精神空虚与彷徨。

然而，作为虔诚的基督徒，艾略特在《荒原》中，除着力表现现代人的生活苦闷与心志颓唐状况外，仍不忘多处暗示，西方的基督教信仰可以为苦难中的西方社会带来重生的希望。

“去年你种在你花园里的尸首，它发芽了吗？今年会开花吗？”《死者葬仪》末段这几近愚蠢的发问，道出了那些相信灵界存在的基督徒对来生的渴望。实际上，就连《荒原》第一章的题目《死者葬仪》，也在暗示着基督教《圣经》所宣讲的“我们在罪上死的人，岂可仍在罪中活着呢？岂不知我们这受洗归入耶稣基督的人是受洗归入他的死吗？所以我们藉着洗礼归入死，和他一同埋葬，原是叫我们一举一动都有新生的样式。像基督藉着父的荣耀从死里复活一样”（罗，6:1—4）的宗教寓意。而这种对人类借基督教信仰而获得终极拯救的确信，更集中地体现在整部诗作的主要意象——那“枯死的树没有遮荫。蟋蟀的声音也不使人放心，焦石间没有流水的声音”的“荒原”意象之中。这一因没有水而匮乏生机的“荒原”意象，是作者结合第一次世界大战以后的西方社会现状，对欧洲中古传说中的圣杯故事加以煞费苦心的加工改造的产物。据中古传说，某地曾因其统治者渔王的衰老而致大片沃土变为荒原，拯救那里的惟一办法，就是找到相传为耶稣在最后的晚餐中所用、又承接过被钉十字架的耶稣宝血的圣杯，医治渔王，以使万木回春，恢复荒原昔日生机盎然的景象。对艾略特而言，这个传说的要义在于，荒原虽然生趣黯然，却在受难中仍保有获得耶稣宝血拯救的希望。因此，在其长诗《荒原》中，艾略特对现代荒原中的人们最终在基督教信仰的引导下超拔于沉沦的热望，便以渔王由起初“在某个冬夜”、“在死水里垂钓”的凄惶，转变为最终思考“我应否至少把我的田地收拾好”的振作来象征了。

长诗的最后一章，也就是代表冬残春近的第五章，基督教的救赎暗示更加频繁地出现：“谁是那个总是走在你身旁的第三个人？/我数的时候，只有你和我在一起/但是朝前望那白颜色的路的时候/总有另外一个在你身旁走/悄悄地行进，裹着棕黄色的大衣，罩着头，/我不知道他是男人还是女人。/——但是在你另一边的那一个人是谁？”这是化用《新约·路加福音》24节中记载的有关耶稣复活后，与门徒同行，门徒却认不出他的事情。而诗段：“刷地来了一柱闪电，然后是一阵湿风/带来了雨/恒河的水位下降了，那些疲软的叶子，在等着雨，而乌黑的浓云/在远处集合，在喜马望山上，丛林在静默中拱着背蹲伏着，/然后雷霆说了话”也应合了《圣经》中对基督复临的描述：“闪电从东边发出，直照到西边。人子降临，也要这样。”（太，24:27）“耶和华的声音在水上。荣耀的神打雷，耶和华打雷在大水之上。”（诗，29:3）这样，正像严冬过后又是阳春一样，在长诗《荒原》的最后，生活在荒原之上的西方人似乎盼到了救拔的希望，它就是“雷霆的话”——披着古老东方宗教外衣的西方传统基督教的上帝之道。在诗人看来，只有皈依宗教，“舍己为人，同情，克制”，才能得到西方世界所需要的“平安”。

在《传统与个人才能》一文中，艾略特曾经提出，诗人“不但要理解过去的过去性，而且还要理解过去的现存性，历史的意识不但使人写作时有他自己那一代的背景，而且还要感到从荷马以来欧洲整个的文学及其本国整个的文学有一个同时的存在，组成一个同时的局面。”就《荒原》的创作而言，诗人选择“荒原”这个既包含着最深重的苦难、又内蕴着最根本的希望的传统意象，的确体现了一种卓越的“历史的意识”。这一意象不仅成功地揭示了第一次世界大战之后西方世界普遍存在的精神危机，而且还强烈地透露出诗人对上帝救世的坚定信心。不管艾略特本人是否认可，20 世纪的某些文论家指出，《荒原》实际上是在以先锋派的诗歌表现技法，宣扬皈依基督教的古老救世“良方”①，笔者以为，这样的评论还是一针见血、切中肯綮的。

第四节　存在主义文学与萨特的创作

一、存在主义文学

存在主义(Existentialism)首先是个哲学术语，指形成于 20 世纪 20 年代、并在第二次世界大战之后产生了世界性影响的一个西方哲学流派。这个流派受到 19 世纪后期的西方非理性主义哲学思潮，特别是以批判黑格尔的理性主义哲学体系闻名的丹麦神学家克尔凯郭尔和以振聋发聩地断言“上帝死了”而引人注目的德国生命哲学家尼采两人的思想观点的深刻影响。存在主义哲学的创始人是德国哲

① 如伊格尔顿认为：“这首暗示生殖崇拜的诗包含着西方得救的线索。他那令人反感的先锋技法被用于完全 后卫的目的。它扭散常规意识从而使读者在血液与内脏中恢复共同身份感。”见伊格尔顿：《20 世纪西方文学理论》，陕西师范大学出版社，1986 年，第 52 页。

学家海德格尔和雅斯贝尔斯，第二次世界大战前夕这个哲学流派的主要见解又传到欧洲其他国家，造就了萨特、加缪、梅洛-庞蒂、波伏瓦等重要的法国存在主义哲学家和文学家。50—60 年代，存在主义哲学又风行于美国和世界其他地区，一度在第二次世界大战之后的整个西方文学界发挥了举足轻重的作用。虽然存在主义哲学流派内部存在着重大的观点分歧，但在肯定特殊、独立的人类个体在世界当中的存在价值上面，在强调人类的非理性意识活动具有最真实的存在意义上面，在断言外部世界不仅是偶然的、无意义的、不确定的、荒诞的，而且在根本上是个与个人相疏远、相敌对的世界上面，存在主义的几个代表人物的见解还是相当一致的。

虽然存在主义者乐于将他们的思想渊源追溯至古希腊和古希伯来文化，认为苏格拉底、柏拉图对于个人灵魂问题的穷究，以及信仰高于理性的犹太—基督教传统，都是突出个人非理性意识的存在主义观念的萌芽，但真正导致存在主义思潮出现和流行的因素，却是西方 20 世纪的社会生活现实和思想文化现实。

本来，基督教文化的上帝—终极实在的观念乃是希伯来的一神信仰与古希腊哲学中的“始基”、“实是”、“理念”、“第一原理”、“纯形式”等概念相结合的产物。自中世纪迄今，在西方人对上帝的理解中，既发散着“惟其荒谬我才信仰”①的非理性气息，同时又闪耀着“为求知而信仰”②的强烈理性思辨光彩。对于许多基督教神学家来说，信仰与理性往往交互为用，有关上帝的超理性的信仰并不成为压制理性的外在教条，反倒为运作理性思维提供了精神动力与前进目标。中世纪杰出的基督教神学家托马斯·阿奎那就认为，虽然不少非理性所能理解的宗教教条只有信赖权威的解说予以接受，但大部分（超理性的）启示的真理（如上帝存在）是理性所能理解和论证的。正是在强调理性的经院哲学的带动下，以科学和哲学两种形式出现的宗教唯理论在 16—17

① “Tertullian's dictum *Credo quia absurdum* never lost its force（德尔图良的至理名言‘惟其荒谬我才信仰’从未失去其力量）”，卡西尔（Ernst Cassirer）：《人论》（*An Essay On Man*，Yale University Press，1944），第 97 页。

② “credo ut intelligam”，丹皮尔：《科学史·绪论》，第 133 页。

世纪的西方盛行起来，伽利略、笛卡儿、牛顿等人便是这种宗教唯理论的先驱和代表人物，他们对世界的富于理性的神学思辨以及以这种理性思辨为指导的科学实践，推动了西方科学的发展。然而，西方基督教的理性学说体系——一个超历史、超尘世的整一纯粹的终极存在(上帝)对杂乱无章的现象界的统驭，毕竟是以舍弃现实世界的充满欲望、情感、观念的矛盾冲突的人类生命体验为代价而换来的一个使世界的结局看起来令人满意的理论体系。尽管西方人显然更愿意生活在这样一个安宁和谐、一以贯之的“所有可能世界中最美好”①的一个世界之中，但社会历史的变迁，政治、经济、宗教、军事、道德、文艺等各方面的现实冲突带给人们的不完善感、不安全感，自 19 世纪下半叶以来，却使越来越多的西方人怀疑这样一个理性的统一世界的存在，并开始把宣扬上帝至善的基督教学说当成欺骗世人的系统谎言。如果说 19 世纪后期的大部分西方人在基督教信仰退潮之后，面对各种社会政治、经济、文化动荡，还持守着对于科学发展和人类进步的确定性的幻想的话，那么，到 20 世纪，一方面有两次灾难空前的世界大战所暴露的人类心灵深处不可捉摸的残酷、冷漠、变异，一方面有狭义相对论、量子力学、混沌理论、哥德尔不完备性定理等科学理论所描述的外在物理世界的多元、差异、变易的特质，人们以往所惯于依靠的“上帝”、“理性”或“物质现实”的每一样，现在似乎都已经变得同样无法确定，西方传统的一元论宇宙体系开始崩溃，人们对现实世界和人类存在是否“当然如此”产生了根本性的怀疑，这是法国存在主义者关于“如果上帝不存在，一切都是容许的，因此人就变得孤苦伶仃了，因为他不论在自己的内心里或者在自身以外，都找不到可以依靠的东西”②、“一切的科学最终陷于假设，阴暗的清醒最终陷于隐喻，而犹豫不定则化解为艺术作品……这个世界本身并不合乎情理，这是人们所能说的一切”③等观点形成的前提。

---

① 莱布尼茨：《神正论》，转引自费尔巴哈《对莱布尼茨哲学的叙述、分析和批判》，商务印书馆，1997 年，第 124 页。

② 见《萨特文集》III，中国检察出版社，2001 年，第 262 页。

③ 加缪：《西西弗的神话》，杜小真译，三联书店，1987 年，第 24—25 页。

存在主义文学是存在主义哲学的形象化表述，它以存在主义的基本观念为主题，以具体的文学形象生动地解说诸如世界的荒谬与人生的痛苦以及个人的自由选择与个人反抗的价值等存在主义命题。存在主义文学出现在第二次世界大战期间，并在战后的法国盛行一时，且深刻影响到其他欧美国家的文学创作，比如荒诞派戏剧、垮掉派文学、黑色幽默文学等。存在主义文学没有固定的组织和统一的写作模式，一些被归类为存在主义文学家的作者，比如加缪，还极力反对贴在自己身上的存在主义者的标签，但在对存在主义的"真实"信念的执著上，在调动各种文学写作手法以展示令人厌恶的充满荒诞感的社会人生上，在塑造忧郁、彷徨、绝望的"多余人物"形象上，在表现主人公努力摆脱不幸命运的羁绊上，被归入存在主义文学的作家们的创作，比如萨特的《恶心》、《自由之路》，加缪的《局外人》、《鼠疫》，波伏瓦的《大人先生们》、《女宾》，以及梅洛-庞蒂、阿隆等人的作品，还是有不少相似的思想艺术特征的。

二、萨特的创作

萨特(Sartre,1905—1980)是法国存在主义文学的代表作家，也是法国存在主义哲学的首倡者和20世纪国际知名的社会活动家。在萨特发表于30—40年代的《论想像》、《自我的超越性》、《情绪理论纲要》、《胡塞尔现象学的一个基本概念：意向性》和《存在与虚无》等哲学著作中，已经显示出胡塞尔的现象学方法以及胡塞尔的学生海德格尔的存在主义哲学思想对萨特哲学观念形成的巨大影响，而萨特在其存在主义哲学著作中为个人自由和人类尊严所进行的热情辩护，也给读者留下了深刻的印象。萨特发表于第二次世界大战之后的哲学论著如《存在主义和人道主义》、《辩证理性批判》等，开始更多地关注自由人的社会责任问题，并把存在主义格外强调的人的自由视为人类参与社会斗争的工具。与撰写哲学著作同期，萨特还创作了一系列引起人们思想震动和观念争议的文学作品，如小说《恶心》、《墙》、四部曲《自由之路》(包括《理性的时代》、《缓刑》、《心灵的烙印》和《古怪的友谊》)，剧本《苍蝇》、《禁闭》、《死无葬身之地》和《恭顺的妓女》，传记文学《词语》、《家庭白痴》等。萨特的《词语》获得了1964

年的诺贝尔文学奖，但他却立即宣布拒绝这一“来自官方的荣誉”。萨特自1971年起还经常离开书斋走上街头，参与法国社会左翼阵营的“革命”活动，以兑现自己“以行动而不是言辞来承担义务”的口号。

萨特的戏剧是萨特文学作品中成就最高的部分，他的剧本往往情节完整、主题突出、戏剧冲突强烈，在法国现代戏剧史上占有十分重要的地位。

首演于1944年5月的独幕剧《禁闭》（又译《隔离审讯》、《没有出口》等），是萨特的一部戏剧力作，这是一部内涵丰富、形式新颖的哲理剧，主题涉及到萨特在哲学著作《存在与虚无》中所探讨的“他者”问题。该剧以发生在地狱中的一个荒诞故事，形象而精辟地总结了西方文化对于人与人之间关系的典型认识，并宣扬了存在主义关于人的自由的观点。

依照萨特的剧本描述，《禁闭》的戏剧冲突发生在地狱里。但舞台上的地狱并不是传说中群魔乱舞、冒着岩浆泡沫的硫磺火湖，而是一个没有上锁的普通的封闭房间。然而，就在这个普通的房间里，三个灵魂丑恶的死人——懦弱的文人加尔桑、歹毒的同性恋者伊乃丝和放荡的杀婴犯艾丝苔尔，却在彼此窥伺、相互猜忌和争夺控制“他者”的权利的过程中，既对“他者”施加折磨迫害，又不得不承受“他者”施加于自身的折磨迫害。这使三个戏剧人物最终认识到，地狱不是别的，正是人与人之间的勾心斗角、同室操戈！

萨特的“他人即地狱”的观念在西方文化中并不算标新立异，早在2000多年前，古罗马喜剧诗人普劳图斯在其喜剧《驴》中就曾率然提到：

> 可你无论如何也说服不了我，
> 让我把钱给你，这个陌生人。
> 人对人是狼，
> 如果他们互相不熟悉的话。

或许，“人对人是狼”（Homo homini lupus est）这样一个坦言人性沦丧的惊世之语，竟然出自古罗马一部表现普通人日常生活习性的喜剧之中，而且出以如此轻描淡写的口吻，乍见之下，会令相信“立人极于天地”的中国人感到几分讶异。殊不知，对人心叵测、人性险恶的认知，在西方文化中却有着极为古老的传统，不论是古希腊诗人赫西俄德在《工作与时日》中所批评的世人“信奉力量就是正义”，还是古希伯来《圣经》所设问的“人心比万物都诡诈，坏到极处，谁能识透呢？”(耶，17:9)，都是对现实社会中普遍存在的某种恶性人际关系的指认，而这样的指认实际上也为后来的基督教文化对世人做出“没有义人，连一个也没有。……没有行善的，连一个也没有。他们的喉咙是敞开的坟墓。他们用舌头弄诡诈。嘴唇里有虺蛇的毒气。满口是咒骂苦毒。杀人流血他们的脚飞跑。所经过的路，便行残害暴虐的事”(罗，3:10—16)、“任何男女交合而生的人，均生而带有原罪，受罪恶与死亡的辖制，本是可怒之子”[①]的基本判断提供了舆论铺垫。直到17世纪，著名英国哲学家培根与霍布斯还先后在自己的著作中引用“人对人是狼”这一成语，以说明千百年来西方社会人与人之间存在的互相仇视、互相猜忌以至于同类相残的可怕关系。正是这种认识，促成了西方文学中胡适所盛赞的“承认世上的人事无时无地没有极悲惨的伤心境地，不是天地不仁，‘造化弄人’(此希腊悲剧中最普遍的观念)，便是社会不良使个人消磨志气，堕落人格，陷入罪恶不能自脱(此近世悲剧最普遍的观念)。”[②]的“各种思力深沉，意味深长，感人最烈，发人猛醒的文学”[③]的出现。历史进入20世纪以来，两次世界大战的灾难以及因西方文化的主控所致的整个地球至今存在的动荡不宁的局面，进一步增强了西方人对人性恶的普遍忧虑。正是这样的忧虑，使萨特在《禁闭》一剧中通过三个戏剧角色的生动表演而提出的“他人即地狱”的箴言，成为强烈冲击现代西方社会的“至理名言”。

然而，《禁闭》一剧的意义并不仅仅止于指出“他人即地狱”的道理，在萨特的这部以“处境剧”闻名的重要剧作中，作者的点睛之笔在

---

① 威尔·杜兰：《世界文明史·信仰的时代》下卷，第1142—1143页。

② 胡适：《文学进化观念与戏剧改良》。

③ 同上。

于剧本的结尾：尽管地狱中那三个可鄙、可怜的角色已经认识到“他人即地狱”的道理，却没有人敢于抛开种种顾虑，自由地选择迈出并未上锁的房门一步，勇敢地摆脱地狱的折磨与迫害，却只能任由这种“彼等明知其害，交施之而交受之，各加以力而各不任其咎”[①]的痛苦状况继续下去。萨特显然想借此剧向世人指明，无论人的处境多么恶劣，人的精神总是自由的，人本可以按照自己的自由意志去选择行动，而不应像《禁闭》中的人物一样，完全放弃选择的自由，坐以待毙。

《禁闭》一剧还体现了萨特存在主义剧作的突出优点：既有高屋建瓴、惊世骇俗的哲理主题，又有犀利有力的台词、丝丝入扣的情节和复杂多变的人物形象。萨特的一系列处境剧所具有的强烈艺术感染力，对于第二次世界大战之后存在主义思潮在西方社会的风行，无疑起到了推波助澜的作用。

① 王国维：《红楼梦评论》。